Dorothy
Hughes

Einsamer Ort

Zu diesem Buch

Dix Steele besitzt alles, was es im Glamour Hollywoods braucht: Frauen, teure Anzüge, ein Apartement in Beverly Hills. Doch Dix ist ein Parasit. Nicht einmal sein Kriegskamerad Brub, inzwischen Detective bei der Polizei von L.A., ahnt, warum Dix sich so für die rätselhafte Serie von Frauenmorden interessiert. Dix zieht Frauen magisch an. Aber er ist zu lange stolz darauf, daß die sanfte Sylvia und das Starlet Laurel ein Auge auf ihn geworfen haben.

Dieser psychologische Thriller um männliche Gewalt, Eitelkeit und Frauenhaß machte Dorothy Hughes zu einer Pionierin des Genres. Er wurde von Nicholas Ray mit Humphrey Bogart in der Hauptrolle verfilmt.

Die Autorin

Dorothy Hughes (1904-1993) wurde 1950 mit dem »Edgar Award« ausgezeichnet, 1977 mit dem »Grand Masters Award«. Von ihren zahlreichen Kriminalromanen wurden drei verfilmt. Auf dem Höhepunkt ihrer Karriere hörte sie mit dem Schreiben von Romanen auf, weil sie sich, wie sie erklärte, um ihre kranke Mutter und ihre Enkelkinder kümmern müsse und keine Ruhe mehr zum Schreiben finde.

Dorothy Hughes

Einsamer Ort

Aus dem Englischen von
Friedrich A. Hofschuster

Unionsverlag
Zürich

Die Originalausgabe erschien 1947
unter dem Titel *In a Lonely Place*.
Die deutsche Erstausgabe erschien 1980
unter dem Titel *Wo kein Zeuge lauscht* im Wilhelm Goldmann Verlag.
Für die vorliegende Ausgabe wurde die deutsche Übersetzung
von Peter Friedrich überarbeitet.

Auf Internet
Aktuelle Informationen
Dokumente über Autorinnen und Autoren
Materialien zu Büchern
www.unionsverlag.ch

Unionsverlag Taschenbuch 150

Rieterstrasse 18, CH-8059 Zürich
Telefon 0041-1 281 14 00, Fax 0041-1 281 14 40

Umschlaggestaltung: Heinz Unternährer, Zürich
Druck und Bindung: Clausen & Bosse, Leck
ISBN 3-293-20150-4

Die äußersten Zahlen geben die aktuelle Auflage
und deren Erscheinungsjahr an:

1 2 3 4 5 - 02 01 00 99

1

Er genoß es, auf dem Felsvorsprung zu stehen und hinauszuschauen auf den Ozean im letzten Abendlicht, mochte den Nebel, der wie Gazeschleier aufstieg und sein Gesicht berührte. Es erinnerte ihn ans Fliegen: das Gefühl, sich hoch über das irdische Getümmel erhoben zu haben und Teil jener unendlichen Einsamkeit zu sein. Und zugleich fühlte er sich eingeschlossen und geborgen in einer unbekannten, fremden Welt aus Nebel und Wolken und Wind. Er war am liebsten nachts geflogen; seit dem Kriegsende vermißte er das sehr. Es war einfach nicht das gleiche, eine kleine Privatmaschine zu fliegen. Er hatte es mehrmals versucht – aber es war, als ob man nach der Arbeit mit Präzisionswerkzeugen zur Steinaxt zurückkehrte. Und bis jetzt hatte er nichts gefunden, was ihm das wilde Glücksgefühl des Fliegens hätte ersetzen können.

Seitdem hatte er nur noch selten die Freude, die Macht und die Freiheit gespürt, wie er sie in der Einsamkeit des Piloten erlebt hatte. Aber hier oben fühlte er sich wenigstens daran erinnert, wenn er hinunterschaute auf die Wellen, die unaufhörlich vom Horizont hereinrollten; auf den Verkehr der Küstenstraße mit den vielen kleinen Lichtpunkten, die langsam dahinkrochen. Die Umrisse der Strandhäuser zeichneten sich deutlich gegen den Himmel ab; sie waren aber nicht hoch genug, um den fahlen Sandstreifen und die dunkle, aufgewühlte See dahinter zu verdecken.

Er fragte sich, warum er nicht schon längst einmal hier herausgekommen war. Schließlich war es nicht weit. Und fragte sich auch, warum er ausgerechnet an diesem Abend hierhergekommen war. Als er in den Bus gestiegen war, hatte er noch kein Ziel vor Augen gehabt. Kein Ziel – nur die vertraute Unruhe, die Rastlosigkeit hatte er gespürt. Und der Bus hatte ihn hierhergebracht.

Er streckte die Hand nach den Nebelschwaden aus, als wollte er sie einfangen – aber seine Hand durchdrang den Gazeschleier, und er mußte lächeln. Auch das war schön – seine Hand war ein Flugzeug, das durch eine Wolke glitt. Die Seeluft roch herrlich, die Dunkelheit schloß sich weich um ihn. Wieder streckte er die Hand nach den ruhelos dahinziehenden Nebelfetzen aus.

Sein Frieden wurde jäh gestört, als auf der Straße hinter ihm ein Bus vorbeidonnerte, mit dem häßlichen Geräusch kreischender Bremsen, grellem Licht und widerlichem Abgasgestank. Eine Welle von Ärger über die Störung durchflutete ihn. Sein Kopf schoß herum, als wollte er seinem Zorn auf den Bus Ausdruck verleihen, als könnte er den ungebetenen Störenfried auf Rädern unter seinem wütenden Blick schrumpfen und verschwinden lassen. Aber als er sich umgedreht hatte, sah er das Mädchen. Sie stieg gerade aus dem Bus. Sie konnte ihn nicht sehen, denn er war nichts als ein Schemen im Nebel und in der Dunkelheit; sie konnte nicht ahnen, daß er sie seinen Gedanken einverleibte wie eine Skizze, die man auf ein Blatt Papier wirft.

Sie war klein, dunkelhaarig, mit rundem Gesicht. Nicht nur hübsch – ein sympathisches, gutaussehendes Mädchen. Eine Studie in Braun: braunes Haar, braunes Kostüm, braune Schuhe und dazu passende Tasche, schließlich ein kleiner, brauner Filzhut. In dem Augenblick, als sie aus dem Bus stieg, begann er über sie nachzudenken. Sie kam nicht vom Einkaufen nach Hause, sonst hätte sie Pakete oder Tüten bei sich gehabt; sie ging auch nicht zu einer Party in ihrem Schneiderkostüm und den bequemen Schuhen. Offensichtlich kam sie von der Arbeit; das hieß, daß sie jeden Abend an dieser einsamen Ecke aus dem Brentwood-Bus steigen würde, um – er warf einen Blick auf das Leuchtzifferblatt seiner Armbanduhr – neunzehn Uhr zwanzig. Vielleicht hatte sie an diesem Abend Überstunden gemacht; das war leicht zu überprüfen. Aber höchstwahrscheinlich arbeitete sie in einem der Studios, die um sechs Uhr schlossen, und brauchte eine Stunde für die Heimfahrt.

Während er über sie nachgedacht hatte, war der Bus davongerumpelt, und sie überquerte die Kreuzung, kam diagonal auf ihn zu. Nein, nicht auf ihn: Sie wußte nicht, daß er dort stand im Nebel und in der Dunkelheit. Er sah wieder ihr Gesicht, als sie unter dem gelben Licht der Straßenlaterne hindurchkam, sah auch, daß sie die Dunkelheit, den Nebel und die Einsamkeit nicht mochte. Sie ging auf den steilen California Incline zu; er hörte, wie ihre Absätze laut auf das wellige Pflaster klackten, als ob sie sich durch das Geräusch selbst Mut machen wollte.

Er folgte ihr nicht gleich. Genau gesagt, hatte er zunächst gar nicht die Absicht, ihr zu folgen. Ohne weiter nachzudenken, folgte auch er dem sich in Kurven auf- und abschlängelnden Bürgersteig. Er trat nicht fest auf, wie sie, und er ging auch nicht schnell. Dennoch merkte sie, daß er ihr folgte. Er wußte, daß sie ihn hörte, denn nach einem kurzen Stolpern beschleunigten sich ihre Schritte, und die Absätze klapperten noch lauter auf das Pflaster. Er schlenderte in gemäßigtem Tempo weiter, aber seine Schritte wurden länger. Er lächelte in sich hinein. Sie hatte Angst.

Er hätte sie leicht einholen können, aber das wollte er nicht. Es wäre zu früh gewesen. Besser, ein Stück hinter ihr zu bleiben, bis er die kleine Kuppe im mittleren Teil des Wegs hinter sich hatte; danach konnte er zu ihr aufschließen. Sie würde vielleicht leise aufschreien, vielleicht auch nur den Atem anhalten, wenn er plötzlich neben ihr war. Und er würde mit weicher, freundlicher Stimme *hallo* sagen. Nur *hallo* – aber sie würde noch mehr Angst haben.

Sie hatte eben den Mittelteil hinter sich gebracht und kam auf das letzte abschüssige Stück des Weges. Sie ging jetzt sehr schnell. Aber gerade, als auch er diesen Abschnitt erreicht hatte, bog unten ein Wagen von der Küstenstraße ab, und das grelle Licht seiner Scheinwerfer streifte erst sie, dann ihn. Wieder verzerrte der Zorn seine Gesichtszüge; er verlangsamte die Schritte. Der Wagen kam ziemlich rasch die Steigung herauf, fuhr an ihm vorbei – aber der Schaden war nicht mehr gutzumachen, die Dunkelheit war durchbrochen. Und wie bei einer Parade folgten dem ersten Wagen ein zweiter und dritter; das blendende Licht ihrer Scheinwerfer strich über die gewundene Straße, den daneben verlaufenden Fußweg und den *Palisades*-Park dahinter. Das Mädchen war in Sicherheit; er spürte die Erleichterung in ihren Schritten. Wie dumpfe Trommelschläge pochte der Zorn in ihm.

Als er die Abzweigung erreichte, überquerte sie bereits die Küstenstraße: eine braune Gestalt unter dem gelben Licht der Straßenbeleuchtung, das die Kreuzung erhellte. Er sah zu, wie sie den gegenüberliegenden Gehsteig erreichte und hinter dem dunklen Tor eines der drei Häuser verschwand, die hier eng zusammenstanden. Er hätte ihr folgen können, aber die Häuser waren erleuchtet; sicher wartete jemand auf sie, im Licht ihres Heimes … Er hätte kaum erklären können, wieso er ihr bis an die Haustür gefolgt war.

Während er so dastand, näherte sich ein hellblauer Bus der Kreuzung und hielt kurz davor an; eine Frau in mittleren Jahren stieg aus. Er kletterte hinein. Es war ihm egal, wohin der Bus fuhr; Hauptsache, er trug ihn fort aus dem gelben Schein der Straßenlaternen. Im Bus saßen nur wenige Fahrgäste, alles Frauen, reizlose Frauen. Der Fahrer war ein hagerer, derber Mann; er drehte mit einem knarrenden Geräusch die Kurbel seiner Wechselgeldkasse und schaute dabei hinaus in die Nacht. Das Fahrgeld betrug zehn Cent.

In dem beleuchteten Bus fuhren sie an den dunklen Klippen entlang. Auf der anderen Seite der Straße lagen die größeren Strandhäuser und Klubs und verwehrten den Blick auf den Ozean. Nebelschwaden glitten lautlos an den Fenstern vorbei. Der Bus fuhr ohne anzuhalten durch, bis er das Ende dieses Teiles der Küstenstraße erreicht hatte und scharf abbog. Anscheinend verließ er hier die Küste und fuhr hinein zwischen die Hügel und in den dunklen Canyon. Als der Bus anhielt, stieg der Mann aus und ging ein paar Schritte bis zum nächsten Häuserblock, wo sich ein kleines Geschäftsviertel befand. Er wußte nicht, warum er ausgestiegen war, bis er diese Ecke erreichte und ein paar Imbißbuden, einen kleinen Drugstore und eine Bar sah. Er brauchte etwas zu trinken.

Es war eine nette kleine Bar, angefangen bei dem Schiffsbug, der über dem Eingang auf den Gehsteig herausragte, bis zu der kajütenartigen, schummerig beleuchteten Ausstattung im Inneren. Eine typische Männerbar – obwohl auch eine dunkelhaarige Frau mit schriller Stimme an der Theke stand. Sie befand sich in Begleitung zweier Männer, und alle drei waren unangenehm laut. Er mochte sie nicht. Aber er mochte den alten Mann mit den breiten Koteletten und dem weißen Ziegenbart, der hinter der Bar stand. Der Alte verbreitete die Ruhe und Kompetenz eines Kapitäns zur See.

Der Mann bestellte sich einen einfachen Roggenwhisky, aber als der Alte das Glas vor ihm auf die Theke stellte, hatte er keine Lust mehr darauf. Er trank das Glas aus, aber es schmeckte ihm nicht. Er hätte überhaupt keinen Drink gebraucht; er hatte sich während der Busfahrt beruhigt. Jetzt war er auf niemanden mehr wütend. Nicht einmal auf die verdammten Krachmacher neben ihm an der Bar.

Die Schiffsglocke hinter der Theke schlug achtmal: acht Uhr. Er wollte nirgendwohin, hatte nichts zu tun. Er scherte sich nicht mehr um das kleine braune Mädchen. Also bestellte er sich noch einen Roggenwhisky. Als das Glas dann kam, ließ er es einfach stehen und hatte nicht mehr das geringste Bedürfnis, den Whisky zu trinken.

Er konnte hinausgehen, hinüber zum Strand, konnte sich in den Sand setzen und den Nebel und den Ozean riechen. Da draußen würde es still und dunkel sein. Das Meer war kurz zu sehen gewesen, bevor der Bus nach rechts abgebogen war; also mußte es dort ein Stück Strand geben. Aber er rührte sich nicht. Er fühlte sich wohl hier. Er zündete sich eine Zigarette an und drehte dann müßig das Glas mit dem Roggenwhisky auf dem polierten Holz der Bartheke, drehte es, ohne einen Tropfen daraus zu verschütten.

Er schnappte ein Wort auf, das die Frau mit der schrillen Stimme gesagt hatte. Er hörte ihr nicht zu, aber er bekam das eine Wort mit, und er dachte, es sei das Wort *Brub* gewesen. Dabei fiel ihm ein, daß Brub irgendwo hier draußen wohnen mußte. Er hatte ihn seit fast zwei Jahren nicht mehr gesehen und nur einmal mit ihm gesprochen, vor Monaten, als er hier an der Westküste eingetroffen war. Sicher, er hatte Brub versprochen, sich bei ihm zu melden, sobald er eine Bleibe haben würde, aber dann hatte er es vergessen.

Brub wohnte im Santa Monica Canyon.

Er ließ sein Glas auf der Theke stehen und ging rasch zur Telefonzelle in der Ecke. Das Telefonbuch war zerfleddert, aber er fand den Namen: Brub Nicolai. Er fand auch eine Münze, steckte sie in den Schlitz und wählte die Nummer.

Eine Frau kam an den Apparat; er wartete, während sie Brub rief. Dann Brubs Stimme, ein wenig neugierig: »Hallo?«

Sein Herz schlug schneller, als er die Stimme hörte. Der unvergleichliche Brub, ohne ihn wären die Jahre in England nicht dasselbe gewesen. Er freute sich wie ein kleiner Junge, rief: »Hallo, Brub!« und wollte, daß Brub ahnte oder erriet, wer er war. Aber woher hätte er es wissen sollen? Er war ein wenig erstaunt, fragte: »Wer spricht da?«

Die Aufregung verstärkte sich. »Na, was glaubst du denn?« Dann rief er: »Hier ist Dix! Dix Steele!«

Es war ein gutes Gefühl. Es kam genau so, wie er es erwartet hatte. Brub atmete tief durch, dann brüllte er: »Dix! Wo hast du denn die ganze Zeit gesteckt? Ich hab schon gedacht, du bist wieder zurück an die Ostküste.«

»Nein«, sagte er. Daß Brub sich freute, weckte in ihm ein Gefühl von Wärme und Geborgenheit. »Ich hatte nur so viel zu tun. Du kennst das ja. Mal dies, mal das.«

»Ja, das kenne ich.« Brub fragte: »Und wo bist du jetzt? Was treibst du?«

»Ich sitze in einer Bar«, sagte er und hörte Brubs Lachen. Sie hatten ihre meiste Freizeit in Bars verbracht; damals hatten sie es nötig gehabt. Brub wußte nicht, daß Dix nicht mehr abhängig war vom Alkohol; es gab vieles, was er Brub erzählen mußte. Brub, der für ihn wie ein großer Bruder war. »Drunten am Meer, mit einem Schiffsbug über der Tür …«

Brub fiel ihm ins Wort. »Aber das ist ja praktisch um die

Ecke! Wir wohnen in der Mesa Road, nur ein paar Querstraßen von der Bar. Komm doch rauf!«

»Bin praktisch schon da.« Er hängte ein, sah die Hausnummer im Telefonbuch nach, kehrte zur Bar zurück und trank das Glas mit einem Schluck aus. Diesmal schmeckte ihm der Whisky.

Er war schon draußen auf der Straße, als ihm einfiel, daß er seinen Wagen nicht dabeihatte. Er war am Nachmittag spazierengegangen und anschließend mit dem Wilshire-Santa-Monica-Bus nach Santa Monica gefahren. Er hatte seit Monaten nicht mehr an Brub gedacht, bis die Schlampe in der Bar etwas gesagt hatte, das wie »Brub« klang. Vermutlich hatte sie nur »Bud« zu dem Deppen neben ihr gesagt, aber es hatte ihn an Brub erinnert. Und jetzt war er auf dem Weg, ihn zu besuchen.

Als wäre es vorherbestimmt, hielt direkt am Rotlicht neben ihm ein Taxi. Zuerst merkte er gar nicht, daß es ein Taxi war: ein dunkler, ziemlich zerbeulter Wagen mit einem jungen Fahrer ohne Hut. Das Taxi war frei. An der Tür las er die Aufschrift: *Santa Monica Cab Co.*, dann schaltete die Ampel schon auf Grün, und er sprang auf die verlassene Straße und rief: »Hallo, Taxi!«

Als wäre es vorherbestimmt, fuhr der Wagen nicht einfach los, sondern blieb stehen und wartete auf ihn. »Kennen Sie die Mesa Road?« Er hatte seine Hand bereits am Türgriff.

»Wollen Sie dorthin?«

»Klar.« Er kletterte in bester Stimmung hinein und sagte: »Nummer fünfhundertzwanzig.«

Der Fahrer wendete und fuhr den Weg zurück, den er gekommen war, ein paar Blocks hügelaufwärts, dann nach links und eine noch steilere Straße nach oben. Der Nebel lag dicht und schmutzigweiß im Canyon; die Scheibenwischer hatten Mühe, die Feuchtigkeit fortzuwischen. »Da ist es – das Haus der Nicolais«, sagte der Fahrer.

Dix war angenehm überrascht, daß der Fahrer wußte, wohin er fuhr. Es war ein gutes Omen; es bedeutete, daß Brub sich nicht geändert hatte. Brub kannte noch immer alle und jeden, und jeder kannte ihn. Dix schaute zu, wie die Nebelscheinwerfer des Taxis einen Bogen beschrieben und sich dann wieder den Hügel hinunterbewegten. Dieses Warten und Beobachten war ihm zur zweiten Natur geworden. Seine Gedanken waren beherrscht von der gelblichweißen Bewegung in der Watte des Nebels.

Er öffnete ein Gartentor; daneben ein weiß gestrichener Briefkasten: in schwarzen Buchstaben der Name *B. Nicolai* und die Adresse *Mesa Road 520.* Er sonnte sich in der Vertrautheit des Namens. Das Haus erhob sich über einer blumengeschmückten Terrasse, goldenes Licht brannte hinter einem der vorderen Fenster und hieß ihn willkommen. Er ging die gewundene Steintreppe hinauf zur Tür. Dann zögerte er ein paar Sekunden, bevor er den Türklopfer aus Messing betätigte, schob unbewußt den großen Augenblick noch ein wenig hinaus, um die Vorfreude zu genießen. Kaum hatte er den Türklopfer losgelassen, da wurde die Tür weit aufgerissen, und Brub stand vor ihm.

Er hatte sich nicht verändert. Das gleiche kurzgeschnittene, dunkle, krause Haar, das gleiche vierkantige Gesicht mit dem freundlichen Lachen um den Mund und in den funkelnden, schwarzen Augen. Die breiten Schultern und die Atmosphäre von Abenteuer und See – wenn er ging, schwankte er wie ein Seemann. Oder wie ein Ringkämpfer. Ein guter Ringkämpfer. Das war Brub.

Er blickte zu Dix auf und faßte dessen Hand, drückte sie fest. »Hallo, du alter Schurke«, sagte er. »Was denkst du dir eigentlich dabei, uns erst jetzt anzurufen? Laß dich mal ansehen.«

Er wußte genau, was Brub sah, als wäre Brub ein Spiegel, vor dem er stand. Ein junger Mann, ja, ein durchschnittlicher junger Kerl; sonnengebräunt, leicht gewelltes, mittelblondes Haar; mittelgroß und genau mit dem richtigen Gewicht für seine Größe; Augen haselnußbraun; Nase und Mund zum Gesicht passend – ein sympathisches Gesicht, aber eines, das sich einem kaum einprägte; ein Durchschnittsgesicht eben; ein guter Gabardine-Maßanzug, der eine Stange Geld gekostet hatte – dazu ein helles Sporthemd mit offenem Kragen. Seine Züge wirkten vielleicht momentan ein wenig prägnanter als sonst, aus Freude und vor Aufregung, einen guten alten Freund wiederzusehen. Aber normalerweise war es ein Gesicht, an das man sich nicht erinnerte.

»Laß dich auch mal ansehen«, sagte er. Brub war einen halben Kopf kleiner, und er blickte auf ihn hinunter, wie Brub zu ihm aufschaute. Sie musterten sich schweigend, und jeder schien zufrieden zu sein mit dem, was er sah – bis beide gleichzeitig das Schweigen brachen. »Du hast dich kein bißchen verändert«, sagten sie im Duett.

»Komm doch rein.« Brub nahm ihn am Arm und zog ihn aus der schummerigen, gemütlichen Diele in das hell erleuchtete Wohnzimmer. Dix blieb abrupt stehen, als er ein paar Schritte in das komfortable Zimmer hineingegangen war. Die Dinge hatten sich doch verändert. Da war eine Frau – eine Frau, die das Recht hatte, hier zu sein.

Dix vergaß den ersten Eindruck nie: eine schlanke junge Frau in einem einfachen, beigen Kleid, die sich in einen riesigen Armsessel am weißen, offenen Kamin schmiegte. Der Sessel war ein schrilles Möbelstück mit einem Muster in Grün und Purpur, wie tropische Blüten, durchbrochen von kirschroten Linien. Und ihr Haar hatte die Farbe von Weißgold mit silbernem Schimmer; sie trug es in langen Locken bis auf die Schultern. Sie hatte ein feingeschnittenes Gesicht, ohne oberflächlich hübsch zu wirken; ein starkes Gesicht mit hohen Wangenknochen und einer geraden Nase. Ihre Augen waren wunderschön, meerblau und wie Flügel geschwungen; und auch ihr Mund hatte wundervolle Linien. Trotzdem konnte man sie nicht als schön bezeichnen; inmitten hübscher Frauen, etwa in einer Bar oder in einem Nachtklub, hätte man sie kaum beachtet. Sie war zu unaufdringlich dafür … eine Dame, die kein Interesse daran hatte aufzufallen.

Hier war sie zu Hause; sie war die Herrin des Hauses, und

in dieser Umgebung war sie schön. Noch ehe ein Wort gefallen war, wußte er, daß sie Brubs Frau war. Er sah es an der Art, wie sie ihnen entgegenblickte, als sie hereinkamen, wie sich ihr Lächeln verstärkte, als Brub sagte: »Das ist Dix, Sylvia. Dickson Steele …«

Sie streckte ihm die Hand entgegen und beendete den Satz: »… von dem du mir so viel erzählt hast. Hallo, Dix.«

Dix trat einen Schritt vor, erwiderte ihr Lächeln und ergriff ihre Hand. Außer im allerersten Augenblick hatte er sich nicht verraten. Und selbst das konnte eigentlich nicht aufgefallen sein.

»Hallo, Sylvia«, sagte er. Sie war groß, wie sie jetzt dastand, ebenso groß wie Brub. Er hielt ihre Hand fest, während er sich an Brub wandte, einen stolz lächelnden Brub.

»Warum hast du mir nie gesagt, daß du verheiratet bist?« fragte er. »Was fällt dir ein, dieses wunderschöne Geschöpf vor mir zu verheimlichen?«

Sylvia zog ihre Hand zurück, und Brub lachte. »Sie klingen genau wie der Dix, von dem er mir immer erzählt hat«, gab Sylvia zurück. Sie hatte eine angenehme Stimme; strahlend wie ihr goldenes Haar. »Trinken Sie ein Bier mit, oder wollen Sie den Individualisten spielen und Whisky haben?«

»Brub wird sich zwar wundern«, erwiderte er, »aber ich nehme ein Bier.«

Die Atmosphäre war angenehm. Das Zimmer behaglich, nur der eine Sessel ein bißchen zu bunt, die Couch wie grünes Gras, eine andere gelb wie die Sonne. Auf dem gebohnerten Parkett lagen helle Teppiche, und vor der Terrassentür mit den schweren weißen Vorhängen stand ein großer, grüner Sessel. An den Wänden gute Drucke: O'Keeffe und Rivera. Die Hausbar aus hellem Holz – praktisch und unauffällig in einer der Ecken. Sie mußten ein Eisfach haben: Das Bier war herrlich kalt.

Sylvia öffnete ihm eine Flasche, goß die Hälfte in ein hohes, gekühltes Glas und stellte es auf ein Beistelltischchen neben ihn. Dann brachte sie Brub eine neue Flasche und goß auch sich selbst ein Glas ein. Ihre Hände waren schlank, ruhig und präzise in den Bewegungen; sie selbst bewegte sich ebenso gelassen und zielbewußt. Sicher eine Frau, mit der es Spaß machte, ins Bett zu gehen: Auch dort würde sie keine unnütze Bewegung machen, würde still das Ihre tun.

Als ihm bewußt wurde, was er dachte, wiederholte er seine Frage von vorhin: »Warum hast du mir nie gesagt, daß du verheiratet bist?«

»Wie denn sagen?« rief Brub entrüstet. »Du hast mich vor sieben Monaten angerufen, genau gesagt am achten Februar, hast mir mitgeteilt, daß du eben hier angekommen bist und dich bei mir melden würdest, sobald du weißt, wo du wohnst. Und das war das letzte, was ich von dir gehört habe. Drei Tage später bist du aus dem *Ambassador* ausgezogen, ohne eine Adresse zu hinterlassen. Wie hätte ich dir da irgend etwas sagen können?«

Dix lächelte und senkte den Blick. »Hast du Nachforschungen angestellt, Brub?«

»Ich wollte dich nur ausfindig machen, du verrückter Kerl«, erwiderte Brub fröhlich.

»Wie in alten Tagen«, sagte Dix. »Brub hat sich um mich gekümmert wie ein großer Bruder, Sylvia.«

»Du hattest einen Aufpasser auch dringend nötig!«

Dix kam auf das vorherige Thema zurück. »Seit wann bist du verheiratet?«

»Im Frühjahr waren es zwei Jahre«, erklärte Sylvia.

»Eine Woche und drei Tage nachdem ich zurück war, fand die Hochzeit statt«, sagte Brub. »So lange hat sie gebraucht, bis sie einen Termin beim Schönheitssalon bekommen hat.«

»Den sie überhaupt nicht nötig hatte«, erklärte Dix und lächelte.

Sylvia erwiderte das Lächeln. »Ach was – er hat so lange gebraucht, um das Geld fürs Standesamt zusammenzukratzen. Völlig daneben. Er hat jeden Cent für Blumen und Geschenke ausgegeben und ganz vergessen, daß das Heiraten auch was kostet.«

Angenehmer Raum, nettes Gespräch, kühles Bier. Zwei Männer. Und eine wunderschöne Frau.

Brub sagte: »Wofür, glaubst du wohl, habe ich im Krieg gekämpft? Doch nur, weil ich nach Hause wollte zu Sylvia.«

»Und wofür haben Sie gekämpft, Mr. Steele?« Sylvias Lächeln war nicht spröde, auch wenn es ein wenig so wirkte.

»Um übers Wochenende nach London fliegen zu können«, erklärte Brub vielsagend.

Dix wollte ernsthaft antworten, wollte ihr imponieren. »Ich habe oft darüber nachgedacht, Sylvia. Warum ist überhaupt irgendeiner von uns in den Krieg gezogen? Weil wir mußten? Das ist keine gute Antwort. Niemand hat mich gezwungen, als ich mich meldete. Aber ich glaube, damals hat man einfach so gehandelt. Und die Luftwaffe war das Beste von allem. Alle bei uns im College waren verrückt aufs Fliegen. Ich war in Princeton, als es anfing. Und ich wollte alles erleben, was es zu erleben gab.«

»Brub war in Berkeley«, erinnerte sie sich. »Vielleicht haben Sie recht – man hat damals einfach so gehandelt.«

Sie segelten jetzt in sicherem Gewässer, auf ein ernsthaftes Gespräch zu. Brub öffnete noch eine Bierflasche für sich und Dix. Dann sagte er: »Vielleicht war es so, vielleicht machen wir uns aber auch nur etwas vor. Wir sind eine lässige Generation. Dix – wir wollen nicht zeigen, daß wir bluten, wenn uns jemand sticht. Aber Selbstverteidigung ist einer unserer letzten Instinkte. Man kann sagen, was man will – es war eine Art Notwehr. Und das haben wir gewußt oder intuitiv gefühlt.«

Dix stimmte ihm zu. Er fühlte sich wohl. In diesem Haus war es egal, ob man zustimmte oder entgegengesetzter Meinung war. Hier gab es keinen Ärger, keinen Zorn – und keinen Grund, zornig zu werden. Obwohl diese Frau hier war … Ja, vielleicht sogar, weil diese Frau hier war. Sie war sanft.

Er vernahm Sylvias amüsierte Stimme wie aus weiter Ferne, durch einen Schwall von grauem Nebel. »Brub sucht immer nach dem verborgenen Motiv. Deshalb ist er vermutlich auch Polizist geworden.«

Dix tauchte blitzschnell aus dem Nebel auf. Das Wort bohrte sich wie ein eisiger Speer durch sein Gehirn. Er hörte sich selbst das kalte, harte Wort aussprechen: »Ein Polizist?« Aber sie merkten nichts. Sie dachten, es überrasche ihn, dabei war er mehr als überrascht – erschreckt und schockiert. Und sie waren vermutlich an diese Reaktion gewöhnt. Denn es war kein Scherz, es war die Wahrheit. Brub sagte es mit entschuldigendem Grinsen, seine Frau mit einem Lachen, das ihren Stolz verbarg.

»Es stimmt wirklich«, sagte sie.

Und Brub: »Aber kein einfacher Polizist mehr, Liebling. Kriminalbeamter.«

Sie hatten dieses Gespräch schon oft geführt; es ging ihnen leicht von den Lippen. Aber Dix rang nach Worten, suchte ein Stichwort für den nächsten Satz. »Polizist?« wiederholte er ungläubig, aber der erste, betäubende Schock war gewichen. Er war bereit, das Amüsement zu zeigen, das von ihm erwartet wurde.

Brub erklärte: »Kriminalbeamter … Alle wollen wissen, warum, und ich habe einfach keine Antwort darauf.«

»Er hat das verborgene Motiv noch nicht gefunden«, meinte Sylvia.

Brub zuckte die Achseln. »Doch, das kenne ich. Reine Arbeitsscheu. Das Motto der Nicolais. Steht sogar in unserem Familienwappen.«

»Ein großer, gesunder Kerl, der nichts will, als das Leben zu genießen«, sagte Sylvia.

Die beiden waren wie zwei Rundfunksprecher, die sich anscheinend mühelos gegenseitig die Bälle zuwarfen.

»Mein alter Herr war Großgrundbesitzer; der hat nie auch nur einen Finger krumm gemacht. Aber Grundbesitzen ist aus der Mode, kam also nicht in Frage. Meine Schwestern haben alle reich geheiratet.« Er warf Sylvia einen Seitenblick zu. »Ich hätte es ihnen nachmachen sollen. Raoul, mein ältester Bruder, ist Investment-Berater. So steht's jedenfalls in goldenen Lettern an seiner Bürotür. Investment-Berater.«

»Brub«, mahnte Sylvia, aber sie lächelte dazu.

»Jeden Morgen ist er schon um zehn im Büro«, fuhr Brub fort. »Manchmal auch ein bißchen später. Er öffnet die Post. Anschließend fährt er in den Klub und spielt Squash. Dann unter die Dusche, eine Massage, und schon geht's ab zum Mittagessen. In aller Ruhe natürlich. Danach eine kurze Siesta, eine Partie Bridge – und schon ist wieder ein Tag vorüber. Ganz schön anstrengend.«

Brub trank einen Schluck Bier.

»Dann ist da noch mein anderer Bruder, Tom. Er spielt Golf. Im Nebenberuf ist er Anwalt. Er hat sich auf Flurschäden durch Dinosaurier spezialisiert. Da die Dinosaurier nur sehr selten Flurschäden verursachen, hat er viel Zeit zum Golfspielen ...« Er nahm noch einen Schluck. »Na ja, und ich bin eben zur Kripo gegangen.«

Dix hatte mit einem halben Lächeln zugehört, hielt aber den Blick auf das Bierglas gerichtet. Fragen brannten ihm auf der Zunge wie Nadeln in einem Nadelkissen. Brub war mit seiner kleinen Ansprache fertig und wartete auf seine Reaktion. Also sagte er leichthin: »Du machst es dir ja ganz schön leicht. Keine Investments und keine Gerichtsverhandlungen; nein: Sherlock Nicolai. Hast du's nie bereut?«

»Doch, verdammt noch mal«, schimpfte Brub. »Es ist Schwerstarbeit.«

»Sie kennen doch Brub!« Sylvia seufzte. »Er macht keine halben Sachen. Er steckt bis über beide Ohren in Arbeit.«

Dix lachte und stellte sein Bierglas ab. Es war Zeit zu gehen. Zeit, um Abstand von den Nicolais zu gewinnen. »Brub hätte meinen Beruf ergreifen sollen ...« Auf ihre fragenden Blicke erklärte er: »Wie dreiundneunzigeinhalb Prozent aller Kriegsheimkehrer schreibe ich an einem Buch.«

»Noch ein Schriftsteller mehr«, sagte Sylvia nachdenklich.

»Aber im Gegensatz zu zweiundneunzigeinhalb Prozent schreibe ich kein Buch über den Krieg. Nicht einmal meine Autobiographie. Schlicht und einfach einen Roman.«

Ein fabelhafter Schwindel, da hatte er wahrhaftig eine großartige Wahl getroffen. Nicht intuitiv – nein, mit kalter Überlegung. Jetzt streckte er sich wie ein Hund und war bereit aufzustehen. »Siehst du, und deshalb habe ich mich so lange nicht bei dir blicken lassen. Wenn man ein Buch schreibt, muß man dranbleiben. Ich gehe nie weit weg von meiner guten, alten Schreibmaschine.« Er lächelte Brub offen an. »Mein Onkel hat mir ein Jahr Zeit gegeben, um zu sehen, was dabei rauskommt. Also bleibt mir nichts anderes übrig, als zu arbeiten.«

Inzwischen war er auf den Beinen. Er wollte eigentlich nach dem Telefon fragen, sie bitten, ihm ein Taxi zu bestellen, aber Brub würde das nicht zulassen. Er würde darauf bestehen, ihn zur Bushaltestelle zu bringen; er würde wissen wollen, wo Dix wohnte. Dix hatte nichts gegen einen Spaziergang. Er würde seinen Weg in die Stadt zurück allein finden.

»Und jetzt mache ich mich besser wieder an die Arbeit«, sagte er.

Sie protestierten zwar, aber nur halbherzig. Sie waren jung, sie liebten sich, und Brub mußte morgen früh raus. Dix stellte die Frage ganz beiläufig. »Brub muß schließlich seinen Schlaf haben, damit er morgen früh wieder zur höheren Ehre der Polizei von Santa Monica Verbrecher aufspüren kann, nicht wahr?«

»Von wegen Santa Monica! Ich arbeite bei der Polizei von Los Angeles«, erwiderte Brub nicht ohne Stolz.

Gut, er hatte es wissen wollen; jetzt wußte er es. Die Polizei von L.A.

»Dann brauchst du erst recht viel Schlaf. In L.A. gibt's vermutlich einiges zu tun, was?«

Brubs Gesicht wurde plötzlich ernst und wirkte ziemlich müde. »Verdammt viel«, sagte er.

Dix lächelte wieder – ein leises Lächeln. Brub konnte nicht wissen, warum; er war zwar wie ein großer Bruder für ihn gewesen, aber auch große Brüder brauchten nicht alles zu wissen. Es gab Dinge, die ein Mann lieber für sich behielt. Es machte Spaß, sich ein paar Geheimnisse zu bewahren.

»Ich melde mich«, sagte er. Und öffnete die Tür. Aber so leicht kam er nicht weg.

»Warte«, sagte Brub. »Wir haben gar keine Telefonnummer von dir.«

Er mußte sie ihnen geben. Und er tat es, ohne zu zögern. Jedes Zögern wäre Brub aufgefallen. Brub oder dieser Frau mit den klaren Augen, die ihn aus dem Hintergrund beobachtete. Er nannte seine Telefonnummer und wiederholte seinen Abschiedsgruß. Dann war er allein und tastete sich von der Veranda hinunter auf den Plattenweg, hinein in die Dunkelheit und den klammen, milchigen Nebel.

2

Ohne Ziel und Plan lief er hinaus in die Nacht. In den sieben Monaten, seit er hier in Kalifornien lebte, war er mehr als einmal umgezogen. Er konnte es wieder tun. Natürlich war es nicht leicht, ein Quartier zu finden, jedenfalls eines, das ihm paßte. Seine jetzige Wohnung gefiel ihm; das war ein Glücksfall gewesen. Sie gehörte einem Burschen, den er noch aus Collegezeiten kannte. Ein paar Jahre war das erst her. Ewigkeiten. Schon damals war ihm dieser Mel Terriss ziemlich gleichgültig gewesen, genau wie an dem Abend im Juli, als er ihm hier zufällig begegnete. Terriss war fett geworden; Wülste unter dem Kinn, unter den Augen, um die Hüfte. Er hatte die Augen eines Alkoholikers, und sie verschlangen die Blondine, die mit Dix zusammen war. Dix stellte sie ihm nicht vor. Aber Terriss hängte sich an sie wie eine Klette – und Dix fand die Wohnung, auf die er schon so lange gewartet hatte.

Er hatte die Nase voll von dem zweitklassigen Hotel am Westlake Park. Es stank. Und Terriss hatte jedem, der es hören wollte, erzählt, daß er für ein Jahr nach Rio gehen würde – mit einem dicken Gehalt, das zu seiner Statur paßte.

Sicher konnte er wieder umziehen, aber er würde den Teufel tun. Er mochte Beverly Hills: Es war eine angenehme

Gegend. Und eine sichere. Vielleicht genügte es, wenn er seine Telefonnummer ändern ließ. Terriss' Nummer, genau gesagt. Er konnte sich eine Geheimnummer geben lassen. Daran hatte er schon gedacht. Aber Terriss' Nummer war praktisch genauso gut wie eine Geheimnummer. Dix Steele war im Telefonbuch nicht zu finden.

Ohne nachzudenken, spazierte er aus dem engen Canyon hinaus auf die Küstenstraße. Er wechselte zur Strandseite; jenseits der dunklen Sandfläche hörte er das dumpfe Donnern der Brecher. Er erwog, am Wasser entlang zurückzugehen, aber das Laufen im Sand war anstrengend, und er fühlte sich plötzlich sehr müde. Schließlich wandte er sich in Richtung des California Incline. Es gab keinen Bus, kein Taxi, und kein Privatwagen hielt an, um ihn mitzunehmen. Die meiste Zeit ging er auf der Fahrbahn, weil es keinen Bürgersteig gab, und hielt sich dabei dicht an den Häuserwänden, denn im Nebel war er nicht mehr als ein konturloser, fließender Schatten. Den Teufel würde er tun, umzuziehen oder auch nur seine Telefonnummer zu ändern. Er brauchte ja Brub und seine Frau nicht mehr zu treffen. Hatte ihnen schon im voraus eine gute Ausrede geliefert. Er schrieb ein Buch: Da war keine Zeit, seine Abende mit Bier und nichtssagendem Geschwätz zu vergeuden.

Er ging weiter, lautlos wie der Nebel. Es war schön gewesen. Der erste schöne Abend seit langer Zeit. Seit schrecklich langer Zeit. Er versuchte, sich zu erinnern, wann das gewesen sein mochte … In den alten Zeiten in England, als er und Brub noch so vertraut miteinander gewesen waren …

Er biß die Zähne zusammen und trottete weiter auf den gelben Lichtkreis zu, den die Straßenbeleuchtung auf das Pflaster vor ihm malte, konzentrierte sich auf das Licht, wie es größer wurde, während er lautlos näherkam. Er verdrängte die Gedanken, schluckte sie mit zusammengepreßten Kiefern hinunter. Erst als er die Straßenlampe erreicht hatte, sah er den California Incline, der schräg gegenüber aufragte. Ihm wurde klar, daß das Haus, in dem das braune Mädchen verschwunden war, nur ein paar Schritte weiter war. Im Schatten des Klubhauses blieb er stehen. Nur noch der leere, eingezäunte Parkplatz des Klubs erstreckte sich zwischen ihm und der kleinen Ansammlung von drei Häusern. Weit hinter dem Drahtzaun donnerte die Brandung in stetigem Rhythmus und trug die würzige Salzluft zu ihm.

Er mußte an den drei Häusern vorbei: Dort befanden sich die weiß markierten Fußgängerüberwege. Er lächelte ein wenig, als er darauf zuging. Er hatte den Maschendraht des Parkplatzes schon fast hinter sich, als ein riesiger Tanklaster das Stoppschild ignorierte und mit aufbrüllendem Motor an ihm vorbeidonnerte. Sekunden später folgte ein zweiter und zerriß die Stille mit dröhnenden Reifen und scheppernden Anhänger. Spie ölige Dieselabgase in den Nebel. Dix blieb zitternd vor Wut stehen, bis die beiden Tankwagen verschwunden waren. Er zitterte immer noch, als er die drei Häuser erreichte, und dann verstärkte sich sein Zorn noch: Er vermochte nicht mehr zu sagen, hinter welchem der drei braungestrichenen Gartentore das braune Mädchen verschwunden war. Die Tore der ersten beiden Häuser lagen direkt nebeneinander. Abrupt machte er kehrt, überquerte die Straße und ging den California Incline hinauf. Er war so sicher gewesen, daß sie zum mittleren der drei Häuser gegangen war – und jetzt konnte er es nicht mehr genau sagen. Er würde sie noch einmal beobachten müssen.

Erst als er die Kuppe des Steilstücks im Mittelteil des Anstiegs erreichte, verrauchte sein Zorn allmählich. Er blieb stehen und schaute über die Steinmauer. Auf der anderen Seite der Brüstung befand sich eine Miniaturausgabe des *Palisades*-Parks. Und hier, gleich hinter der Mauer, war eine kleine Lichtung im dichten Gestrüpp, lief sogar ein schmaler Trampelpfad steil nach unten. Ein guter nächtlicher Beobachtungsposten für einen Mann, der nicht gesehen werden wollte. Er lächelte, und gleich ging es ihm wieder besser.

Er stieg weiter den California Incline hinauf, und es machte ihm nicht einmal etwas aus, wenn ihn ein nach unten fahrender Wagen mit den Scheinwerfern blendete. Nein, er würde bestimmt nicht aus Terriss' Wohnung ausziehen. Er war ganz zufrieden dort. Irgendwie amüsierte ihn der Gedanke, daß Brub Nicolai ihn jederzeit aufspüren konnte. Amüsant – und aufregender als alles, was er seit langem erlebt hatte. Jäger und Gejagter Hand in Hand. Die Jagd – versüßt durch Gefahr. Am Gipfelpunkt des Anstiegs angelangt, schaute er hinunter auf die Häuser, den Strand und das Meer. Jetzt lagen sie alle hoffnungslos verloren im Nebel.

Er ging weiter, ohne nachzudenken, wie er nach Beverly Hills zurückkommen würde. Es war ihm auch egal, bis er überrascht die Lichter eines Busses auf sich zukommen sah. Er wartete. Es war die Linie zwischen Wilshire und Los Angeles. Nachdem er eingestiegen war, sah er auf seiner Armbanduhr, daß es noch früh war, erst kurz nach elf. Im Bus saßen nur zwei Fahrgäste: Arbeiter im Blaumann. Dix nahm auf dem vordersten Sitz Platz und schaute zum Fenster hinaus, das Gesicht abgewandt vom trüben Licht des Wageninneren. Einige Passagiere stiegen zu, während der Bus den Wilshire Boulevard entlangrumpelte, durch Santa Monica hindurch und nach Westwood hinein. Dix drehte sich nicht um; er konnte die Spiegelbilder der anderen Fahrgäste in der Windschutzscheibe sehen. Es war keiner dabei, der eines zweiten Blickes würdig gewesen wäre.

Die Nebel lichteten sich, als der Bus Westwood hinter sich gelassen hatte und die dunkle, von den Bäumen des Golfplatzes gesäumte Straße entlangfuhr. In Beverly konnte man schon wieder wie durch einen grauen Vorhang die Straßenecken erkennen, die Schaufenster und die Menschen auf den Gehwegen. Aber es gab kaum Leute; der Stadtteil war ausgestorben wie eine Kleinstadt. Dix blickte aufmerksam hinaus.

Am Camden Drive sah er sie. Ein Mädchen – ein unbekanntes Mädchen, das allein neben der Bank der Haltestelle stand und anscheinend auf eine andere Linie wartete. Nachts fuhren die Busse nur in großen Abständen. Dix zog am Klingelzug, aber es war schon zu spät für den Camden Drive. Er stieg an der nächsten Haltestelle aus, zwei Querstraßen weiter. Das war nicht so wichtig. Er überquerte den Wilshire Boulevard, und seine Lippen lächelten, während er den Weg zurückging. Seine Schritte waren lang – und leise.

3

Das Telefon riß ihn mit einem mißtönenden Schrillen aus dem Schlaf. Es war wie das Kreischen schwerer Lastwagenbremsen, wie das dumpfe Holpern eines leeren Tankanhängers auf der Küstenstraße, wie das Heulen einer einschlagenden Granate. Dix öffnete die verklebten Augen. Er wußte nicht, wie lange das Telefon schon geklingelt hatte. Es hörte auf, sobald er die Augen öffnete, aber als er sie wieder schloß, ging der Lärm von neuem los. Diesmal machte er sich nicht mehr die Mühe, die Augen zu öffnen. Mit ausgestreckter Hand stieß er den Hörer von der Gabel und setzte dem Schrillen ein Ende. Er zog sich das Kopfkissen über die Ohren und versuchte, wieder einzuschlafen. So früh am Morgen konnte er auf Gespräche verzichten. Egal, wer sich am anderen Ende der Leitung befand. Wer sollte es schon sein? Niemand kannte seine Nummer. Niemand, der wichtig war.

Wieder öffnete er die Augen. Er hatte Brub Nicolai vergessen. Gestern abend hatte er ihm seine Telefonnummer gegeben. Einen Augenblick lang krampfte sich sein Inneres in einem Anfall kalter Angst zusammen. Aber das verging so schnell, wie es gekommen war. Er fühlte keine Angst. Nur an Schlaf war jetzt nicht mehr zu denken. Er wandte den Kopf, um auf die Uhr am Nachttisch zu schauen. Es war gar nicht so früh, wie er vermutet hatte. Elf Uhr fünfunddreißig. Er hatte fast acht Stunden geschlafen.

Aber er konnte noch gut acht Stunden mehr vertragen. Die hatte er sogar bitter nötig! Er war völlig ausgepumpt ins Bett gefallen. Und um einen total erschöpften Körper wieder mit Energie aufzutanken, brauchte man mehr als acht Stunden.

Aber jetzt ließ ihm seine Neugier keine Ruhe mehr. Er schlug die Decke zurück und zog sich den Bademantel an. Zu mühsam, die Hausschuhe anzuziehen. Barfuß schlurfte er durch den Wohnraum zur Tür, öffnete sie und nahm die Morgenzeitung von der Türschwelle. Obwohl er es kaum noch erwarten konnte, schloß er zuerst die Tür, bevor er die Zeitung aufschlug.

Auf der Titelseite nichts Ungewöhnliches. Gesellschaftsnachrichten, nationale und internationale Ereignisse, Kriege und Streiks, politische Propaganda. Und auch auf der zweiten Seite nichts von dem, was er erwartet hatte. Also gar nichts. Er klemmte sich die Zeitung unter den Arm. Er hätte genausogut liegenbleiben können. Aber da er jetzt schon einmal wach war, brauchte er einen Kaffee. Er tappte hinüber in die Küche. Terriss hatte die Wohnung gut ausgestattet. Dix schaltete die Kaffeemaschine ein und öffnete die Küchentür, um die Milch hereinzuholen. Er hatte ein Eckappartement; das war angenehm für einen Mann, der für sich bleiben und sich um seine eigenen Angelegenheiten kümmern wollte. Keine neugierigen Nachbarn, die einem nachspionierten. Die meisten arbeiteten in den Filmstudios, wie ihm Terriss mit blasiertem Stolz erklärt hatte. Alles Leute, die für sich bleiben wollten.

Während Dix auf den Kaffee wartete, begann er die Zeitung zu lesen. Er trank drei Tassen und ließ dann die Zeitung aufgeschlagen neben der Tasse auf dem Küchentisch liegen. Es gab eine Putzfrau, die sich um die Wohnungen kümmerte; er achtete darauf, zu der Zeit, in der sie hier aufräumte, außer Haus zu sein. Die Putzfrau sah aus wie ein formloser Sack mit dicken Beinen. Sie kam zwischen zwei und drei Uhr nachmittags. Er wußte ihren Namen nicht und hätte sie wohl auch kaum auf der Straße wiedererkannt.

Er kehrte ins Schlafzimmer zurück. Leider war keine Zeit mehr, ein bißchen Schlaf nachzuholen, ehe die Putzfrau erschien. Wenn er noch schlief, konnte sie das Schlafzimmer nicht aufräumen, und er haßte ungemachte Betten. Er setzte sich auf den Bettrand, bemerkte den ausgehängten Telefonhörer und legte ihn auf die Gabel. Minutenlang saß er einfach so da, ohne zu denken, ohne etwas wahrzunehmen. Dann stand er auf und ging ins Bad. Sein Gesicht im Spiegel sah aus wie immer: ein bißchen zerknittert vom Schlaf, das Haar zerzaust. Nach einer Dusche und einer Rasur würde er sich besser fühlen. Er nahm gerade den Rasierapparat aus dem Etui, als das Telefon wieder klingelte.

Erst wollte er gar nicht abnehmen, aber dann packte ihn doch die Neugier. Langsam ging er ins Schlafzimmer zurück. Wieder setzte er sich auf das zerwühlte Bett. Mit kaum sichtbarem Zögern griff seine Hand nach dem Hörer. Er sagte: »Hallo?«

»Dix?«

Eine Frauenstimme, eine fragende Frauenstimme: »Dix?«

Er holte kurz Luft. Nur eine einzige Frau kannte seine Nummer: Sylvia Nicolai. Er bemühte sich um einen munteren Tonfall. »Am Apparat. Sylvia?« Sie reagierte überrascht.

»Sie haben mich erkannt?«

»Ihre Stimme«, sagte er amüsiert. Sie würde ihm glauben.

»Wo waren Sie denn? Ich habe es schon den ganzen Vormittag versucht.«

Er hatte keine Lust, ihr über sein Tun und Lassen Rechenschaft abzulegen – und sie interessierte sich wohl auch nicht dafür; es war nur eine Floskel gewesen. Das paßte ihm nicht. »Ich war hier und habe gearbeitet«, log er. »Das Telefon hat kein einziges Mal geklingelt.«

»Telefone«, sagte sie, und dann fuhr sie in ihrer kühlen, sympathischen Stimme fort: »Brub und ich würden uns freuen, wenn Sie heute mit uns zum Dinner in den Klub kommen könnten.«

Er wußte nicht, was er sagen sollte. Er wußte auch nicht, ob er an diesem Abend mit den beiden zusammensein wollte. Er war müde, zu müde für einen Entschluß. Lügen war immer der leichteste Ausweg. Nichts einfacher als das. Er fragte: »Kann ich Sie zurückrufen, Sylvia? Ich habe heute abend eine langweilige geschäftliche Verabredung. Aber wenn ich sie verschieben kann, dann würde ich mich mit größtem Vergnügen mit Ihnen beiden treffen.« Er schaltete seinen ganzen Charme ein und legte ihn in seine Stimme. Aber Sylvia klang kühl und geschäftlich, als wäre sie Brubs Sekretärin und nicht seine Frau. Als käme ihr eine Ablehnung gar nicht ungelegen. »Ja, bitte rufen Sie zurück. Und wenn's heute nicht klappt, dann eben ein andermal.«

Er erwiderte ihren Gruß und legte dann den Hörer auf. Sie wollte ihn heute abend nicht dabeihaben. Es war sicher Brubs Idee gewesen, und sie hatte eingewilligt: »Wenn du meinst, Brub ...«, weil sie ihn liebte und weil ihr Eheglück noch jung und frisch war. Nein, er würde nicht hingehen, wollte nicht in ihre Zweisamkeit eindringen. Die beiden waren glücklich miteinander, und Glück war etwas Seltenes heutzutage. Es war mehr wert als Gold und Geschmeide, Weihrauch und Myrrhe. Auch er hatte es einmal besessen, wenn auch nur für kurze Zeit; das Glück war wie Quecksilber, es zerrann einem zwischen den Fingern. Plötzlich fühlte er das heiße Brennen von Tränen in seinen Augen und schüttelte wütend den Kopf. Er wollte nicht daran denken, nie mehr wollte er daran denken. Es war vorbei, vergangen, vergessen. Wer, zum Teufel, wollte denn glücklich sein?! Was wirklich zählte, war der Reiz des Augenblicks, das Gefühl der Macht und ungezügelter Lust. Das half einem zu vergessen. Dagegen war das Glücklichsein so schal wie kalter Kaffee.

Er stand auf und fuhr sich mit der Hand durchs ungekämmte Haar. Er würde nicht mit den Nicolais in ihren stinkfeinen Klub gehen. Er würde alleine ausgehen. Der einsame Wolf. Es lag eine urtümliche, wilde Freude darin, der einsame Wolf zu sein. Mit Glücklichsein hatte das nichts zu tun. Es war die Kehrseite der Medaille, so wie Haß das Gegenteil von Liebe war. Lediglich eine hauchdünne Schicht geformten Metalls lag zwischen den zwei Seiten der Medaille. Er war der einsame Wolf; niemandem zu Rechenschaft verpflichtet, und das würde auch so bleiben. Diese Sylvia Nicolai hatte vielleicht Nerven, wissen zu wollen, wo er heute morgen gewesen war! Das ging sie einen Dreck an. Heute hatte sie nicht weiter nachgebohrt, aber sobald er sich mit den Nicolais einließ, würde sie nicht mehr lockerlassen. Frauen spionierten einem immer nach. Er haßte Frauen. Auch Brub würde ihm nachspionieren; schließlich war er Polizist.

Und doch würde es dem Spiel eine neue, aufregende Note geben, wenn er sich mit einem Polizisten einließ. Dix ging ins Badezimmer, stöpselte den Rasierapparat ein und rückte den Bartstoppeln zu Leibe. Er haßte das Geräusch, dieses penetrante Summen und Brummen. Natürlich hätte er sich naß rasieren können, aber an manchen Morgen begannen seine Hände, unkontrolliert zu zittern. Er wußte nie im voraus, wann es dazu kam. Besser, das Gesumme zu ertragen, als mit auffälligen Schnitten auf Kinn und Wangen herumzulaufen. Heute morgen waren seine Hände sicher wie die eines Chirurgen.

Er rasierte sich so rasch wie möglich fertig, putzte die Zähne und spülte mit Mundwasser nach. Schon besser. Und noch besser fühlte er sich dann unter der Dusche. Vielleicht wäre es doch ganz amüsant, den Abend mit den Nicolais zu verbringen. Am Ende war es doch Sylvia, die ihn dabeihaben wollte und nur die Gleichgültige spielte. Er war sich seiner Anziehungskraft auf Frauen durchaus bewußt; das sah er ganz nüchtern und objektiv. Er ertappte sie oft dabei, wie sie ihn interessiert musterten … Gut, nicht Sylvia, aber dazu war sie zu klug. Solange Brub in der Nähe war, würde sie ihr Interesse nie offen zeigen. Ja, er wollte Sylvia wiedersehen.

Er dachte an sie, während er sich abfrottierte. An ihre schlanke, elegante Gestalt, das Schimmern ihres Haares, ihre Stimme. Er hätte gerne einmal eine Frau ihres Kalibers näher kennengelernt. Brub war ein Glückspilz. Dix schleuderte das Handtuch auf den Boden. Brub war der geborene Glückspilz. Einen Augenblick lang erstarrte er, als hätte eine kalte Hand sein Rückgrat berührt.

Dann lachte er auf. Auch er war ein Glückspilz, denn er war schlau – und das war noch besser! Er ging hinüber ins Schlafzimmer. Es war kurz vor zwei; er mußte sich beeilen, wenn er die Wohnung verlassen haben wollte, bevor die häßliche Putzfrau besenschwingend darüber herfiel.

Er zog ein blaues Sporthemd an, dazu eine blaue Hose und bequeme Schuhe. Kein Jackett. Er hatte die Fenster offen und wußte, daß es ein schwüler Tag werden würde. September war Hochsommer in Kalifornien. Er steckte seine Brieftasche ein, dann die Schlüssel und anderen Krimskrams aus der zerknitterten Gabardinehose, die er gestern abend angehabt hatte. Dann rollte er die Gabardinehose zusammen, öffnete den Schrank und suchte die Anzüge und Hosen zusammen, die ebenfalls in die Reinigung mußten. Er war der Putzfrau zuvorgekommen; er war bereit zu gehen. Als er die Tür erreicht hatte, klingelte das Telefon; er ließ es läuten und ging hinaus.

Die Garagen befanden sich auf der Rückseite des Innenhofes. Die seine war fast einen halben Block entfernt. Auch das war einer der Vorteile von Terriss' Wohnung. Keine schlaflosen Nachbarn, die nachts hellwach am Fenster saßen und kontrollierten, wer wann kam und ging: Die Ausfahrt der Garagen ging auf eine Nebenstraße hinaus, und gegenüber lag ein unbebautes Grundstück. Er schloß die Tür der Garage auf, in der Terriss' Wagen stand. Ein hübscher Wagen, den ihm Terriss hinterlassen hatte. Er selbst hätte vielleicht etwas Auffallenderes gewählt, ein Kabriolett oder einen zweisitzigen Roadster, aber ein schwarzes Coupé hatte auch seine Vorteile. Bei Nacht sahen alle schwarzen Coupés gleich aus. Er fuhr los.

Das Bündel mit der Kleidung gab er in der Reinigung am Olympic Boulevard ab, dann fuhr er langsam über den Beverly Drive und parkte in der Nähe eines Delis. Er war hungrig. Er kaufte sich an der Straßenecke eine Frühausgabe der *News* und las sie, während er zwei Truthahn-Sandwiches aß und eine Flasche Bier dazu trank. Sogar um diese Tageszeit war hier noch ziemlich viel los. Der Laden war wegen seiner angenehmen Atmosphäre ziemlich beliebt. Alle Geräusche klangen gedämpft wie in einem Klub.

In der Zeitung stand nichts Interessantes. Nachdem er die Schlagzeilen überflogen hatte, las er die Comics, die Klatschspalte und den Wirtschaftsteil, nippte dazu an seinem Bier. Er schaute die Kinoprogramme durch und überlegte sich, ob er wieder einmal eine Nachmittagsvorstellung besuchen sollte. Aber heute war es zu spät dazu. Er mußte Sylvia Nicolai anrufen.

Nach dem Essen bummelte er die Straße entlang und kaufte unterwegs eine Stange Philip Morris. Inzwischen war es schon nach drei Uhr. Die Putzfrau war vermutlich längst mit der Wohnung fertig; er konnte zurückfahren, Sylvia anrufen und noch ein Nickerchen halten, bevor er sich mit den Nicolais in ihrem Klub traf. Er war müde von der Nachmittagshitze und dem Bier. Er konnte auch endlich an Onkel Fergus schreiben. Der verdammte alte Trottel erwartete wöchentlich seinen Brief. Und Dix' letztes Schreiben lag schon zwei Wochen zurück. Kein Brief, keine Schecks mehr. Dix würde einfach schreiben, er sei krank gewesen. Vielleicht rückte der alte Knicker dann ein bißchen mehr raus; für Arztkosten und Medikamente. Am besten irgend etwas Chronisches, das er sich in Übersee geholt hatte. Vielleicht eine Nierensache oder was mit den Bandscheiben. Aber nichts, was so ernst war, daß Onkel Fergus ihn zurückholte an die Ostküste.

Er stieg in seinen Wagen, rangierte aus der Parklücke und fuhr etwas zu schnell um den Block. Onkel Fergus könnte ruhig etwas freigebiger sein; schließlich war er sein letzter lebender Verwandter. Zweihundertfünfzig im Monat waren ein besseres Taschengeld. Die Sache mit der ärztlichen Behandlung war eine gute Idee; das hätte ihm schon früher einfallen müssen. Da konnte er sicher dreihundert aus ihm rausholen, vielleicht sogar drei-fünfzig. Er würde einen richtig guten Brief schreiben. Das sollte ihm leichtfallen. Schließlich kannte er Onkel Fergus wie seine Westentasche. Auf der Rückfahrt zur Wohnung befand er sich in glänzender Stimmung.

Er warf die Stange Zigaretten auf die Couch, holte sofort seine Reiseschreibmaschine, stellte sie auf den Schreibtisch und klappte den Deckel auf. Dann spannte er ein Blatt Papier ein und begann: *Lieber Onkel Fergus,* als ihm einfiel, daß er ja Sylvia anrufen mußte. Er ging hinüber ins Schlafzimmer. Das Telefon lief nicht wie bei den anderen Appartements über die Zentrale, er konnte direkt durchwählen; für Terriss war eben nur das Beste gut genug. Bevor er wählte, zündete er sich eine Zigarette an.

Sylvia kam an den Apparat. Ihr »Hallo« klang ganz natürlich. Aber als er sagte: »Sylvia? Hier spricht Dix«, wurde ihre Stimme eine Spur formeller. Sie war sich seiner Anziehungskraft bewußt. Und sie kämpfte dagegen an. Er hatte dieses Spielchen oft genug getrieben, hatte oft genug diese Art von Widerständen besiegt – aber noch nie in dieser Variation, mit der Frau seines besten Freundes. Der Gedanke stimulierte ihn ungemein.

Er fragte: »Na, wollen Sie mich heute abend immer noch haben?«

Sie merkte, daß er es absichtlich so zweideutig formuliert hatte, denn sie zögerte ein paar Sekunden, ehe sie die Gegenfrage stellte: »Sie können also doch zum Abendessen kommen?«

»Wenn die Einladung noch gilt?«

»Aber ja, natürlich.« Sie tat erfreut. »Könnten Sie gegen sieben hier sein? Dann hätten wir noch Zeit für einen Cocktail, bevor wir in den Klub fahren.«

»Ich komme.«

Jetzt war er froh, daß er sich dazu entschlossen hatte mitzugehen. Er legte sich auf das Bett zurück und rauchte die Zigarette zu Ende. Er lag noch immer müßig da, als das Telefon klingelte. Er war überrascht, als er wieder Sylvias Stimme vernahm. Jetzt war nichts mehr von Reserviertheit zu spüren. »Dix? Ich habe ganz vergessen zu sagen, daß Sie nichts Besonderes anziehen müssen. Wir sind im Strandklub immer ganz zwanglos und lässig.«

»Danke«, erwiderte er, »das erleichtert mich sehr. Mein Smoking platzt nämlich aus allen Nähten. Ich fürchte, er ist eingegangen, während ich im Krieg war.«

»Der von Brub auch. Man hat euch in Europa wohl zu gut gefüttert.« Sie lachte.

Danach unterhielten sie sich noch eine Weile über Belanglosigkeiten, ehe sie auflegten. Er wollte jetzt nicht mehr zurück an die verdammte Schreibmaschine. Er fühlte sich wohl, so auf dem Rücken liegend. Er war nicht mehr müde, nur faul und bequem. Natürlich versuchte er nur, wie schon seit zwei Wochen, den längst überfälligen Brief an den alten Geizkragen hinauszuschieben. Endlich raffte er sich doch auf und ging zum Schreibtisch. Heute gab es einen besonderen Ansporn. Es ging schließlich um das Geld für seine ärztliche Betreuung – und für die teuren Medikamente.

Als er an der Schreibmaschine saß, kehrte die Inspiration zurück. Er schrieb einen fabelhaften Brief, genau richtig in Ton und Umfang, nicht zuviel und nicht zuwenig. Natürlich bat er nicht um Geld. Er war sicher, das mit seinen Bandscheiben würde auch ohne die kostspielige Behandlung, die der Arzt empfohlen hatte, wieder in Ordnung kommen. Und so weiter. Er las den Brief noch zweimal durch, bevor er ihn in den Umschlag steckte. Dann entschloß er sich, ihn sofort zur Post zu bringen. Es war kurz nach fünf. Ehe er das Kuvert zuklebte, nahm er die Blätter noch einmal heraus und las sie zum drittenmal. Ja, genau richtig. Er klebte schnell den Umschlag zu, frankierte ihn mit einer Luftpostmarke und verließ das Appartement.

Er ging rasch, deshalb übersah er die junge Frau, bis er an dem Bogendurchgang zwischen Patio und Straße beinahe mit ihr zusammengestoßen wäre. Es erschreckte ihn, daß er sie nicht rechtzeitig bemerkt hatte, daß seine Sinne nicht scharf genug gewesen waren. Er trat rasch einen Schritt zurück. »Entschuldigen Sie«, sagte er. Es war nicht nur eine Floskel; sein Schock ließ jedes Wort so klingen, als habe er einen entsetzlichen Fehler gemacht.

Die junge Frau rührte sich nicht. Sie stand ein paar Sekunden lang da und musterte ihn von Kopf bis Fuß. So, wie ein Mann eine Frau mustert, nicht umgekehrt. Ihre Augen standen ein wenig schräg; die Wimpern waren lang und hatten die Farbe von dunklem Gold. Sie trug das leuchtend rotgoldene

Haar glatt zurückgekämmt; es umrahmte ihr gebräuntes Gesicht und fiel offen bis auf die Schultern. Sie hatte etwas zuviel Lippenstift aufgelegt: ein kupferroter Mund, der Leidenschaft versprechen sollte. Angezogen war sie eher dezent, mit einem einfachen Schneiderkostüm, das freilich ihre Brüste und die elegant geschwungenen Hüften betonte. Sie war nicht schön; ihr Gesicht war zu schmal, um schön zu sein; aber sie war reines Dynamit. Er stand da wie ein Tölpel und glotzte sie mit offenem Mund an.

Nachdem sie ihn lange genug inspiziert hatte, schenkte sie ihm ein kurzes, herablassendes Lächeln. Als wäre er tatsächlich ein Tölpel und nicht Dix Steele. »Nichts passiert«, sagte sie und ging an ihm vorbei hinein in den Patio.

Er rührte sich noch immer nicht, sondern stand wie angewurzelt am gleichen Fleck und beobachtete sie; er bekam den Mund nicht mehr zu. Sie ging wie ein Mannequin und wiegte sich dabei in den Hüften. Fabelhafte Beine. Natürlich wußte sie, daß er sie beobachtete, aber das störte sie nicht. Sie erwartete es nicht anders.

Ohne Eile schlenderte sie am hellblauen Wasser des Pools entlang, der sich in der Mitte des Innenhofs befand. Dann stieg sie die Treppe hinauf, die zu dem offenen Säulengang führte, an dem die Wohnungen im ersten Stock lagen.

Er verschwand rasch durch den Bogengang. Er wollte nicht, daß sie den Balkon erreichte, zurückschaute und ihn noch immer dort unten stehen sah. Er konnte später noch herausfinden, ob sie hier wohnte oder wen sie besucht hatte. Der Wagen stand ein Stück weiter die Straße hinunter geparkt, nicht in der Garage. Eigentlich hatte er zum Postamt in Beverly Hills fahren wollen, um den Brief aufzugeben, aber jetzt entschied er sich anders. Er hastete zum Briefkasten an der Ecke, warf den Brief ein und kehrte im Laufschritt zurück in den Innenhof. Zu spät. Sie war nicht mehr zu sehen.

Er schlenderte zurück zu seiner Wohnung und verfluchte mit jedem Schritt sein Pech. Wäre er ihr nur auf dem Rückweg von der Post begegnet, dann hätte er so tun können, als ob er den richtigen Schlüssel nicht fand, und dabei beobachten können, in welcher Wohnung sie verschwand. Es war Jahre her, daß ein Mädchen ihn so beeindruckt hatte. Diese Rothaarige hatte etwas ganz Besonderes an sich. Er ging hinüber in die Küche, und obwohl er eigentlich gar nichts trinken wollte, schenkte er sich einen doppelten Roggenwhisky ein und trank ihn in einem Zug aus. Der Drink beruhigte ihn ein wenig; dennoch ging er ins Vorderzimmer zurück und suchte nach einem Vorwand, um hinauszugehen auf den Patio und den Balkon im ersten Stock beobachten zu können.

Der Vorwand wurde ihm frei Haus geliefert. Er hörte, wie die Abendzeitung vor seiner Tür auf den Boden klatschte. Schnell und geschmeidig wie eine Katze schlüpfte er hinaus – aber sobald er die Zeitung aufgehoben und zur Hälfte auseinandergefaltet hatte, vergaß er, was er eigentlich vorgehabt hatte. Er sah nur noch die Schlagzeile: WÜRGER SCHLÄGT WIEDER ZU.

4

Es war Viertel nach sieben, als Dix vor dem Gartentor der Nicolais parkte. An diesem Abend zog der Nebel nicht in dichten Schwaden durch den Canyon, nur ein leichter Dunst lag in der Luft. Diesmal konnte er die gepflasterte Treppe deutlich erkennen, sogar die geranienbepflanzte Einfassung. Die Fenster des Hauses schimmerten in goldenem Licht, und auch die Lampe auf der Veranda brannte einladend.

Wieder freute es ihn, daß er sich dazu entschlossen hatte zu kommen. Er hatte sich ganz bewußt und auf Wirkung bedacht gekleidet: ein Freund der Nicolais von der Ostküste mit gutem Auskommen und dem richtigen familiären Hintergrund, dazu ein diskreter Hinweis auf die Zeit bei der Luftwaffe. Grauer Flanellanzug. Eine teure Krawatte in Marineblau, Braun und Weiß, ein weißes Hemd und blankpolierte braune Schuhe – englische Schuhe. Bevor er die Treppe zur Veranda hinaufging, zupfte er sich noch einmal die Krawatte zurecht. Ohne weiteres Zögern drückte er auf den Klingelknopf, und die Tür öffnete sich sofort.

Sylvia empfing ihn. Sie hatte bereits den Mantel an – einen weichen, blauen Mantel –, und unterm Arm trug sie ihre Handtasche, eine Art übergroßen Briefumschlag aus weißem Leder. »Hallo Dix«, sagte sie, »ich bin gleich fertig.«

Sie bat ihn nicht herein; die Fliegengittertür war zwischen ihnen, und sie öffnete sie nicht, ließ ihn draußen auf der erleuchteten Veranda stehen, drehte sich um und schaltete in der Diele die Lichter aus. Als sie nach draußen kam, lagen Diele und Wohnraum in schwachem, gedämpftem Licht.

»Wir treffen Brub im Klub«, sagte sie mit ihrer hohen, klaren Stimme, während sie vor ihm die Treppe hinunterging. »Er hat angerufen und gesagt, wir sollen direkt hinkommen; wir können die Cocktails ja auch dort trinken. Er hat es leider nicht mehr rechtzeitig geschafft.« Dix folgte ihr. Er mußte die Stimme heben, um sich verständlich zu machen; sie war schon ziemlich weit voraus und ging schnell weiter. Sie kannte die Treppen, während er im Dunkeln aufpassen mußte. »Brub hat wohl viel zu tun?«

»Ja«, sagte sie, aber sie wollte das Thema offenbar nicht weiterverfolgen. »Nehmen wir Ihren Wagen oder den meinen? Es ist nicht weit, nur ein paar Blocks.«

Sie sprach nicht besonders schnell, wirkte aber ein wenig atemlos, als wollte sie jede Gesprächspause vermeiden, als ob seine Gegenwart sie verunsicherte. Und da stand sie neben seinem Wagen, groß und schlank, kühl und reizvoll, aber nicht so gelassen wie am vergangenen Abend.

Er lächelte sie an, legte aber keine Vertraulichkeit in dieses Lächeln. »Wir können meinen nehmen; das hier ist er. Sie müssen mir nur sagen, wie ich fahren soll.«

»Gut«, stimmte sie zu.

Er half ihr hinein und ging dann um den Wagen herum, setzte sich hinter das Lenkrad. Sie hatte schon das Fenster auf ihrer Seite heruntergekurbelt und legte den Arm auf den

Rahmen. Sie blieb in der äußersten Ecke, während sie ihm Anweisungen gab. »Erst mal runter bis zur Küstenstraße, dann nach links; der Klub liegt direkt am Meer.«

Sie brauchten keine fünf Minuten, um hinzukommen; nicht lange genug, um ihre Bekanntschaft zu vertiefen. Sie sprach von Bekannten aus dem Klub; Namen, die ihm nichts sagten. Während der kurzen Fahrt schwieg sie keinen Augenblick. Schließlich lenkte er den Wagen durch die Einfahrt mit den zwei Säulen auf den Parkplatz des Klubs. Sie stieg sofort aus, ohne darauf zu warten, daß er ihr die Tür öffnete.

Das Klubhaus war nicht besonders groß. Es hatte etwas jugendlich Schwungvolles, ein bißchen wie ein Offiziersklub, und die Paare im Eingangsbereich und dem dahinterliegenden Foyer waren genau von der Art, wie man sie als Bekannte und Freunde der Nicolais erwarten durfte – nette, fröhliche, konventionelle junge Leute. Normal und durchschnittlich. An diesem Abend kamen sie Dix erstaunlicherweise nicht langweilig vor. Ihre Ruhe, die Sicherheit, die sie ausströmten, erwärmten sein Gemüt.

Sylvia sagte: »Ich gebe nur schnell den Mantel ab.« Sie lächelte ihn offen und freundlich an. »Bin gleich zurück, Dix.«

Es dauerte tatsächlich nicht lange. Als sie wiederkam, sah sie wunderschön aus in ihrem cremefarbenen Kleid, schlicht, aber teuer. Er war stolz, an ihrer Seite das Foyer betreten zu dürfen.

»Brub ist anscheinend noch nicht da, es sei denn, er sitzt schon an der Bar.« Sie nickte mehreren Paaren zu, während sie durch den Raum schritten. In der mit seemännischen Utensilien dekorierten Bar saßen weitere Paare, aber Brub war nicht zu sehen. »Ich werde für Brub in die Bresche springen und Sie zu einem Drink einladen, während wir warten«, sagte Sylvia.

»Ich weiß diese Art der Stellvertretung zu schätzen. Aber ich bezahle.«

Sie ging voraus zu einem der Tische. »Kommt nicht in Frage. Nicht hier im Klub. Das ist Brubs Einladung.«

Sie stellte ihn all den Leuten vor, die an ihrem Tisch vorbeikamen. Alle fragten unweigerlich: »Wo ist Brub?« Niemand kam auch nur auf den Gedanken, sie könnte in irgendeiner Weise an Dix interessiert sein.

Ihre Antwort war stets die gleiche. »Er kommt gleich.« Und auch ihre Vorstellung lautete immer gleich. »... Dix Steele. Er war in England Brubs bester Freund.« Nur einmal zeigte sie Anzeichen von Unruhe. Sie sagte leise: »Ich möchte wissen, wo er so lange bleibt.«

Um acht hatte sich die Bar bis auf die wenigen Besucher geleert, denen es nur ums Trinken ging. Sylvias Nervosität wurde jetzt deutlicher spürbar. Sie stand auf. »Wir können eigentlich schon zum Essen hinübergehen. Er muß ja jetzt wirklich jeden Moment dasein.«

In diesem Augenblick unterbrach Dix mit voller Absicht das belanglose Geplauder. »Sie müssen sich nicht entschuldigen, Sylvia. Ich vermisse Brub überhaupt nicht.« Er legte ein Lächeln in seine Stimme. »Es macht mir Spaß, mit Ihnen zusammenzusein – vielleicht sogar mehr als mit Brub.«

Sie lachte. Und fügte dann mit nachdenklichem Blick hinzu: »Aber ich vermisse ihn. Ich habe ihn seit heute morgen nicht gesehen.«

Er seufzte mit gespieltem Bedauern. »Noch immer in den Flitterwochen?«

»Genau.«

Er hatte ihre Fassade durchbrochen, vielleicht nur ein klein wenig, aber immerhin ein Anfang.

Er wartete, bis sie an dem für sie reservierten Tisch Platz genommen hatten, ehe er beiläufig die Frage stellte: »Arbeitet er an einem größeren Fall?«

Sie sah ihn an. Ihre Augen wirkten besorgt. Dann blickte sie zur Seite. »Ich weiß es nicht«, erwiderte sie. »Er hat nichts davon gesagt. Nur daß er sich wahrscheinlich verspäten wird.«

Sie hatte anscheinend die Abendausgabe der Zeitung nicht gelesen. Dix hätte sie aufklären können, aber er verspürte keine Lust dazu. Das sollte Brub lieber selbst erledigen. Ihre Befürchtungen bestätigen.

In diesem Augenblick bemerkte er Brub, der quer durch

den Raum auf sie zukam. Er sah müde und abgespannt aus, setzte aber ein freundliches Lächeln auf, während er zwischen den Tischen hindurchging und Grüße erwiderte – ein breites, aber dünnes Lächeln. Und es verschwand so rasch, wie es gekommen war.

Sylvia hatte ihn beinahe gleichzeitig gesehen. Jetzt gruben sich Sorgenfalten in ihr Gesicht. Sie verstummten beide, bis Brub den Tisch erreicht hatte. Er beugte sich zu Sylvia und gab ihr einen Kuß.

»Tut mir leid, daß es so spät geworden ist, Liebling.« Er bemühte sich nicht um aufgesetzte Fröhlichkeit; gegenüber seiner Frau und seinem besten Freund brauchte er nicht Theater zu spielen. Dann streckte er Dix die Hand entgegen. »Schön, daß du doch noch kommen konntest.« Danach setzte er sich, und die Müdigkeit schien ihm aus allen Poren zu dringen. Seinem Anzug ging es nicht besser, und das Hemd zeigte die Spuren des Tages. Sein dunkles Haar war zerwühlt. »Ich hatte nicht mal mehr die Zeit, mich umzuziehen.« Jetzt lächelte er Sylvia an. »Du kannst ja sagen, ich bin dein Chauffeur.«

Der Kellner, ein junger Farbiger mit hellerer Haut als viele der sonnengebräunten Gäste, kam diskret an ihren Tisch.

Brub blickte auf. »Hallo, Malcolm. Könnten Sie mir wohl einen doppelten Scotch von der Bar besorgen, bevor ich mit dem Essen anfange? Ich komme gerade von der Arbeit und habe einen Schluck nötig.«

»Aber sicher, Mr. Nicolai.« Malcolm lächelte. Dann entfernte er sich.

Sylvia legte ihre Hand auf Brubs. »Harter Tag, Liebling?« Sie schaffte es nicht, ihren anfänglich beiläufigen Ton beizubehalten. Etwas an den Linien um Brubs Mund schien ihre Befürchtungen zu bestätigen, und es brach aus ihr heraus. »Doch nicht schon wieder …?«

Brub preßte die Lippen zusammen; er schaffte es, seine Stimme dennoch gleichmütig klingen zu lassen. »Doch, schon wieder.«

»Brub!« Es war nur ein Flüstern.

Er zündete sich eine Zigarette an; die Flamme flackerte ein wenig. Dix betrachtete die beiden mit angemessener Aufmerksamkeit und Interesse. Als keiner etwas sagte, verlieh er seiner Neugier Ausdruck.

»Worum geht es denn?«

»Es ist schon wieder eine Frau ermordet worden – auf dieselbe Art.«

Sylvias Hände waren zu Fäusten geballt.

Malcolm brachte Brubs Getränk.

»Danke«, sagte Brub und schien Dix erst jetzt richtig wahrzunehmen. »Entschuldige, alter Freund. Was willst du trinken?«

»Das gleiche.« Dix grinste. Er selbst wollte eigentlich nichts, aber er dachte, daß Brub noch einen gebrauchen konnte. Um sich zu entspannen. Dann widmete er sich seinem Krabbencocktail. »Bist du an dem Fall dran?«

»Die ganze Abteilung ist an dem Fall dran«, sagte Brub. Er trank wieder einen Schluck und schnitt dazu eine Grimasse. »Aber es ist nicht mein Fall, wenn es das ist, was du meinst, Dix. An so eine große Sache lassen sie keine Nachwuchsleute heran.« Dann wandte er sich an Sylvia. »Der Polizeipräsident hat die ganze Abteilung zusammengerufen. Ich war seit fünf in der Konferenz – kurz nachdem ich dich angerufen habe. Sogar Seine Hochwohlgeboren, der Herr Bürgermeister, kam dazu.« Seine Lippen spannten sich wieder. »Wir müssen der Sache ein Ende setzen.«

»Ja«, sagte Sylvia. Ihr Blick war furchtsam, und sie war unter ihrer Bräune blaß geworden. Beinahe als empfinde sie persönliche Angst, als wäre das Grauen ganz in ihrer Nähe.

Dix fragte: »Wer ist denn umgebracht worden? Irgend jemand Bekanntes?« Malcolm stellte den zweiten Drink auf den Tisch.

»Nein.« Brub hatte sein Glas schon halb ausgetrunken. »Es sind immer ganz unauffällige Frauen.« Plötzlich wurde ihm bewußt, daß er mit jemandem sprach und nicht nur laut dachte. »Tut mir leid; wahrscheinlich hast du als Besucher noch gar nichts davon gehört.« Er konnte ganz gelassen darüber sprechen; es schien ihn mindestens ebenso zu entspannen wie der Drink. »Der erste Mord fand vor ungefähr sechs Monaten statt. Genau gesagt, im März.«

»Am sechzehnten März«, ergänzte Sylvia. »Am Abend vor dem St.-Patricks-Fest.«

»Aber damals konnten wir natürlich noch nicht wissen, daß es der Beginn einer Serie sein würde. Es war ein Mädchen aus dem Rotlichtmilieu. Für das Leben, das sie führte, ein nettes Ding. Sie tanzte in einer miesen Nachtbar. Wir haben sie in einer Seitenstraße gefunden – erdrosselt.«

Er nahm sein Glas und trank es aus.

»Keine Hinweise. Nichts. Wir haben die Sache damals als einen Mord aus dem Milieu abgeschrieben, obwohl es aus dieser Richtung keinerlei Hinweise gab. Normalerweise kriegt man da nämlich den einen oder anderen Tip. – Der nächste passierte dann im April.« Seine Hand griff nach dem leeren Glas.

Dix schob ihm das seine hin. »Nimm das. Es wäre ein Jammer, die Krabben mit Alkohol zu verdünnen. Sie müssen sie unbedingt probieren, Sylvia.«

»Ja, wartet nicht auf mich«, meinte Brub.

Sylvia nahm ihre Gabel, aß aber nichts. Sie hielt sie nur lose zwischen den Fingern und hielt die Augen auf Brubs Gesicht gerichtet.

Er trank einen Schluck, ehe er fortfuhr: »Ja, im April. Wir fanden sie im Westlake-Park. Kein erkennbares Motiv. Ein nettes, normales Mädchen, jung und hübsch. Sie war mit ein paar Freundinnen im Kino gewesen. Wohnte in der Wilshire-Gegend, nur ein paar Blocks vom Park entfernt. Wieder keine Hinweise. Und genau so ermordet wie die erste.« Er schaute Dix zornig an. »Sie wurde ohne jeden Grund getötet. Genau wie die anderen – ohne jeden Grund.« Wieder trank er einen Schluck.

»Hat es denn noch mehr gegeben?«

»Der Mord gestern abend war der sechste«, sagte Brub finster. »Jeden Monat einer. Seit März.«

»Ausgenommen letzten Monat«, sagte Sylvia rasch. »Im August gab es keinen.«

Brub fuhr fort: »Kein Motiv. Keinerlei Verbindung zwischen den einzelnen Fällen. Und nie in derselben Gegend.«

»Und gestern …« Sylvias Stimme klang gedämpft, als fürchte sie, die Frage zu stellen.

»Wieder eine andere Gegend«, sagte Brub. »Beverly Glen Canyon – weiter oben, wo es kaum noch Häuser gibt. Sie ist erst am späten Vormittag entdeckt worden. Lag in einem Gebüsch neben der Straße.« Zorn klang wieder aus seiner Stimme. »Das ist, als ob man eine Stecknadel im Heuhaufen sucht. Los Angeles ist einfach viel zu groß. Man kann nicht jede Nacht alle Straßen überwachen. Der Kerl fühlt sich sicher. Das ist ein Wahnsinniger, aber er fällt niemandem auf, weil er völlig normal wirkt, vielleicht normaler als du und ich.«

»Du wirst ihn erwischen«, sagte Sylvia und versuchte, überzeugt zu klingen.

»Wir werden ihn erwischen.« Brub war wirklich überzeugt davon. »Aber wie viele Frauen wird er bis dahin noch erwürgen?« Er leerte sein Glas.

»Willst du nicht erst mal was essen, mein Lieber?« fragte Sylvia.

Sie zwang sich dazu, selbst mit dem Essen anzufangen.

»Ja.« Brub spießte ein paar Krabben auf und aß hastig, ohne viel zu schmecken. »Dieses Mädchen letzte Nacht … sie war ein nettes Ding, wie all die anderen, wenn man vielleicht von der ersten absieht. Stenotypistin, arbeitete im Zentrum. Wohnte in Hollywood. War bei Freunden in Beverly zum Bridgespielen. In der South Camden. Vier Mädchen. Sie trafen sich einmal die Woche, immer im Turnus bei einer anderen. Und es wurde nie sehr spät. Keine von ihnen wollte nachts noch alleine auf der Straße sein. Gestern abend war das Spiel gegen elf zu Ende. Die drei verließen gemeinsam das Haus ihrer Freundin und gingen den Wilshire entlang. Zwei von ihnen wohnten weiter im Zentrum; sie nahmen den Wilshire-Bus. Mildred wartete auf den Hollywood-Bus. Mildred Atkinson war ihr Name. Als der Bus der beiden anderen kam, winkte sie ihnen noch nach. Danach hat sie niemand mehr gesehen.«

Sylvia hatte aufgehört zu essen. »Das ist ja entsetzlich«, sagte sie.

»Ja, es ist schrecklich«, bestätigte Brub. »Und wieder kein erkennbares Motiv. Wenn wir wenigstens dahinterkämen, nach welchem Schema der Mörder vorgeht.«

Dix setzte ein nachdenkliches Stirnrunzeln auf. »Heißt das, ihr habt überhaupt keine Hinweise?«

»Nicht viele«, bestätigte Brub. »Es gibt keine Indizien – bei keinem der Fälle. Keine Fingerabdrücke oder Fußspuren. Gott, was würden wir für einen einzigen Fingerabdruck geben!« Er senkte die Stimme wieder. »Wir haben inzwischen alle bekannten Sexualtäter überprüft.«

»Handelt es sich denn um Sexualverbrechen?« warf Dix ein.

Brub nickte. »Das gehört dazu.«

Sylvia erschauerte ein wenig.

Er fuhr fort. »Eines wissen wir allerdings: Er arbeitet von einem Wagen aus.«

Malcolm brachte die Fischsuppe.

»Und woher wißt ihr das?« fragte Dix.

»Anders ist es gar nicht möglich. Nimm zum Beispiel die Sache gestern abend. Wo wir die Tote gefunden haben, kommt man nur mit dem Wagen hin.«

Dix runzelte die Stirn. »Aber konntet ihr denn keine Reifenspuren sichern?«

»Wir können ja nicht jeden Wagen in Los Angeles überprüfen«, sagte Brub hilflos. »Mit Fußabdrücken ist es dasselbe. Wir können nicht jedes Paar Schuhe untersuchen.«

»Das ist klar.« Dix nickte. »Der Fisch ist hervorragend.«

Aber natürlich würden sie die Reifenspuren mit Gips ausgießen. Wenn man von Beton überhaupt welche abnehmen konnte.

»Wir haben einen großartigen Koch hier im Klub«, sagte Sylvia. Sie hatte keinen Appetit. Ihre Suppe war noch fast unberührt, als Malcolm die gebratenen Abalonen brachte.

Dix langte herzhaft zu. »Ihr wißt also bis jetzt nur, daß da ein Mann mit einem Wagen ist …«

»Ja. Aber im vierten Fall ist er gesehen worden.«

Dix zog die Augenbrauen hoch. Seine Gabel erstarrte mitten in der Luft. »Du meinst, es gibt also doch eine Beschreibung?«

Brub seufzte. »Das vierte Opfer ist gesehen worden, wie es in Begleitung eines Mannes aus dem Kino kam. Aber Beschreibung? Fehlanzeige.« Er machte eine resignierende Geste. »Der Kerl, der die beiden beobachtet hat, war ein Schneider, der einen halben Block entfernt auf seine Straßenbahn wartete. Er konnte nur sagen, daß der Mann jung und ziemlich groß war und daß er ganz normal aussah. Keine zwei Köpfe, keine Raubtierzähne.«

Dix lächelte ein wenig. »Vielleicht hat er zwei ganz andere Leute gesehen.«

»Nein, es waren schon die beiden. Aber er hat so interessiert auf das rote Kostüm des Mädchens gestarrt, daß er kaum auf den Mann achtete.«

»Und sonst hat ihn niemand je gesehen?«

»Wenn doch, dann muß der Betreffende ein Schweigegelübde abgelegt haben. Man könnte fast denken, der Kerl …«

Sylvia unterbrach ihn: »Brub, bitte laß uns von etwas anderem reden. Wir haben Dix zu einem netten Abend im Klub eingeladen, nicht zu einer Leichenbeschau.«

»Schon gut, Schatz.« Er nahm ihre Hand und drückte sie. »Verzeih. Tut mir leid, Dix. Wollen wir noch ein Glas trinken? Malcolm!«

Dix lächelte. »Ich bin dabei.« Es gelang ihm, seinen Ärger zu verbergen. Typisch Frau: Immer mußten sie dazwischenfunken und ihren Willen durchsetzen …

»Wer ist denn alles hier heute abend?« Brub drehte seinen Stuhl ein wenig, damit er sich umsehen konnte. Er winkte der Gruppe am nächsten Tisch zu. »Hallo.«

Dix zündete sich eine Zigarette an und ließ seinen Blick ebenfalls durch den Raum schweifen. Nette Leute, gesund und wohlhabend. Normal wie du und ich. Normal wie Sylvia, wenn sie nicht gerade Migräne hatte. Aber man wußte nie, was sich wirklich unter den sonnengebräunten Gesichtern und den einfachen, aber teuren Kleidern verbarg. Man wußte nichts von den Gedanken der Menschen. Sie ließen sich leicht verbergen. Man mußte seine Gedanken niemandem auf die Nase binden. Keiner von denen, die jetzt mit Brub Freundlichkeiten austauschten, konnte ahnen, daß er von einer Mordserie innerlich zutiefst erschüttert war. Niemand, der Sylvia beobachtete, wie sie ihren Lippenstift erneuerte und über den Rand ihres hölzernen Taschenspiegels hinweg lächelte, würde denken, daß die Angst an ihren Nerven zerrte. Selbst er, der als Freund Einblick in ihre Angst bekommen hatte, konnte nicht sagen, ob sie sich wegen Brub Sorgen machte oder um ihr eigenes Leben bangte. Oder war es eine atavistische Furcht vor der Sinnlosigkeit des Todes?

Die Farbe kehrte unter ihrer Sonnenbräune zurück, während sie sich mit den kleinen, alltäglichen Dingen befaßte, ihren Lippenstift zu erneuern, sich eine Zigarette anzuzünden. Er konnte sie wieder zum Erbleichen bringen, ein Wort, eine weitere Frage zum Thema genügte. Oder er konnte dafür sorgen, daß ihr das Herz stehenblieb. Ein einfacher Satz genügte. Seine Lippen verzogen sich zu einem Lächeln. Und er wandte den Blick ab, betrachtete wieder den Raum. Die Versuchung war einfach zu groß.

Und dann plötzlich sah er sie: das kleine braune Mädchen. Er brauchte einen Augenblick, um sich von seinem Schock zu erholen. Sie gehörte nicht hierher, gehörte hinaus in die Nacht. An diesem Abend war sie gar kein braunes Mädchen, wenn man von ihrer gebräunten Haut absah. Sie trug ein schneeweißes Abendkleid, das am Rücken tief ausgeschnitten war, und dazu weiße Sandalen. Sie hatte ein junges, fröhliches Gesicht und kurzgeschnittenes, braunes Lockenhaar. Sie saß an dem Tisch gegenüber dem Durchgang. Er fragte sich, warum er sie nicht schon längst bemerkt hatte. Dann wurde ihm klar, daß sie ihm bisher nur den gebräunten Rücken unter dem weißen Kleid zugewandt und er sie deshalb nicht erkannt hatte.

Erst vor kurzem hatte sie sich anders hingesetzt, genau wie Brub, um den Raum überblicken zu können.

Dix nahm einen tiefen Zug von seiner Zigarette, bevor er so beiläufig wie möglich fragte: »Wer ist denn das Mädchen da drüben?«

Brub wandte sich wieder ihrem Tisch zu. »Wen meinst du?«

Sylvia folgte Dix' Blick.

»Da drüben. Die in Weiß.«

Brub kniff die Augen zusammen. »Ach, die – ich hab sie schon öfters gesehen – kennst du sie, Sylvia?«

Sylvia war es inzwischen eingefallen. »Betsy Banning. Du weißt schon, Brub – die Bannings haben das Haus der Henrys gekauft, direkt unten am Strand.« Dann wandte sie sich an Dix. »Ich bin ihr schon ein paarmal begegnet, aber ich kenne sie nicht näher.« Sie lächelte. »Sonst würde ich Sie gerne miteinander bekannt machen.«

Dix lachte. »Fangen Sie jetzt bloß nicht an, mich verkuppeln zu wollen. Ich bin im Moment ganz zufrieden. Sie kam mir nur irgendwie bekannt vor, das ist alles. Ist sie beim Film?«

»Nein«, antwortete Sylvia. »Sie studiert an der Universität, soviel ich weiß.« Wieder lächelte sie. »Das Filmen hat sie nicht nötig. Die Bannings sind alter Öladel aus Texas – man könnte sagen, sie schwimmen im Öl. Der Mann mit der Glatze ist Otis Banning, ihr Vater. Es heißt, er bewahrt zu Hause sieben Millionen Dollar in einer kleinen schwarzen Kassette auf – als Notgroschen. Was bestimmt übertrieben ist.«

»Eigentlich ist Sylvia der bessere Detektiv in der Familie«, sagte Brub. »Sie weiß alles über jeden.«

»Otis und ich haben denselben Zahnarzt, mein Lieber.«

»Ein hübsches Ding.« Brub schaute wieder hinüber zu dem Mädchen.

»Du bist jetzt verheiratet«, erinnerte ihn Dix.

»Und zwar mit mir«, fügte Sylvia zuckersüß hinzu. »Ich bin vielleicht kein hübsches Ding, aber ich bin nett.«

Sie tauschten einen verliebten Blick. Dann richtete Brub wieder die Augen auf das Banning-Mädchen. »Aber du hast recht, Dix. Mir kommt sie auch irgendwie bekannt vor.« Er musterte sie scharf, nahm Witterung auf wie ein Spürhund: mit verengten Augen, die Stirn leicht gerunzelt, den Hals vorgereckt.

»Komm wieder runter«, lachte Dix.

Brubs Kopf fuhr zu Dix herum. Seine dunklen Augen funkelten. »Ja, natürlich! Weißt du, wem sie ähnlich sieht? Brucie!«

Der Name war heraus, bevor er Brub daran hindern konnte. Er hatte sich auch erinnert, in dem Sekundenbruchteil, während es Brub eingefallen war – in der Sekunde, bevor der Name fiel. Aber jetzt war er ausgesprochen, und Dix sah nur noch ein verschwommenes Rot vor seinen Augen, und das Brüllen in seinen Ohren raubte ihm den Verstand. Er wußte nicht, daß sich seine Hände mit weißen Knöcheln um die Tischkante krampften und er die Zigarette zwischen den Fingern zerquetschte. Aber der Augenblick ging vorüber, und er bekam sich wieder in die Gewalt. Er ließ die Zigarette unauffällig zu Boden gleiten. Seine Stimme kehrte zurück.

Sylvia kam ihm zuvor. »Und wer ist Brucie, Liebling?«

»Ein Mädchen, das wir damals in England kannten. Sie war Rotkreuzhelferin, als wir bei Dover stationiert waren. Sie stammte aus Schottland und war bildhübsch.«

Brub hatte offenbar nichts gemerkt. Aber Sylvia? Dix war sich nicht sicher. Er konnte ihre höfliche Aufmerksamkeit und ihre humorvolle, beiläufige Art nicht durchschauen. Irgend etwas war da hinter dem Vorhang ihrer Augen, etwas, das sich in der Art ausdrückte, wie sie Dix ansah – als könnte sie mit Röntgenaugen in ihn hineinsehen. Vielleicht hatte sie ihn gerade im falschen Moment beobachtet.

Dix sagte: »Das war sie, weiß Gott.« Seine Stimme klang nicht belegt, sondern beiläufig, wie die von Sylvia.

»Was wohl aus ihr geworden ist? So ein hübsches Mädchen … Du warst damals ziemlich hinter ihr her, was, Dix?«

Dix lachte – ein ganz normales Lachen. »Aber du hast sie auch gut leiden können, oder?«

»Brub!« Sylvia riß die Augen in gespielter Entrüstung weit

auf. Sie war ihrer selbst zu sicher und zu vernünftig, um eifersüchtig zu sein.

»Das kannst du laut sagen, Dix. Ich glaube, jeder Mann in unserem Zug war in sie verliebt. Aber keine Sorge, Schatz. Solange der berüchtigte Ladykiller Steele da war, hatte keiner von uns anderen auch nur den Hauch einer Chance.«

Dix zündete sich sehr bedächtig eine Zigarette an. Denn Sylvia beobachtete ihn. Mit ihrem Röntgenblick.

»Hast du jemals wieder von ihr gehört, Dix?«

Er schüttelte den Kopf. Und war überrascht, wie leicht er von ihr sprechen konnte. »Nein, Brub – nie.«

»Aus den Augen, aus dem Sinn. So ist er, der große Steele. Laß dir bloß nie einfallen, dich in so einen Kerl zu verlieben, Sylvia.« Brub begann seine bisher vernachlässigte Eiskrem zu löffeln.

»Bestimmt nicht, Schatz«, murmelte Sylvia. Sie sah ihn nicht an, aber Dix hatte dennoch das Gefühl, daß sie ihn musterte. Ihn in Gedanken abschätzte.

»Wenn ich eine Frau wie Sylvia hätte«, sagte Dix und merkte, daß das nicht einmal gelogen war, »dann hätte ich auch keine Augen mehr für jemand anderen. Und ich hätte bestimmt nicht wie du jedem hübschen Rock nachgeglotzt.«

»Das wird ja immer besser.« Sylvia nickte in gespieltem Ernst. »Machen Sie nur weiter, Dix – erzählen Sie mir mehr.«

Er spann den Faden weiter, aber seine Gedanken waren nicht bei der Sache. Die Erinnerung an Brucie, der Schmerz in seinem Inneren war der einer frisch aufgerissenen Wunde. Sein Gesicht verbarg seine Gedanken, und seiner Stimme war der Schmerz nicht anzuhören.

»Erinnerst du dich auch an die rothaarige Schlangenfrau?« fragte er. Dabei fiel ihm die Rothaarige ein, die er am Nachmittag im Patio getroffen hatte. Ja, mit einer solchen Frau konnte er vielleicht vergessen. Alles andere betäubte nur für kurze Zeit. Ein anderer Gedanke formte sich in seinem Hirn, als sich das braune Mädchen am Nebentisch erhob und mit ihrem jugendlichen Begleiter wegging. Sie erinnerte an Brucie, nicht ihr Gesicht, aber vielleicht die Bewegung ihrer Schultern, ein Echo ihres Lachens ... Vielleicht konnte man vergessen, wenn man mit sieben Millionen Dollar verheiratet war. Dann konnte man sich schnelle Autos leisten, schnelle Boote, ein gutes Flugzeug, um in die Weite der Unendlichkeit aufzusteigen ... Brub und Sylvia waren glücklich. Es gab also auch glückliche Ehen.

Er hörte die Musik erst, als er sah, wie das braune Mädchen mit ihrem Partner zu tanzen begann. Er hätte Sylvia um einen Tanz bitten können. Aber er wollte nicht. Er wollte weg von hier, wollte nach Hause. Doch er konnte nicht so unvermittelt aufbrechen, nicht schon wieder. Er nahm allerdings an, daß auch die Nicolais nicht mehr sehr lange bleiben würden; wenn sie sich unbeobachtet fühlten, wirkten sie bedrückt und sorgenvoll. Er konnte ihnen eine goldene Brücke bauen. Er sagte: »Du siehst müde aus, Brub.«

Brub nickte. »Ja. Aber ich muß zurück zur Arbeit.« – »Nein, Brub!« rief Sylvia.

»Ich hätte eigentlich gar nicht weggehen dürfen.«

»Aber du bist doch völlig erschöpft! Du kannst nicht! Du brauchst eine ganze Stunde, um ins Präsidium zu fahren ...«

Er unterbrach sie. »Ich muß nicht ins Präsidium, Sylvia; nur zur Dienststelle von Beverly Hills – das ist keine Viertelstunde von hier. Warum bleibst du nicht mit Dix noch ein bißchen da?«

Sylvia schüttelte den Kopf.

Dix sagte: »Ich muß morgen auch früh an die Arbeit. Also, spart euch jetzt bitte die Höflichkeiten.«

»Ich könnte nicht bleiben«, sagte Sylvia. »Ich bin sicher, Sie verstehen das.«

Er lächelte ihr verständnisvoll zu. »Natürlich.«

»Das war ein mißglückter Abend für dich, Dix«, entschuldigte sich Brub. »Aber wir machen es ein andermal wieder gut.«

Sie rannten fast aus dem Speisesaal hinüber ins Foyer – als wollten sie mit ihrer Eile vertane Zeit wettmachen. Sylvia sagte: »Ich hole meinen Mantel.« Sie zögerte. »Es ist also doch dein Fall, Brub.«

Er gab es schuldbewußt zu. »Nur am Rande, Liebling.«

Sie sagte nichts dazu, drehte sich einfach um und ging zur Garderobe. Brub schaute ihr nach. »Warum hat sie eigentlich Angst?« fragte Dix.

Brub schreckte auf. »Was ...« Dann erst wurde ihm die Frage von Dix bewußt. »Ich glaube, das ist in erster Linie meine Schuld. Seit diese Mordserie begonnen hat, habe ich Angst um sie. Sie hat von klein auf hier gewohnt und noch nie zuvor Angst gehabt, ist zu jeder Tages- und Nachtzeit herumspaziert. Aber dieser Canyon bei Nacht, vor allem, wenn der Nebel hereinkommt – das wäre genau der richtige Ort für *ihn.*«

Wieder wirkte sein Gesicht hilflos und wütend zugleich. »Ich habe ihr angst gemacht. Sie ist soviel allein. Ich weiß nie, wann ich nach Hause komme. Wir haben nette Nachbarn, und ein paar von unseren besten Freunden wohnen direkt gegenüber. Aber du kennst ja unsere Straße. Sie ist dunkel und einsam, und unser Haus ist ein wenig zurückgesetzt ...« Er brach ab.

»Eigentlich habe ich sie mit meiner eigenen Angst angesteckt. Und jetzt kann ich nichts mehr dagegen tun. Nicht, bevor wir ihn erwischt haben.«

Sylvia kam in die Eingangshalle. Sie war wieder ganz die alte: groß, kühl und attraktiv, das goldene Haar sorgfältig gekämmt, mit lässigen, eleganten Bewegungen.

Brub sagte unterdrückt: »Wenn wir nur wüßten, wie er vorgeht ...« Er beendete den Satz nicht, weil Sylvia inzwischen zu ihnen getreten war, und dann gingen die drei aus dem Klubhaus hinaus in die Dunkelheit mit ihrer frischen Seeluft. Die Wellenkämme schimmerten silbern auf der schwarzen Wasserfläche.

»Ich könnte Sylvia ja ...«, begann Dix.

»Nein, ich bringe sie lieber selbst heim. Es sei denn, du willst bei ihr bleiben, bis ich ...«

»Dix muß morgen früh raus«, sagte Sylvia. »Und ich bin müde.« Sie streckte ihm die Hand entgegen. »Ein andermal wird es bestimmt netter, Dix.«

»Bestimmt«, versprach Brub.

Dix sah zu, wie Brub den Wagen hinauslenkte auf die Straße. Eilig, weil er zurückmußte zur Dienststelle in Beverly Hills. Er würde Sylvia ins Haus bringen und sich vergewissern, daß keine finstere Gestalt in der Nähe herumlungerte. Sie würden sich einen Augenblick lang umarmen, jeder der beiden besorgt um den anderen ... Die Frau, weil sie Angst hatte, daß ihr Mann sich auf die Fährte des Mörders setzte, Angst davor, was passieren mochte, wenn er ihn erwischte. Nicht so sehr Angst um sich selbst, nur ein gewisses Unbehagen, das ihr Brub mit seiner eigenen Furcht eingeflößt hatte. Und Brub hatte Angst, weil sie eine Frau war, seine Frau, und weil Frauen in der Nacht aufgelauert wurde. Angst, daß er sie trotzdem alleine lassen würde, weil er ein Jäger und dies eine große Jagd war. Großwildjagd.

Dix ging zu seinem Wagen. Terriss' Wagen, um genau zu sein. Die unauffällige, schwarze Limousine. Er ließ den Motor warmlaufen. Es war ein guter Wagen, und Dix hielt ihn in Schuß. Er löste die Bremse. Höchstens fünfzehn Minuten, dann würde Brub weg sein. Dann konnte er zu ihr fahren; sie würde ihn sicher einlassen. Brubs besten Freund! Er konnte ihr vormachen, Brub hätte ihn mit seiner Angst angesteckt. Sie wäre sicher froh, ihn zu sehen. Er konnte sie überreden, mit ihm nach Malibu zu fahren. Auf einen Drink – oder einfach, um frische Luft zu schnappen. Sie würde keine Angst haben – zunächst.

Er hielt an der Ausfahrt. Links lag der Canyon. Links lag Malibu. Rechts der Anstieg des California Incline. Rechts war der Wilshire Boulevard, ging es zurück in die Stadt. Sie war Brubs Frau. Brub war sein Freund. Brub, der Jäger.

Dix war sehr müde. Hatte wenig geschlafen letzte Nacht. Er bog rechts ab.

5

In den Morgenzeitungen wurde spaltenweise über den Fall berichtet. Nachdem ihnen die Abendausgaben die eigentliche Story weggeschnappt hatten, versuchten sie nun, diesen Verlust durch möglichst ausführliche Berichte wettzumachen. Es gab Fotos von dem ermordeten Mädchen Mildred, von ihrer Familie, dem Wohnhaus, in dem sie Bridge gespielt hatte, und von der einsamen Stelle im Beverly Glen Canyon, wo die Leiche entdeckt worden war.

Sie hieß also Mildred Atkinson und hatte ein ziemlich durchschnittliches Leben geführt. Grundschule, höhere Schule, Handelsschule und schließlich ein Job in einem Versicherungsbüro. Keine Schönheitskönigin. Sie war sechsundzwanzig und ein anständiges Mädchen, wie ihre Eltern schluchzend beteuerten. Spielte Bridge mit Freundinnen und hatte an einer Sonntagsschule unterrichtet. Sie hatte keinen festen Freund, ging aber mit mehreren jungen Männern gelegentlich aus. Nicht oft, natürlich. Das einzig Bemerkenswerte an ihrem Leben war, daß es durch Vergewaltigung und Mord geendet hatte. Und sogar das war nur geschehen, weil eine andere nicht greifbar gewesen war.

Die Kriminalpolizei hatte herausgefunden, daß sie und der Mann etwa um Mitternacht in einem nahegelegenen Drive-in-Restaurant Kaffee getrunken hatten. Im Restaurant selbst, nicht im Wagen. Zuvor hatte sie allein an der Haltestelle gestanden und auf den Bus gewartet. Ihre Freundinnen hatten ihr noch zugewinkt. Der Mann hatte sie wahrscheinlich allein neben der Straße stehen sehen, vielleicht ein wenig nervös. Er hatte sie angesprochen: »Nachts fahren nur noch wenige Busse«, so, als ob er auch auf den Bus warten würde. Sie hatte nicht mit ihm sprechen wollen; man hatte ihr eingeschärft, sich nicht von Fremden auf der Straße ansprechen zu lassen … »Mildred war ein gutes Mädchen«, schluchzten die Eltern. »Sie hätte sich nie von einem Mann aufreißen lassen«, bestätigten die Freundinnen, aber sie fragten sich, ob sie Mildred wirklich so genau gekannt hatten, »es sei denn, sie hätte ihn gekannt.« Die Polizeibeamten befragten jetzt jeden Mann, den Mildred gekannt hatte. Sie waren gründlich: Sicher überprüften sie sogar alle Männer, die je das Versicherungsbüro betreten hatten. Sie glaubten, jetzt endlich eine Spur zu haben, eine Spur, die zu einem ganz normalen Mann führte, einem Mann wie du und ich, der nachts Frauen auflauerte. Im Leitartikel nannte man ihn bereits Jack the Ripper und forderte gründlichere und umfassendere Polizeistreifen. Der Leitartikel – es war ein Oppositionsblatt – schoß anschließend noch ein paar Pfeile auf die Unfähigkeit der Politiker im allgemeinen und des Bürgermeisters im besonderen ab.

Sie hatte nicht mit ihm sprechen wollen, aber er war ein anständig aussehender junger Mann, der auf den Bus wartete wie sie, und der Nebel wurde kälter an der einsamen Straßenecke. Als er wußte, daß sie reif war für den Vorschlag, sprach er von einem Kaffee in dem Restaurant an der Ecke des Linden Drive. Die Wagenbedienung erinnerte sich an Mildred, als sie ihr Foto in einer der Zeitungen sah. Sie hatte gerade ein Tablett hinausgetragen, als die beiden hereinkamen. Vermutlich erinnerte sie sich nur, weil Mildred sich freute, mit einem so gutaussehenden Mann Kaffee zu trinken. Sie hatte sich ein bißchen aufgeplustert.

Die Bedienung hatte es den anderen Bedienungen erzählt: »Das war sie!«, der Chef hatte es gehört und die Polizei von Beverly Hills verständigt. Die Bedienung konnte den Mann freilich nicht genau beschreiben. Sie meinte, er sei groß gewesen, gutaussehend, in einem braunen Anzug. Sie war sicher, daß er nicht der Würger sein konnte; er war überhaupt nicht der Typ. Und sie sei hundertprozentig davon überzeugt, daß Mildred erst nachdem sie sich von ihrem Begleiter aus dem Drive-in getrennt hatte von einem anderen Mann ermordet wurde.

Dix las jede Zeile der verschiedenen Berichte über den Fall in der Morgenzeitung. Heute war er gut ausgeschlafen und fühlte sich wohl. Es war ein wundervoller Sommertag. Er streckte sich faul im Bett aus und dachte an die Rothaarige. Sie war natürlich reines Gift, aber es konnte nicht schaden, an sie zu denken. Er durfte sich auf keinen Fall näher mit einer Frau einlassen, mit einem dieser neugierigen, überall herumschnüffelnden Weiber. Aber bei Gott, sie war es sicher wert, sie näher kennenzulernen. Es war schon sehr lange her, seit er mit einer Frau befreundet gewesen war. Nicht, daß es ihm gefehlt hätte.

Auch jetzt wollte er es nicht; er war nur verkatert vom Anblick von Sylvia und Brub am vergangenen Abend, als sie sich verliebte Blicke zugeworfen hatten. Vielleicht kam es auch von dem verrückten Gedanken an das braune Mädchen und die sieben Millionen Dollar. Heute war ein schöner Tag, wie geschaffen, um an den Strand bei Santa Monica zu fahren und sich in die Sonne zu legen. Direkt vor Betsy Bannings Haus am Fuß des California Incline. Vielleicht fand er so auch heraus, welches der drei Häuser den Bannings gehörte.

Er wälzte sich aus dem Bett. Wenn er an den Strand fuhr, sollte er vorher Brub anrufen. Brub arbeitete sonntags bestimmt nicht. Wahrscheinlich ging auch er an den Strand. Man konnte sich über den Fall unterhalten, über neue Entwicklungen. Er lächelte. Es war gut, eine direkte Informationsquelle zu haben.

Plötzlich schoß ihm ein Gedanke durch den Kopf. Die Reifen! Es waren gute Reifen, fast neu, ohne besondere Merkmale. Aber irgendwo hatte er einmal gehört, daß alle Reifen irgendwelche typischen Kennzeichen aufwiesen, so ähnlich wie Fingerabdrücke. Konnte man überhaupt Reifenspuren auf einer trockenen Betonstraße erkennen? Er bezweifelte es, hatte es schon gestern abend bezweifelt. Aber er mußte es genau wissen.

Bestimmte Risiken waren zulässig. Zum Beispiel mit Mildred an einem hell erleuchteten Ort aufzutauchen. Man konnte durchaus den unwahrscheinlichen Fall riskieren, daß sich eine Kellnerin oder der Mann hinter der Theke, die täglich Hunderte durchschnittlich aussehender Leute bedienten, an einen erinnerte. Risiken waren das Salz in der Suppe. Kunstflug. Wie das Salz mußte man sie sparsam einsetzen; Kunstflugfiguren, die man gründlich plante und furchtlos ausführte.

Er fuhr sich über die Oberlippe. Sollte er sich einen Schnurrbart wachsen lassen? Aber wozu? Er konnte Schnurrbärte nicht leiden. Er sah aus wie tausend andere. Er war nie zuvor in diesem Drive-in gewesen. Und er hatte nicht die Absicht, noch einmal hinzugehen. Risiken ging er ohne zu zögern ein; aber er machte keine Fehler.

Es war sicher besser, die Nicolais anzurufen. Er konnte leicht herausfinden, wo die Bannings wohnten. Wenn er das Mädchen schon heiraten wollte, mußte er erst einmal wissen, wo sie wohnte. Zu schade, daß sie nicht mit Sylvia befreundet war. Das hätte alles viel leichter gemacht. Er nahm den Hörer ab und wählte die Nummer in Santa Monica. Keine Antwort – nur das metallische Läuten. Zu spät; wahrscheinlich waren sie schon am Strand. Es war immerhin nach eins.

Er war nicht allzu enttäuscht. Zog sich in Ruhe an: braune Gabardinehose, weißes T-Shirt. Er verließ die Wohnung durch die Vordertür. Auf dem umlaufenden Balkon im ersten Stock standen mehrere Türen offen; Musik aus Radios und Plattenspielern; Gelächter. Wenn sie wirklich im *Virginibus Arms* wohnte – und er war sicher, daß das der Fall war; sie hatte sich nicht wie eine Besucherin bewegt –, dann würde er ihr früher oder später wieder begegnen. Keine Eile. Mel Terriss würde so schnell nicht zurückkommen.

Er ging um den Block herum zur Garage und öffnete geräuschlos die Türen. Bevor er den Wagen herausfuhr, ging er einmal um ihn herum und stieß mit den Schuhspitzen gegen die Reifen. Sie waren in gutem Zustand; keine abgefahrenen, sondern solide Reifen. Er brauchte keine neuen; kein Grund, sich in Unkosten zu stürzen. Brub hatte es selbst gesagt: Die Polizei konnte nicht alle Reifen von Los Angeles überprüfen.

Er fuhr rückwärts aus der Garage und bog Richtung Westen in den Wilshire Boulevard ein. Die Straße zum Strand ... Etwa drei Millionen andere Fahrer hatten an diesem strahlend blauen, warmen Septembersonntag dieselbe Idee gehabt. Er nahm die San-Vicente-Abkürzung. Beim Abbiegen fiel ihm das kleine Eukalyptuswäldchen auf. Nicht gerade abgelegen, aber spät in der Nacht ... An der Fourth Street in Santa Monica bog er wieder rechts ab und fuhr hinunter in den Canyon. Die Wegweiser wiesen die Strecke als Ausweichroute zu den Stränden aus. Er hielt Ausschau. Die steile, in engen Kurven nach unten verlaufende Straße war nachts sicherlich ziemlich verlassen. Aber kaum Unterholz, und das war meistens eingezäunt. Unten am Fuß des Canyons stieß er auf die Mesa Road. Er rechnete nicht damit, daß die Nicolais zu Hause waren, aber es war den Versuch wert.

Sehr wert sogar: Die Haustür stand offen, und durch das Fliegengitter konnte er in die Diele hineinsehen. Er drückte auf die Klingel, selbstzufrieden, entspannt und gelassen. Sylvia kam an die Tür und war überrascht, ihn zu sehen. So verblüfft, wie sie ihn ansah, konnte man meinen, er sei unerwartet aus dem Fegefeuer zurückgekehrt.

»Hallo«, sagte er freundlich. »Jemand zu Hause?«

»Dix ...« Sie hakte die Fliegengittertür aus und öffnete sie. »Ich habe Sie nicht gleich erkannt. Die Sonne steht genau hinter Ihnen.« Sie trug einen offenen weißen Strandumhang über kurzen weißen Shorts und einem weißen BH. Ihre Haut war bronzebraun, und ihr goldenes Haar fiel lose um ihre Schultern. Ohne die kühle Pose wirkte sie wesentlich jünger. Sie errötete ein wenig.

»Entschuldigen Sie meinen Aufzug.« Ihre bloßen Füße waren sandbedeckt. »Wir sind gerade vom Strand heraufgekommen, und Brub ist als erster ins Bad. Ich habe Sie nicht erwartet. Ein paar Freunde kommen gleich zu Besuch ...«

Er unterbrach sie: »Ich hoffe, ich gelte auch als Freund.«

Sie errötete tiefer. »Natürlich. Ich meine, alte Freunde.« Sie seufzte. »Ich glaube, ich mache es nur noch schlimmer. Kommen Sie einfach rein, und machen Sie es sich bequem. Nehmen Sie sich etwas zu trinken. Ich sage Brub Bescheid.« Sie ging rasch weg, zu rasch.

Vielleicht war ihr seine unverhüllte Bewunderung peinlich. Er verstand Sylvia nicht. Sie hatte zu viele Facetten. Er ließ sich auf der Couch im Wohnzimmer nieder. Freunde zu Besuch. Er würde gleich wieder gehen. Konnte leicht eine Verabredung zum Abendessen vorschützen.

Brub ließ nicht lange auf sich warten. Sein Gesicht leuchtete auf, als er Dix sah; als er hereinkam, hatte er noch bedrückt gewirkt. »Wo ist mein Drink? Sylvia hat gesagt, daß du uns welche mixt.«

»Bin ich vielleicht der Barkeeper?« Dix erhob sich von der Couch. »Was möchtest du haben?«

»Nein.« Brub winkte ab. »Laß mal. Ich mach es schon. Was möchtest du?«

Er fühlte sich zu wohl, als daß es ihm besonders auf einen Drink angekommen wäre. »Egal. Dasselbe wie du.«

»Dann kriegst du einen gespritzten Scotch«, sagte Brub, der hinter der Bar stand. »Das ist der einzige englische Ausdruck, den ich mir gemerkt habe. Aber wir trinken ihn mit Eis.« Er füllte die Gläser. »Was hast du heute so getrieben?«

»Gearbeitet«, antwortete Dix. »Ich habe schon früher versucht, dich zu erreichen. Eigentlich wollte ich blaumachen und an den Strand gehen.« Er nahm das Glas. »Danke. Ich dachte schon, du mußt heute auch noch arbeiten.«

Brub zog die Stirn in Falten. »Ich war heute früh tatsächlich bei der Arbeit.« Das Stirnrunzeln verschwand. »Aber am Nachmittag habe ich am Strand gefaulenzt.«

Dix nippte an seinem Whisky. »Was macht der Fall?« Er legte genau das richtige Maß an beiläufiger Neugier in seine Frage. Er war sehr zufrieden mit sich.

Jetzt tauchten wieder Falten auf Brubs Stirn auf. »Nichts. Wir sind immer noch da, wo wir angefangen haben.«

»Aber du hast doch jemanden gefunden, der sie mit dem Mann gesehen hat.« Er deutete auf die Zeitung, die auf dem Fußboden lag.

»Ja.« Brubs Stimme war tonlos. »Vielleicht erinnert sich die Wagenbedienung an ihn, wenn er noch mal in das Drive-in kommt.« Er schaute angewidert drein. »Sie hat unsere gesamte Verbrecherkartei angeschaut, und jetzt kann sie den Kerl nicht einmal mehr beschreiben. Sie sagt mal so, mal so. Sie erinnert sich noch nicht mal an seine Augenfarbe.«

»Zu blöd.« Dix zeigte sein Mitgefühl. »Und sonst sind die zwei keinem aufgefallen?«

»Wenn ja, dann rücken sie nicht damit raus. Jedenfalls hat uns niemand irgendwelche Informationen angeboten. Und dabei war um diese Zeit ziemlich viel los in dem Drive-in. Die Kinos waren gerade aus. Es muß noch andere Leute geben, die sie gesehen haben.«

»Ja«, sagte Dix. »Aber oft sieht man Leute, ohne sie wirklich wahrzunehmen.« Er ließ sich über das Thema aus, als hätte er nie zuvor daran gedacht. »Wie oft erinnert man sich denn an die Leute, die im Restaurant am Nebentisch sitzen? Normalerweise merkt man nicht einmal, wann sie kommen oder gehen. Mir geht es jedenfalls so.«

»Das ist richtig«, stimmte Brub ihm zu. Dann fuhr er fort: »Aber etwas haben wir inzwischen doch noch herausgefunden.« Dix schaute ihn mit neu erwachtem Interesse an.

»Wir wissen, daß er am Freitagabend in Beverly Hills war.« Brubs Stimme klang spöttisch. »Aber ob er dort war, um sich einen vergnügten Abend zu machen« – er biß sich auf die Lippe – »oder ob er dort wohnt, das wissen wir nicht. Er kann praktisch überall in Südkalifornien wohnen. Wahrscheinlich hat er noch nie in seiner eigenen Gegend gemordet, dazu ist er zu vorsichtig.«

Sylvia kam herein, während Brub den Satz beendete. »Brub, du sprichst doch nicht schon wieder über deinen Fall? Ich kann es nicht mehr hören.« Sie war jetzt nicht mehr das junge Mädchen, das die Tür geöffnet hatte, aber auch nicht die verängstigte Frau vom vergangenen Abend. Sie sah fabelhaft aus, schlank wie eine Birke in ihrer hellgrauen Hose und dem leuchtendgrünen Pullover. Das feuchte Haar hatte sie sich um den Kopf geflochten. »Den ganzen Nachmittag habe ich nichts anderes gehört. Jeder zweite am Strand hat Brub nach den gruseligen Details gefragt. Bekomme ich jetzt einen Drink, mein Schatz?«

»Natürlich. Das gleiche wie wir?« Brub ging wieder an die Hausbar.

»Ja, bitte.« Sylvia knallte zornig zwei Aschenbecher auf den Tisch. »Ich möchte wirklich wissen, warum die Menschen so morbid sind.« Womit sie mit Nachdruck zum Thema zurückgekehrt war. Anscheinend hatte sie ihren eigenen Verteidigungsmechanismus aufgebaut, um mit ihrer Furcht umzugehen.

Dix erwiderte: »Ich weiß nicht, ob es Morbidität ist. Vielleicht eher Wichtigtuerei?« Er grinste. »Schließlich bekommt nicht jeder einen Bericht aus erster Hand von dem Kriminalbeamten, der den Fall bearbeitet.«

»Natürlich«, sagte Brub, »junger Kripomann packt aus. Weiß gar nichts, sagt aber alles.« Er ließ das Sodawasser aus dem Siphon auf den Whisky zischen.

Dix lächelte in sein Glas hinein. »Bei mir ist das etwas anderes. Ich habe ein persönliches Interesse an dem Fall.« Er hob lässig den Blick, während er es sagte.

Sylvia war erstarrt; nur ihre Augen bewegten sich, richteten sich auf sein Gesicht, als habe er in diesem Augenblick gestanden, daß er selbst der Würger sei. Brub füllte das zweite Whiskyglas mit Soda.

»Weißt du, ich schreibe nämlich einen Kriminalroman«, fügte Dix hinzu.

Erst jetzt rührte sich Sylvia wieder und stellte den Aschenbecher ab, den sie die ganze Zeit in der Hand gehalten hatte. Es klickte leise, als sie ihn auf der Glasplatte des Couchtisches abstellte.

Brub brachte ihr den Drink. »So, da wären wir.« Er setzte sich und ließ das eine Bein über die Armlehne des grünen Sessels baumeln.

»Das ist es also, was du schreibst. Und von wem klaust du: von Chandler, Hammett oder Gardner?«

»Von jedem ein bißchen«, gestand Dix. »Ich gebe noch jeweils eine Prise Ellery Queen und Dickson Carr dazu.«

»Wenn Sie die alle kombinieren, dürfte es ein Bestseller werden«, sagte Sylvia. Sie hatte sich gegenüber von Brub niedergelassen.

»Bestimmt«, nickte Dix. »Aber sagt es um Himmels willen nicht Onkel Fergus. Er glaubt nämlich, ich befasse mich mit hoher Literatur.«

»Ich kenne Onkel Fergus ja gar nicht«, murmelte Sylvia.

»Er würde Ihnen nicht gefallen. Er ist geradezu unanständig konservativ. Seit Hoover Washington verlassen hat, fühlt er sich nicht mehr sicher«, fügte er fröhlich hinzu. »Aber wenn erst die Tantiemen einlaufen, wird ihm egal sein, was ich geschrieben habe. Lesen wird er's ja doch nicht.«

Sie hatte versucht, seine Fragerei zu verhindern, und er hatte es bemerkt und gekontert. Er fuhr fort: »Nehmen Sie nur die Geschichte mit den Reifenspuren, die Brub gestern abend erwähnt hat. Statt mir in der Bibliothek das Hirn zu zermartern, brauche ich nur ihn zu fragen. So was ist immer gut für die Story – es wiegt die Leser in dem Glauben, daß man ein Experte ist.« Er hob das Glas. »Fertigt man wirklich Gipsabdrücke von Reifenspuren an, Brub?«

»Man versucht es«, erwiderte Brub düster. »Aber es nützt nur in wenigen Fällen. Für gute Abdrücke braucht man weichen Untergrund, und außerdem dürfen sich nicht mehrere Spuren überlagern. In unserem Fall gibt es dafür keine Chance. An der entsprechenden Stelle sind mindestens ein paar hundert verschiedener Reifenspuren. Es wäre nicht der Mühe wert, die Abdrücke zu nehmen.«

»Aber du hast sie trotzdem genommen, oder?« fragte Dix. »Gründlich, wie die Polizei ist …«

»Klar«, knurrte Brub. »Und gründlich – von wegen. Vielleicht das nächste Mal …« Er verstummte. Sylvia hatte sich merklich versteift. »Aber es muß ja kein nächstes Mal geben«, sagte er dann rasch. »Nur …«

»Laß es gut sein, Brub«, sagte Dix ernst. »So, wie du den Fall anpackst, erwischst du den Täter auch.« Sylvia schaute ihn dankbar an. »Ich lasse mir gern noch einen Schluck anbieten und erzähle dir dann von der Rothaarigen in meinem Appartementblock. Du stehst doch noch immer auf Rothaarige?«

Sylvias Dankbarkeit äußerte sich in gespielter Fröhlichkeit. »Das würde ich ihm nicht raten.«

»Wer ist sie denn?« Brub spielte mit, nahm seines und Dix' Glas und ging damit zur Hausbar. Es kostete ihn große Mühe, sich munter zu geben.

»Ja, also – genau gesagt, habe ich sie noch gar nicht kennengelernt.« Dix lachte. »Aber ich bemühe mich.« Er wußte, daß es nicht klug war, so über diese Frau zu sprechen; er sollte nicht einmal so an sie denken. »Sobald ich weiß, welches Appartement sie hat, werde ich mir einen Job als Stromableser suchen oder die Wäsche bei ihr abliefern. Sie hat die tollste Figur von ganz Hollywood.«

»Vielleicht sollte ich sie erst einmal begutachten, bevor du dich da auf etwas einläßt«, sagte Brub. »Vergiß nicht, wie das mit der Blondine in London war!«

»Woher hätte ich denn wissen sollen, daß ihr Mann Stabsoffizier ist?« Er hatte eigentlich keinen zweiten Drink haben wollen, aber er schmeckte gut.

»Wie wär's denn, wenn ich sie mir erst einmal anschaue?« schlug Sylvia vor. »Brubs Geschmack kann man nicht trauen. Er schaut immer nur auf die Verpackung. Ich dagegen bin psychologisch geschult. Ich kann Ihnen etwas über den Inhalt erzählen.«

»Ihr seid beide herzlich dazu eingeladen. Sobald ich den Zähler abgelesen habe.«

»Dazu dürftest du nicht lange brauchen«, alberte Brub. »Es sei denn, du wirst allmählich alt.« Er kniff die Augen zusammen.

»Hast dich aber ganz gut gehalten.«

Draußen auf der Veranda wurden Stimmen laut.

»Das sind Maude und Cary«, sagte Sylvia. Sie rief: »Kommt doch rein!«

Sie entsprachen ziemlich genau der Vorstellung, die sich Dix von ihnen gemacht hatte. Eine hübsche, geschwätzige Brünette mit großen, runden Augen und Hüften, die zu breit waren für die lachsfarbene Stretchhose, die sie trug. Und ein netter, nichtssagender Bursche mit Gabardinehose und Sporthemd. Die Jepsons. Dix gefiel Maude. Sie klimperte ihn mit ihren Babyaugen an, während sie auf die Couch zuging.

Er würde so schnell wie möglich austrinken und sich dann verabschieden.

Sie sagte: »Sie sind das große Fliegeras, nicht wahr? Ich weiß alles über Sie.« Sie sprach mit deutlich hörbarem Südstaaten-Akzent. Dann steckte sie sich eine Zigarette zwischen die Lippen und wartete darauf, daß er ihr Feuer gab. Sie roch nach Parfüm und Alkohol. »Für mich nur einen schwachen Drink, Brub. Wir haben schon zu Hause etwas getrunken.« Sie wandte sich wieder an Dix. »Sie waren mit Brub in England, nicht?« Sie plapperte drauflos, bis Brub ihr das Glas in die Hand drückte. Daraufhin verlagerte sie ihr Interesse auf ihn – und natürlich konnte es nur um ein Thema gehen.

»Hast du den Kerl noch immer nicht erwischt, Brub? Ich sage dir, ich habe solche Angst, daß ich bald nicht mehr weiß, was ich tun soll. Cary darf mich keinen Moment mehr allein lassen. Ich sage ihm …«

Sie hatte allen Grund, Angst zu haben. Dix hätte sie mit Vergnügen erwürgt.

»Was Neues?« fügte Cary hinzu.

»Nein«, sagte Brub.

Und Sylvia erklärte nachdrücklich: »Wir wollen heute nicht mehr davon sprechen.«

Maude ignorierte sie. »Warum kann denn die Polizei diesen Kerl nicht schnappen?« Sie war höchst ärgerlich. »Solange der hier rumläuft, ist doch kein Mensch seines Lebens sicher.« Dann flüsterte sie mit Grabesstimme: »Der Würger …«

Sie zitterte und rutschte näher zu Dix hin. Sie amüsierte sich blendend.

Sylvia holte Luft, um etwas zu sagen, aber Maude fiel ihr ins Wort. »Man kann ja niemandem mehr trauen! Es kann praktisch jedermann sein. Ich sage immer zu Cary, vielleicht ist es unser Gemüsehändler oder der Busfahrer oder einer von diesen schrecklichen Bodybuildern am Strand. Wir wissen es nicht. Und die Polizei weiß es auch nicht. Dabei wäre es eigentlich ihre Pflicht, es herauszufinden.«

Sylvia sagte verzweifelt: »Um Himmels willen, Maude – glaubst du denn, sie versuchen es nicht?«

»Ich weiß nicht.« Maude warf den Kopf zurück. »Vielleicht ist es einer ihrer eigenen Leute. Na ja, wäre doch immerhin möglich«, fügte sie hinzu, als sie die Mienen der anderen bemerkte. »Das kann man doch nicht wissen? Es ist doch lächerlich, zu denken, daß es der nette Bursche gewesen sein könnte, der mit ihr kurz zuvor noch Kaffee getrunken hat. Wie hätte er sie denn dann in den Glen Canyon hinausbringen sollen?« fragte sie. »Zu Fuß?«

»Er hatte natürlich einen Wagen, Maude«, sagte Cary gottergeben.

»Ah.« Sie hakte nach. »Aber das stimmt nicht. Sie sind zu Fuß in das Drive-in gegangen, um dort Kaffee zu trinken.« Sie schaute in die Runde. Ihr Mann sah aus, als habe er es unendlich satt, noch ein Wort davon zu hören, aber in Sylvias skeptischen Ausdruck mischte sich ein wenig Angst.

Brub saß da und hatte die Stirn in tiefe Falten gezogen. Er sagte: »Das ist eine der Fragen, die wir zu klären versuchen, Maude. Er muß einen Wagen gehabt haben.«

»Das verstehe ich nicht«, gestand Dix.

»Unser Mann von der Ostküste!« Brub ergriff die Möglichkeit, das Thema zumindest abzubiegen. »Dix kommt aus New Jersey«, erklärte er den anderen und wandte sich dann wieder an Dix. »Kein Mensch geht hier zu Fuß in ein Drive-in, wenn er den Wagen dabeihat.«

»Aber ich habe schon Leute in Drive-ins sitzen sehen«, widersprach Dix.

»Das sind Jugendliche, die keinen Wagen haben. Oder Leute, die zu Fuß im Kino an der Ecke waren. Vielleicht auch jemand, der eine komplette Mahlzeit haben, aber sie nicht auf einem Tablett balancieren möchte. Aber bestimmt nicht für einen Kaffee oder einen Milchshake. Das ist ja schließlich der Sinn eines Drive-ins, daß man nicht aussteigen muß.«

»Aber wenn man keinen Wagen hat, muß man sich reinsetzen.« Maude schüttelte wieder den Kopf. »Er kann keinen Wagen gehabt haben. Denn«, sie holte tief Luft, »denn wenn er der Würger gewesen wäre und einen Wagen dabeihatte, wäre er doch nicht mit ihr hineingegangen, wo ihn so viele Leute identifizieren konnten. Dieser Mann kann keinen Wagen gehabt haben. Aber der andere, der sie umgebracht hat, der hatte einen, sonst hätte man die Leiche nicht oben im Beverly Glen gefunden.« Ihre Stimme zitterte vor Erregung. »Also müßt ihr nach einem Mann mit einem Auto suchen!«

Dix verengte die Augen, als ob er mit den anderen über Maudes Schlußfolgerungen nachdächte.

Sylvia beendete die Gesprächspause: »Ihr glaubt also, daß es einen zweiten Mann gibt – oder einen Komplizen.« Sie warf Brub einen schnellen Seitenblick zu. Brub schüttelte den Kopf. »Er arbeitet allein.« Es klang überzeugt.

Dix wandte nichts gegen diese Erklärung ein, er fragte lediglich: »Woher willst du das wissen?«

»Ein Mörder wie der arbeitet grundsätzlich allein. Er kann es gar nicht riskieren, einen Komplizen zu haben.«

»Er ist natürlich verrückt«, fügte Cary hinzu.

Dix drehte das Glas in seiner Hand. Cary Jepson war ein Idiot. Er hätte nicht diese dämliche kleine Sprechmaschine geheiratet, wenn er auch nur für fünf Cent Verstand besessen hätte. Das war der einzige Schluß, den ihm seine beschränkte Vorstellungskraft ließ: »Er ist natürlich verrückt.« Er kam gar nicht auf den Gedanken, daß irgend etwas anderes als Wahnsinn einen Menschen zum Mörder machen könnte. Das war es, was alle Idioten wie die Papageien wiederholen würden: *Er ist natürlich verrückt, er ist natürlich verrückt* ... Man brauchte schon etwas Phantasie, sich einen Mann vorzustellen, der geistig intakt war wie du und ich und der dennoch ein Mörder war. Dix hob sein Glas, um das Lächeln zu verbergen, das um seine Lippen spielte.

Brub erklärte gerade: »… aber zweifellos ist er nur in dieser einen Hinsicht gestört. Ansonsten ist er wahrscheinlich ein ganz normaler, alltäglicher Bürger. Er geht zur Arbeit wie wir alle. Sieht normal aus und verhält sich auch völlig normal, bis dieser Zwang über ihn kommt.«

»Etwa einmal im Monat«, sagte Maude mit großen Augen und schrie dann auf: »Oh!«

Dix rückte ein wenig von ihr ab, um zu sehen, was los war. Aber sie spielte nur Theater. Sylvia mochte das nicht. Ihr Gesicht war wie aus Stein gemeißelt. Dix mochte es auch nicht; er mußte sehen, daß er hier wegkam.

Brub sagte: »Wenn du nicht nachts allein auf den Straßen spazierengehst, Maude, brauchst du keine Angst zu haben.« Er fügte, mehr zu sich selbst, hinzu: »Wir erwischen ihn schon noch. Früher oder später macht er einen Fehler.« Sein Gesicht war grimmig.

»Und wenn nicht?« jammerte Maude jetzt. Sie genoß ihren Auftritt. »Wenn es immer und immer so weitergeht, jeden Monat, und …«

»Maude!« protestierte ihr Mann ziemlich entnervt. »Das geht jetzt schon seit Wochen so …«

»Aber nicht in diesem Haus«, erklärte Sylvia plötzlich sehr entschieden.

»Es reicht jetzt, Maude! Das ist mein letztes Wort: Heute abend wird kein Wort mehr über irgendwelche Verbrechen gesprochen.« Dann zeigte sie ein breites Lächeln. »Wo fahren wir zum Essen hin? Steaks bei *Ted's?* Krabben bei *Carl's*? Oder wie wär's mit Fischsuppe bei *Jack's?«*

Das war die Gelegenheit für Dix, sich zu verabschieden. Er schaute auf die Uhr und stand schnell auf. »Ach, du meine Güte, warum sagt denn keiner ein Wort? Ich bin um sieben in Hollywood zum Abendessen verabredet. Ich muß mich auf die Socken machen!«

Maude zog eine Schnute. »Dann lassen Sie doch die Verabredung einfach sausen.«

»Mit einer Rothaarigen?« Brub grinste.

Dix erwiderte das Grinsen. »Noch nicht. Aber ich halte dich auf dem laufenden. Danke, Sylvia. Ruf mich mal an, Brub. Laß uns zusammen zu Mittag essen.« Er nickte den Jepsons zum Abschied zu, freilich ohne zu sagen, daß es ihm ein Vergnügen war, sie kennengelernt zu haben; das war es nicht.

Draußen atmete er erst einmal tief durch, um den Geruch von Maude aus der Nase zu bekommen. Er wünschte sich, ihr einmal an einer dunklen Ecke zu begegnen. Dann würde er der Menschheit einen Dienst erweisen.

Er folgte der Küstenstraße bis zum Incline und warf beiläufig einen Blick auf die drei Häuser, die dort auf der Strandseite standen. Der Verkehr war noch immer ziemlich dicht; auf dem Wilshire Boulevard wurde er lästig, und je mehr Dix sich der Kreuzung Sepulveda näherte, desto mehr stauten sich die Fahrzeuge. Dix bog nach links in den Westwood Boulevard ab, wobei er einem Rechtsabbieger die Vorfahrt nahm. Er sah den Polizeibeamten auf dem Motorrad erst, als die Bremsen des anderen Wagens kreischten. Aber der Polizist folgte ihm nicht.

Langsam fuhr er durch das Universitätsgelände und hinüber zum Sunset Boulevard. Jetzt hatte er nur noch die Kreuzung am Beverly Glen vor sich. Der Sunset schien geradezu ausgestorben nach dem Verkehr auf dem Wilshire. Dix gab Gas. Als er die Kreuzung erreichte, schaltete die Ampel auf Rot. Er warf einen Blick auf die Tore von Bel Air; die Straße nach Norden teilte sich hier in die Bel Air Road und den Beverly Glen.

Seine Hände krampften sich um das Lenkrad – wieder die Bullen! Nicht auf Motorrädern, sondern in einem Streifenwagen. Sie parkten und beobachteten die vorbeifahrenden Wagen. Sobald die Ampel auf Grün sprang, legte Dix den Vorwärtsgang ein und gab erst mehr Gas, als er das Waldstück am Sunset hinter sich hatte. Im Rückspiegel sah er keinen Wagen, der ihm folgte. Jetzt löste sich die Anspannung, und er wollte lachen. Laut und schallend.

Die Bullen waren genauso phantasielos wie dieser Jepson. Glaubten sie im Ernst, der Täter würde an den Ort des Verbrechens zurückkehren? Er lachte schallend. Sah sie vor seinem geistigen Auge den ganzen Tag dort sitzen und auf einen Verrückten warten, der den Canyon hinauffuhr bis zu der Stelle … Idioten!

Am Rodeo Drive bog er nach Süden ab und fuhr zurück auf den Wilshire Boulevard. Er wußte nichts Rechtes mit sich anzufangen, aber heute abend mochte er nicht alleine sein. Das ewig gleiche Einerlei seiner Nächte. Alleine essen, ins Kino gehen, dann nach Hause – oder das Kino auslassen, nach Hause gehen, lesen, manchmal ein wenig schreiben. Es lief immer auf dasselbe hinaus. Schlaftabletten. Außer er schlief vor Erschöpfung ein. Aber das kam selten vor.

Ein Mann war nun einmal nicht dazu geschaffen, allein zu leben; er brauchte Freunde. Und er brauchte eine Frau – eine richtige Frau. Wie Brub und Sylvia. Wie dieser blöde Cary mit seiner blöden Maude. Alles war besser, als allein zu sein.

Es kam selten vor, daß es ihm soviel ausmachte. Vielleicht lag es an dem milden Abend, der frühen Dämmerung, dem Lichtschein, der überall aus offenen Fenstern drang, dem Klang von Radiomusik in hellerleuchteten Räumen … Unsinn – er hatte die zwischenmenschlichen Beziehungen gegen etwas Stärkeres eingetauscht, etwas viel Besseres …

Der Wagen fand wie von allein zum Appartementhaus; eigentlich hatte Dix noch gar nicht hierher zurückkehren wollen. Er parkte am Straßenrand; er mußte noch einmal wegfahren, zum Essen. Später.

Er brauchte das normale Leben keineswegs aufzugeben; das wäre ein Fehler gewesen. Brub und Sylvia hatten es ihm bewiesen. Er konnte sich in ihrer Gesellschaft bewegen, er selbst sein und doch sein Geheimnis bewahren. Seine Nerven waren ruhig, seine Augen ebenfalls. Es war Zeit, wieder ein paar Freunde zu finden. Abgesehen von Brub und Sylvia. Schließlich konnte er nicht ständig bei ihnen herumhängen. Sonst würden sie vielleicht anfangen, sich Gedanken zu machen. Manchmal verstörten ihn Sylvias Blicke – ihre Augen wirkten so wissend. Als ob sie einem Mann ins Innerste sehen könnte.

Das war natürlich lächerlich. Man brauchte sich nicht zu verraten. Nicht, wenn man schlau war.

Inzwischen hatte sich seine Laune gebessert. Es kam selten vor, daß er sich so niedergeschlagen fühlte wie vorhin. Er führte ein herrliches Leben. Er hatte eine hübsche Wohnung, einen guten Wagen, ein Einkommen, ohne dafür arbeiten zu müssen; nicht gerade üppig, aber er kam zurecht. Und er hatte seine Freiheit – viel Freiheit. Niemand sagte ihm, was er zu tun hatte; niemand, der in seinen Angelegenheiten herumschnüffelte.

Er zog den Schlüssel aus dem Zündschloß und ging die paar Schritte bis zum Eingang des Innenhofes. Dabei ließ er die Autoschlüssel klimpern, die er in der Hand hatte. Es machte Spaß, so offen dahinzuschlendern, mit den Schlüsseln zu klimpern und sein Kommen mit dem metallischen Klang anzukündigen. Den Gedanken, die Rothaarige könnte auf ihrem Balkon sein, verdrängte er rasch wieder.

Als er den Patio das erste Mal gesehen hatte, mochte er kaum seinen Augen trauen. Er war damals noch nicht lange genug in Südkalifornien gewesen, um es glauben zu können. Es wirkte so unecht, konnte eigentlich nur eine Filmkulisse sein, eine unwirkliche Filmkulisse. In der Mitte lag der rechteckige blaue Pool. Am Tag war er himmelblau wie die Farbe seiner Fliesen. Nachts dagegen schimmerte er mitternachtsblau. Dafür sorgten zwei blaue Scheinwerfer an beiden Enden des Balkons.

Dix hatte noch nie jemanden in dem Swimmingpool gesehen – weder bei Tag noch bei Nacht. Und er hatte auch nie erlebt, daß sich jemand in die grell gestreiften Liegen oder an die bunten Schirmtische gesetzt hätte. Aber es war eine hübsche Idee: Die subtropischen Blüten, die überall wucherten, verstärkten den Eindruck, und die hohe Oleanderhecke schützte den Patio vor neugierigen Blicken von der Straße her – doch kein Mensch benutzte diesen Patio. Die Leute, die in den kleineren Bungalows spanischen Stils wohnten, und die in den größeren Häusern, welche den Patio von drei Seiten eingrenzten, schienen für sich bleiben zu wollen. In den Wochen, seit Dix hier wohnte, hatte er noch nie zwei von ihnen zusammen gesehen.

Er dachte gerade an das künstliche Mondlicht in dem künstlichen Wasserbecken, als er hinter sich eine Hupe aufheulen hörte. Ein Gewirr unverständlicher Stimmen strapazierte seine Nerven. Zorn schüttelte ihn; einen Augenblick lang dachte er daran, hinauszulaufen und den Leuten die Hölle heiß zu machen. Statt dessen ballte er die Hände zu Fäusten und ging zu seiner Tür: das erste Appartement auf der linken Seite. Er hatte die Tür eben erreicht, als er Stöckelschuhe auf dem Pflaster klappern hörte. Ehe er sich umdrehte, wußte er bereits, wen er erblicken würde.

Sie hatte ihn offenbar nicht vor seiner Tür stehen sehen und war in Eile. Im bläulichen Licht waren ihre Haare und die Hose und die Jacke alle blau, verschiedene Schattierungen von Blau.

Er handelte impulsiv, ohne zu überlegen. Sonst hätte er es vermutlich bleibenlassen. Mit langen Schritten umrundete er den Swimmingpool. Er war fast so schnell an der Treppe nach oben wie sie. Sie war auf der dritten Stufe angelangt, als er sie ansprach.

»Entschuldigen Sie.«

Sie erschrak nicht, obwohl sie ihn zuvor nicht bemerkt hatte. Aber sie hielt in der Bewegung inne und drehte den Kopf ohne Hast herum, bis sie auf ihn hinabsehen konnte. Als sie sah, daß es sich um einen Mann handelte, trat wieder der herausfordernde Zug in ihre Mundwinkel, in ihre Augen.

»Haben Sie etwas verloren?« fuhr er fort. Er streckte ihr die hohle Hand entgegen.

Sie schaute an sich hinunter, auf ihre Handtasche, berührte ihre Haare. »Habe ich denn?« fragte sie verwirrt.

Keck und übermütig schob er beide Hände in die Hosentaschen. Dann schaute er offen zu ihr hinauf. »Ich weiß nicht. Aber ich hatte es gehofft.«

Ihre Augen verengten sich langsam und musterten ihn wie

am vergangenen Abend. Ihr gefiel, was sie sah. Dann begann sie zu lächeln. »Warum?« konterte sie.

»Ich bin gerade eine Einladung zum Abendessen losgeworden. Ich dachte, vielleicht ist es Ihnen genauso ergangen.«

Ihr Lächeln verschwand, und sie wirkte distanzierter als zuvor. Sein Blick hielt sie fest, bis sie wieder zu lächeln begann. »Tut mir leid.«

»Ich bin Ihr Nachbar. Eins A.« Er machte eine Bewegung mit dem Kopf. Wollte nicht, daß sie glaubte, er sei ein Fremder, der sie aufgabeln wollte.

»Tut mir leid«, wiederholte sie und ging die vierte Stufe nach oben. »Meine Verabredung muß jeden Augenblick kommen, und ich bin noch nicht einmal umgezogen. Ich muß mich beeilen.«

»Mir tut es auch leid«, sagte Dix. Er sagte es mit warmer Stimme und all dem Charme, den er aufbringen konnte, gewürzt mit einer Spur Arroganz.

Sie erklärte: »Wenn mich mal jemand versetzen sollte, sage ich Ihnen Bescheid.« Dann lief sie die Treppe hinauf, ohne sich noch einmal nach ihm umzuschauen.

Er zuckte mit den Schultern. Hatte keinen Erfolg erwartet und war daher auch nicht enttäuscht. Immerhin hatte er das einleitende Manöver hinter sich. Jetzt war es nur noch eine Frage der Zeit. Allein mit ihr zu sprechen hatte ihn stimuliert. Sie war sehr verführerisch, sogar im Schein dieses gespenstisch blauen Lichts. Er kehrte zu seiner Wohnung zurück. Als er wieder das Klappern ihrer Absätze hörte, drehte er sich schnell um und schaute hinauf zum ersten Stock. Sie betrat eben ihre Wohnung, die, in der kein Licht brannte. Die dritte von der Treppe aus. Daraufhin ging er zufrieden in sein Appartement zurück. Er hatte Fortschritte gemacht. Jetzt wußte er, wo er sie finden konnte.

6

Er brauchte sich nicht zu beeilen. Genau gesagt, er brauchte zum Abendessen nicht einmal sein Appartement zu verlassen. Es gab Konservendosen, Cracker, etwas Käse und Obst und kaltes Fleisch im Kühlschrank. Er konnte es sich gemütlich machen. Was wollte ein Mann mehr am Abend eines derart heißen Tages als Bier und etwas Käse. Aber er mochte es sich nicht gemütlich machen, er wollte etwas unternehmen. Etwas Amüsantes, Anregendes, Männliches.

Er schaltete das Radio an, fand irgendwo einen Sender mit Musik und holte sich ein kaltes Bier aus der Küche. Dann streckte er sich auf der Couch aus, hörte mit halbem Ohr dem Rundfunkprogramm zu und dachte zugleich über die Dinge nach, die er an diesem Abend am liebsten tun würde. Wenn er das Geld dazu gehabt hätte – und die richtige Frau.

Das Bier war halb ausgetrunken, als der Summer an seiner Tür ertönte. Es erschreckte ihn kurz – noch nie hatte jemand bei ihm geläutet, seit er hier war. Langsam erhob er sich. Er zögerte nicht, die Tür zu öffnen, beeilte sich aber auch nicht besonders. Er bewegte sich leise.

Unwillkürlich holte er tief Luft, bevor er die Hand auf den Türknopf legte. Und erst, als er die Tür geöffnet hatte und hörte, wie er die Luft ausstieß, wurde ihm klar, daß er sie so lange angehalten hatte.

Vor ihm stand die Rothaarige. Sie sagte: »Man hat mich eben versetzt.«

Er versuchte, seine törichte Freude nicht allzusehr durchklingen zu lassen: »Kommen Sie doch rein. Vielleicht wartet ihre Verabredung hier auf Sie.«

»Ich hoffe nicht«, sagte sie trocken. Sie ging an ihm vorbei, hinein in den Wohnraum, betrachtete diesen eingehend. Es sah nicht besonders ordentlich aus; die Sonntagszeitungen lagen auf Couch und Fußboden ausgebreitet. Die Sofakissen waren zerknüllt, die Aschenbecher voll, auf dem Teppich stand die Bierflasche. Doch trotz dieser Unordnung konnte man erkennen, daß das Appartement Klasse hatte. Die graugrünen Wände mochten vom Architekten des *Virginibus Arms* stammen, aber die Möbel hatte sich Terriss mit viel Mühe selbst ausgesucht. Alles modern: gebleichtes Holz; Glas und Chrom; die Polster in Gelb, Karmesin und Grau. Terriss hatte immer mit seinem guten Geschmack geprahlt. Es war weniger sein Geschmack, es war das Geld; wenn man so reich war wie Terriss, kam man an geschmackvollen Dingen kaum vorbei. Man konnte fast nichts falsch machen.

Dix sagte: »Leider kommt das Mädchen nicht am Sonntag.«

»Sie sollten erst mal meine Wohnung sehen.« Sie ließ sich in den bequemen Sessel sinken, als gehöre sie hierher. Und sie hatte immer noch dieselbe Hose an; erst jetzt stellte er fest, daß sie gar nicht blaßblau war, sondern hellgelb, und der Pullover, den sie dazu trug, dunkelgelb. Die Jacke, die ihr lose über die Schultern hing, war weiß. Und ihr Haar war gar nicht rot, sondern kastanienbraun mit einem goldenen Schimmer. Sie hatte sich offenbar frisiert und Make-up aufgelegt, aber sich nicht die Mühe gemacht, sich umzuziehen.

Dix hielt ihr die Zigarettenschachtel hin. »Wie meinen Sie das – daß Sie das nicht hoffen?«

Sie steckte sich die Zigarette zwischen die Lippen, hob den Kopf und wartete darauf, daß er ihr Feuer gab. Mit dem schmalen, goldenen Feuerzeug, das Mel gehörte. »Weil ich ihm gesagt habe, daß ich scheußliche Kopfschmerzen habe und ins Bett gehe.« Sie blies Dix die Rauchwolke direkt ins Gesicht. »Und daß ich das Telefon aushängen würde.«

Er lachte. Sie war kühn wie ihr rostrot geschminkter Mund und ihre schräggeschnittenen Augen, dazu scharf wie die lakkierten, gefeilten Fingernägel. Sie war genau das, was er brauchte. Genau das, was er wollte. »Einen Drink?«

»Nein. Ich möchte essen gehen. Ich hatte schon genug Cocktails, bevor ich nach Hause kam.« Sie räkelte sich in dem Sessel. »Vielleicht ist das auch der Grund, weshalb ich hier bin.«

Sie betrachtete wieder das Zimmer.

»Darf ich mein Bier noch austrinken?«

»Selbstverständlich.«

Er kehrte zur Couch zurück und nahm die Flasche, machte sich jedoch nicht die Mühe, die Einzelteile der Zeitung vom Boden aufzuheben. So wie die Blätter gefallen waren, konnte man die Hälfte von Mildred Atkinsons bleichem Gesicht erkennen. Er stellte seinen Fuß darauf.

Die Rothaarige richtete plötzlich die Augen auf ihn. »Das ist das Appartement von Mel Terriss.« Es war keine Frage.

»Ja. Er ist in Südamerika. Er hat es mir überlassen, solange er weg ist.«

»Und wer sind Sie?« fragte sie.

Er lächelte. »Ich heiße Dix Steele.« Dann fragte er seinerseits: »Und Sie?«

Sie war es offensichtlich nicht gewohnt, mit ihren eigenen Waffen geschlagen zu werden. Sie war sich nicht sicher, ob es ihr gefiel. Sie warf ihr Haar, das wie Herbstlaub leuchtete, in den Nacken und ließ ihn nicht aus den Augen. Schließlich kam sie zu dem Schluß, daß er die gleichen Rechte hatte wie sie. »Ich bin Laurel Gray.«

Er neigte den Kopf. »Wie geht es Ihnen?« Übertriebene Höflichkeit. Dann schaltete er auf Unverschämtheit um. »Verheiratet?«

Sie tat beleidigt. Eine scharfe Erwiderung lag ihr auf der Zunge, aber sie hielt sie zurück, während sie ihn wieder in ihrer kühlen, abschätzenden Art musterte. Das war kein Ehering an ihrem Finger; es war ein Stückchen kunstvoll geformtes Gold, mit Rubinen und Brillantsplittern besetzt. Ein glitzernder Klunker von der Sorte, die sehr viel Geld kostet und die man normalerweise nur durch die Schaufenster in den Geschäften am Beverly Drive bewundern kann. Man drückte seine Nase an dem Panzerglas platt, betrachtete die juwelenbesetzte Pracht und fragte sich, wie ein Mann jemals genug Geld in die Finger bekommen konnte, um sie zu bezahlen.

Jemand hatte ihr diesen Ring an den Finger gesteckt. Aber

sie trug keinen Ehering daneben. Sie antwortete kühl: »Das geht Sie zwar nichts an, mein Junge, aber wenn Sie schon fragen – nein. Momentan nicht.« Sie hob das Kinn, und er wußte genau, was sie sagen wollte. Er wollte nicht, daß sie es sagte, lenkte rasch ab.

»Waren Sie mit Mel Terriss befreundet?« Es war durchaus möglich, daß der kostbare Ring von Mel stammte.

»Nicht besonders.« Sie drückte ihre Zigarette im Aschenbecher aus. »Ich war nur auf ein paar von seinen Partys.« Sie sah ihn neugierig an. »Sind Sie denn mit ihm befreundet?«

Sie war wie alle Frauen: Immer wollten sie private Details wissen. Da konnte er nur lachen; sie würde nur soviel herausfinden, wie er wollte. »Ein alter Freund«, sagte er lachend. »Aus der Zeit vor dem Krieg. Aus Princeton.« Princeton, das bedeutete Geld und gesellschaftlichen Rang, und schon begann sie ihn abzuschätzen. Sie war gierig und schamlos, ein Luder; aber sie hatte Feuer, und ein Mann brauchte Feuer. »Ich bin aus New York«, warf er beiläufig ein. Das klang besser als New Jersey.

»Sie haben also Ihren guten alten Freund Mel aufgesucht, als Sie hierher an die Westküste kamen«, sagte sie spöttisch.

»Was glauben Sie denn?« Er betrachtete die schwungvollen Kurven ihrer Schenkel. »Terriss ist nicht der Typ, den man aufsucht. Ihm läuft man eher in die Arme.« Sie hatte sich wieder eine Zigarette zwischen die Lippen gesteckt. Er beugte sich vor, um ihr Feuer zu geben. Ihr Parfüm war der Duft ihres Körpers, und ihre Augen waren groß und herausfordernd. Aber es war noch zu früh. Er ließ das Feuerzeug zuschnappen, verharrte aber noch einen Moment in dieser Stellung und atmete ihren Geruch ein. »Und Sie haben es sich nicht inzwischen überlegt – ich meine, was den Drink betrifft?«

»Ich will etwas essen.« Sie hatte keinen Hunger, sie wollte genau das gleiche wie er.

»Das sollen Sie auch bekommen«, sagte er. Aber nicht jetzt. Noch nicht. Er fühlte sich wohl hier. Wollte nicht noch einmal ausgehen. Wollte einfach hier sitzen, ihr gegenüber, und sie kennenlernen. Nein, besser kennenlernen. Er kannte sie. Hatte sie gekannt seit jenem Augenblick, als er beinahe mit ihr zusammengestoßen wäre. Nun galt es, diese Kenntnis zu vertiefen. Er sagte: »Also, ich möchte jetzt erst noch einen Drink.«

Sie gab nach. »Schön – machen Sie zwei.«

Er lächelte selbstgefällig, während er in die Küche ging. Er hatte gewußt, daß sie nachgeben würde. Nach ein paar Drinks würden sie sich schneller näherkommen. Als er mit den vollen Gläsern ins Wohnzimmer zurückkam, saß sie noch immer in den Sessel geschmiegt. Als ob sie ganz reglos nur auf ihn gewartet hätte …

Sie hatte sich bewegt. Die Zeitung, auf die er seinen Fuß gestellt hatte, lag jetzt neben ihrem Sessel. Sie nahm ihr Glas entgegen und sagte: »Der Würger hat also wieder einmal zugeschlagen.« Es klang nicht sonderlich interessiert, sie machte nur Konversation.

»Wann werden diese dummen Luder begreifen, daß man sich nicht von fremden Männern aufgabeln läßt.«

»So, wie Sie mich aufgegabelt haben.«

Sie trank einen großen Schluck von ihrem Whisky-Soda. Als er sprach, hob sie die Augenbrauen. »Nein, Sie haben mich aufgegabelt, Princeton.« Und schnurrte dann: »Außerdem sind Sie kein Fremder.« Sie hatte es also auch gespürt, dieses instinktive Wiedererkennen. »Mels Whisky ist so gut wie eh und je.«

»Ja«, sagte er, »Mel hat eine gut bestückte Hausbar hinterlassen.« Dann fuhr er fort: »Ich habe ihn in einer Bar getroffen.«

»Und sprachen von da an nur noch über die alten Tage.«

»Er war angesäuselt und hat versucht, mir mein Mädchen abspenstig zu machen.« Seine Blicke sagten mehr, als die Worte ausdrücken konnten. »Eine Blondine.«

»Die Sie irgendwo aufgegabelt hatten«, fiel sie ein.

»Eine alte Bekannte von mir«, log er. »Von zu Hause. Sie war nur eine Woche hier. Und Mel war nicht ihr Typ.« Er trank einen Schluck. Erinnerte sich nicht mehr an das Mädchen, nicht einmal mehr an ihren Namen. »Haben Sie schon mal versucht, Mel loszuwerden, wenn er angesäuselt ist?«

»Wann ist er das nicht?«

»Ja, nun ...« Er zuckte die Achseln. »Ich habe ihm versprochen, am nächsten Tag mit ihm zum Essen zu gehen. Das haben wir dann auch getan. Ich suchte eine Wohnung. Er mußte beruflich für längere Zeit nach Rio, ein neuer Job. Und so ...«

»Moment mal«, unterbrach sie ihn. »Das klingt aber gar nicht nach Mel. Ein Job in Rio – lachhaft.«

»Das hat er mir jedenfalls erzählt«, erwiderte Dix. Ja, genau das hatte Mel gesagt. Er hätte sich einen Job suchen können. Manche Alkoholiker versuchten ganz neu anzufangen.

Sie lachte in sich hinein. »Und daraufhin sind Sie hier eingezogen.«

»Ja, ich bin eingezogen.« Er war nicht verärgert. Sie hielt ihn nicht für einen Sozialfall; sie würde nicht hier sitzen und mit ihm trinken, wenn sie der Meinung wäre, er hätte kein Geld. Wahrscheinlich hielt sie ihn für genauso einen stinkreichen Nichtstuer wie Mel Terriss selbst. Er blieb gelassen. »Ich brauchte eine ruhige Wohnung zum Arbeiten.«

Sie lachte noch immer innerlich. »Und was arbeiten Sie? Erfinden Sie Bomben?«

»Ich bin Schriftsteller.« Er gab ihr keine Gelegenheit nachzufragen. Jetzt war sie einmal an der Reihe zu antworten. »Ich nehme an, Sie sind beim Film.«

»Nicht oft. Ich stehe nicht gern früh auf.« Sie kannte alle Tricks, um mit Gemeinplätzen mehr zu sagen, als Worte ausdrückten.

Er fragte sich, wer wohl der Mann sein mochte, von dem sie ausgehalten wurde. Er konnte ihn fast vor sich sehen: fett, mit Bauch, Doppelkinn und Glatze. Zu alt und zu häßlich, als daß er es noch umsonst bekommen würde. Aber großzügig. Ein Mann, der nichts hatte, was für ihn sprach – ausgenommen Geld. Wieder kam ihm der beunruhigende Gedanke, daß Mel Terriss der Freier gewesen sein könnte. Aber er paßte nicht ins

Bild des alten Geldsacks, der sich eine junge Geliebte hielt. Andererseits – ein heruntergekommener Alkoholiker, jung, aber frühzeitig gealtert, das bißchen Verstand versoffen. Und dieses gewaltige Ego. Er hörte beinahe, wie Terriss öffentlich mit diesem Mädchen angab, sie herumzeigte wie sie diesen riesigen Ring; wie er sich vormachte, daß er sie nicht hatte kaufen müssen, daß er das Mädchen einfach gut behandelte.

Es konnte nicht Terriss gewesen sein. Terriss hätte mit ihr geprahlt. Sie zumindest erwähnt. Es war nicht Terriss. Dennoch nagte der Zweifel an ihm. Eine Frau wie sie konnte jeden Mann um den manikürten Finger wickeln, warum nicht auch Terriss? Sie konnte ihm eingeschärft haben, ihren Namen niemals zu erwähnen. Wegen ihrer Karriere oder eines eifersüchtigen Exliebhabers. Wegen einer Scheidung, die noch im Laufen war.

Sie hatte kein Wort gesagt. Sie nippte an ihrem Glas und beobachtete ihn. Aber sie hatte ihm seine Gedanken nicht vom Gesicht ablesen können. Er hatte Übung darin, ausdruckslos zu bleiben.

Er trank sein Glas leer. »Ich bin selbst kein Morgenmensch«, sagte er. »Deshalb bin ich Schriftsteller geworden ...«

»Wollen Sie Drehbuchautor werden?«

Er lachte. »Ich schreibe Bücher, Lady. Wenn ich je versuchen würde, beim Film anzukommen, dann höchstens, wenn ich das Geld brauche.« Er sagte genau das Richtige – und es schien die Fragen zu beantworten, die sie sich über ihn gestellt hatte. Sie schien sich beinahe unmerklich zu entspannen. Er beobachtete sie über den Rand seines Glases hinweg, während er es an die Lippen setzte und leerte. »Noch einen?« fragte er.

»Jetzt nicht.«

Er fiel ein: »Ja, ich weiß, Sie haben Hunger. Ich muß mir nur noch eine Jacke anziehen, dann sind wir auch schon auf dem Weg.« Er brauchte kaum eine Minute, nahm rasch entschlossen die schwere Tweedjacke, ein edler Stoff in sattem Braun. Dann schlüpfte er in den Mantel. Er hatte zwanzig Dollar eingesteckt – ausreichend für ein normales Abendessen am Sonntag. Nicht genug für ein elegantes Restaurant, aber dafür waren sie auch nicht angezogen.

Sie hatte sich die Lippen nachgezogen, das Haar gekämmt und die weiße Jacke über dem gelben Pullover zurechtgerückt. Sie wirkte so frisch, als käme sie gerade aus der Dusche. Sie wandte sich vom Spiegel ab, als er ins Zimmer zurückkam, dem Spiegel neben dem Schreibtisch. Ihre Tasche lag auf dem Schreibtisch. Gut, daß ich den Brief an Onkel Fergus eingesteckt habe, dachte er. Sie war eine von den Frauen, die nicht zimperlich waren, wenn es darum ging, mehr über einen Mann zu erfahren.

»Fertig?«

Sie nickte und wandte sich zum Ausgang. Er kam ihr nach, gerade rechtzeitig, um ihr die Tür zu öffnen. Sie blickte zu ihm auf. »Haben Sie Mels Adresse in Rio?« Die Frage kam ganz plötzlich. Warum, zum Teufel, konnte sie diesen Mel Terriss nicht vergessen?

»Ich gebe sie Ihnen, wenn wir zurückkommen«, versprach er ihr. Dann öffnete er die Tür. Sie gingen zusammen hinaus in die Nacht.

Das war der Augenblick, in dem er sie zum ersten Mal berührte; seine Hand lag auf ihrem Ellbogen, als er sie hinausführte in den bläulich erleuchteten Patio.

Dann fragte er: »Wie wär's, wenn wir nach Malibu hinausfahren?«

7

Sie hatte keine Angst. Lehnte sich lässig auf dem Beifahrersitz zurück und ließ das linke Knie in der Nähe seines Schenkels. Wenn er etwas schärfer in die Kurve fuhr, mußte sie ihn berühren. Sie wußte es, ja, sie schmiegte sich mit Absicht so in den Sitz. Obwohl er wußte, daß es nur einer ihrer Tricks war, erregte es ihn, wartete er auf die Berührung.

Das war der Beginn einer guten Sache – so gut, daß er sie

ohne nachzudenken, ohne zu planen genoß. Sie war neben ihm, das reichte. Er hatte sich nach ihr gesehnt, so lange Zeit. Immer schon hatte er sich nach ihr gesehnt.

Es war ein Traum. Ein Traum, den zu träumen er nicht mehr gewagt hatte. Den Traum von einer solchen Frau. Einer Frau mit kastanienbraunem Haar, hohen Brüsten, runden Hüften, duftend ... einer erfahrenen Frau! Er wollte gar nicht mehr nach Malibu; am liebsten hätte er gewendet und wäre zurückgefahren in die Wohnung. Aber er konnte warten. Es war besser zu warten. Sie wußte das.

Der Verkehr hatte sich seit den Nachmittagsstunden beruhigt. Dix folgte dem Wilshire Boulevard zum Eukalyptuswäldchen von San Vicente. Der Duft der Bäume würzte die Dunkelheit. Der San Vicente Boulevard war eine schlecht beleuchtete Straße; das war ihm bisher noch nie aufgefallen. Und der Geruch des Meers schlug ihnen entgegen, lange bevor sie über den Hügelkamm in den Canyon hinunterfuhren, lange bevor sie das Geräusch der Brandung wahrnehmen konnten.

Sie schwieg während der Fahrt. Und er war ihr dankbar dafür. Er fragte sich, ob sie ihn in der Stille zu ergründen versuchte oder ob sie einfach müde war. Sie sagte kein Wort, ehe er zum Canyon abbog.

Dann bemerkte sie: »Sie kennen sich gut aus auf den Nebenstraßen.«

»Sie anscheinend auch.« Er lächelte.

Die Berührung seines Schenkels mit ihrem Knie war diesmal weniger zufällig als zuvor. Sie warf ihr Haar zurück. »Ich bin hier oft genug gefahren«, sagte sie in ihrer langsamen, heiseren Stimme, mit der sie den Worten eine besondere Bedeutung verlieh. Sie lachte. »Ich habe Freunde in Malibu.«

»Einen besonderen Freund?«

»Welchen meinen Sie denn?« konterte sie.

»Gibt es denn keinen besonderen?« Neugier peinigte ihn. Er wollte mehr über sie wissen. Aber er konnte sie nicht aushorchen, konnte keine offenen Fragen stellen. Sie war genau wie er – sie würde lügen.

»Normalerweise schon«, sagte sie. Sie hatten die Küstenstraße erreicht, wo es rechts nach Malibu ging. »Wo wollen wir essen?«

»Wo Sie wollen. Sie kennen ja Malibu.«

»Ich will nicht nach Malibu.«

Er drehte den Kopf zur Seite, überrascht von ihrer Heftigkeit. Einen Augenblick lang fürchtete er schon, dies könnte das Ende sein, daß sie ihn zurückweisen würde wie den anderen Mann zuvor. Befürchtete, etwas Falsches gesagt oder getan zu haben, obwohl er sich dessen nicht bewußt war. Aber sie war noch immer völlig entspannt. Sie sagte: »Ich bin viel zu hungrig, um noch weit zu fahren. Gehen wir zu *Carl's*.«

Auch gut. Die Neonreklame von *Carl's Restaurant* leuchtete weiter vorne an der Straße auf. Er erinnerte sich, wie die Nicolais und ihre Freunde von *Carl's, Joe's* und *Sam's* gesprochen hatten. Er hatte keine Lust, ihnen ausgerechnet jetzt zu begegnen. Er wollte mit Laurel allein sein, wollte sie mit niemandem teilen. Unberührt von dem Zorn und dem Entsetzen, das die Nicolais umgab. Er wollte sie von allen häßlichen Dingen fernhalten.

Aber er hatte keinen Grund, etwas gegen *Carl's* vorzubringen. Es gab keinen Grund, einen Mißklang in das schweigende Einverständnis zu bringen, das bisher zwischen ihnen geherrscht hatte. Wenn die Nicolais ausgerechnet heute bei *Carl's* gegessen haben sollten, würden sie schon längst wieder weg sein. Seit er sie verlassen hatte, waren mehr als zwei Stunden vergangen; da waren sie gerade dabeigewesen, zum Essen zu fahren. Eben fuhr ein Wagen aus einer Parklücke vor dem Restaurant. Sein Instinkt riet ihm, das Scheinwerferlicht zu meiden. Er bog in die kleine Seitenstraße neben dem Gebäude ab und parkte dort.

»Ich rutsche durch«, sagte sie.

Er sah ihr zu, wie sie zu ihm kam, nahm ihre Hand und berührte ihre Hüfte, als er ihr aus dem Wagen half. Das Meer rauschte in der Dunkelheit jenseits der Straße. Sie blieb nahe bei ihm stehen, zu nahe, bis er seine Hand wegzog.

Sie sagte: »Es ist Ihnen doch recht, oder? Die Krabben sind ausgezeichnet.«

Sie führte ihn um die Ecke herum zur Treppe, und sie stiegen hinauf zum Speiseraum. Es war nicht mehr viel los, und ein kurzer Blick sagte ihm, daß er keinen von den Gästen kannte. Sie auch nicht. Sie hatte sich ebenfalls rasch umgesehen.

Es war ein geräumiger Speisesaal, erfüllt von warmem Licht und umgeben von Fenstern, aus denen man auf den dunklen Ozean blickte. Sie setzten sich einander gegenüber an einen Tisch, und es war gut. Gut, mit einer Frau hier zu sein. Ihr gegenüberzusitzen, den Anblick ihres Gesichts genießen zu können, seine Form, den glatten Teint, die Knochenstruktur unter der golden schimmernden Haut. Die leicht schräg stehenden Augen, die Form ihres Mundes ... leidenschaftliche Lippen.

»Und, werden Sie mich wiedererkennen, wenn wir uns das nächste Mal treffen?«

Er kehrte in ihre Wirklichkeit zurück. Lachte, obwohl seine Worte ernst gemeint waren. »Ich kannte Sie schon, bevor ich Sie gesehen habe.«

Sie riß die Augen auf.

»Und *Sie* kannten *mich* ...«

Sie senkte rasch die Lider. Ihre Wimpern waren lang wie die eines Kindes, schwangen sich in eleganten Bögen über ihren Wangen. Sie sagte: »Sie sind sich Ihrer selbst ziemlich sicher, was, Dix?«

»Heute zum ersten Mal.«

Wieder riß sie die Augen auf, und plötzlich schüttelte sie sich vor Lachen. »Ach, du meine Güte!« keuchte sie.

Er erwiderte nichts, antwortete ihr nur mit dem Ausdruck seiner Augen. Bis dahin war er sich ihrer gar nicht sicher gewesen – jetzt schon. Jetzt wußte er, wie er die Partie spielen mußte. Sie war nur äußerlich spröde. Hinter der Fassade schlummerten Leidenschaft und Verlangen. Freude durchzuckte ihn. Er wußte jetzt, daß es gut und richtig war. Sie war für ihn geschaffen. Die Kellnerin kam an den Tisch, bevor er den Gedanken weiter ausspinnen konnte. Er sagte: »Bestellen Sie, Laurel. Ich nehme dasselbe. Erst einen Drink?« Die Störung ärgerte ihn. Die Kellnerin war ein kleines Luder mit zuviel Haaren und einem ausdruckslosen Gesicht.

»Keine Drinks.« Laurel bestellte für beide, gewandt und erfahren. »Den Kaffee bitte gleich.«

Die Kellnerin verschwand, kam aber leider nur zu bald zurück und schenkte den Kaffee ein. Jetzt würde sie wohl für eine Weile wegbleiben.

Laurel sagte: »Wenn Sie Ihren Kaffee jetzt noch nicht wollen, Princeton, trinke ich beide.«

»Da haben Sie Pech.« Sie wußte, was ein Mann brauchte: Kaffee, jetzt, nicht später. Er zündete ihr die Zigarette an und nahm wieder ihren Duft wahr, als er sich über den Tisch hinüberbeugte. Sie war real, kein Traumgebilde, geboren aus seiner Einsamkeit. Sie war eine Frau.

Sie lehnte sich bequem zurück. »Seit wann wohnen Sie schon in Mels Appartement?« Sie lenkte jedesmal ab, wenn Intimität zwischen ihnen entstand. Das machte nichts – warten verstärkte den Reiz. Er versuchte, sich zu erinnern. »Etwa zwei Monate – nein, ich glaube, es sind erst sechs Wochen.«

»Komisch, daß wir uns noch nie zuvor begegnet sind.«

»Ja.« Aber es war nicht komisch. Er hatte die Hintertür benutzt, den kürzeren Weg zur Garage. Er war höchstens ein halbes Dutzend Male in dem blauen Patio gewesen. »Als wir gestern abend zusammengestoßen sind, habe ich Sie für eine Besucherin gehalten. Waren Sie verreist?«

»Nein.«

»Dann haben wir offenbar verschiedene Lebensrhythmen. Das wird sich ändern.«

»Vielleicht«, sagte sie ausweichend.

»Bestimmt«, erklärte er zuversichtlich.

Wieder lenkte sie ab. »Wann ist Mel abgereist?«

Er dachte nach. »Im August. Um den ersten August herum. Bevor ich eingezogen bin.«

Die Kellnerin platzte wieder dazwischen. Zum Glück brauchte sie nicht allzu lange. Trotz ihres nichtssagenden Gesichts hatte sie eine angenehme Art. Die Shrimps sahen gut aus, und sie goß Kaffee nach, ohne erst dazu aufgefordert werden zu müssen.

Er wartete, bis sie wieder außer Hörweite war. »Warum interessieren Sie sich so für Mel? Ich denke, Sie sind nur ein paarmal bei ihm gewesen?« Er war nicht eifersüchtig, aber das sollte sie ruhig denken. Vielleicht war das der Grund, warum sie immer wieder auf Mel zu sprechen kam. Auch einer von ihren Tricks – keine wirkliche Neugier. »Oder war er Ihr Verehrer?«

»Großer Gott, Princeton!« Damit war die Sache erledigt. Den Trick brauchte sie nicht mehr anzuwenden.

Er lächelte leise. »Ich dachte fast schon, daß er vielleicht der Juwelier war.« Sein Zeigefinger berührte den mit Brillanten und Rubinen besetzten Goldring.

Sie zog eine Schnute. »Mel war nicht so freigebig. Das einzige, was er sich etwas kosten ließ, war der Schnaps.« Sie warf einen Blick auf ihren Ring. »Mein Ex.«

Er zog die Augenbrauen hoch. »Ein schönes Stück.«

Unvermittelt erklärte sie: »Lassen Sie sich bloß nie auf eine Geldheirat ein. Das ist es nicht wert.« Dann begann sie zu essen, als sei ihr Hunger neu erwacht.

»Ich dachte immer, es wäre ein gutes Geschäft. – Für eine Frau«, fügte er hinzu.

»Nichts gegen das Geld«, sagte sie mit steinerner Miene. »Es ist das Drumherum. Mistkerle.«

»Exmänner?«

»Reiche Männer. Und Frauen. Sie halten sich für das Salz der Erde. Sie müssen nichts denken oder fühlen – sie können sich ja alles kaufen. Herrgott, wie ich sie hasse!« Sie schüttelte den Kopf. »Ach, halt den Mund, Laurel.«

Er lächelte geduldig. »Ich glaube nicht, daß das auf alle zutrifft.« Als wäre er selbst ein reicher Mann, selbst einer der dreckigen Mistkerle.

Sie sagte: »Ich kann sie schon auf einen Kilometer Entfernung riechen. Die sind alle gleich.«

»Sie sind nicht alle wie Mel – oder Ihr Ex.«

Sie aß weiter, als ob sie ihn gar nicht gehört hätte. Aber er mußte es wissen. Mußte wissen, ob Mel ihre Miete bezahlt hatte. Er hakte nach.

»Immerhin zahlen sie die Miete. Und den Juwelier.«

»Meine jedenfalls nicht«, brauste sie auf. Dann lächelte sie. »Halt den Mund, Laurel, hab ich gesagt. Aber es überrascht mich, daß Mel einfach verschwunden ist, ohne adieu zu sagen. Er war immer hinter mir her.«

»Und ich bin überrascht, daß er Sie nicht mitgenommen hat«, sagte Dix.

Sie zog eine Grimasse. »Ich habe doch gesagt, daß ich meine Lektion gelernt habe. Keine Geldheirat.«

Also zahlte niemand ihre Miete. Sie war auf sich selbst gestellt; der Ex, der Reiche schien ihr Auskommen geregelt zu haben. Dafür hatte sie vermutlich gesorgt – sie und eine Armee teurer Anwälte. Er sagte leichthin: »Es ist immer der Mann, der wieder und wieder zur Kasse gebeten wird. So schlimm kann das doch nicht sein für eine Frau. Man kann sich ausschlafen und braucht sich keine Gedanken um ein Dach überm Kopf zu machen.«

»Ja«, antwortete sie, und ihr Mund wurde eine schmale, harte Linie. »Solange ich nicht wieder heirate.«

Er verstand ihre Bitterkeit, aber zugleich beunruhigte sie ihn auch. Vielleicht war da jemand, den sie genauso haben wollte wie er sie. Ohne Grund, dachte er, wäre sie nicht so bitter gegenüber ihrem Ex; sie hatte ihr gutes Auskommen und war frei. Er durfte nicht weiterbohren; er hatte ohnehin schon zuviel gefragt. Er war neugierig gewesen, und sie würde es bemerken, sobald ihr Zorn verflogen war. Jetzt lächelte er sie wieder an. »Ich bin froh darüber«, sagte er leise.

»Wieso?« Sie warf ihm einen scharfen Blick zu.

»Weil ich Sie sonst nicht rechtzeitig kennengelernt hätte.«

Das Wissen, daß sie begehrt wurde, besänftigte sie. Sie

schaute ihn wieder herausfordernd an. Sagte dann: »Also wirklich, Princeton!«

»Oder bin ich etwa nicht rechtzeitig gekommen?«

Sie lächelte; das unergründliche Lächeln einer Frau, die ihre Macht kannte. Sie antwortete nicht. Vielleicht gab es da einen anderen. Aber hier und jetzt war er seiner völlig sicher. Er wußte, daß es ihnen bestimmt gewesen war, sich zu begegnen, sich aufeinander einzulassen. Es war so, wie es hatte kommen müssen.

Sie waren die letzten Gäste, die das Restaurant verließen. Als sie wieder draußen standen in der dunklen Nacht mit ihrem Duft nach Meer und Salz, war er erfüllt von pulsierender Kraft und Erregung. Aber in dieser Nacht war es gut. Weil er mit ihr beisammen war.

Er wollte jetzt nicht zurückfahren in die Stadt; er wollte mit ihr zusammen eindringen in die Dunkelheit, wo das Geräusch der Brandung ein Echo seines Herzschlags war. Er wollte diese Zweisamkeit mit ihr bewahren, wollte sich mit ihr in die Unendlichkeit des nächtlichen Himmels aufschwingen. Er fragte: »Sollen wir weiterfahren bis Malibu?«

Aber er wollte nicht fahren; er wollte sich nicht mit dem Lenken eines Automobils befassen müssen. Er atmete auf, als sie den Vorschlag ablehnte.

»Nicht nach Malibu.«

Er wendete, fuhr einfach planlos dahin und fand schließlich einen Platz, wo er den Motor abstellen konnte. Ein Stück offener Strand; von hier aus konnte man hinausschauen auf den Sand und die schwarze See. Er fragte: »Haben Sie was dagegen? Ich wollte nur ein bißchen Salzluft schnuppern.«

Sie runzelte die Stirn. Sie hatte gedacht, er würde wie ein Halbwüchsiger mit seinem Mädchen zum Knutschen hier parken. War froh, daß das nicht der Grund gewesen war. Unvermittelt sagte sie: »Lassen Sie uns hinuntergehen, wo wir es richtig spüren können.«

Eine Windbö erfaßte sie, als sie ausgestiegen waren und zum Strand gingen. Der Wind und der tiefe Sand zerrten an ihnen, aber sie kämpften sich weiter bis zur Brandungslinie. Die Wellenkämme waren wie Zuckerguß auf der dunklen, aufgewühlten Wasserfläche. Sterne glitzerten am Himmelsrund. Die Brandung pulsierte in endlosem Rhythmus, jedes Donnern abgelöst von zischendem Rauschen, wenn das Wasser sich wieder zurückzog. Es roch intensiv nach Tang und nach Meer. Sprühende Gischt legte sich salzig auf ihre Lippen.

Er hatte ihre Hand genommen, als sie zum Wasser gingen; jetzt hielt er sie noch immer fest, und sie zog sie nicht zurück. »Das habe ich schon lange, lange nicht mehr getan«, sagte sie. Ihre Stimme klang jetzt nicht spröde; das war kein Spiel mehr. Sie war allein hier – mit ihm zusammen und dennoch allein. Der Wind wehte ihr das Haar ins Gesicht, so daß er nur noch ihre Stirn und Wangen erkennen konnte. Das Glücksgefühl durchströmte ihn wie eine heiße Woge. Er hatte nicht damit gerechnet, jemals wieder glücklich zu sein. Seine Stimme regte sich: »Laurel …«

Sie wandte ihm das Gesicht zu, langsam, als wäre sie überrascht, ihn zu sehen. Der Wind trieb ihr das Haar wie Dunstschleier übers Gesicht. Sie hob den Kopf, und zum ersten Mal erkannte er dort draußen im Licht des Ozeans und der Sterne die Farbe ihrer Augen. Es war die Farbe der Dämmerung und aus dem Meer aufsteigender Nebel, gefleckt vom goldenen Glitzern der Sterne.

»Laurel«, sagte er, und sie kam zu ihm, wie er es von Anfang an gehofft und gewußt hatte. »Laurel!« rief er, als wäre das Wort selbst ein Liebesakt. Und rings um sie entstand eine Stille, die stärker war als die donnernde Ekstase des hungrigen Ozeans.

8

Schlafen, vielleicht auch träumen, und träumend wachen … Schlafen und wachen. In Frieden, in Ruhe schlafen, ohne das rote Übel der Träume. Wachen, ohne sich durch den Nebel zur Sonne kämpfen zu müssen. Den Schlaf endlich wieder zu genießen, und das Erwachen noch mehr … Das Klingeln des Telefons weckte ihn. Er griff danach und fühlte, wie sie sich neben ihm regte.

Er sprach leise, hoffte, sie nicht zu wecken. Und doch wünschte er sich, daß sie erwachen, ihre Augen öffnen würde, wie er die seinen dem hellen Sonnenschein geöffnet hatte. »Hallo.«

»Dix? Hab ich dich bei der Arbeit gestört?«

Es war Brub Nicolai. Für Augenblicke verfinsterte sich die Sonne, als hätte sich eine kalte Hand vor sie geschoben. Dix antwortete mit gedämpfter Stimme. »Aber nein, ganz und gar nicht.«

Heute klang Brub nicht mehr so deprimiert; er sprach ganz wie der gute alte Brub. »Wer war denn die Rothaarige, mit der ich dich gestern abend gesehen habe? War das vielleicht *die* Rothaarige?«

Dix konnte nicht so rasch antworten. Es war unmöglich, daß Brub ihn gestern abend mit Laurel gesehen hatte. Es sei denn, er ließ ihn beschatten. Aber das war erst recht undenkbar. Ausgeschlossen. Er sagte: »Ich weiß nicht, wovon du redest.«

»Die Rothaarige, Dix. Nicht die Blondine, die du in Hollywood treffen wolltest. Die Rothaarige. War das …«

Dix sagte: »Sieh mal an, ein Spanner. Wo hast du dich denn versteckt, du alter Sittenstrolch?«

Brub lachte, als hätte er keine Sorge auf dieser Welt. »Du hast uns nicht gesehen. Wir fuhren gerade von *Carl's Restaurant* weg, als du ankamst. Sylvia hat dich erkannt. Ich habe nur die Rothaarige gesehen.«

Der Wagen, dem er ausgewichen war, indem er in der Seitenstraße parkte. Es gab immer Augenzeugen. Ein kleiner Schneider auf dem Nachhauseweg vom Kino. Eine Kellnerin in einem Drive-in. Ein Metzgerjunge auf dem Fahrrad. Ein Hotelangestellter mit einer spitzen, neugierigen Nase. Die Frau eines Polizisten, die klug war – zu klug. Und deren Augen zuviel sahen.

Es gab immer Augenzeugen – aber sie waren blind. Das hatte er bewiesen. Sein Griff um den Telefonhörer lockerte sich. »Kann ich mir denken. Und was hat das traute Eheweib dazu gesagt?«

»Das möchte ich lieber nicht wiederholen.« Jetzt klang Brubs Stimme deutlich anders als zuvor. Geschäftsmäßiger. »Hast du nicht Lust, heute mit mir zu Mittag zu essen? Du kannst ja die Rothaarige mitbringen.«

Er hörte sie neben sich atmen. Sie war wach, schwieg aber.

»Sie hat schon was vor.« Er wollte sie und Brub nicht zusammenbringen. Sie gehörte in eine andere Abteilung – eine ganz andere als die Nicolais.

»Dann bist du vermutlich frei. Wie wär's?«

Er konnte nein sagen. Aber er wollte nicht. Nicht einmal, um mit ihr zusammensein zu können. Denn das Spiel mit Brub war wichtig, er mußte es weiterspielen. Daß Brub heute den ersten Zug gemacht hatte, verlieh dem Ganzen zusätzliche Spannung.

»Klar«, stimmte er zu. »Wann und wo?« Er schaute auf die Uhr. Kurz nach elf.

»Mittags? Ich bin auf dem Polizeirevier von Beverly Hills.« Sein Herz schlug schneller. Das Spiel wurde immer besser. Freiwillig das Polizeirevier zu betreten, als Gast der Mordkommission zu Mittag zu essen! Aber er wollte sich Zeit lassen. Wollte ihr zusehen, wie sie erwachte, wie sie sich schminkte, sich anzog, das Haar kämmte. Er fragte: »Geht es auch um eins, oder habt ihr eine Stechuhr?«

»Eins ist mir recht. Holst du mich hier ab?«

»Ja, mache ich.« Er legte den Hörer auf und wandte sich dann zur Seite, um sie anzusehen. Sie war schön und jünger, als er bei ihrem ersten Zusammentreffen gedacht hatte; sie war wunderschön am Morgen nach dem Schlaf. Ihr Haar lag wie ein feines Gespinst auf dem Kissen, ihre dunklen, goldgefleckten Augen standen weit offen. Sie lächelte ihn nicht an, sondern betrachtete ihn nur mit langem, nachdenklichem Blick.

Dann fragte sie: »Wer geht zuerst unter die Dusche?«

Er berührte mit den Fingerspitzen ihre Wange. Wollte ihr sagen, wie schön sie war. Sagen, was sie ihm bedeutete, für ihn sein mußte. »Der, der *nicht* den Kaffee kocht«, sagte er.

Sie streckte sich träge wie eine Katze. »Ich koche nie.«

»Dann ab unter die Dusche, meine Dame. Und – hoffentlich dauert es nicht den ganzen Tag.«

»Ich weiß – sonst kommst du zu spät zum Mittagessen«, neckte sie ihn.

»Geschäftlich.«

»Ja, ja, natürlich geschäftlich.«

Er wagte es nicht, sie zu berühren, sonst kam er wirklich noch zu spät. Langsam und widerwillig zog er die Hand zurück. Aber in der Zurückhaltung lag schon die Vorfreude auf das Kommende. Die Gelegenheit würde wieder kommen. Das Warten machte es nur um so schöner.

»Na los«, drängte sie. »Mach schon den Kaffee.«

Sie rechnete nicht damit, daß er wirklich aufstehen, daß er sich von ihr trennen würde. Er überraschte sie, als er sich folgsam erhob und seinen Bademantel anzog. Indem er sie immer wieder überraschte, würde er ihr Interesse an ihm wachhalten. Sie kannte sich mit Männern bestens aus, obwohl sie eigentlich zu jung dafür war. Nur wenn es ihm gelang, ihr Interesse wachzuhalten, würde sie lange genug bei ihm bleiben, um sich wirklich auf ihn einzulassen. Denn sie war verwöhnt, sie war erfahren, und sie war argwöhnisch.

Er stellte die Kaffeemaschine an und ging dann zur Haustür. Die Zeitung lag diesmal direkt neben der Schwelle; er brauchte nicht einmal hinauszugehen. Gewohnheitsmäßig faltete er sie auseinander, um einen Blick auf die Titelseite zu werfen. Heute interessierte es ihn nicht besonders. *Die* Geschichte stand jedenfalls erst auf Seite zwei: Die Polizei verhörte Mildreds Freunde und Bekannte, gestand aber bereits jetzt ein, daß es keine brauchbaren Hinweise gab. Er überflog den Bericht, hörte gleichzeitig, wie das Wasser in der Dusche rauschte. Post war keine da. Es war zu früh für eine Antwort von Onkel Fergus. Hoffentlich beeilte sich der alte Trottel. Gerade jetzt brauchte er Geld, um Laurel das bieten zu können, was ihr zustand. Teure Lokale, wo sie sich entsprechend präsentieren konnte.

Er warf die Zeitung hin und ging zurück ins Schlafzimmer, ungeduldig, sie wiederzusehen. Sie war noch im Bad, aber die Dusche lief jetzt nicht mehr. Er rief: »Wie trinkst du deinen Kaffee?« Er strich sachte über ihren weichen, gelben Pullover, der auf einem Stuhl lag. Wollte sie ansehen, ihre Frische riechen.

Die Tür ging auf. Sie hatte sich in einen weißen Frotteebademantel aus dem Bad gehüllt, der sie wie ein Kokon umgab. Ihr Gesicht glänzte, und ihr feuchtes Haar hatte sie auf dem Kopf getürmt. Sie kam zu ihm, und er mußte tief Luft holen, während er sie festhielt. »O Gott«, sagte er. Dann schob er sie absichtlich ein Stück von sich. »Ich habe eine geschäftliche Verabredung – in einer Stunde. Wie möchtest du deinen Kaffee?«

Ihre Augen wurden schmal. »Süß und schwarz.«

Er machte schnell, während sie sich an die Kommode setzte; er hatte es eilig, wieder bei ihr zu sein. Sie war noch am selben Platz, als er den Kaffee brachte, kämmte sich das Haar, ihr wie feuriges Gold schimmerndes Haar. Er stellte ihr den Kaffee hin und behielt seinen in der Hand.

»Du solltest erst mal unter die Dusche gehen, Dix. Sonst kommst du noch zu spät zu deiner – geschäftlichen Verabredung.«

»Es ist wirklich geschäftlich. Ich erzähle dir später davon.« Er trank seinen Kaffee, beobachtete, wie sich ihr Haar auf den Schultern ringelte. Schaute ihr zu, wie sie die Lippen bemalte, die Wimpern tuschte. Als ob sie hierher gehörte ... Eifersucht ergriff ihn. Sie kannte sich gut aus. War sie schon öfter hiergewesen? Er hätte den Gedanken nicht ertragen können, daß Mel Terriss sie vor ihm berührt hatte. Aber er wußte, daß sie schon von anderen Männern berührt worden war; sie hatte ihre Unschuld längst verloren.

Abrupt stand er auf, verließ sie lange genug, um zu duschen.

Konnte jetzt nicht bei ihr sein, nicht mit dem Zorn, der sich in ihm aufstaute. Das warme Wasser spülte seinen Ärger weg. Mel Terriss war nicht hier. Sie konnte nichts mit ihm gehabt haben. Das war unter ihrem Niveau. Als er mit dem Duschen fertig war, öffnete er die Tür, fürchtete fast, sie würde schon gegangen sein. Aber sie war da – stand gleich hinter der Tür. »Ich hab dir noch eine Tasse Kaffee gebracht«, sagte sie.

»Danke, Baby. Stört dich das Geräusch des Rasierapparats?«

»Ich werde es überstehen.«

Sie war inzwischen angezogen. Setzte sich jetzt mit ihrer Kaffeetasse auf den Rand der Badewanne und sah ihm beim Rasieren zu. Als ob sie nicht von ihm lassen könnte. Als ob es ihr genauso ginge wie ihm. In ihrer Gegenwart störte ihn das Brummen des Rasierapparats nicht im mindesten. Er konnte es durch fröhliche Worte übertönen.

»Ich wußte, daß du etwas vorhast. Deshalb habe ich zugesagt.«

»Und wenn ich nichts vorhabe?«

»Hast du denn nichts vor?«

»Ich habe eine Gesangsstunde um zwei«, gab sie zu.

»Und wann bist du zurück?«

»Warum?« fragte sie spöttisch.

Sein stummer Blick beantwortete ihre Frage. Er stellte den Rasierer ab und reinigte den Apparat. »Und heute abend?«

»Warum?« wiederholte sie.

»Ich wäre frei«, sagte er.

»Ruf mich an.«

»Ich werde vor deiner Schwelle kampieren.«

Sie runzelte kaum merklich die Stirn. Er mochte es sich eingebildet haben. Doch sie sagte: »Ich komme her.« Ihre Lippen zuckten: »Wenn ich nichts Besseres vorhabe.«

Sie wollte nicht, daß er in ihre Wohnung kam. Vielleicht wegen des Ex – aber wieso eigentlich? Vielleicht hatte sie ein Verhältnis mit einem anderen. Vielleicht hatte sie gelogen. Irgendeinen Typ im Hintergrund mußte es ja geben. Den Mann, den sie gestern abend angelogen hatte.

Er erklärte definitiv: »Wenn du nicht herkommst, stehe ich vor deiner Tür.«

Sie folgte ihm wieder ins Schlafzimmer und setzte sich auf die Bettkante, während er sich anzog. Graue Sporthose, ein blaues Hemd – Mantel brauchte er keinen, dazu war es zu warm. Er nahm die Tweedjacke von der Sessellehne, hatte gestern abend vergessen, sie aufzuhängen.

Sie sagte: »Sieht genauso aus wie Mels Jacke. Ganz sein Stil, schick und elegant.«

Er drehte sich um, hatte die Jacke noch in der Hand. Sie hatte damit nichts Besonderes sagen wollen; es war nur so dahingesagt. Er gestand: »Das ist wirklich Mels Jacke.« Beiläufig, aber selbstsicher. »In Rio ist Sommer. Mel hat halb Palm Beach aufgekauft und sein altes Zeug hiergelassen. Er meinte, ich könnte es auftragen«, erklärte er, während er zu dem Schrank ging, der mit Mels teurer Kleidung angefüllt war. »Meine eigenen Sachen passen mir nicht mehr, seit ich beim Militär war. Und dann gab's ja fast nichts zu kaufen. Ich bin hier praktisch nackt angekommen.«

Sie sagte: »Es wundert mich, daß dir die Sachen von Mel passen.«

Er schloß die Tür des Kleiderschranks. »Nur das alte Zeug, bevor er den Bauch bekommen hat. In Nassau war er noch ganz schlank.«

Er steckte seine Brieftasche und die Wagenschlüssel ein.

»Er hat dir sogar den Wagen hiergelassen«, bemerkte sie. »Du mußt ihm einmal einen großen Gefallen getan haben. So wie ich ihn kenne, hätte er nicht einmal einen alten Zahnstocher verliehen.«

Er lächelte. »Er hält sich schadlos an der horrenden Untermiete. Aber – ja, ich hab ihm wirklich ein paar Gefälligkeiten erwiesen.«

»In Nassau«, wiederholte sie.

»Ja. Ich war der einzige, der mit ihm geredet hat.« Er nahm ihren Arm und dirigierte sie zur Tür. »Ist dein Telefon noch immer ausgehängt?«

»Wieso?«

»Weil ich dich anrufen möchte, sobald ich zurück bin.«

»Ich rufe dich an, wenn ich wieder da bin.«

Sie standen an der Haustür, und Laurel wandte sich ihm zu, fiel ihm in die Arme. Ihr Mund war feurig wie ihr Haar. Diesmal war sie es, die sich von ihm löste. »Du hast eine geschäftliche Verabredung«, erinnerte sie ihn.

»Ja.« Er nahm sein Taschentuch und wischte sich die Lippen ab. »Vielleicht ist jemand draußen im Patio.«

Sie lachte. »Weißt du, was das Schönste ist, wenn man erst am nächsten Mittag auseinandergeht? Kein Mensch hat eine Ahnung, wann man gekommen ist.«

Sie gingen gemeinsam hinaus, und er hörte sie am Pool entlang zur Treppe laufen. Er wußte, daß er sich benahm wie ein liebeskranker Gymnasiast, aber er wartete am Eingang, bis sie vor ihrer Wohnungstür angekommen war und den Arm hob, um ihm noch einmal zuzuwinken.

Er hatte den Wagen an der Straße geparkt. Hatte am Abend zuvor keine Zeit mehr gehabt, ihn in die Garage zu fahren. Jetzt war er froh, daß der Wagen schon bereitstand und er nicht mehr durch die kleine Gasse auf der Rückseite gehen mußte, um ihn zu holen. Er fühlte sich so gut, daß er einfach nur einsteigen, losfahren und die geballte Kraft des Motors genießen wollte. Er hatte noch genügend Zeit für seine Verabredung mit Brub.

Er fuhr über den Beverly Drive und bog dort in Richtung City Hall ab. Das Gebäude sah eher wie eine Universität aus, nicht wie die Zentrale der Polizei; es war ein weißes, breites Gebäude mit Seitenflügeln und einem Hochbau in der Mitte und war umgeben von Rasenflächen, kleinen Buschgruppen und Blumenbeeten. Nichts, was darauf hinwies, daß es die Polizei beherbergte – bis auf die riesigen Bronzelampen zu beiden Seiten des Eingangs, der grün erleuchtet war. Er ging die Steintreppe hinauf zum Portal.

Der Korridor dahinter war sauber und nüchtern. Ein Schild wies auf den Polizeitrakt hin. Dix ging zum Empfang, der wie in jedem beliebigen Büro aussah. Wäre nicht gerade ein junger Mann in dunkelblauer Uniform herausgekommen, hätte man kaum glauben mögen, daß dies das Polizeipräsidium von Beverly Hills war. Der freundliche Mann hinter dem Pult war in Zivil: Er trug ein einfaches, braunes Sportsakko und eine helle Hose.

Dix fragte nach Brub Nicolai. Er kannte seinen Rang nicht. Kriminalbeamter Nicolai. »Ich werde erwartet«, sagte er.

Er folgte der Wegbeschreibung des jungen Mannes und betrat schließlich einen weiteren, nüchternen Büroraum. Brub saß in einem Stuhl. Die beiden anderen Männer im Raum waren etwas älter als Brub und trugen ganz normale Geschäftsanzüge. Sie wirkten wie ganz normale Menschen. Das waren die Beamten der Mordkommission von Los Angeles.

Brubs Gesicht hellte sich auf, als er Dix sah. »Hast du es also doch geschafft.«

»Sieben Minuten zu früh sogar.«

»Und ich habe Hunger.« Brub wandte sich an die anderen, an einen großen, schlanken Mann und einen kleineren, untersetzten. »Bis nachher.« Er stellte Dix nicht vor. Aber es waren Beamte der Mordkommission. Man erkannte es an den Blikken, mit denen sie einen betrachteten, selbst wenn man mit jemandem aus ihren Reihen befreundet war. Sie prägten sich seine Züge ein. Brub sagte: »Komm schon, Dix, sonst knabbere ich noch ein Stuhlbein an.«

Dix sagte: »Vom Sägemehl kriegst du Blähungen, wenn du nicht aufpaßt.«

Dann gingen sie die Korridore entlang und hinaus in den Sonnenschein. »Da steht mein Wagen.«

Brub erwiderte: »Wir können genausogut zu Fuß gehen. Viel näher finden wir sowieso keinen Parkplatz. Wo möchtest du essen?«

»Wenn du großen Hunger hast und nicht anstehen willst, dann schlage ich meinen Lieblings-Deli vor. Oder das *Ice House*.«

Es war nur ein paar Schritte weit. Die Sonne schien warm,

und die Luft roch gut. Es war wie in einer Kleinstadt; niemand schien es eilig zu haben, die Leute standen in der Mittagspause an den Ecken zusammen, plauderten und genossen den Sonnenschein. Dix entschied sich für das *Ice House;* es war näher, gleich an der Ecke des Beverly Drive. Gutes Essen für hungrige Männer. Er stellte überrascht fest, daß auch er Hunger hatte. Gut geschlafen, guter Appetit.

Er grinste Brub über den Tisch hinweg an. »Du hast mich heute morgen ganz schön erschreckt. Ich dachte schon, du hast hellseherische Fähigkeiten.«

»Wegen deiner Rothaarigen?« Brub pfiff leise durch die Zähne. »Das ist vielleicht eine Klassefrau. Wie hast du die denn kennengelernt?«

Er konnte Brub von ihr erzählen. Und wie ein liebeskranker Pennäler wollte er ihm sogar von ihr erzählen. »Ich wollte etwas für die gutnachbarlichen Beziehungen im *Virginibus Arms* tun.«

»Im *Virginibus Arms* wohnst du?« fragte Brub. »Nicht schlecht.«

Erst jetzt wurde Dix klar, daß Brub bis dahin seine Adresse noch gar nicht gekannt hatte. Dix hatte ihm nur seine Telefonnummer gegeben, nicht die Anschrift.

»Ja, ich habe Glück gehabt. Eine Untermiete. Von Mel Terriss.« Brub kannte Mel Terriss nicht. »Ein Bursche, mit dem ich zur Schule gegangen bin, in Princeton. Ich hab ihn zufällig hier getroffen, als er gerade anderswo einen guten Job bekam.«

»Da hast du wirklich Glück gehabt«, sagte Brub. »Und die Rothaarige war sozusagen die Zugabe, wie?«

Wieder grinste Dix wie ein Honigkuchenpferd. »Ich wollte, ich hätte es schon früher gewußt.«

»Ist sie beim Film?«

»Gelegentlich.« Er wußte so wenig über sie. »Sie studiert noch.«

Brub wollte ihn nicht ausforschen. Das war der gute alte Brub. Brub und Dix. Die zwei Musketiere. Alle für einen, einer für alle.

»Sie heißt Laurel«, sagte er, und dabei beschleunigte sich sein Puls. »Laurel Gray.«

»Bring sie doch mal mit zu uns. Sylvia möchte sie gern kennenlernen.«

»Sylvia, von wegen! Denkst du im Ernst, ich würde Laurel deinem wölfischen Charme aussetzen?«

»Ich bin verheiratet, Junge – keine Gefahr.«

»Vielleicht. Und die Kleine gestern nachmittag? Hat die dir nicht pausenlos schöne Augen gemacht?«

»Maude macht allem schöne Augen, was Hosen trägt«, erwiderte Brub. »Cary ist mit Sylvia um fünf Ecken herum verwandt. Deshalb treffen wir uns gelegentlich. Maude war übrigens ganz begeistert von dir, du Held.«

»Hat sie irgendwann mal aufgehört zu plappern?«

»Nein, und sie hört niemals auf damit. Obwohl sie ein bißchen leiser geworden ist, als sie dich mit der Rothaarigen gesehen hat.«

Es war gut zu wissen, daß er sich mit Laurel überall zeigen konnte. Daß er sie überallhin mitnehmen konnte, sie überall vorzeigen konnte – und das völlig gefahrlos. Aber er wollte sie nicht mit zu den Nicolais nehmen. Er wollte ihr Sylvias kühle Musterung ersparen. Sylvia würde sie nach ihren eigenen Maßstäben unter die Lupe nehmen. »Sie war ganz heiß auf deinen Fall«, sagte Dix. Allmählich wurde es Zeit, das Gespräch in die richtigen Bahnen zu lenken. »Wie geht's voran?«

»Überhaupt nicht – Sackgasse.«

»Heißt das, ihr müßt die Akten schließen?«

»In solchen Fällen werden die Akten niemals geschlossen, Dix.« Brub wurde ernst. »Wenn es die Zeitungen und alle Maudes dieser Welt längst vergessen haben, sind wir immer noch an der Sache dran. Wir schließen die Bücher nicht. So arbeiten wir nun mal.«

»So muß es wohl auch sein«, erwiderte Dix ebenso ernst.

»Es hat auch früher schon schwierige Fälle gegeben, Fälle, an denen die Mordkommission zehn, zwölf Jahre gearbeitet hat. Am Ende finden wir die richtigen Antworten.«

»Nicht immer«, sagte Dix.

»Nein, nicht immer«, räumte Brub ein. »Aber öfter, als du glaubst. Es gibt Fälle, die auf dem Papier noch ungelöst sind – doch wir kennen die Antwort. Manchmal geht es nur darum, zu warten, bis der Verbrecher einen falschen Zug macht.«

»Und irgendwann gehen sie auch alle ins Netz.« Dix lächelte schief.

»Das will ich nicht behaupten«, sagte Brub. »Obwohl ich ehrlich nicht glaube, daß er jemals entkommt. Er muß schließlich mit sich selbst leben. Und das ist ein verdammt einsamer Ort, an dem er da festsitzt. Und wenn er erst merkt, daß er sich selbst nicht entkommen kann ...« Brub zuckte mit den Schultern. »Selbstmord oder das Irrenhaus – ich weiß es nicht. Aber ich glaube, es gibt keinen Ausweg.«

»Und wie war das mit Jack the Ripper?«

»Ja, wie war das mit dem? Ein Toter, der aus der Themse gefischt wurde. Das Opfer eines Unfalls. Ein neuer Insasse der Heilanstalt. Wer weiß? Aber eines ist sicher – er hätte nie freiwillig mit dem Morden aufgehört – etwas hat ihn dazu gezwungen.«

»Vielleicht hat er doch aus eigenem Entschluß aufgehört«, widersprach Dix. »Vielleicht hatte er genug.«

»Er konnte gar nicht mehr aufhören«, beharrte Brub. »Er war ein Mörder.«

Dix zog die Augenbrauen hoch. »Du meinst, ein Mörder ist und bleibt ein Mörder. Genau wie ein Detektiv ein Detektiv bleibt? Und ein Kellner ein Kellner?«

»Nein. Das sind Berufe, die man gewählt hat. Ein Detektiv oder auch ein Kellner kann seinen Beruf ändern. Aber ein Mörder ist nun mal ein Mörder, so wie ein Schauspieler ein Schauspieler ist. Er kann aufhören, seinen Beruf auszuüben, aber er ist und bleibt Schauspieler. Er spielt seine Rolle. Oder nimm einen Maler. Selbst wenn er nie mehr einen Pinsel anrührt, denkt und sieht und reagiert er immer noch wie ein Maler.«

»Ich fürchte«, sagte Dix langsam, »darüber läßt sich streiten.«

»Ich weiß«, stimmte Brub zu. »Aber so sehe ich die Sache nun einmal.« Er machte sich über seinen Kuchen her.

Dix gab Zucker in seinen Kaffee. Schwarz und süß. Und heiß. Er lächelte, während er an sie dachte. »Und was ist mit diesem neuen Ripper? Glaubst du, es handelt sich um einen Verrückten?«

»Klar«, sagte Brub.

Die schnelle Zustimmung nagte an ihm. Brub sollte eigentlich klüger sein.

»Für einen Verrückten handelt er aber ganz schön überlegt, nicht wahr? Er hinterläßt keine Spuren.«

»Das sagt gar nichts«, meinte Brub. »Die Verrückten sind, was das betrifft, nicht selten raffinierter als die geistig Gesunden – und auch vorsichtiger. Hinterhältigkeit und Geheimnistuerei sind ihre zweite Natur. Das ist Teil ihres Wahns. Daher sind sie auch so schwer zu schnappen. Aber irgendwann verraten sie sich dann doch.«

»Ach? Und wie?«

»Die Frage ist eher: wann. Aber es gibt viele Möglichkeiten. Die Wiederholung des Tatschemas zum Beispiel.« Brub schob seinen leeren Teller weg und zündete sich eine Zigarette an. »Das Schema des Würgers ist ziemlich deutlich erkennbar. Es ist das Motiv, das uns Kopfzerbrechen macht.«

»Braucht ein Verrückter eigentlich ein Motiv? Ich meine, hat er eines?« Er steckte sich eine Zigarette an.

»Im Rahmen seines Wahns, ja.«

Dix sagte leichthin: »Das fasziniert mich, Brub. Du sagst, das Tatschema ist bekannt. Aber schließt das nicht in gewisser Weise auch das Motiv mit ein?«

»In gewisser Weise – ja. Nimm einmal diesen Fall. Das Schema hat sich inzwischen herauskristallisiert. Vielleicht nicht allzu deutlich, aber immerhin erkennbar. Es geht immer um ein Mädchen, das allein ist. Allein in der Nacht. Sie kennt den Mann nicht. Da sind wir ziemlich sicher. Das letzte Mädchen kann, soweit wir wissen, den Mann gar nicht gekannt haben. Und es gibt nicht die geringste Querverbindung zwischen den einzelnen Mädchen. Er gabelt sie einfach auf. Mädchen, die auf ihren Bus warten oder zu Fuß nach Hause gehen. Er kommt mit seinem Wagen, und sie steigt bei ihm ein.«

»Ich dachte, ihr geht davon aus, daß er keinen Wagen hat? Wie war das noch?« Er schien sich erinnern zu wollen. »Wenn man zu Fuß in ein Drive-in geht, um zu essen ...«

Brub unterbrach ihn. »Er muß einen Wagen gehabt haben, Dix. Nicht in jedem Fall, aber bestimmt im letzten.« Er schaute Dix ernst in die Augen. »Meine private Meinung ist, daß er sich den Mädchen nicht im Wagen nähert. Denn die Mädchen sind vorsichtig, wenn Fremde sie zum Mitfahren einladen. Sie wissen, wie gefährlich das sein kann. Ich glaube, er nähert sich ihnen zu Fuß, und wenn er das harmlose Ding eingewickelt hat, erwähnt er so ganz nebenbei, daß er unterwegs ist zu seinem Wagen. Nimm nur die letzte: Sie hat auf ihren Bus gewartet. Er wartet an derselben Ecke. Um diese Zeit fahren die Busse nur in großen Abständen. Sie kommen miteinander ins Gespräch. Er lädt sie zu einer Tasse Kaffee ein. Es war eine neblige Nacht; ziemlich kalt. Als sie Kaffee trinken, erwähnt er beiläufig seinen Wagen, den er nicht weit entfernt geparkt hat, und daß er sie gern nach Hause bringen wird.«

Dix stellte vorsichtig die Tasse ab. »So denkst du dir das also«, sagte er und nickte. »Es klingt ganz vernünftig.« Wieder schaute er Brub an. »Und deine Kollegen? Sind die auch deiner Meinung?«

»Sie meinen, daß ich auf der richtigen Fährte bin.«

»Und das Motiv?«

»Da kann man nur raten.« Brub zog die Stirn in tiefe Falten.

»Vielleicht mag er keine Frauen. Vielleicht hat ihn ein Mädchen mies behandelt, und nun rächt er sich an den anderen.«

»Das klingt unglaubhaft«, antwortete Dix und lachte. »In meinem Buch könnte ich den Lesern nicht damit kommen.«

»Du vergißt: Wir haben es mit einem Verrückten zu tun. Mit gesundem Menschenverstand ist das nicht nachvollziehbar. Nimm uns beide: Wenn wir es einem Mädchen heimzahlen wollten, würden wir uns eine neue Freundin zulegen und der alten zeigen, was sie verpaßt hat. Aber ein Verstand, der aus dem Ruder gelaufen ist, reagiert nicht so.«

Dix lachte. »Und – was gäbe es sonst noch für Motive?«

»Vielleicht religiöser Wahn. Von der Sorte laufen hier eine Menge rum. Aber es führt immer wieder auf den Kernpunkt zurück: Dieser Mann ist ein Mörder, und er muß morden. Wie ein Schauspieler eine Rolle spielen muß.«

»Und er kann nicht aufhören?« flüsterte Dix.

»Nein, das kann er nicht«, erwiderte Brub kurz und bündig. Er warf einen Blick auf seine Armbanduhr. »Ich muß jetzt hinauf in den Beverly Glen Canyon. Willst du nicht mitkommen?«

Dix zog die Augenbrauen fragend hoch.

»An den Schauplatz des Verbrechens«, erklärte Brub. »Hast du nicht Lust, ihn dir einmal anzusehen? Der Anblick sagt dir besser, als ich dir mit Worten beschreiben könnte, vor welchen Problemen wir stehen.«

Dix' Herz schlug schneller bei dem Gedanken. An den Tatort ... Als Anschauungsmaterial für sein Buch ... Er sagte: »Ja, ich denke, ich komme mit.« Er warf einen Blick auf seine Uhr. Zwanzig nach zwei. »Ich kann mir noch eine Stunde abknapsen. Vor allem, weil ich es unter Recherche verbuchen kann.«

Brub nahm die beiden Kassenbons. Als Dix protestierte, sagte er: »Das geht auf mich. Ist ja geschäftlich.«

Dix lief es kalt über den Rücken; doch er schüttelte das Gefühl ab. Nichts als Einbildung. Er lachte. »Heißt das, Kriminalbeamte haben ein Spesenkonto? Da geht es euch besser als uns Schriftstellern.«

»Ich werde eintragen: Beratung mit einem Experten.« Dann fragte er: »Alle Krimiautoren behaupten doch, Verbrechensexperten zu sein, oder?«

»Ich werde mein Buch dem Kriminalbeamten widmen, der mich zum Mittagessen eingeladen hat.«

Er und Brub gingen hinaus in den Sonnenschein des Beverly Drive. Die Mittagspause war vorüber, die arbeitende Bevölkerung war an ihre Arbeitsplätze zurückgekehrt. Jetzt waren mehr Frauen beim Einkaufsbummel zu sehen, standen vor den Schaufenstern, Kinder an der Hand. Sie schwatzten miteinander und gingen ihren bedeutungslosen Frauengeschäften nach. Weit und breit keine tolle Rothaarige in Sicht.

Der Zeitungshändler an der Ecke besprach mit einem Kunden die Rennwetten. Ein Stapel zusammengefalteter Zeitungen, die *News,* lag auf dem Gehsteig neben einer Zigarrenschachtel mit Münzen. Dix' Blick fiel auf die Zeitungen, aber er kaufte keine. Es konnte ohnehin nichts Neues geben. Er war direkt an der Quelle der Nachrichten.

Während sie zur City Hall zurückkehrten, fragte Brub: »Nehmen wir meinen Wagen oder deinen?«

Wieder berührte Dix eine kalte Hand. Was wußte er? Nein, Brub konnte ihn nicht verdächtigen. Es gab nicht den geringsten Grund zu Befürchtungen. Für Brub war er einer der Guten: »normal wie du und ich«. Aber konnte er sich dessen wirklich sicher sein? Brub hatte ihn einmal sehr gut gekannt. Doch das war lange her. Heute war kein Mensch mehr in der Lage, seine Gedanken zu lesen. Nicht einmal Laurel.

Wollte Brub, daß er mit dem Wagen zum Beverly Glen Canyon fuhr? War das der Grund für die Einladung zum Mittagessen? Warteten die beiden Männer, die ganz normal aussahen und doch Mitglieder der Mordkommission von Los Angeles waren, danach auf seinen Bericht? Er hatte lange mit seiner Antwort gezögert – zu lang. Es war doch egal, mit welchem Wagen sie fuhren. Es konnte keinen Augenzeugen geben, der eine schwarze Limousine gesehen hatte, einen Wagen, wie es ihn zu Tausenden gab. Und es konnten auch nicht die Reifenspuren sein, hinter denen sie her waren: Auf einer Betonstraße gab es keine Abdrücke. Das hatte Brub selbst gesagt. Und er hatte angedeutet, daß davor und danach viel zu viele Wagen über die Stelle gefahren waren.

Dix tat so, als hätte er nicht zugehört. »Was hast du gesagt? Entschuldige, Brub.«

Brub grinste. »Denkst du an deine Rothaarige? Ich habe gefragt, mit welchem Wagen wir fahren sollen – mit deinem oder meinem?«

»Egal«, antwortete Dix prompt. Aber schon während er antwortete, wußte er, daß er lieber seinen eigenen nehmen würde. Nur ein Schwächling würde etwas anderes in Betracht ziehen. Das war es, was den Verstand auf Hochtouren brachte, was das Spiel spannend machte. Wagnisse einzugehen. »Nehmen wir doch meinen.«

»Okay«, sagte Brub, aber er blieb vor dem Portal stehen. »Ich schau mal schnell rein und frage, ob Lochner mitfahren möchte. Du hast doch nichts gegen einen weiteren Fahrgast, oder?«

»Natürlich nicht.« Er folgte Brub. Um ihre Gesichter zu beobachten, um zu sehen, ob sie verstohlen Blicke tauschten.

Nur einer von den Männern der Mordkommission war noch hier. Er unterhielt sich mit ein paar uniformierten Fahrern der Motorradstreife. Es ging um einen hiesigen Baseball-Klub. Brub fragte: »Kommst du mit zum Beverly Glen, Lochner?« Erst jetzt machte er die beiden miteinander bekannt. »Jack Lochner – mein Freund, Dix Steele.«

Lochner war der große, magere Mann. Seine Kleidung schien ihm ein bißchen zu groß zu sein, als wäre er vor lauter Sorgen abgemagert. Sein Gesicht war tief gefurcht. Er sah aus wie ein ganz gewöhnlicher, nicht sonderlich erfolgreicher Mann. Er wechselte keine vielsagenden Blicke mit Brub. Auch Dix inspizierte er nun nicht mehr so eingehend wie vorher; er schüttelte ihm nur die Hand und sagte: »Freut mich, Sie kennenzulernen, Mr. Steele.« Seine Stimme klang müde.

Brub erklärte: »Dix ist Kriminalschriftsteller, Lochner. Er möchte gern mitkommen. Hast du was dagegen?«

»Aber nein.« Lochner versuchte zu lächeln, aber er war es nicht gewohnt zu lächeln. Nur, sich Sorgen zu machen. »Es gibt ja doch nichts zu sehen. Ich weiß nicht, warum wir noch mal dort hinauffahren. Aber Brub möchte es, und die hiesigen Kollegen meinen, er ist auf der richtigen Spur.«

Dix zog eine Augenbraue hoch. »Du hast also doch schon eine Theorie, Brub?«

Brub lachte ein wenig peinlich berührt. »Zieh du mich nicht auch noch auf damit, Dix. Es ist nicht mehr als ein Gefühl.«

»Reine Hellseherei«, grinste Lochner.

»Nein«, wehrte Brub schnell ab. »Aber ich werde das Gefühl nicht los, daß wir hier in Beverly auf der richtigen Fährte sind.« Er klärte Dix auf: »Die Leute von der hiesigen Polizei sind auch der Ansicht. Deshalb sind wir noch immer hier. Du weißt ja, Beverly hat seine eigene Polizei, die unabhängig von der in Los Angeles arbeitet; aber man tut hier alles, um uns zu unterstützen.«

»Und das können sie«, ergänzte Lochner. »Schlaue Burschen.«

Sie verließen gemeinsam das Gebäude. Dix sagte: »Wir nehmen meinen Wagen.« Er ging voraus. Er würde nicht in einem Polizeiauto mitfahren. Nur ein kompletter Idiot würde in einem Auto der Mordkommission mitfahren. Einer Mordkommission mit hellseherischen Fähigkeiten.

»Kennen Sie den Weg?« fragte Lochner.

»Ich weiß, wo Beverly Glen ist. Ab da können Sie mich dirigieren.«

Jetzt, da er die Herausforderung angenommen hatte, reagierte sein Gehirn eiskalt und präzise, schneidend und klar wie ein Wintersturm an der Ostküste. Sie durften ihn ruhig dirigieren. Kein Muskel würde zucken und verraten, daß er schon einmal dort gewesen war. Er begann innerlich zu lachen. Im Grunde kannte er die Gegend so gut wie gar nicht. Er würde nicht allzusehr aufpassen müssen, keine falsche Reaktion zu zeigen!

»Fahr rüber bis zum Sunset Boulevard«, dirigierte ihn Brub. »Und dann rechts in den Beverly Glen.«

»Bis dahin hätte ich es auch noch gewußt.« Dix fuhr in Richtung Sunset und genoß die Kraft des Motors, das sanfte Dahingleiten. Ein guter Wagen. Er fuhr ihn nicht aus. Man sollte mit der Polizei im Wagen nicht zu schnell fahren. »Als ich am Sonntag von euch zurückgekommen bin, Brub, haben ein paar von euren Leuten die Einfahrt überwacht.« Dieselben, die in Lochners Büro gewesen waren? Hatten sie ihn sich vielleicht genauer ansehen sollen? Nein – allmählich ging seine Phantasie mit ihm durch. Die Polizisten konnten ihn nicht unter den Tausenden von Fahrern erkannt haben, die diese Kreuzung am Sonntagnachmittag passiert hatten. Ausgerechnet ihn, einen einzelnen Mann. Dennoch krampften sich seine Finger um das Lenkrad. Wußte die Polizei vielleicht viel mehr, als sie zugab? War er Freitag nacht im Canyon nicht allein gewesen? Er sprach weiter. »Was wollten sie dort? Haben sie vielleicht darauf gewartet, daß der Mörder an den Ort seines Verbrechens zurückkehrt?«

»Sie haben den Verkehr überprüft«, sagte Lochner mit seiner gleichgültig klingenden Stimme. »Ich habe noch nie erlebt, daß ein Täter an den Tatort zurückkehrt. Das würde uns die Arbeit sehr erleichtern. Wir bräuchten uns nicht mehr die Köpfe zu zerbrechen.«

»Ja – wir müßten nur ein paar von unseren Jungs dort postieren und abwarten«, setzte Brub hinzu. »Sie könnten Schach spielen, bis er kommt; Kinderspiel.«

»Aber wie könnte man ihn von den Gaffern unterscheiden?« Dix war bereit mitzuspielen.

»Eine gute Frage.« Brub schaute Lochner an.

Der sagte: »Er würde noch normaler aussehen als die anderen.«

»Ohne Fangzähne? Oder Schaum vorm Mund?« Dix lachte.

»Natürlich würde er nicht wissen, daß er von unseren Leuten beobachtet wird«, sagte Brub.

Sie hatten den Beverly Glen erreicht, und Dix bog nach rechts ein. »Von jetzt an mußt du mir die Anweisungen geben.«

»Fahr nur zu«, sagte Brub. »Wir sagen es dir schon, wenn es soweit ist.«

Zunächst war es eine hübsche, schmale Straße, die an Neuengland erinnerte, mit Bäumen, die sich herbstlich verfärbten und erste Blätter abwarfen. Dix machte sich keine Sorgen; höchstens ein wenig, daß er die Stelle erkennen könnte und sich seine Muskelreaktion auf Brub, der neben ihm saß, übertragen würde. Er entspannte sich. Er sagte: »Das erinnert mich an zu Hause. Herbst in New York, in Connecticut oder in Massachusetts.«

»Ich bin auch aus dem Osten«, sagte Lochner. »Aber ich war schon seit zwanzig Jahren nicht mehr dort.«

Die Umgebung wurde bald unansehnlicher. Nach ein paar großen Grundstücken mit schönen Villen kamen nur noch kleine, schäbige Holzhäuser, wie sie in dieser Gegend üblich gewesen waren, ehe sie von den Reichen entdeckt wurde. Dann hatte der Wagen auch die Hütten hinter sich gelassen, und die Straße wand sich in vielen Kehren an der Flanke des Canyon nach oben in ein dahinterliegendes Tal.

Hier mußte es nachts völlig einsam sein; auf beiden Seiten der Straße gab es tiefe Gräben und dichtes Gestrüpp. Selbst jetzt wirkte die Gegend wie ausgestorben, und sie begegneten keinem einzigen Wagen. Es war, als hätten sie ein verbotenes Tal betreten, ein Tal, das von der Polizei bewacht wurde, die keine Neugierigen einließ. Nur die Jäger und ihre Beute durften herein. Die hohen Wände des Canyon warfen ihre Schatten auf die Straße. Es war plötzlich kühl geworden, die Sonne schien weit weg zu sein.

Dix fuhr weiter und wartete darauf, daß sie ihm sagten, wo er anhalten sollte. Sie sprachen jetzt nicht mehr, waren in Gedanken bei ihrem Fall – ein Fall, der sie zornig und bitter gemacht hatte und ihnen Sorgen bereitete. Er schwieg ebenfalls; dies war nicht die Zeit für nichtssagende Konversation. Er merkte, daß seine Finger schon wieder das Lenkrad umkrampften, und lockerte sie. Er wußte nicht, ob die beiden die Stelle rechtzeitig ankündigen oder ihn ganz unvermittelt zum Halten auffordern würden. Deshalb fuhr er nicht schneller als dreißig und behielt die Straße im Auge, ohne auf die Gräben zu achten, in denen braunes Laub wie Kothäufchen lag. Und er erkannte nichts wieder. Das war das Beste daran.

Dann erklärte Lochner: »Da sind wir. Wenn Sie hier irgendwo parken würden, Mr. Steele.«

Das Straßenstück unterschied sich in nichts von der Strecke, die sie zurückgelegt hatten. Nichts, was darauf hinwies, daß man hier die Leiche eines jungen Mädchens gefunden hatte.

Die Kriminalbeamten stiegen aus. Er kletterte auf der Fahrerseite aus dem Wagen und überquerte zusammen mit ihnen die Straße. »Er ist bis hierher gefahren«, sagte Brub, »und hat dann gewendet. Oder er kam von der anderen Seite und war auf dem Rückweg in die Stadt.«

»Ist das die Stelle, wo ihr sie gefunden habt?« Dix war nicht nervös. Ein Autor, der sich um Material bemühte, nichts weiter.

Brub war in den Straßengraben, in das raschelnde, braune Laub gestiegen. Er sagte: »Hier ist das Laub dichter. Vielleicht wußte er das. Er hoffte wohl, daß sie lange Zeit nicht gefunden wird, wenn das Laub auf sie fällt und sie nach und nach zudeckt.«

Brub schaufelte mit den Füßen das Laub durch, als würde ihm das Geräusch irgendeinen Hinweis geben. Oder eine Inspiration.

»Jeden Tag werden es mehr Blätter. Die wenigsten Leute schauen zur Seite, wenn sie vorbeifahren. Es sei denn, die Aussicht wäre besonders schön. Aber davon kann bei diesem Dikkicht keine Rede sein.«

Lochner stand da, die Hände in den Hosentaschen, und sein müdes Gesicht zeigte tiefe Sorgenfalten. Er stand neben Dix.

Dix konnte Fragen stellen, das erwartete man sogar von ihm. Er fragte: »Warum hat man sie dann so rasch gefunden?«

»Reines Glück«, sagte Brub. Er stand noch im Straßengraben, bis über die Knöchel im Laub. »Der Milchmann hatte ausgerechnet hier einen Platten.«

»Er hat sich die Stelle absichtlich ausgesucht«, sagte Lochner.

»Der Milchmann?« Dix starrte ihn ungläubig an.

»Nein, der Mörder. Schauen Sie sich's an. So, wie die Straße hier verläuft, kann er die Scheinwerfer eines nachfolgenden Autos bis zwei Kehren weiter unten sehen. Und er hat freie Sicht nach oben; er sieht die Scheinwerfer der herunterkommenden Wagen schon nach der ersten oder zweiten Kehre. Er konnte hier notfalls mit dem Mädchen im Wagen sitzen bleiben und so tun, als würde er mit ihr schmusen, bis der andere vorüber war.« Lochner kniff die Augen zusammen, folgte mit dem Blick dem Straßenverlauf. »Außerdem herrscht hier mitten in der Nacht so gut wie gar kein Verkehr. Er konnte sich also ziemlich sicher fühlen.« Seine Stimme war völlig ausdruckslos. »Er bringt sie um, öffnet die Beifahrertür seines Wagens, stößt sie hinaus und fährt weiter. So geht er nicht das geringste Risiko ein, erwischt zu werden. Erdrosseln ist übrigens die einfachste Mordmethode – und die sicherste.«

Brub hatte sich gebückt und schob das Laub beiseite.

Dix trat näher an den Rand des Dickichts heran und sah ihm zu. »Was gefunden?« fragte er mit dem nötigen Maß an gespannter Neugierde.

Lochner fuhr monoton fort: »Die Experten haben den Boden Zentimeter für Zentimeter unter die Lupe genommen. Da ist nichts mehr zu finden. Aber er wollte unbedingt hierher, und ich hab ihn eben begleitet.« Er steckte sich eine Zigarette zwischen die Lippen und schützte die Flamme des Streichholzes mit den hohlen Händen. »Wenn wir überhaupt etwas finden, dann im Wagen des Mörders.«

Es war Wind aufgekommen – ein leichter, aber kühler Wind. Sonst hätte Lochner nicht die Hände um das Streichholz legen müssen. Es war keine Einbildung. Dix sagte mit angemessenem Bedauern: »Und Sie haben bis jetzt noch keine Beschreibung des Wagens?«

»Nein«, erwiderte Lochner. »Noch nicht.«

Dieselbe müde Stimme, aber da war ein bestimmter Unterton: noch nicht – aber sie würden ihn finden. Weil sie ihre Akten niemals schlossen. Weil ein Mörder morden mußte.

Dix hatte das Bedürfnis, schallend zu lachen. Sie hatten keine Ahnung, mit ihrer ganzen Wissenschaft und Intuition waren sie wie Kinder in einem Spielzeugladen.

»Und wenn Sie den Wagen haben – rechnen Sie damit, eine Haarnadel, einen Lippenstift oder so was Ähnliches zu finden?«

Brub lachte. Es schallte hohl aus dem Gebüsch. »Großer Gott, Dix – wo lebst du denn? Welches Mädchen trägt heutzutage noch Haarnadeln? Eigentlich solltest du das doch wissen.«

»Staub«, erklärte Lochner.

»Staub?« Jetzt war Dix wirklich verblüfft.

Brub stieg mit einem einzigen langen Schritt aus dem Dikkicht herunter und klopfte sich die Blätter von den Hosenbeinen.

»*Das* ist Staub«, sagte Lochner. Er wandte sich zum Wagen. »Wir haben den Staub vom Drive-in. Wir haben den Staub, den wir in ihrer Kleidung und an ihren Schuhen gefunden haben. Es muß etwas von diesem Staub in seinem Wagen sein.«

Dix' Gesicht war eine undurchdringliche Maske. Er schüttelte den Kopf; sein Ausdruck war eine Mischung aus Bedauern und Bewunderung. »Und dieser Staub verändert sich nicht – auch nicht nach zehn oder zwölf Jahren?«

»Etwas verändert sich – aber nicht alles«, sagte Lochner.

Sie stiegen wieder in den Wagen, und Dix ließ den Motor an. Er fragte: »Kann man nicht irgendwo anders leichter wenden?« Sie mußten es wissen. Die Polizeiwagen waren in der ganzen Gegend herumgefahren, hatten Labortechniker her- und wieder weggebracht. Das einzige, was sie mit der Gegend nicht angestellt hatten, war, sie auszubuddeln und ins Präsidium zu schaffen.

»Fahr ein Stück weiter«, sagte Brub. »Da ist eine Seitenstraße.«

Dix fuhr weiter bergauf. Er sah die Seitenstraße und bog ab. Es war ein Feldweg ohne Asphaltdecke. Wenn auch nur der geringste Verdacht gegen ihn bestand, konnte das eine Falle sein, um die Abdrücke seiner Reifen zu prüfen. Vielleicht saßen hinter dem nächsten Gebüsch die beiden Kriminalbeamten, spielten Schach und beobachteten ihn. Laborleute mit Gips, bereit, die Abdrücke anzufertigen. Aber sie irrten sich. Er hatte hier nicht gewendet. Es gab eine viel bessere Stelle, noch weiter oben. Er wendete und fuhr dann zurück in Richtung Stadt.

Jetzt konnte er wieder gesprächiger werden. Er sollte beeindruckt und neugierig sein. Er fragte: »Hast du etwas gefunden, Brub?«

Brub schüttelte den Kopf. »Nein. Damit habe ich auch nicht gerechnet. Es ist nur – ich habe das Gefühl, ihm näherzukommen, wenn ich in seine Spuren trete. Ich habe ein ganz bestimmtes Bild von ihm, aber es ist noch verschwommen. Es ist, als ob man eine Gestalt im Nebel sieht. Die Art Nebel, die durch diese Canyons zieht.«

Dix sagte munter: »So wie am Freitag abend, als ich euch besucht habe.«

»Ja«, nickte Brub.

Lochner erklärte: »Der Täter stammt von der Ostküste.«

Dix gelang es, seine Nerven im Zaum zu halten. Kein Muskel zuckte. Im Gegenteil, er fühlte sich angeregt durch die Gefahr, die ihm wie eine kalte, scharfe Klinge drohte. Er sagte: »Das haben Sie bisher verschwiegen, nicht wahr? Hat die Kellnerin seinen Akzent bemerkt?«

»Es ist keine gesicherte Information«, antwortete Brub. »Er hat wie jeder andere gesprochen. Ohne Akzent. Und mit ganz gewöhnlicher Stimme. Es ist Lochners Rekonstruktion.«

Lochner wiederholte: »Er stammt aus dem Osten. Ich weiß es.« Er sprach mit voller Überzeugung. »Es ist seine Technik.«

»Wieso Technik?« fragte Dix rasch.

»Einige Banden in New York haben eine besondere Technik, Leute auszurauben«, erklärte Brub. Er zeigte es an sich selbst mit seinem rechten Arm. »Der eine legt dem Opfer von hinten den Arm um den Hals, während der andere es ausplündert. Natürlich braucht man nicht zu zweit zu sein. Man braucht lediglich zwei Finger, um einen Mann zu erdrosseln. Oder eine Frau.«

»Es ist seine Technik«, wiederholte Lochner. »Er benutzt nie die Finger. Es gibt keine Abdrücke von Fingern. Er benutzt den ganzen Arm. Er stammt aus dem Osten.«

Dix sagte: »Da Sie auch aus dem Osten sind, müssen Sie aber zugeben, daß einer aus dem Westen diese Technik übernommen haben könnte.«

»Ich habe gesehen, wie sie es in New York machen«, entgegnete Lochner. »Er weiß Bescheid. Dieselbe Technik.«

Sie fuhren aus dem schattigen Canyon hinein in den Sonnenschein, hinein in die Stadt. Aber die Sonne hatte keine Kraft mehr. Wolken verdüsterten den blauen Himmel mit ihrem Grau. Und auf der kurvenreichen Straße vom Sunset Boulevard zum Beverly Drive lagen die Schlagschatten des Spätnachmittags. Es war fast vier, als sie die City Hall erreichten.

Dix hielt an, und Lochner stieg aus. Er sagte: »Danke für die Fahrt, Mr. Steele.«

»Ich muß mich bedanken, daß Sie mich mitgenommen haben«, erwiderte Dix. Er schüttelte den Kopf. »Aber es ist ziemlich grausig – ich glaube, ich hätte nicht viel Spaß an der Polizeiarbeit.«

Lochner ging auf das Gebäude zu. Brub lehnte sich gegen die Tür des Wagens. »Es ist nicht angenehm«, sagte er mit gefurchter Stirn. »Es ist sogar verdammt unangenehm. Aber man kann nicht einfach die Augen vor der Realität verschließen. Es existieren nun einmal Mörder, und die muß man aufspüren und ihnen das Handwerk legen. Ich mag es nicht, wenn sich die Menschen gegenseitig umbringen. Ich habe zuviel davon erlebt, genau wie du. Schon damals habe ich es gehaßt: die überhebliche Art, wie wir über unseren Stabskarten gesessen sind und überlegt haben, wie wir am besten ein paar Menschen umbringen können. Menschen, die ebensowenig sterben wollten wie wir. Und danach kamen wir zurück und haben noch damit geprahlt, wie viele wir erwischt haben. Als ob wir ein paar Ameisen getötet hätten, nicht Menschen.« Sein Blick war eindringlich. »Ich hasse Mörder. Ich will, daß diese Welt ein sicherer und guter Ort ist. Für mich und meine Frau, für meine Freunde und, wenn es einmal soweit ist, für meine Kinder. Ich glaube, das ist der Grund, warum ich zur Polizei gegangen bin. Um mitzuhelfen, daß wenigstens eine winzige Ecke dieser Erde ein bißchen sicherer wird.«

»Das ist mein alter Brub«, sagte Dix. Es war sein Ernst. Ganz gleich, wie unangenehm eine Arbeit sein mochte – Brub war bereit, sie zu tun, wenn er damit ein Unrecht wiedergutmachen konnte.

Brub schob sich den Hut in den Nacken. Er lachte ein kurzes, freudloses Lachen. »Junger Kripomann als edler Ritter auf dem weißen Roß. Wahrscheinlich bin ich in ein paar Jahren genauso abgestumpft wie Lochner. Aber im Augenblick ist es noch eine persönliche Angelegenheit: Ich will diesen Killer schnappen.« Wieder lachte er; es war ihm ein wenig peinlich, daß er sich gefühlsmäßig hatte gehenlassen. Er sagte: »Wenn du noch einen Moment wartest, lade ich dich auf ein Bier ein.«

»Tut mir leid.« Dix legte die Hände auf das Lenkrad. »Ich bin sowieso schon spät dran. Ein andermal. Und – vielen Dank für den interessanten Nachmittag, Brub.«

»Schon gut, mein Alter. Also dann, auf bald.« Brub hob die Hand zum Gruß und ging mit dem wiegenden Gang eines Seemanns davon. Oder wie ein Kriminalbeamter auf der Spur eines unbekannten Feindes.

9

Er rief Laurel an, sobald er in seiner Wohnung zurück war. Noch bevor er sich einen Drink mixte, sogar bevor er sich eine Zigarette anzündete. Aber niemand ging an den Apparat. Von da an rief er jede Viertelstunde an, und um sechs, als die Dämmerung durch die offenen Fenster kroch und sich noch immer niemand meldete, ging er auf den Patio, wo er zu ihrem Appartement hinaufschauen konnte. Hinter den Fenstern brannte kein Licht.

Er stolperte über die Abendzeitung, als er in sein Appartement zurückkehrte. Die hatte er ganz vergessen. In seiner

Ungeduld, Laurel zu erreichen, hatte er nicht mehr an die Nachrichten gedacht. Als er zurück war, schaltete er im Wohnraum die Lampen an. Er hatte bereits zwei Drinks intus und wollte nichts mehr trinken. Er wollte sie. Er nahm die Zeitung mit hinüber ins Schlafzimmer, wo er sich aufs Bett legte, in Reichweite des Telefons. Im Licht der Nachttischlampe blätterte er die Zeitung durch, bis er den Bericht gefunden hatte. Inzwischen war er auf die hinteren Seiten gerutscht. Nichts Neues. Die Polizei arbeite immer noch an dem Fall. Richtig. Und sie verfolge eine Reihe von Hinweisen. Das war Augenwischerei. Er las die Sportseite und überflog die Comics, dann rief er wieder bei ihr an. Und nochmals. Ohne Erfolg.

Allmählich wurde er ärgerlich. Wenn sie heute spät nach Hause kam, hätte sie ja Bescheid sagen können. Sie hatte gesagt, sie ginge zum Gesangsunterricht. Keine Gesangsstunde dauerte so lange. Sie wußte, daß er auf sie wartete. Sie hätte wenigstens anrufen können, wenn sie sich verspätete. Dann versuchte er, die Sache vernünftig zu betrachten. Er bemühte sich aufrichtig darum. Sie hatte natürlich viele Freunde. Ein Mädchen mit ihrem Aussehen, ihrem Körper, ihrem Haar und dem seltsamen, bezaubernden Gesicht konnte sich wahrscheinlich vor Freunden kaum retten. Er war ein Neuling, ein Niemand in ihrem Leben. Schließlich hatten sie sich gestern zum erstenmal gesehen. Er konnte nicht erwarten, daß sie plötzlich alle anderen stehenlassen und sich ausschließlich ihm widmen würde. Es war ihr noch nicht klar, was sich da zwischen ihnen entwickelte. Daß es nur noch sie beide geben würde. Zwei, die eins waren miteinander. Solange sie das nicht begriffen hatte, konnte er sich damit abfinden, daß sie andere Verpflichtungen hatte. Aber sie hätte wenigstens Bescheid sagen können. Statt ihn hier so am Telefon hängen zu lassen. Er traute sich nicht einmal kurze Zeit weg vom Telefon, falls sie doch anrufen sollte. Statt ihn so sitzenzulassen, wo er nichts zu essen hatte, zuviel rauchte und jede verdammte Zeile dieser langweiligen Zeitung las. Und sich den Finger wund wählte.

Plötzlich ertönte das penetrante Summen der Türklingel,

während er noch dalag und versuchte, vernünftig zu sein und seinen Ärger zu unterdrücken. Er sprang aus dem Bett und rannte beinahe zur Tür. Er war wütend, und er würde auch ein Wörtchen mit ihr zu reden haben, aber er war so begierig, sie zu sehen, daß sein schlimmster Zorn schon verraucht war. Verraucht vor der Freude, die ihr Anblick ihm bereiten würde. Er öffnete die Tür, und seine Hand krampfte sich um den Türknopf, als er sie weit aufriß. Auf der Schwelle stand Sylvia Nicolai.

»Störe ich, Dix?« Da stand sie, groß und schlank, die Hände tief in den Taschen ihres Kaschmirmantels vergraben, das weißgoldene Haar glatt aus dem schmalen Gesicht gekämmt.

Er mochte seinen Augen kaum trauen, denn damit hatte er wirklich nicht gerechnet. Kühle, elegante, kultivierte Höflichkeit, vor der Laurels Feuer verblaßte. Er faßte sich rasch. Schlug einen herzlichen Ton an. »Kommen Sie doch rein, Sylvia.«

»Störe ich wirklich nicht?« Sie zögerte und spähte über seine Schultern, als erwarte sie, Laurel dort zu sehen. Jetzt wußte er, weshalb sie gekommen war – ganz gleich, womit sie ihren Besuch begründen würde. Sie wollte sich Laurel ansehen.

»Gar nicht. Ich bin faul heute. Sitze nur so herum, denke ans Abendessen und bin zu träge, um auszugehen. Ich nehme an, Sie haben schon gegessen?«

Sie kam herein, zögerte noch immer. Schaute sich um, wie Frauen sich in fremden Wohnungen umsehen, mit abschätzendem Blick; diese schien ihre Zustimmung zu finden. Immer noch mit den Händen in den Taschen schlug sie den Mantel zurück und blieb in ihren hochhackigen Schuhen stehen, höflich und lässig zugleich. Wie eine Freundin der Familie. Wie Brubs Frau, die keineswegs die Absicht hatte, in sein Privatleben einzudringen. »O ja«, sagte sie. »Wir haben schon früh gegessen. Eigentlich wollten wir nach Beverly ins Kino, aber Brub wurde weggerufen.« Ein Schatten zog über ihre Augen.

»Doch nicht schon wieder ein Mord?« fragte er düster.

»O nein.« Sie schüttelte heftig den Kopf. Als könne sie den

Gedanken nicht ertragen. »Lochner wollte ihn sprechen, das war alles.« Sie verzog ihren großen, anziehenden Mund zu einem Lächeln. »Daher hat Brub vorgeschlagen, daß ich Sie überfalle und mich von Ihnen unterhalten lasse, bis er zurück ist. Er meinte, es würde nicht lange dauern.«

Flüchtig fragte er sich, ob das Brubs oder Sylvias Vorschlag gewesen war. Zuvor hatte sie sich geradezu demonstrativ von ihm zurückgezogen, aber jetzt war sie ganz anders. Sie schien entgegenkommender; ihr Lächeln war nicht mehr so zurückhaltend wie zuvor. Es war offen. Vorgestern wäre er vermutlich interessiert gewesen. Jetzt dagegen tat er nur so. »Das finde ich großartig, Sylvia. Darf ich Ihnen den Mantel abnehmen?« Sie ließ sich aus dem Mantel helfen. Sie trug einen braunen Pullover und einen engen, in verschiedenen Brauntönen karierten Rock. Sie war groß und schlank wie eine Birke. Laurel dagegen war üppiger, wärmer, fraulicher.

Sylvia setzte sich auf die Couch. »Eine hübsche Wohnung.«

»Ja – ich bin sehr froh darüber. Ich darf Ihnen doch wenigstens einen Drink anbieten, oder?«

»Eine Cola. Wenn Sie eine haben.«

»Gut, dann trinke ich auch eine.« Er bot ihr eine Zigarette an, gab ihr Feuer und ging dann die Colas holen. Er fragte sich, was Lochner wohl von Brub wollte, was wichtig genug war, ihn nach Feierabend zu stören. Er würde es früh genug erfahren, wenn Brub von Lochner hierherkam. Brub würde davon erzählen wollen. Gute Gelegenheit. Aber hoffentlich waren Brub und Sylvia wieder weg, bevor Laurel zurückkam.

Er brachte die beiden Colaflaschen. »Hat Brub Ihnen erzählt, daß er und Lochner mich heute nachmittag mitgenommen haben?«

»Ja. – Danke.« Sie nahm ihre Cola entgegen. »Was halten Sie von Lochner?«

»Er wirkte unendlich gelangweilt. Ist das seine Tarnung als bester Spürhund der Mordkommission?«

»Er hat einen fabelhaften Ruf.« Sie lächelte. »Als Spürhund. Er ist der Leiter der Mordkommission.«

Er riß die Augen auf. »Ach – der Chef persönlich?« Dann lächelte er. »Hätte ich nie gedacht.«

»Das sagt Brub auch. Er wirkt völlig anders. Ich bin ihm allerdings noch nie persönlich begegnet.«

»Es lohnt sich, ihn kennenzulernen.« Dix räkelte sich behaglich in seinem Sessel. Der Leiter der Mordkommission. Dieser griesgrämige alte Knabe. »Ein ungewöhnlicher Mann.« Er fühlte sich wohl. »Ich kann mich noch immer nicht an den Gedanken gewöhnen, daß Brub bei der Polizei ist.«

»Es ist seltsam«, sagte Sylvia ernst. »Aber er wollte immer Polizist werden. Als Sie und Brub kleine Jungs waren, war das, glaube ich, ein Traumberuf. Heutzutage wollen sie lieber Flugzeugpiloten werden. Aber für Brub ist es immer der Traumberuf geblieben. Und als er mich gefragt hat, ob ich was dagegen hätte, da habe ich gesagt, es würde mich freuen.«

»Dann sind Sie also die Verantwortliche«, sagte er mit vorgetäuschtem Ernst.

»Nein.« Sie lachte. »Aber er hat mich gefragt, und ich habe ihm geantwortet, es würde mich freuen. Das war mein Ernst. Alles, was er wollte, hätte mich gefreut. Aber es ist nicht gerade ein leichtes Leben. Er ist praktisch vierundzwanzig Stunden täglich im Dienst – wie ein Arzt. Und man weiß nie, wann das Telefon das nächste Mal klingelt.«

»Wie heute abend.«

»Ja.« Bis zu diesem Augenblick hatte er nichts von ihrer unterschwelligen Angst bemerkt. Und auch jetzt war es nur ein leichter Anflug; sie hatte sich von der Furcht erholt, die sie die vergangenen Tage überwältigt hatte. Heute konnte sie sie ignorieren oder verdrängen, indem sie das Thema wechselte. »Wir haben Sie gestern abend gesehen.«

»Brub hat es mir erzählt.«

Jetzt war sie beim Grund ihres Besuches angelangt. Gespannt fragte sie: »Wer war sie? War es die Frau, von der Sie uns erzählt haben?«

»Ja. Sie wohnt auch in diesem Appartementblock.«

»Und wie haben Sie sie kennengelernt?«

Vermutlich erwartete sie, etwas Romantisches zu hören.

Er sagte: »Ich habe sie angequatscht.«

Sie schnitt eine Grimasse.

»Wie ich Brub schon sagte: Es war höchste Zeit, hier im *Virginibus Arms* etwas für die nachbarschaftlichen Beziehungen zu tun. Die Zustände sind hier ja schlimmer als in New York. Dort sieht man seine Nachbarn wenigstens, auch wenn man nicht mit ihnen spricht. Hier bekommt man sie nicht einmal zu Gesicht.«

»Aber *sie* haben Sie gesehen.«

»Und sie angequatscht«, nickte er.

»Wie heißt sie?«

»Laurel Gray.«

»Ist sie beim Film? Nach allem, was ich gesehen habe, sieht sie großartig aus.«

»Sie hat schon ein paar Filme gedreht.« Wieder fiel ihm ein, wie wenig er doch über sie wußte. »Aber es hat ihr nicht besonders gefallen. Sie steht nicht gern früh auf.« Er sagte es mit zweideutiger Betonung; Sylvia verstand.

Sie ließ sich ein paar Sekunden Zeit, ehe sie fragte: »Bringen Sie sie mal mit zu uns? Wir würden sie gern kennenlernen.«

»Wir können uns ja mal verabreden.« Es sagte sich so leicht und ließ sich so leicht umgehen. Er fühlte sich immer wohler. Es war gut, daß Laurel sich verspätet hatte. Sonst hätte sie sich jetzt von Sylvia unter die Lupe nehmen lassen müssen. Sylvia würde Laurel nicht mögen; sie waren nicht aus dem gleichen Holz geschnitzt. Er dachte gerade, wie gut sich alles gefügt hatte, als das Telefon klingelte. Er entschuldigte sich bei Sylvia und ging ins Schlafzimmer, um das Gespräch anzunehmen, sicher, daß es nicht Laurel war. Wahrscheinlich war es Brub von unterwegs.

Er war so sicher, daß es nicht sie war, daß er die Schlafzimmertür offenließ. Aber es war Laurel.

Sie fragte: »Was machst du gerade, Dix?«

»Wo warst du denn die ganze Zeit?« Wieder packte ihn der Zorn. Da blieb sie einfach weg bis – Punkt neun war es inzwischen! Und dann hatte sie den Nerv, ganz harmlos anzurufen und ihn zu fragen, was er machte!!

»Abendessen.«

»Ich dachte, du wolltest mit mir zu Abend essen.«

»Wirklich? Das muß ich vergessen haben.«

Der Zorn schnürte ihm fast die Kehle zu.

»Warum kommst du nicht einfach rauf zu mir?« fragte sie.

Er konnte nicht. Nicht jetzt.

Sagte: »Ich kann nicht.«

»Warum denn nicht?«

»Ich habe Besuch.« Sein Zorn richtete sich jetzt gegen Sylvia, weil sie hier war, und gegen Brub, der sie ihm auf den Hals gehetzt hatte.

Ihre Stimme klang jetzt deutlich schärfer. »Wer ist das Mädchen?«

»Welches Mädchen?«

»Das auf deiner Couch, mein Süßer.«

Sie hatte Sylvia gesehen. War an die Tür gekommen, hatte Sylvia gesehen und war dann wieder gegangen. Das erklärte ihren unverschämten Anruf. Sie war eifersüchtig. Sein Zorn verflog unter dem Ansturm seiner Gefühle für sie; sie wollte nicht, daß er mit einer anderen Frau zusammen war.

Er konnte nicht offen sprechen. Das Schlafzimmer lag zu nah am Wohnzimmer. Die offene Tür. Und drüben saß Sylvia und hörte jedes Wort! Versuchte natürlich, die Ohren zu verschließen, denn sie war ja eine Lady; aber ihr konnte keine Silbe entgehen.

»Eine alte Bekannte«, sagte er.

»Geschäftlich, nehme ich an?« Es klang sehr spitz.

»Ja, wirklich«, sagte er.

»Dann kann ich ja runterkommen.«

»Nein!« Er wollte nicht, daß sie herkam. Nicht bevor Brub und Sylvia gegangen waren. Sie mußte das doch verstehen. Aber er konnte es ihr nicht erklären. Er sprach so leise wie möglich in die Sprechmuschel. »Ich komme rauf zu dir, sobald ich frei bin.«

»Was hast du dagegen, daß ich runterkomme?« fragte sie. »Bin ich nicht gut genug für deine Freunde?«

Er fragte sich, ob sie getrunken hatte. Die Streitlust sah ihr gar nicht ähnlich; sie war gleichgültig und egozentrisch und scherte sich um nichts und niemanden auf der Welt. So war sie letzte Nacht gewesen. Und auch heute hatte sie ihn einfach beiseite geschoben, weil ihr etwas Besseres oder Amüsanteres untergekommen war. Und jetzt spielte sie plötzlich die Besitzergreifende? Dafür mußte es irgendeinen Grund geben, aber er konnte sich keinen denken. Er wollte es aus ihr herausschütteln. Sie mußte doch inzwischen kapiert haben, daß er nicht frei sprechen konnte.

»Na?« fragte sie herausfordernd.

»Ich habe zu tun«, sagte er. »Sobald ich kann, melde ich mich bei dir.«

Sie legte auf; ein leises Klicken, aber er glaubte, es würde sein Trommelfell zerreißen. Er war außer sich, hätte so gern selbst das Gespräch abrupt unterbrochen, aber nun war es zu spät. Sie war ihm zuvorgekommen. Er ging mit finsterer Miene zurück ins Wohnzimmer, hatte vergessen, daß er nicht allein war, daß er seinen Zorn nicht zeigen durfte.

Sylvia war zerknirscht. »Ich hätte mich nicht aufdrängen sollen.«

»Aber nein.« Er sagte es völlig tonlos. Und ohne weitere Erklärungen. »Nein.«

Er war aufrichtig; er hatte nichts gegen ihre Anwesenheit. Jetzt richtete sich sein Zorn wieder voll gegen Laurel. Er meinte ein scharfes Stechen in der mißhandelten Ohrmuschel zu spüren. Als er merkte, daß Sylvia sein grimmiges Gesicht betrachtete, begann er zu lächeln. Ein Lächeln, das ihm schwerfiel, das fast schmerzte, als es die starre Maske seines Gesichts durchbrach. »Im Gegenteil, Sylvia«, sagte er jetzt. »Ich bin froh, daß Sie vorbeigekommen sind. Das gibt mir das Gefühl, daß ich endlich wieder irgendwo hingehöre. Ich finde, das wäre eine Feier wert. Oder vielleicht eine Gedenktafel mit der Inschrift: *An diesem Abend und an diesem Ort war Dickson*

Steele zum ersten Mal nicht mehr der Fremde aus dem Osten. Hier fühlte er sich nach langen Monaten zu Hause.« Er redete nur so dahin, um den forschenden Blick aus Sylvias Augen zu verscheuchen. Und es schien ihm zu gelingen.

Es war schon nicht mehr viel davon zu sehen, als sie fragte: »Haben Sie sich denn einsam gefühlt?«

»Ja – aber damit habe ich gerechnet.«

Jetzt musterte sie ihn nicht mehr so durchdringend. Mitleid hatte ihre analytische Ader verdrängt. Er wollte dieses Mitleid nicht und sagte leichthin: »Es dauert immer seine Zeit, bis man sich an einem neuen Ort zurechtfindet. Das war mir von vornherein klar.«

»Warum haben Sie uns denn nicht früher angerufen?« Kein forschender Blick mehr, keine bohrende Neugier.

»Ach, Sie wissen doch, wie das ist«, erwiderte er. »Selbst wenn man noch so gut befreundet war – man ist doch immer ein Störenfried, wenn man nach so langer Zeit wieder in das Leben eines anderen eindringt. Manchmal überlebt es die Freundschaft. Aber meistens verdirbt man sich damit nur die schönen Erinnerungen.«

»Es ist trotzdem einen Versuch wert«, sagte sie. »Wie sonst kann man …«

Es klingelte. Brub; er war schon zurück. Die Sache mit Lochner schien doch nicht allzu wichtig gewesen zu sein. Während Dix zur Tür ging, fiel er Sylvia ins Wort. Wollte Brub damit demonstrieren, wie normal der Besuch seiner Frau verlaufen war. »Aber manchmal ist die Entfremdung nur einseitig, Sylvia. Und wer einem alten Freund die Tür vor der Nase zuschlägt, fühlt sich danach wahrscheinlich verdammt viel schlechter als der selbst. Ich würde nicht …«

Laurel stand vor ihm. Weil sie so wütend gewesen war, weil sie einfach aufgehängt hatte, war er jetzt so überrascht, daß ihm das Wort im Hals steckenblieb; er brachte keinen Ton mehr heraus. Daß er sie wütend anstarrte, wurde ihm erst bewußt, als sie ihn nachäffte. »Wie sagte der große böse Wolf zu dem kleinen Rotkäppchen, Liebling?« Sie trat an ihm vorbei hinein in den Wohnraum und ließ ihn sprachlos und mit finsterem Gesicht stehen.

Jetzt waren sie also beisammen – Sylvia und Laurel. Deshalb waren sie hergekommen, alle beide – um einander in Augenschein zu nehmen. Es war ihm nicht ganz klar, warum ihnen soviel daran lag; schließlich konkurrierten sie nicht um ihn! Sylvia war er völlig gleichgültig, und Laurel bedeutete er herzlich wenig. Sie musterten einander auf die leicht hochmütige Art, in der Frauen sich gegenseitig abschätzen, ganz gleich, was auf dem Spiel steht.

Am Telefon hatte er fast befürchtet, daß Laurel getrunken hatte. Aber sie war nüchtern. Sie roch nach Parfüm, nicht nach Alkohol, und sie hatte nie hinreißender ausgesehen. Sie war ganz in Weiß, bis auf ihr leuchtendes Haar, den geschminkten Mund und die Augen. In ihrer Gegenwart wirkte Sylvia farblos; andererseits war Laurel neben Sylvia zu auffallend, zu bunt. Es lagen Welten zwischen den beiden, Welten unterschiedlicher Herkunft und Lebensweise.

Er sagte: »Sylvia, das ist Laurel.« Und zu Laurel: »Das ist Sylvia. Die Frau meines Freundes Brub Nicolai.«

Sie tauschten höfliche Begrüßungsfloskeln aus, aber das änderte nichts an dem Abgrund, der sie trennte. Nichts konnte diesen Abgrund überbrücken.

Er sagte: »Bitte, gib mir deinen Mantel, Laurel. Möchtest du etwas trinken?«

»Nein, danke. Ich komme gerade vom Abendessen.« Ihre Augen erinnerten ihn an leuchtende, exotische Blüten, die sich für ihn öffneten. »Ich versuche seit Stunden, dich anzurufen. Wo bist du denn gewesen?«

Miese kleine Lügnerin! Sie versuchte Sylvia zu suggerieren, daß nicht sie eben diese Abfuhr am Telefon bekommen hatte. Er schaute Sylvia an, und seine Mundwinkel zuckten. Sie konnte Sylvia nichts vormachen. Sylvia ließ sich nicht täuschen. Sylvia sah unter die Oberfläche, sie suchte nach dem wahren Kern hinter den Worten, einem Gesichtsausdruck, einem Lächeln. Plötzlich fröstelte er. Denn er wußte, war sich ganz sicher, daß Sylvia schon seit jener Nacht, als er aus dem Nebel kam und in ihr Leben eindrang, hinter seine Fassade zu blicken versucht hatte. Wieder packte ihn die Wut. Sie hatte kein Recht, sein anderes Ich ausfindig zu machen; sie hätte ihn so nehmen müssen, wie ihn alle sahen: als einen durchschnittlichen, jungen Burschen von angenehmem Wesen, der zudem ein alter Freund ihres Mannes war. Nein, es war sicher nicht Brub, der sie auf ihn angesetzt hatte. Als er an jenem Abend in sein Haus gekommen war, konnte kein Verdacht gegen ihn bestanden haben. Auch jetzt nicht – trotzdem hatte Sylvia versucht, sein wahres Gesicht zu ergründen – und sie mochte ihn nicht.

Er wußte es jetzt mit kalter Klarheit, hatte es vom ersten Augenblick an gespürt: Sie mochte ihn nicht. Und er konnte sie genausowenig leiden, sie und ihren verdammten, forschenden Verstand. Diesen gehässigen, überheblichen Verstand. Brub war in Ordnung; sie durfte das Verhältnis zwischen Brub und Dix nicht zerstören. Er würde es nicht zulassen.

Er sagte zu Laurel: »Ich bin seit fünf Uhr hier.« Er gab ihr Feuer. »Vielleicht hast du die falsche Nummer gewählt.«

»Ja, vielleicht.« Sie wandte ihren Blick von ihm ab und richtete ihn wieder auf Sylvia. Ihre Abneigung war gegenseitig. Aber Laurel zeigte sie deutlicher; das war nun einmal ihre Art, da konnte man nichts machen. Andererseits empfand sie eine gewisse Furcht vor Sylvia, die diese keineswegs fühlte. Laurel war härter, als Sylvia es jemals sein konnte, aber sie war nicht wie eine geschliffene Klinge; sie war zerbrechlich. Jetzt fragte sie Sylvia mit einem Unterton von Unverschämtheit: »Und wo ist Ihr Mann?« Sie ließ den Satz in der Luft hängen, bis Sylvia antworten wollte – und fiel ihr dann ins Wort: »Ich hätte ihn gern kennengelernt. Ich habe schon soviel von ihm gehört.«

Miese kleine Lügnerin. Er hatte ihr so gut wie gar nichts von Brub erzählt. Nein, er hatte nicht einmal seinen Namen in ihrer Gegenwart erwähnt.

»Er wird bald hier sein«, sagte Sylvia. »Er hatte noch etwas Berufliches zu erledigen, und ich nahm an, daß ein Besuch bei

Dix amüsanter sein würde als die geschäftlichen Angelegenheiten meines Mannes.« Dabei lächelte sie Dix strahlend an. Nicht um seinetwillen, sondern um Laurel ihre Geringschätzung zu zeigen.

»Aber das war ein Irrtum«, sagte er und wartete darauf, daß sie ihm widersprach.

Sie war so herausfordernd, wie Laurel es an ihrer Stelle gewesen wäre. »Ich weiß nicht ...«, sagte sie in zweideutigem Ton.

»Arbeitet Ihr Mann an dieser Mildred-Atkinson-Sache?« fragte Laurel unvermittelt.

Er hätte nicht gedacht, daß sie wußte, wer Brub Nicolai war, aber sie wußte es offensichtlich. Und sie holte das Thema an die Oberfläche, das Sylvia und Dix vermieden hatten. Ihr war das egal; sie wollte lediglich die gute Stimmung zerstören. Es gelang ihr besser als erwartet.

»Ja, er ist mit dem Fall befaßt.« Sylvia gefiel die Erwähnung des Falles nicht. Ihre Finger verkrampften sich sofort, und ihre Lippen wurden schmal. Sie konnte sich schlecht verstellen.

»Gorgon hat mir davon erzählt.« Laurel nickte. Sie erklärte nicht, wer Gorgon war, und Sylvia schien es ohnehin zu wissen. Sie nahm den Namen Gorgon so selbstverständlich hin, wie er von Laurel erwähnt worden war. Sie fuhr fort: »Er hat erst heute abend darüber gesprochen. Er sagt, Brub Nicolai ist der talentierteste junge Bulle in der ganzen Abteilung.«

Er fühlte, wie Sylvia zusammenzuckte, als Laurel »Bulle« statt »Kriminalbeamter« sagte. Doch er sah es nicht; er sah gar nichts. Sein Verstand wirbelte, und der ganze Raum schien zu verschwimmen und sich vor seinen Augen zu drehen. Er stützte sich auf den Tisch.

Gut, daß Sylvia hier war, daß er nicht allein war mit Laurel. Sie war mit jemandem namens Gorgon ausgegangen, während Dix hier auf sie wartete. Das verzweifelte Verlangen, mit Laurel allein zu sein, die Wahrheit aus ihr herauszuschütteln, hämmerte in seinen Schläfen, bis er den Schmerz fast nicht mehr ertragen konnte. Er konnte nur mit beiden Händen auf den

Tisch gestützt dastehen, während die beiden Frauen sich über Brub unterhielten, Brub, der schon längst dasein und seine Frau endlich hätte mitnehmen sollen!

Hilflos mußte er mitanhören, wie Laurel mit Sylvia über Gorgon sprach, diesen Gorgon, der alles über die vielversprechende Karriere des jungen *Bullen* Brub Nicolai zu wissen schien.

Viel länger hätte er es nicht aushalten können. Der Türsummer erlöste ihn. Er ließ die beiden Frauen zurück, ohne sich zu entschuldigen. Sie schienen seine Gegenwart völlig vergessen zu haben. Endlich kam Brub, nicht der alte, sondern der neue Brub, der mit den Sorgenfalten auf der Stirn und geistesabwesendem Blick – bis er Dix sah und lächelte.

»Hallo – ist Sylvia noch hier?«

»Ja. Wir haben uns unterhalten. Komm doch rein.« Dix ließ Brub den Vortritt ins Wohnzimmer. Er wollte nichts mehr von diesem Gorgon hören. Das blieb ihm auch erspart. Als er den Raum betrat, machte Sylvia ihren Mann gerade mit Laurel bekannt.

»Brub, das ist Laurel Gray.«

Laurel schätzte Brub mit den Augen ab, wie sie es bei ihrer ersten Begegnung mit Dix getan hatte. Kühn und herausfordernd, trotz Sylvias Gegenwart. Aber vielleicht war das Laurels Art, vielleicht geschah es ganz unbewußt. Vielleicht konnte sie einen Mann nur auf diese Art ansehen. Sylvia beobachtete die beiden, doch das brachte sie keineswegs aus der Ruhe. Laurel war keine Konkurrenz. Erst als Brub sich wieder seiner Frau zuwandte, überflog sie wieder ein Hauch von Sorge.

Ihre Stimme war beherrscht, aber die Besorgnis klang trotzdem durch. »Alles – in Ordnung, Liebling?«

Er nickte; sein Lächeln beruhigte sie. Aber es war nicht echt, und es verflog so schnell, wie es gekommen war. So rasch wie ein Blitz in der Dunkelheit.

Dix sagte herzlich: »Na, wie wär's mit einem Drink, Brub?«

»Danke.« Die Erwiderung kam automatisch, gedankenlos, denn gleich darauf schüttelte Brub den Kopf. »Aber nicht heute abend.« Als hätte er das von Anfang an sagen wollen. »Ich bin zu müde. Können wir, Sylvia?«

»Ja.« Ihre Stimme klang munter, als sei ihr Brubs gedrückte Stimmung nicht aufgefallen.

Dix versuchte nicht, sie zurückzuhalten. Er wußte, daß Brub neue Informationen über den Fall hatte. Wußte, daß er darüber sprechen würde, wenn er noch blieb. Aber der Fall war für ihn momentan nicht so wichtig; er wollte nur eins: allein sein mit Laurel.

Er sagte: »Schade.« Er legte soviel Gefühl hinein, als käme es wirklich von Herzen. »Du solltest ein bißchen langsamer treten – du siehst ziemlich erschöpft aus. Können Sie ihn nicht ein paar Tage lang einsperren, Sylvia?«

»Ich wollte, ich könnte es.« Aber sie spielte auch Theater; ihre Gedanken waren bei Brub.

Sie und Laurel wechselten die unehrlichen Höflichkeitsfloskeln, die der Gelegenheit angemessen waren. Brub nickte nur; er hatte es eilig wegzukommen. Er hatte den Arm eng um Sylvia gelegt.

»Ich ruf euch an«, versprach Dix. Er blieb in der Tür stehen, bis sie den Patio überquert hatten und unter dem Torbogen hindurch hinausgingen auf die Straße. Dann erst schloß er die Tür endgültig. Mit einem Schritt stand er in der Wohnzimmertür.

Laurel hatte es sich in dem großen Sessel bequem gemacht; ihre Augen loderten, ihr arroganter Mund war bereit zuzuschlagen.

Er kam ihr zuvor. »Wer ist Gorgon?«

Sie gab keine Antwort. »Was wolltest du mit dieser Schlampe?« fragte sie.

»Wer ist Gorgon?« wiederholte er.

»Was bildest du dir ein, mich abblitzen zu lassen?! Geschäftlich!« Ihre Stimme klang, als wollte sie ihn anspucken.

Er fragte abermals: »Wer ist Gorgon?« Jetzt näherte er sich ihr. Er durchquerte den Raum völlig geräuschlos.

Der einzige Laut war ihre streitlustige Stimme. »Das kannst

du mit mir nicht machen. Das lasse ich mir von keinem Mann bieten. Und von dir schon gar nicht.«

Er beugte sich über sie. »Wer ist Gorgon?« Eine stählerne Klammer schien sich um seinen Verstand zusammenzuziehen. Er konnte es kaum noch ertragen. Seine Hände griffen nach ihren Schultern, rissen sie aus dem Sessel. »Wer …«

Sie sprach mit kalter Bosheit: »Wenn du nicht augenblicklich deine Pfoten wegnimmst, wirst du so schnell mit keiner Frau mehr was anfangen können.« Er spürte an ihren Schultern, wie sie ihr Gewicht verlagerte, und ließ sie los, wich rasch einen Schritt zurück. Es war ihr Ernst gewesen. Die Klammer um seinen Verstand löste sich. Die Konsequenz ihrer Absicht traf ihn wie ein kalter Guß. Mit dem Nachlassen der Schmerzen kam die Schwäche; seine Stirn war schweißnaß. Er wischte sich mit dem Ärmel darüber und bemerkte die Nässe in seinen Augen.

Er hörte sie sagen: »Ich hau ab hier.«

Er hätte sie nicht aufhalten können, so schwach, wie er war. Seine Stimme war belegt. »Geh nicht.«

Er konnte sie nicht ansehen. Wußte nicht, warum sie blieb: vielleicht aus Neugierde. Bestimmt kein Mitleid – sie war nicht die Frau, die einen Mann bemitleidete.

Er war überrascht, als er ihre Stimme vernahm – sie klang nicht mehr haßerfüllt. Sie zuckte die Achseln. »Ich glaube, jetzt brauchen wir beide etwas zu trinken.«

Er hörte sie in die Küche gehen und warf sich mit dem Gesicht nach unten auf die Couch, ballte die Fäuste, bis sich die Fingernägel in die Handflächen gruben. Er hatte sie töten wollen.

Als sie zurückkam, drehte er sich um. Sie stand über ihm und reichte ihm das Glas. »Danke, Laurel.«

Sie ging zu ihrem Sessel, setzte sich und trank. Er trank einen großen Schluck, dann noch einen. Sie hatte den Drink stark gemixt.

»Besser?« fragte sie.

»Ja. Das habe ich jetzt gebraucht.«

»Fangen wir von vorne an?«

Er sah sie schnell an. Sie meinte es ehrlich. Er schämte sich seines Zornes – er war nicht er selbst gewesen, sondern ein Fremder. Aber der Fremde war er selbst.

»Einverstanden.«

»Du wolltest wissen, wer Gorgon ist. Er ist mein Anwalt.«

Jetzt war er noch mehr beschämt. Er sagte keinen Ton.

»Ich bin ihm zufällig begegnet, als ich aus dem Studio kam. Er wollte etwas Geschäftliches besprechen. Es war schon sechs.« Ihr Blick verhärtete sich. »Ich fand, es würde ihn nicht ruinieren, wenn er mich zum Abendessen einlädt.« Sie sah weg. »Ich konnte dich nicht anrufen, Dix. Ich wollte nicht, daß er – daß er zu schnüffeln beginnt.«

Damit hatte sie alles erklärt. Wärme durchflutete ihn – gute, zärtliche Wärme. Sie hatte bei ihm sein wollen, hatte sich so sehr beeilt wie möglich. Sie wollte es auch. Er hatte sich nicht getäuscht; sie waren füreinander bestimmt. Er wollte zu ihr eilen, sie umarmen, als sie sich wieder versteifte. »Und was war mit ihr?«

Er lachte. »Genauso uninteressant wie bei dir, Laurel. Brub hat sie hier abgesetzt, weil er noch zu einer kurzen Besprechung mußte. Ich hatte sie nicht eingeladen.«

In ihrer Stimme lag ein Stachel. »Und warum hast du dann versucht, mich loszuwerden? Hast du gedacht, ich bin nicht gut genug für sie?«

»Großer Gott, Laurel!« Es war zum Verzweifeln, um so mehr, als sie Sylvia tatsächlich nicht das Wasser reichen konnte. Und trotzdem stand sie himmelweit über ihr.

»Ist es so?« fuhr sie ihn an.

Er wollte nicht wieder in Rage kommen. Er ließ sich nicht reizen. »Hör zu«, sagte er, »ich wollte dir ersparen, daß du dich zu Tode langweilst. Das ist Punkt eins. Punkt zwei: Ich war sauer, weil ich nichts von dir gehört hatte.«

»Du hast auf mich gewartet?«

»Das weißt du doch genau. Wir wollten zusammen zum Abendessen gehen.«

»Und Punkt drei?«

Sie war erfreut über seine Antwort; ihr voller Mund verzog sich spöttisch; in ihren Augen blitzte wieder der Schalk.

»Drittens wollte ich dich für mich allein, ganz allein, nicht mit irgendwelchen blöden Leuten.« Seine Stimme war nicht ganz fest, und er schwankte ein wenig beim Aufstehen. Dennoch gelang es ihm, zu ihr zu gehen und sie hochzuziehen aus dem Sessel. Diesmal waren seine Hände stark, aber nicht grausam.

Sie sagte: »Warte, Dix.« Sie drückte mit den Handflächen gegen seine Schultern; sie wand sich, aber er ließ sie nicht mehr los. Seine Lippen schlossen sich über ihrem Mund, und er hielt sie fest, bis sie sich beruhigt hatte. Er drückte sie lange an sich.

Als er sie losließ, spürte er Gelächter aufwallen, wo vorher nur Schmerz gewesen war. Übermütiges Gelächter. Er sagte: »So ist das, Laurel. Und so muß es auch sein. Du – und ich.«

Ihre Schönheit verzehrte ihn wie ein loderndes Feuer. Mit flammenden Augen sah sie zu ihm auf. Sie strich ihr Haar zurück. »Ich glaube, du hast recht«, sagte sie. Dann massierte sie ihren Arm. »Aber komm mir nicht mehr auf die harte Tour. Das lasse ich mir nicht gefallen.«

»Verzeih.« Es tat ihm leid, und einen Augenblick lang spannten sich seine Muskeln. Es tat ihm nicht nur leid: Er hatte Angst. Er hätte sie verletzen können. Er hätte sie verlieren können. Er mußte aufpassen, durfte nicht riskieren, daß er sie verlor. Wenn es wirklich geschehen wäre … Er schüttelte den Kopf, und ein Schauer überlief ihn.

Sie fragte besorgt: »Was ist?«

Er gab ihr keine Antwort, nahm sie wieder in die Arme und hielt sie fest. Hielt sie ohne ein Wort der Erklärung, bis er sich wieder beruhigt hatte.

10

Es war Morgen, und die Sonne strahlte durch das offene Fenster. Legte einen sanften Goldschimmer auf die Stelle, wo ihr Haar auf dem weißen Kissen geleuchtet hatte, wo ihr Kopf wieder liegen würde. Der Raum war erfüllt von Licht, und er ruhte zufrieden in der Helligkeit. Es war schön, in Sonne und Wärme zu erwachen und sich dabei an ihre Wärme und den Glanz ihrer Schönheit zu erinnern. Es war schön, zu wissen, daß sie nach ihren kleinen Besorgungen, geschäftlichen Besprechungen und Kursen zurückkommen würde, voller Verlangen nach seinem Verlangen. Die Stunden des Tages waren nur noch eine Zeit des Wartens, die so schnell verging, wie Sand zwischen den Fingern zerrann. Die Sonne und der Tag würden vergehen; dann kam die Nacht. Und die Nächte verbrannten in einem Feuer heller als das Licht der Sonne.

Der Tag verging, und die Nacht kam und ein anderer Tag und eine andere Nacht, und wieder ein Tag. Bis er aufhörte, die Stunden der Tage zu zählen. Oder die der Nächte. Eines folgte auf das andere, wie ein unendlicher Kreislauf, gleichförmig und mühelos. Das Leben war voll Schönheit, intensiv wie ein Traum, und er war eingesponnen in einen Kokon aus Glückseligkeit. Er dachte nicht daran, daß es auch einmal enden mußte. Ein Kreis hatte keinen Anfang und kein Ende – er existierte einfach. Er erlaubte sich nicht, nachzudenken, während er auf sie wartete, außer um in der Erinnerung an sie zu schwelgen. Dix verließ nur selten das Appartement in diesen Tagen. Draußen lief die Zeit weiter, und Zeit bedeutete Ungeduld. Es war besser, in dem zeitlosen Traum zu verharren. Nicht einmal die Putzfrau mit Mop und Besen war in der Lage, seinen Traum zu stören.

Er sagte nicht: Das dauert ewig. Er dachte nur nicht an das Erwachen. Es kam der Morgen, an dem Wolken aufzogen und die Sonne verdunkelten, aber er achtete nicht auf das Vorzeichen. Er achtete nicht auf die Kälte, die eines Nachmittags durch das Fenster hereindrang; er schloß das Fenster. Er achtete nicht auf den grauen Dunst, der in dieser Nacht die Sterne verdunkelte.

Er wußte es, aber er mochte es sich nicht eingestehen. Es konnte noch eine Woche dauern, vielleicht auch nur ein, zwei Tage, vielleicht nicht einmal das. Rastlosigkeit hatte von ihr Besitz ergriffen. Sie war ein zu unruhiger Geist, um auf Dauer innerhalb der Grenzen seines Traumes zu leben. Vielleicht war es die Bewegung ihrer Schultern, wenn sie Tanzmusik aus dem Radio hörte. Vielleicht waren es die kaum merkbaren Falten auf ihrer Stirn, als sie wieder einmal beim Abendessen im Wohnzimmer saßen. Vielleicht war es ihre ausweichende Antwort auf seine Fragen, was sie an diesem speziellen Tag getan hatte. Oder wie sie in der Tür stand und hinausschaute in die Nacht.

Er hatte von Anfang an gewußt, daß er sie nicht vor der Welt verschließen konnte. Er konnte sie nicht für immer in der Höhle seines Traumes verstecken. Und doch konnte er es sich nicht eingestehen. Sie mußte es selbst aussprechen.

Sie rief ihn an. Spät – um fünf oder noch später. Sagte: »Dix, ich kann dich heute abend nicht zum Essen treffen. Es ist geschäftlich.«

Er wußte jetzt etwas mehr über sie – nicht vieles, aber etwas mehr. Sie sprach fast nie von sich, ebensowenig wie er. Und im Inneren der Höhle waren keine Worte nötig. Aber er wußte, daß sie studierte und auf die große Chance wartete. Ihre Ziele waren hochgesteckt; aber schon andere vor ihr waren auf diese Weise von der magischen Leinwand entdeckt worden. Warum nicht sie? Talent war nicht so wichtig; man mußte die Hüter der Pforte kennen. Der Stein der Weisen waren die richtigen Kontakte.

Er durfte ihr seine Enttäuschung nicht eingestehen. Das stand nicht in den Spielregeln. Sie waren keine zarten Liebenden; irdische Bedürfnisse hatten Vorrang. Er hätte es nicht gewagt, ihr seine jungenhafte Sehnsucht klarzumachen. Sagte nur: »Schade«, als wäre es ihm egal. »Sehen wir uns später?«

Er fühlte, wie sie zögerte.

»Wenn es nicht zu spät wird. Danach findet nämlich noch eine Party statt.« Jetzt war das Zögern deutlicher. »Ich soll dort singen.«

Er hätte es besser wissen müssen; dennoch forderte er: »Ganz gleich, wie spät es ist. Du kannst mich ruhig wecken.«

Sie sagte weder ja noch nein; sie sagte nichts mit vielen Worten. Nachdem sie eingehängt hatte, fing es an. Zunächst langsam. Wie Nebel, der sich in seine Gedanken schlich. Ein winziger Zweifel. Zunächst konnte er es beiseite schieben. Aber dann rollte der Nebel in dichteren Schwaden herein, legte sich um die Windungen seines Gehirns und löschte jeden vernünftigen Gedanken aus.

Sie war mit einem anderen Mann zusammen! Einem, der mit Geld nur so um sich warf, mit viel Geld! Onkel Fergus! Dix rannte beinahe zum Schreibtisch. Er hatte in diesen Tagen nicht einmal die Post durchgesehen, höchstens hier und da nach einem Poststempel von Princeton geschaut, keinen gefunden, nichts gefunden als Rechnungen für Mel Terriss. Dann hatte er die Post vergessen, die Mahnbriefe, hatte sich ganz in ihr verloren. Jetzt blätterte er den sauber aufgeschichteten Stapel durch, und da war er: der Brief von Onkel Fergus. Drinnen lag ein Scheck; er warf einen Blick auf die Summe: zweihundertfünfzig Dollar. Er faltete den kurzen, maschinengeschriebenen Brief auseinander. Da stand:

Lieber Dickson,
wenn Du wirklich an Rückenschmerzen leidest und sie nicht nur erfunden hast, um der Arbeit aus dem Weg zu gehen, empfehle ich Dir das Hospital für Kriegsveteranen zur Behandlung. Was Deine Wünsche nach zusätzlicher Unterstützung betrifft, so sind diese so töricht wie üblich …

Er knüllte den Brief zu einem kleinen Ball zusammen und schmiß ihn quer durch den Raum. Las ihn nicht einmal zu Ende, kannte nur zu gut die frommen Sprüche über Arbeit und Lohn, hatte sie sein ganzes Leben lang anhören müssen. Während andere Burschen seines Alters längst Autos und schicke Kleidung und genügend Taschengeld hatten, hatte er bloß die platten Sprüche seines Onkels. Dabei schwamm der alte Geizkragen im Geld. Für Aktien und Investments, für Grundstücke war immer genug da. Aber das alles legte er auf die hohe Kante, weil es den Vorstellungen eines alten Mannes von solidem Bürgertum entsprach. Man hätte meinen sollen, daß Onkel Fergus mehr Sinn für die schönen Dinge des Lebens hatte. Er war als armer Teufel aufgewachsen, der Sohn eines Kleinbauern. Hatte nichts anderes gekannt, bis er mit vierzehn in einem Eisenwarengeschäft in Princeton anfing (seltsam, wie genau Dix jeden Schritt in Onkel Fergus Geschichte kannte; er hätte es auswendig hersagen können). Dann hatte er Nacht für Nacht studiert, um auf die Universität gehen zu können. Dickson sah ihn geradezu vor sich: einer dieser Bauerntrottel, mit einem einzigen, schlecht sitzenden Anzug und plumpen Schuhen, mit denen sie zwischen Studium und Arbeit hin- und herstapften; und niemand wußte, daß sie in Princeton studierten, außer ein paar anderen Bauerntrotteln. Und dann nicht einmal ein *Cum-laude*-Examen, das den Erfolg garantiert hätte. Nichts, nur das ewige Schuften bis hin zum Diplom und der feste Glaube, daß ein Absolvent von Princeton mindestens soviel galt wie ein Senator, wenn nicht gar wie Jehova selbst.

Dix hätte kein Princeton-Mann sein wollen. Nicht die Sorte. Ja, wenn er einer von denen hätte sein können, die er oft in der Stadt sah, mit ihren schnellen Autos, teuren Klamotten, haufenweise Geld und Mädchen – das wäre etwas anderes gewesen. Dann hätte vielleicht auch er den Ehrgeiz entwickelt, es einem Senator oder gar Jehova gleichzutun; schließlich war er Fergus Steeles Neffe – er arbeitete nach der Schule jeden Nachmittag in dem Geschäft seines Onkels. Entweder er arbeitete, oder er hatte kein Geld. Das war Onkel Fergus' handgesticktes, goldgerahmtes Motto: keine Arbeit, kein Geld.

Ein junger Kerl brauchte einfach Geld – ohne Geld in den Taschen kam man an kein Mädchen heran. Wenn man sie nicht mindestens am Samstag ins Kino oder zum Tanzen führte, konnte man so gut aussehen oder so klug sein, wie man wollte – sie bemerkten einen gar nicht. Und danach wollten sie noch zum Essen ausgeführt werden.

Dix hatte zu dem Zeitpunkt noch nicht gelernt, wie man ohne Arbeit an Geld herankam. Bis auf das Kleingeld, das er ab und zu aus der Kasse verschwinden ließ. Einmal hatte er fünf Dollar genommen, er hatte das Geld dringend gebraucht. Man konnte schließlich ein Mädchen nicht zum Abschlußball führen, ohne ihr Blumen ins Haus zu schicken. Onkel Fergus hatte daraufhin den Botenjungen gefeuert.

Dix wußte genau, daß sein Studium in Princeton eine einzige Hölle sein würde. Und so kam es auch. Er litt. Gott, wie er litt, vor allem im ersten Jahr! Er hätte aufhören können, die Uni verlassen, aber die Alternative war noch schlimmer: Man hätte ihn wie ein Stück Vieh auf eine kleine Farm verfrachtet, die Onkel Fergus in West-Pennsylvania besaß. Entweder ein Gentleman – jedenfalls, was Onkel Fergus darunter verstand – oder zurück zu den Ursprüngen. Dix war schlau genug, um zu wissen, daß er keine Arbeit finden und auf eigenen Beinen stehen konnte. Er wollte nicht so schwer arbeiten. Also ließ er dieses erste Jahr über sich ergehen, arbeitete nachmittags im Eisenwarengeschäft und vermied es, seinen Kommilitonen in die Augen zu schauen, aus Angst, darin Verachtung oder Mitleid zu lesen.

Im Frühjahr kam er dann langsam auf den Dreh; er trieb sich mit den reichen Jungen herum – den Geldsäcken, die eigentlich ebensowenig auf die Universität gehörten wie Dix. Sie waren echte Stinktiere; Mel Terriss war ein gutes Beispiel für die Sorte. Aber sie hatten Geld. Sie gaben gute Trinkgelder, wenn man wußte, wo nach Ladenschluß noch eine Flasche Schnaps aufzutreiben war; oder ihre Wagen zur Inspektion brachte oder ihre Wäsche von der Reinigung abholte. Wenn man ihnen eine besonders traurige Geschichte auftischte, ließen sie schon mal ein paar Dollar springen. Man konnte ihre Kleidung auftragen, konnte ihre Zigaretten rauchen und ihren

Alkohol trinken. Solange man vor ihnen katzbuckelte, hatte man ein feines Leben. Es machte ihnen Spaß, sich einen aus Princeton als Hofnarren zu halten, einen, der viel ärmer war als sie. Dix steckte ihre Verachtung genauso weg wie die Trinkgelder – und im zweiten Jahr war es schon einfacher.

Im zweiten Jahr hatte er Mel Terriss gefunden, der es bis dahin noch nicht einmal geschafft hatte, in den Kreis der reichen Stinktiere aufgenommen zu werden. Er hatte Mel dort eingeführt und achtete darauf, daß er sich revanchierte. Von da an hatte Dix freie Bahn, mit Mels Kleidung und Mels Wagen und den Mädchen, die glaubten, Dix sei der Kerl mit dem Geld und Mel der Dorftrottel. Dix hatte das gute Aussehen und das richtige Auftreten; er hatte alles, was Mel fehlte. Mel wurde dadurch entschädigt, daß Dix ihm die Mädchen zuschanzte, die er selbst nicht mochte. Und mit Schnaps. Schon damals steuerte Mel auf den Alkoholismus zu, als junger Collegestudent. Mit Hilfe des Alkohols glaubte er, das zu sein, was er gern gewesen wäre: kein dummes, reiches Stinktier. Aber natürlich machte er ihn um so mehr zum Stinktier. Was zur Folge hatte, daß Dix zuletzt Mels einziger Freund war. Das war Dix ganz recht. Es sah so aus, als hätte er noch zwei angenehmere Jahre auf dem College vor sich – wenn es ihm gelang, Mel bei der Stange zu halten. Er zeigte Mel, wie er sein Geld einsetzen konnte, um sich durchs College zu mogeln, wen er bezahlen mußte, um sich durchschleusen zu lassen. Er und Mel haßten einander bis aufs Blut – aber jeder wäre ohne den anderen verloren gewesen. Sie hielten zusammen.

In diesem Sommer wurde den jungen Männern klar, daß es Krieg geben würde. Es war nur eine Frage der Zeit, bis er offiziell erklärt wurde. In jenem Sommer meldete sich Dix freiwillig zur Luftwaffe. Alle Spitzenleute in Princeton meldeten sich freiwillig.

Die Kriegsjahre waren die ersten glücklichen Jahre seines Lebens. Jetzt brauchte er nicht mehr vor stinkreichen Idioten den Kotau zu machen; alle bekamen gleich viel Sold, und bevor man sich's versah, war man selbst einer von den Privilegierten.

Denn wenn einem alles egal war, wurde man rasch zum gottverdammt besten Piloten der Staffel mit einer steilen Karriere. Man trug elegante, maßgeschneiderte Uniformen und auf Hochglanz polierte Schuhe. Man brauchte keinen Wagen, hatte ja etwas viel Besseres: mächtige, schnelle Flugzeuge. Man war der Herr, war das, was man immer sein wollte – ein Mann von Klasse. Konnte alle Frauen haben, die man wollte, in Afrika, Indien, England, Australien oder in den Staaten und an jedem anderen Ort der Welt. Die Welt gehörte Männern wie Dickson Steele.

Dieses Leben erschien ihm so real, daß es gar kein anderes mehr zu geben schien. Und auch als der Krieg vorüber war, weigerte er sich, das andere Leben zur Kenntnis zu nehmen. Erst als er eines Tages wieder in dem kleinen, düsteren Wohnzimmer seines Onkels stand. Es war ein Schock für ihn, diese Rückkehr in Onkel Fergus' Haus; er hatte nie daran gedacht, daß es nicht immer so bleiben würde wie in den Jahren des Krieges. Er hatte das Zwischenspiel für das Leben selbst gehalten.

Onkel Fergus hatte die Kriegsjahre gut genutzt. Er hatte eine neue Art von Nagel oder Schraube erfunden und in großem Umfang hergestellt. Aber der Reichtum hatte den alten Mann nicht verändert. Er lebte so, wie er immer gelebt hatte, im selben unbequemen Haus, mit derselben schlampigen alten Haushälterin, dem gleichen schlechten Essen und dem spärlichen Licht. Nur daß er jetzt mehr Aktien, mehr Wertpapiere und mehr Grundbesitz besaß. Es war ein Zeichen seines Patriotismus, daß Onkel Fergus Dix erlaubte, sich für ein Jahr nach Kalifornien zurückzuziehen, um ein Buch zu schreiben. Oh, es war nicht einfach gewesen, ihn zu überreden. Der alte Geizkragen hatte angenommen, daß Dix bei Freunden wohnte, die ihm helfen und ihn auf dem rechten Weg halten würden. Den häufigen Adressenwechsel erklärte Dix damit, daß es schwierig war, ein Büro zu finden. Onkel Fergus bereute sofort, daß er das Angebot gemacht hatte, das war offensichtlich. Aber Dix ließ ihn nicht mehr von der Leine.

In äußerster Wut nahm Dix jetzt den mageren Scheck und zerriß ihn in kleine Stücke, zerriß ihn wieder und wieder und ließ die Fetzen auf Mels Teppich flattern. Der übliche Scheck, das Taschengeld, mit dem er wieder einen ganzen Monat auskommen sollte. Geh in ein Veteranen-Hospital! Geh betteln, du alter Kriegsheld!

Er saß am Schreibtisch und stützte die heiße Stirn mit verkrampften Fingern. Sah durch die Finger den Stapel von Rechnungen, die an Mel Terriss adressiert waren. Es war Pech, daß er Mel ausgerechnet an jenem Abend in die Arme gelaufen war. Warum hatte er Mel nicht während der Kriegsjahre treffen können, dann hätte er ihn so verächtlich behandeln können, wie er es sich immer gewünscht hatte! Aber Mel war in irgendeiner Rüstungsfabrik untergetaucht – nicht einmal die Armee hatte ihn haben wollen. Als sie sich dann wiedersahen, war der Krieg längst vorbei und Mel wieder ein reiches Stinktier.

Dix hatte versucht, Mel an jenem Abend in der Bar aus dem Weg zu gehen, er hatte so getan, als würde er ihn nicht wiedererkennen; er hatte vergessen, daß man Arschlöchern wie Mel Terriss nicht entgehen konnte. Aber Mel hatte ihm ja unbedingt das feiste, dumme Gesicht zuwenden und ihm winken müssen! Als er sah, wie Mel die Blondine neben Dix mit Blicken verschlang, wußte er, was in dessen Kopf vorging. Er wollte da wieder anknüpfen, wo sie aufgehört hatten, Dix die Dreckarbeit machen lassen und seine Mädchen gegen ein Trinkgeld abstauben. Nun – an dem Abend hatte es nicht geklappt. Dix hatte schon vor sechs Jahren aufgehört, Typen wie Mel die Stiefel zu lecken. Und letztlich hatte es sich gelohnt, Mel wiederzutreffen. Jetzt hatte Dix sein Appartement, seinen Wagen und die Kleidung. Mels Kreditrahmen würde natürlich irgendwann einmal erschöpft sein, aber bis jetzt hatte es keine Probleme gegeben. Stinkreich, dieser Mel! In Rio war er gut aufgehoben – der gute alte Mel.

Ohne Mel hätte es keine Laurel gegeben. Sein Kopf kühlte langsam ab, und die Sehnsucht nach Laurel begann wieder an ihm zu nagen. Vielleicht hatte sie die Chance, vor einer großen Gesellschaft als Sängerin aufzutreten; das konnte sie nicht ablehnen, selbst wenn sie sich ebenso nach ihm sehnte wie er sich nach ihr. Da waren sie sich sehr ähnlich: Sie gingen aufs Ganze. Nur daß es ihr nicht ums Geld ging; sie wollte im Rampenlicht stehen.

Wieder flammte sein Haß auf Onkel Fergus auf. Wenn er Laurel nicht zu diesem Platz im Rampenlicht verhelfen konnte, würde sie ihm den Laufpaß geben. Sobald der Reiz des Neuen verflogen war. Sobald sie dahinterkam, daß er pleite war. Aber er durfte sie nicht verlieren, sie war das Beste, was ihm passiert war, seit er die Armee verlassen hatte. Voller Scham ließ er sich auf Hände und Knie nieder und begann, die Fetzen des Schecks einzusammeln. Er brauchte dieses Geld; es würde nicht lange reichen, aber vielleicht konnte er sich damit noch eine Woche über Wasser halten, und bis dahin konnte er sich etwas Neues einfallen lassen. Es mußte Möglichkeiten geben, hier zu Geld zu kommen, er hatte nur noch nicht danach gesucht. Hatte keinen Anlaß dazu gesehen; bevor er Laurel traf, war er mit zweihundertfünfzig über die Runden gekommen. Sorgfältig las er jeden einzelnen Fetzen auf. Dann plötzlich die Angst, Laurel könnte zurückkommen und ihn in dieser entwürdigenden Lage antreffen. Er begann schneller zu arbeiten, nervöser. Als er alle Fetzen aufgehoben hatte, waren seine Handflächen schweißnaß; seine Hände zitterten. Er mußte sie an seinem Hemd abwischen, ehe er die Stückchen zusammensetzte. Ein Stück fehlte. Natürlich das wichtigste: das *Fergu-* der Unterschrift. Er begann eine hektische Suche und krabbelte wie ein Baby auf dem Boden herum, voller Angst, sie oder ein anderer könnte hereinkommen, ehe er es gefunden hatte.

Endlich entdeckte er es, unter dem Schreibtischstuhl. Jetzt hatte er den Scheck wieder. Er wußte nicht, ob ihn die Bank in diesem Zustand akzeptieren würde oder ob es notwendig sein würde, Onkel Fergus noch einmal zu schreiben, mit irgendeiner Ausrede. Daß die Putzfrau den Scheck aus Versehen mit ein paar Werbeprospekten zusammen zerrissen hatte … Onkel Fergus würde ihm nicht glauben. Er würde den ersten Scheck sperren lassen und erst einmal abwarten, um sicherzugehen, daß er nicht eingelöst worden war, ehe er Ersatz schickte. Es konnte einen Monat dauern, bis er den Scheck wiederhatte – und bis dahin standen ihm gerade noch zehn Dollar zur Verfügung!

Es wurde ihm richtiggehend schlecht vor Sorge, und seine Knie waren so weich, daß er es gerade noch bis zum Sofa schaffte. Er ließ sich hineinfallen und schloß die Augen, die Hände zu Fäusten geballt. Er durfte Laurel nicht verlieren. Auf keinen Fall. Egal wie. Er konnte arbeiten gehen. Stellen gab es genug. Laurel kannte viele reiche, einflußreiche Leute. Vielleicht konnte er ihr weismachen, daß es zu Recherchezwecken war. Oder Brub. Vielleicht konnte ihm Brub zu einer Stellung bei der Polizei verhelfen.

Der Gedanke brachte ihn zum Lachen – und er fühlte sich gleich besser. Aber was würde Laurel tun, während er vierundzwanzig Stunden am Tag abrufbereit sein mußte? Bestimmt nicht zu Hause sitzen und auf ihn warten; sie war keine Sylvia.

Er konnte nicht arbeiten; es gab schließlich auch andere Wege, um an Geld zu kommen. Wenn Laurel ihn nur ihren Freunden vorstellen würde; am besten kam man immer noch über reiche Leute zu Geld. Er wußte schon, wie er das anstellen mußte. Warum hielt sie ihn verborgen? Wieder erwachte der Zorn; nur jetzt nicht wütend werden. Noch einen Anfall konnte er sich nicht leisten. Dix ging zur Hausbar und goß sich einen tüchtigen Schluck ein. Es schmeckte ihm nicht, aber der Alkohol beruhigte seinen Magen.

Wenn er gewußt hätte, wo Laurel war, wäre er sofort zu ihr gefahren. Wenn ihr etwas an ihm lag, hätte sie ihn bei ihrem ersten wichtigen Auftritt dabeihaben wollen … Er glaubte nicht an die Geschichte mit dem Auftritt. Sie hatte einen anderen Mann gefunden – und Dix konnte sehen, wo er blieb, wenn sie mit dem anderen zusammensein konnte.

Er durfte nicht den ganzen Abend hier mit diesen quälenden Gedanken verbringen. Er würde verrückt werden. Er mußte raus ins Freie, wo er atmen konnte. Sich in der Dunkelheit verbergen konnte.

Er hielt die Luft an. Wagte es nicht. Es war zu früh. Die Polizei war noch auf dem Posten. Und außerdem hatte er Laurel. Er wagte es nicht, irgend etwas zu tun, was sein Verhältnis mit Laurel gefährden konnte. Aber er konnte auch nicht hierbleiben. Er mußte sich von diesen quälenden Gedanken befreien.

Er ging ins Schlafzimmer zum Telefon. Wußte nicht mehr, wie oft Brub in diesen Tagen, diesen Wochen angerufen hatte. Dix hatte alle Einladungen entschieden abgelehnt. Aber er hatte sich die Tür einen Spaltbreit offengelassen. Er hatte versprochen, Brub anzurufen, wenn die Hauptarbeit an seinem Buch vorüber sein würde. Er hatte nicht auf die Zeit geachtet, bis er mit dem Wählen fertig war; jetzt stellte er erleichtert fest, daß es noch nicht allzu spät war, nicht einmal neun.

Sylvia kam an den Apparat. Sie wirkte mehr als überrascht, seine Stimme zu hören, fast so, als ob sie ihn gar nicht erkennen würde. Er fragte nach Brub. »Ist er daheim? Ich dachte, ich schaue mal kurz vorbei, wenn ich nicht störe.«

Inzwischen schien sie sich wieder an ihn erinnern zu können. Ihre Stimme klang herzlicher. »Aber sicher, kommen Sie vorbei. Wir haben schon gedacht, daß Sie überhaupt nicht mehr von Ihrer Schreibmaschine loskommen.«

»Und Sie haben wirklich nichts dagegen?«

»Im Gegenteil«, sagte sie rasch. »Ganz ehrlich. Brub ist bei den Nachbarn, zum Kartenspielen oder um sich den Rasenmäher auszuborgen. Ich weiß auch nicht. Wahrscheinlich langweilt er sich mit mir.«

»Er ist also gar nicht zu Hause?«

»Er ist bestimmt zurück, bevor Sie kommen«, sagte sie. »Schauen Sie doch einfach vorbei.«

Jetzt fühlte er sich besser, war wieder er selbst. Selbstsicher, glücklich, entspannt. Die Beziehung zu Laurel war zu eng geworden, das taugte nicht für einen Mann. Vielleicht hatte Laurel es auch gespürt. Vielleicht hatte sie deshalb diesen Job für heute abend angenommen. Aber sie konnte sich eigentlich nicht eingesperrt fühlen – sie war ja tagsüber ständig weg, zu ihrem Gesangsunterricht, im Schönheitssalon und wer weiß, wo noch.

Er machte sich nicht die Mühe, sich umzuziehen. Schlüpfte einfach in eine Jacke, während er ins Wohnzimmer zurückkehrte. Dann hielt er inne. Der zerrissene Scheck lag noch auf dem Schreibtisch. Er wollte nicht, daß Laurel ihn sah. Gab die Fetzen in einen Briefumschlag und klebte ihn zu, damit auch nicht das kleinste Stückchen verlorenging, und schob dann den Umschlag in die Jackentasche. Sein Blick fiel auf den Stapel von Rechnungen, die an Mel adressiert waren, und er fragte sich, ob sie Laurel aufgefallen waren und wenn ja, warum sie nichts dazu gesagt hatte. Jemand mußte sie so ordentlich aufgeschichtet haben – und er war es bestimmt nicht gewesen. Vielleicht die Putze, vielleicht auch Laurel. Wahrscheinlich Laurel; er sah sie geradezu vor sich, wie sie die Zeitungen und Illustrierten auf dem Tisch ordnete. Gemächlich, aber zielstrebig. Vielleicht hatte sie das gleiche mit der Post gemacht, während er sich anzog oder den Kaffee kochte. Ganz gemächlich. Und hatte sich natürlich etwas dabei gedacht. Bestimmt war es ihr aufgefallen, und sie hatte sich so ihre Gedanken gemacht. Er riß die Schublade auf, fegte den ganzen Stapel hinein und stieß die Schublade wieder zu. Er durfte jetzt nicht durchdrehen; der Besuch bei Brub würde ihn ablenken.

11

Er verließ die Wohnung durch die Hintertür. Sobald ihn die Nacht umschloß, fühlte er sich wohl; er bewegte sich auf vertrautem Boden. Es war eine gute Nacht: keine Sterne, nur neblige Dunkelheit. Er ging leise durch die schmale Straße zur Garage. Das Geräusch der Türen, die sich öffneten, war drüben bei den Wohnungen sicherlich nicht mehr zu hören. Die Angeln waren gut geölt.

Beim Anblick des Wagens schlug sein Herz höher. Dix war seit Tagen nicht mehr damit unterwegs gewesen, und es war ein schönes Gefühl, wieder einmal hinter dem Lenkrad zu sitzen. Diesmal brauchte er nicht geräuschlos wegzufahren, er ließ den Motor aufheulen; er war unterwegs, um seinen Freund, den Polizeibeamten, zu besuchen.

Als er bei den Nicolais ankam, waren der ganze Ärger und die Anspannung von ihm abgefallen. Er pfiff fröhlich vor sich hin, während er auf das Haus zuging. Brub öffnete ihm die Tür, und die Welt war wieder in Ordnung, wie sie es an jenem ersten Abend gewesen war. Brub in Pantoffeln und einer Hose, die ebenso zerknittert war wie die seine. Er streckte ihm die Hand entgegen und sagte: »Was für ein Anblick für meine müden Augen! Wurde aber auch mal wieder Zeit, du Genie!«

Es war alles gut, bis sie gemeinsam den Wohnraum betraten, genau wie an jenem ersten Abend. Und genau wie damals war Sylvia da. Auf ihre zurückhaltende Art füllte sie den ganzen Raum aus. Vor ihrem silbergrauen Hosenanzug, neben ihrem blaßgoldenen Haar, dem bleichen, ernsten Gesicht schienen all die bunteren Farben der Umgebung zu verblassen. In ihren Augen lag kein Willkommen; sie sah ihn an wie einen Fremden. Dann lächelte sie, aber das Lächeln war schwach und erreichte ihre Augen nicht. Er fühlte sich als Eindringling und war wütend; wenn ihr seine Anwesenheit nicht paßte, hätte sie es ja am Telefon sagen können; sie hätte sagen können, daß Brub außer Haus war, und fertig. Aber sie hatte ihn geradezu gedrängt herzukommen; sie hatte Brub extra deshalb nach Hause gerufen.

Als sie sprach, war es nicht mehr ganz so schlimm. »Fertig mit dem Buch?« fragte sie, als ob sie täglich beisammen wären. »Ich bin schon ganz gespannt darauf, es zu lesen.« Mitten im Satz schien sie wieder zu frösteln. Dann riß sie sich zusammen, und ihr Lächeln wurde breiter. »Wie wär's mit einem Bier?«

»Laß mich das machen«, sagte Brub, aber sie war schon aufgesprungen und erklärte: »Bierholen gehört zu meinem offiziellen Aufgabenbereich. Setzt euch hin.«

Heute bewegte sie sich nicht glatt und geschmeidig; ihre Nervosität war offenkundig, als sie zur Bar ging. Vielleicht hatte sie mit Brub eine Meinungsverschiedenheit gehabt; vielleicht war er deshalb zu den Nachbarn gegangen, und sie hatte Dix um sein Kommen gebeten, damit die erste Verstimmung schneller vorbeiging. Brub dagegen war wie immer, der gute alte Brub, der sich auf die Couch fläzte und sagte: »Ich hab schon befürchtet, daß du wieder zurück an die Ostküste gefahren bist, Dix.«

»Zuviel Arbeit«, antwortete er. Er klang wie jeder normale, arbeitende Mensch, der bedauerte, daß ihm die Arbeit soviel Zeit stahl – fast entschuldigend.

»Und, bist du jetzt fertig?«

»Großer Gott – nein!« Er lachte. »Aber irgendwie ging's nicht mehr so richtig voran, deshalb wollte ich eine kleine Pause einlegen.« Sylvia stellte Bierflasche und Glas in Reichweite auf den Tisch. Dix nahm auf der anderen Seite der Couch Platz und schob Brubs Hausschuhe beiseite. Er lächelte Sylvia an. »Deshalb habe ich euch überfallen. Hoffentlich störe ich nicht.«

»Ganz und gar nicht. Ich sagte Ihnen doch, daß wir uns gelangweilt haben, nicht wahr?« Sie schaute herunter auf Brub. »Auch ein Bier, Liebling?«

»Warum nicht?«

Aber jenes liebevolle Einvernehmen zwischen ihnen, das ihm am ersten Abend aufgefallen war, war verschwunden. Diese selbstverständliche Zweisamkeit. Irgend etwas stimmte nicht. Dix wollte nichts von ihren Problemen wissen. Er brauchte einen ruhigen Abend wie diesen, mit Bier und mit Brub, der von seinem Boot erzählte. Brub war wie ein kleiner Junge, wenn es um sein Boot ging. Dix wollte nicht reden; er wollte sich von belanglosem freundschaftlichem Geplauder einlullen lassen.

Von dem Fall redete niemand – er schien nicht zu existieren, bis Dix die Sprache darauf brachte, bis er fragte: »Und was macht dein Fall?«

Dabei beobachtete er verstohlen Sylvia, wartete auf ihre Reaktion. Er wurde enttäuscht. Heute abend zeigte sie keine Reaktion. Sie war zu still und zu blaß, um noch stiller oder noch blasser werden zu können. Sie blieb völlig ungerührt.

»Nichts Neues«, antwortete Brub. »Die Untersuchung ist ins Stocken geraten. Keine Hinweise, keine Indizien, wie immer.«

Brub machte ihm nichts vor. Er war angewidert, aber nicht mehr entmutigt wie zuvor. Die Luft war einfach raus aus dem Fall. Er war nicht abgeschlossen, weil die Polizei grundsätzlich keine ungeklärten Fälle zu den Akten legte, aber er war so gut wie abgeschlossen. Brub wechselte selbst das Thema. »Erinnerst du dich an Ad Tyne, Dix?«

Dix erinnerte sich nicht.

Brub blieb beharrlich. »Aber klar erinnerst du dich. Adam Tyne. Der Flugeinsatzleiter in Bath. Ein netter, ruhiger Bursche. Wir sind oft mit ihm zusammengesessen, Frühjahr dreiundvierzig war das. Der Blonde.«

Dix kramte in seinem Gedächtnis, fand aber keinen Adam Tyne. Es hatte viele sympathische Burschen gegeben. Vielleicht war ein Adam Tyne darunter gewesen. Nicht, daß es ihn sonderlich interessierte.

Brub fuhr fort: »Anfang der Woche kam ein Brief von ihm. Ich hatte ihm geschrieben, als ich zurückgekommen war, aber seitdem nichts von ihm gehört. Er hat jetzt Haus und Familie. Schade, ich fürchte, ich habe den Brief im Büro liegenlassen.« Brubs Stimme klang plötzlich düster. Die Veränderung kam so abrupt, daß Dix sich erst darauf einstellen konnte, als Brub die Worte bereits ausgesprochen hatte. »Es waren traurige Nachrichten. Brucie ist tot.«

Brucie ist tot. Die Worte zitterten im Vakuum des Schweigens. *Brucie ist tot.* Sie hallten wie Donner in der Stille. *Brucie ist tot.*

Als Dix wieder sprechen konnte, wiederholte er die Worte wie ein Echo, mit dem Maß an ungläubigem Entsetzen, das man erwarten durfte. »Brucie ...?« Er konnte den Satz nicht beenden. Seine Stimme brach, war nur noch ein Flüstern.

»... – tot?« Tränen liefen ihm über die Wangen; er bedeckte das Gesicht mit den Händen, versuchte, das Schluchzen zu unterdrücken, das ihn schüttelte. *Brucie ist tot.* Die Worte, die nie zuvor ausgesprochen worden waren. Er hatte nicht gewußt, was dann passieren würde.

Er hörte wie aus weiter Ferne Sylvias besorgten Ausruf: »Dix!« Hörte Brubs verlegene Entschuldigung: »Dix, ich konnte ja nicht wissen ...«

Er war nicht imstande, ihnen zu antworten. Konnte nicht aufhören zu weinen. Es dauerte lange, bevor es vorüberging, eine Ewigkeit, in der das Schweigen auf ihn einstürmte. Endlich hob er den Kopf und sagte mit belegter Stimme: »Tut mir leid.«

Sylvia und Brub waren erleichtert. Sie ahnten nichts von der Agonie, die sein Herz zerriß.

»Das wußte ich nicht«, wiederholte Brub. Er schneuzte sich geräuschvoll. »Ich wußte nicht, daß du – und Brucie ...«

Dix sagte einfach. »Sie hat mir mehr als alles andere bedeutet.« *Brucie*. Seine Seele weinte: *Brucie!* Er nahm sein Taschentuch und schneuzte sich. Sylvias Augen waren groß wie Monde, bleiche Monde, traurig. »Das haben wir nicht gewußt«, flüsterte sie.

»Nein.« Er schüttelte den Kopf. »Ich glaube, das hat niemand gewußt. Ich dachte, ich wäre darüber hinweg.« Er steckte das Taschentuch weg. Jetzt konnte er sprechen; sie konnten nicht in ihn hineinsehen. »Wie ist sie gestorben? Bei den Luftangriffen auf London?«

Brub sagte: »Sie wurde ermordet.«

Jetzt durfte er seinen Schock zeigen, weil er schockiert war. Er hatte nicht erwartet, das jemals zu hören. Es war so lange her. Er wiederholte: »Ermordet?«

Brub nickte. Sein Gesicht verzog sich, als hätte er Schmerzen.

Dix mußte danach fragen. In tiefem Entsetzen, wie ein Mann fragen mußte, der sie geliebt hat. »Wie – was ist geschehen – wer hat das getan?«

»Das hat die Polizei nie herausgefunden«, sagte Brub. Er schneuzte sich wieder. »Vielleicht sollten wir lieber nicht mehr darüber sprechen, Dix.«

Sein Kinn war hart. »Ich will es wissen.« Seinen Augen war abzulesen, daß er es ertragen würde.

»Sie war übers Wochenende in einem kleinen Badeort am Meer. Ihr Mann wollte sie dort treffen. Das hatte sie jedenfalls der Vermieterin erzählt.« Brub berichtete stockend; er wollte nicht davon sprechen. Aber Dix zwang ihn dazu. »Ihr Mann ist nicht gekommen. Jedenfalls hat ihn keiner gesehen. Sie ging am Samstag abend allein aus und kam nicht zurück. Man hat sie erst ein paar Wochen später gefunden. In einer kleinen Felsbucht – erdrosselt.«

Dix konnte nicht sprechen. Er konnte Brub nur aus blinden Augen anschauen.

»Es dauerte eine Weile, bis man sie identifiziert hatte. Sie hatte sich unter falschem Namen in der Pension eingetragen.« Brub fügte fast entschuldigend hinzu: »Ich hätte nie gedacht, daß sie so eine war. Sie war immer lebenslustig, ja – aber andererseits auch so anständig; ein richtig nettes Mädchen eben.«

»So eine war sie auch nicht«, sagte Dix erstickt. »Wirklich nicht.«

Sylvia wollte etwas sagen, schwieg dann aber. Sie saß da, blaß wie ein Geist, und hielt ihre traurigen, hellen Augen auf Dix gerichtet. Er wußte, daß er von hier wegmußte, ehe er noch einmal zusammenbrach. Aber er wußte nicht, wie.

»Von ihrem Mann hat man nie wieder eine Spur gefunden. Das alles muß passiert sein, kurz nachdem unsere Einheit England verlassen hatte. Deshalb haben wir es nicht mehr erfahren.« Es war die bittere Wahrheit, als Brub hinzufügte: »Damals sind so viele Menschen gestorben – einer mehr oder weniger, was machte das schon aus?«

Brucie war gestorben, und es hatte niemandem etwas ausgemacht – keinem außer ihm. Sie alle hatten Menschen verloren, die sie wie Brüder liebten, mehr als sich selbst, und hatten gelernt, nicht mehr über den Tod zu reden. Sie hatten jeden Gedanken an die Endgültigkeit des Todes verdrängt. Selbst aus dem Innersten ihrer Herzen, wo jeder allein war, hatten sie den Gedanken an den Tod verbannt.

Dix sagte unsicher: »Ich glaube, ich gehe jetzt lieber.« Er versuchte zu lächeln. »Entschuldigt bitte.«

Sie versuchten, ihn zurückzuhalten. Wollten, daß er blieb und in ihrem Mitleid und Verständnis, ihrer Liebe Vergessen fand. Aber er konnte nicht bleiben. Er mußte raus, mußte allein sein an jenem einsamen Ort, der sein Selbst war. Mußte sich erinnern und vergessen. Er widerstand ihrem Drängen, wie man ein lästiges Insekt verscheucht. Dann ging er hinaus in die Nacht, während sie eng beieinander unter der Tür standen. Zusammen. Niemals allein.

Er fuhr davon, ohne zu wissen, wohin und warum. Nur weg. Er wußte nicht, wie weit er fuhr und wie lange. In seinem Kopf war nichts, waren nur Geräusche, das feuchte Zischen des dunklen Wassers auf dem kalten Sand, kälter noch als Brucie; das Wasser war das Flüstern eines Mädchens, von Angst gedämpft, das immer und immer wieder wiederholte … nein … nein … nein … Angst, das war kein gezackter Blitz, der einen aus der Dunkelheit traf, keine kalte Faust, die sich einem um den Magen krampfte; Angst war nichts, das man bekämpfen konnte, arrogant und selbstsicher. Die Angst, das war der Nebel, der mit seinen Schleiern nach einem griff, einen einhüllte, der einem in die Poren drang, ins Fleisch und in die Knochen. Die Angst, das war ein Mädchen, das immer und immer wieder ein einziges Wort flüsterte, ein verzagtes, kurzes Wort, das man nicht hören wollte, obwohl das Flüstern ein Schrei war in den Ohren, ein entsetzlicher Schrei, den man niemals mehr vergessen konnte. Den man immer wieder hörte, bis der Nebel sich wie ein dichter roter Schleier vor die Augen schob und einen blind machte. Brucie war tot. Brucie, die er geliebt hatte, die seine einzige Liebe war.

Sie hatte ihn geliebt! Wäre da nur nicht diese unselige Heirat gewesen, eine von diesen heimlichen Kriegsheiraten.

Hätte sie nur verstehen können, wie unwichtig das war; sie liebte Dix, aber sie liebte auch diesen unbekannten Ehemann. Sie wußte nicht, daß der Unbekannte schon so bald würde sterben müssen. Irgendwo über Deutschland. Wie so viele. Sie war nicht schlecht gewesen, nur verwirrt. Nein, sie war gut! Erst ihr Tod hatte ihm gezeigt, wie gut sie war. Sie hatte nichts Falsches getan; es war nicht falsch zu lieben. Wenn man voller Liebe war, von Liebe überströmte, dann mußte man Liebe geben. Wenn da nur nicht dieser junge Kerl gewesen wäre, der schon bald über Deutschland sterben mußte. Wenn Dix nur sicher gewesen wäre, daß er sterben mußte. Die Wellen flüsterten ihr *wenn* … *wenn* … *wenn* … Und Brucie war tot. Kleine Brucie …

Er wußte nicht, wie lange, wie weit er so dahinfuhr. Seine Finger umklammerten das Lenkrad, und in seinen Ohren dröhnten die Wellen. Er hielt nicht an. Fuhr, bis ihn seelische Erschöpfung ausgehöhlt hatte wie einen Kürbis. Bis keine Tränen, kein Zorn, kein Mitleid mehr von Bedeutung waren für ihn. Irgendwann wendete er und fuhr zurück nach Hause. Er erinnerte sich nicht mehr daran, wußte nur, daß er irgendwann den Wagen in die Garage gefahren hatte. Er war so müde, daß er wie betäubt ging, seinen bleiernen Körper durch die dunkle Gasse zu seinem dunklen Appartement schleppte. Er betrat es durch die Hintertür und setzte mühsam einen Fuß vor den anderen. Erst als er das Schlafzimmer erreichte und Laurel sah, erinnerte er sich wieder an ihre Existenz. Und erinnerte sich mit beinahe schmerzhafter Erleichterung daran, daß er nicht mehr allein war.

Sie mußte ihn gehört haben, denn sie hatte die Nachttischlampe angeknipst und stand neben dem Bett, drückte den gelben Chiffon ihres Negligés fest an den Körper. Selbst in seiner Erschöpfung nahm er die Angst auf ihrem Gesicht deutlich wahr. Die Angst war verschwunden, ehe er sich ihrer bewußt wurde.

»Ich wußte nicht, daß du es bist«, sagte sie. Dann wurde ihre Stimme scharf. »Wo bist du die ganze Nacht gewesen?«

Er war zu müde, um Fragen zu beantworten oder Fragen zu stellen. Er stolperte auf sie zu, und sie konnte nur einen Schritt zurückweichen, bevor sie gegen den Tisch stieß. Er legte die Arme um sie und hielt sie fest, umschlang ihre Wärme und das Leben, das unter ihrer Haut pulsierte. Er hielt sie fest und sagte: »Hilf mir. Ich bin müde – so müde.«

12

Er schlief bis in den Nachmittag hinein. In den Fenstern keine Sonne, draußen graue Wolken, der Himmel wie ein fleckiggraues Seidentuch.

Er fühlte sich nicht erholt, war noch immer unendlich müde, obwohl er traumlos geschlafen hatte. Nahm sich eine Zigarette aus dem Päckchen am Nachttisch, zündete sie an. Fragte sich, wo Laurel sein mochte. Ohne sie hätte er vergangene Nacht – oder war es schon Morgen gewesen? – nicht gewagt, sich schlafen zu legen, aus Furcht vor dem Traum. Sie hatte es gewußt, hatte nach der allerersten keine Fragen mehr gestellt. Sie hatte ihm beim Ausziehen geholfen, hatte ihm die Decke zurückgeschlagen, sich in seine Arme gelegt und ihn in der Wärme ihres Körpers getröstet.

Er mußte endlich aufstehen, die Zuflucht seines Betts verlassen. Duschen, rasieren, sich anziehen, bevor sie zurückkam. Sie würde zurück sein, sobald sie ihre Besorgungen erledigt hatte. Sie würde nicht erst anrufen, sondern einfach herkommen; sie wußte, daß er sie brauchte. Sie hatte sich um ihn gekümmert in der vergangenen Nacht, hatte ihm die Bettdecke zurückgeschlagen …

Sie war noch gar nicht im Bett gewesen! Sie war auch gerade erst gekommen, war die ganze Nacht ausgewesen, genau wie er!

Er verlor nicht die Beherrschung. Lag ruhig da und überlegte. Versuchte abzuwägen wie ein Richter, ganz ruhig und objektiv, kühl. Sie war noch nicht lange genug hiergewesen, um die Bettdecke zurückzuschlagen. Das war alles. Also kein Grund, wütend zu werden. Sie würde ihm erklären, wo sie gewesen war und warum; vielleicht würde sie dabei lügen, aber sie würde es erklären. Er würde eine Lüge ohne Mühe erkennen können und sie zur Rede stellen.

Sie war vor ihm erschrocken, als er nach Hause gekommen war. Weil sie ein schlechtes Gewissen hatte? Nicht unbedingt. Er blieb weiterhin ganz ruhig. Sie hatte Angst gehabt, weil sie nicht wußte, ob er es war; seine schleppenden Schritte hatten wie die eines Fremden geklungen. Angst vor dem Unbekannten, nicht Angst vor ihm.

Sie hatte kein schlechtes Gewissen gehabt. Immerhin hatte sie ihn wegen seiner langen Abwesenheit zur Rede gestellt. Sie hatte einen guten Grund für ihr spätes Kommen gehabt, war sogar gleich zu ihm gekommen, um es ihm zu erklären. Und er war nicht dagewesen. Dennoch hatte sie ihm verziehen. Sie hatte keine weiteren Fragen gestellt und ihn getröstet.

Es war schon nach vier, als er aufhörte, darüber nachzudenken, aufstand und sich anzog. Hastig duschte er und rasierte sich. Er wählte den Anzug, den er am liebsten mochte; er trug ihn nicht oft. Ein eleganter Anzug: beste englische Wolle, grau, mit kaum wahrnehmbarem, hellerem Karo und einem Hauch Rot. Er stand ihm so gut, wie ihm die Uniform gestanden hatte; er hatte ihn sich von Mels Schneider anfertigen lassen, unmittelbar nachdem Mel nach Rio verschwunden war und ihm einen hübschen Kreditrahmen hinterlassen hatte.

Nachdem er sich angezogen hatte, ging er hinüber ins Wohnzimmer. Alles war ordentlich, alles war an seinem Platz: Die Putzfrau mußte zugange gewesen sein, während er geschlafen hatte. Auch die Küche war aufgeräumt. Er entschloß sich, Martinis zu mixen. Laurel mochte Martinis. Heute abend hatten sie etwas zu feiern. Sie würden sich einen wunderbaren Abend machen: in ein schickes Restaurant zum Essen gehen, vielleicht sogar ins *Ciro's*. Er besaß keinen Abendanzug, hatte sich nie die Mühe gemacht, Mels Sachen umarbeiten zu lassen. Aber jetzt wurde es langsam Zeit dafür: Laurel und er würden einen gesellschaftlichen Feldzug starten, auch wenn sie noch nichts davon wußte. Er konnte ihr genauso von Nutzen sein wie sie ihm. Ein gutaussehender junger Mann, der wußte, was er wollte, war genau das, was sie brauchte. Er würde dafür sorgen, daß sie ins Rampenlicht kam und sich mit dem Kleingeld begnügen, das am Rande für ihn abfiel.

Er mixte die Cocktails, schenkte sich dann einen ein und genoß die Kühle des Getränks. Nur einen. Er hatte noch nichts gegessen und wollte den Abend nicht verderben, indem er zu früh mit dem Trinken begann. Er holte sich die Abendzeitung von der Türschwelle herein und mußte lächelnd an die Zeiten denken, in denen die Nachrichten für ihn wichtiger gewesen waren als alles andere.

Er rauchte eine Zigarette, achtete sorgsam darauf, die Asche sauber im Aschenbecher abzustreifen, ließ auch die Sessel so stehen, wie sie waren, und achtete auf die Bügelfalte seiner besten Hose. Er rauchte die Zigarette zu Ende und überflog die Zeitung; schon fast sieben, und sie war noch nicht da, hatte auch nicht angerufen.

Sie konnte ihn doch nicht schon wieder sitzenlassen. Würde nicht ausbleiben, ohne ihn zu verständigen. Weitere fünfzehn Minuten blätterte er in der Zeitung, las nur mit den Augen, ohne den Inhalt wahrzunehmen. In seinem Unterbewußtsein regte sich erster Zorn. Doch im Geiste wiederholte er immer dieselben Worte: Das würde sie nicht tun, das konnte sie nicht tun.

Gegen seinen Willen ging er steifbeinig zur Tür, riß sie auf und trat hinaus auf den bläulich erhellten Hof. Er wagte es nicht, zu ihrem Appartement hinaufzuschauen; die Muskeln seiner Augen schienen ebenso verkrampft zu sein wie seine Beine. Er stieß langsam die Luft aus, in einem langen, seltsam erleichterten Seufzer. Ihr Appartement lag im Dunkeln.

Er kehrte in das seine zurück und hörte das Telefon schon klingeln, als er in der kleinen Diele war. Rannte, um rechtzeitig an den Apparat zu kommen, knallte gegen den Türrahmen und fragte sich, ob es schon lange klingelte, fürchtete, sie könnte auflegen, ehe er abheben konnte. Das hätte ihm gerade noch gefehlt.

Er brüllte sein »Hallo!« in den Hörer und vernahm ärgerlich die Antwort. »Hallo.« Eine Männerstimme; Brubs Stimme. Brub, der bedauerte, daß er so spät noch anrief, aber eben erst heimgekommen sei und zum Abendessen in den Klub fahren würde; ob Dix es noch schaffen könne?

Er verspürte keinerlei Lust, es zu schaffen. Zeitverschwendung, in ihrem braven, rechtschaffenen Klub herumzusitzen, während Sylvia ihn unausgesetzt anstarrte und Brub so tat, als wäre er noch der alte Brub, bevor ihn eine Frau an die Leine gelegt hatte. Während Dix noch nach einer Ausrede suchte, hörte er die Wohnungstür gehen und überlegte es sich anders. Er disponierte schnell um und sagte statt: »Tut mir leid, Brub, aber es geht nicht« nur: »Weißt du, was? Wenn ich es schaffe, treffen wir uns dort. Fahrt ruhig schon voraus. Ich muß erst sehen, was Laurel noch vorhat«. Als ob auch ihn eine Frau an die Leine gelegt hätte. Gut reagiert. Wenn er Laurel in den Klub mitnahm, als Brubs Gast, konnte er ihr einen großartigen Abend bieten und brauchte sich nicht das Geld dafür von ihr zu borgen. Dix beendete rasch das Gespräch; seine Nerven flatterten in der grundlosen Angst, sie könnte schon wieder weg sein, bevor er mit ihr sprechen konnte.

Als er dann zu ihr hinübereilte, wunderte er sich, warum sie nicht ins Schlafzimmer gekommen war. Er verlangsamte seine Schritte, blieb vor der Tür stehen, gelähmt von einer sinnlosen, entsetzlichen Angst. Eines Tages würde er die Tür öffnen und ein paar Fremden gegenüberstehen; ruhigen, gelassenen Fremden mit wachsamen Augen …

Er rief hinaus, fragend: »Laurel?«

»Wen hast du denn erwartet?«

Es war Laurel, und er ging glücklich hinein, obwohl ein Anflug von Streitlust in ihrer Stimme lag. Sie hatte sich auf der Couch ausgestreckt, die Arme hinter dem Kopf verschränkt, war offensichtlich gerade eben von ihren nachmittäglichen Geschäften zurückgekommen; sie trug ein Pepitakostüm und hatte die Jacke aufgeknöpft; der enge Rock lag in Falten über ihren langen, schlanken Beinen. Ihre schrägen Augen funkelten ihm feindselig entgegen, und ihre Lippen zuckten. »Gehst du aus?«

Er hatte keine Lust, mit ihr zu streiten, schaute sie nur an und war augenblicklich von tiefer Liebe für sie erfüllt. Er liebte sie mehr, als er jemals einen Menschen geliebt hatte. Mehr als Brucie. Zum ersten Mal konnte er Brucie mit einer anderen Frau vergleichen. Und er wußte, daß er diese andere Frau stärker liebte.

»Klar.« Er lächelte. Aber er blieb stehen, wo er war. »Wie wär's mit einem Cocktail?« Er mußte sie erst in bessere Stimmung bringen, wollte keine Abfuhr bekommen. »Ich habe einen Martini gemixt.«

»Mit wem?«

Er kapierte nicht gleich. Dann wurde sein Lächeln breiter. Sie war eifersüchtig! Sie dachte, er hätte eine andere. Gelächter stieg in ihm hoch.

»Mit dir, Kleines. Wem denn sonst?« Jetzt mußte er wirklich lachen. »Ich hole den Cocktailshaker.«

Er fühlte sich so gut, daß er leise vor sich hin pfiff, während er den Shaker aus dem Kühlschrank holte. Auf dem Rückweg schnappte er sich zwei Gläser. Sie hatte sich nicht geregt, und ihr Blick war so feindselig wie zuvor. »Für mich hast du dich noch nie gut angezogen«, sagte sie.

»Heute gehen wir groß aus, Kleines«, meinte er. Er goß vorsichtig die kalte Flüssigkeit in die Gläser, die sofort beschlugen. Es roch sogar gut.

»Wohin denn? In ein Drive-in?«

Seine Hand blieb ziemlich ruhig. Kaum ein Tropfen ging daneben. Es konnte nichts zu bedeuten haben. Sie wollte einfach mit ihm streiten, weil sie eifersüchtig war. Weil er sie nie groß ausgeführt hatte, wie er es ihrer Ansicht nach mit anderen Frauen tat. Er wandte sich langsam um und hielt ihr Glas in der Hand.

»Kein Drive-in.« Er reichte ihr das Glas.

Seine Augen nahmen ihre Schönheit in sich auf, aber er berührte sie nicht. »Du bist nicht der Typ, den man in ein Drive-in führt.« Er ließ den Blick lächelnd über ihren Körper gleiten.

Sie nippte an dem Drink. »Was für ein Typ bin ich denn?« fragte sie mürrisch. »Der Typ, mit dem du dich niemals in Gesellschaft blicken lassen würdest?«

Er wollte keinen Streit. Blieb gut gelaunt. Ging mit dem Drink zu seinem Sessel hinüber. Lächelte sie über das Glas hinweg an: »Mit Sicherheit der richtige Typ fürs Bett, meine Hübsche. Haben dir die Flitterwochen keinen Spaß gemacht?«

»Heißt das, daß sie vorbei sind?«

Jetzt hatte er sie da, wo er sie immer hatte haben wollen. Jetzt hielt er die Zügel in der Hand. Bis dahin hatte er immer befürchtet, daß sie ihn eines Tages verlassen würde; deshalb hatte er nach ihrer Pfeife getanzt. Gut, wieder Oberwasser zu haben. »Hast du noch nicht genug davon?«

Sie gab keine Antwort. »Wo bist du letzte Nacht gewesen?« verlangte sie zu wissen.

Er hätte ihr irgendeine Geschichte erzählen können, aber er wollte nicht. Wollte ihren Ärger nicht noch mehr schüren. »Bei den Nicolais«, erwiderte er. Gestern abend, das schien eine Ewigkeit her zu sein. Brucie war tot, aber das machte jetzt nichts mehr aus. Laurel war seine einzige Liebe. »Trink aus, Kleines, wir müssen uns beeilen. Sie erwarten uns.«

Sie stellte ihr Glas mit Nachdruck auf den Boden. »Wer erwartet uns?«

»Die Nicolais. Sie erwarten uns zum Abendessen in ihrem Strandklub.«

Ihre dunklen Augen glitzerten kalt wie Edelsteine. »Die ist es also! Dieser steife Kleiderständer!«

»Ach, Laurel«, seufzte er. »Was, um alles in der Welt, hast du dir da ausgedacht?«

Sie sagte die Worte einzeln, eines nach dem anderen, wie Trommelschläge: »Du bist nicht der Mann, der allein eine ganze Nacht lang ausbleibt.«

»Hör zu, Laurel ...« Er blieb geduldig, auch wenn es ihm

schwerfiel. »Brub Nicolai war mein bester Freund bei der Luftwaffe. Und er ist immer noch mein bester Freund. Seine Frau ist seine Frau, und ich interessiere mich keinen Deut mehr für sie als für die Verkäuferin im Zigarettenladen oder die alte Kuh, die diese Appartements verwaltet – ich könnte dir im Augenblick nicht einmal genau sagen, wie sie aussehen. Ich bin nur deshalb gestern abend zu den Nicolais gefahren, weil du nicht hier warst. Sie haben uns für heute zum Dinner in ihren Strandklub eingeladen. Würdest du also jetzt bitte deinen Cocktail austrinken und dich umziehen, damit wir nicht zu spät kommen?«

Sie nahm ihr Glas und trank es langsam aus, stellte es dann wieder auf den Teppich. »Ich gehe nicht mit«, sagte sie.

»Aber Laurel …« Sie brauchte eine Lektion mit dem Teppichklopfer, dachte er. »Warum denn nicht?«

»Weil ich diese stinkreichen Mistkerle und ihre stinkreichen Klubs nicht ausstehen kann.«

»Laurel!« Er war noch immer geduldig, gab sich alle Mühe, es zu bleiben. »Sie sind keine stinkreichen Mistkerle. Sie wohnen in einem einfachen kleinen Haus, und ihr Klub ist ein einfacher, kleiner Klub.«

Sie schnaubte. »Ich kenne die Nicolais.«

»Ja, aber doch nur die Nicolai-Familie …«

»Reiche, überhebliche Scheißkerle.«

»Kannst du mir jetzt bitte mal zuhören?« Er hatte die Stimme erhoben. »Nur weil seine Familie Geld hat, ist Brub noch lange kein reicher Scheißkerl. Er ist nicht reich. Er lebt von seinem Gehalt, seinem Polizistengehalt, das ist alles. Und das ist weiß Gott nicht üppig. Er und Sylvia haben bestimmt nicht mehr Geld als du.« Er setzte rasch hinzu: »Oder ich.«

»Du hast also plötzlich Geld?« Sie verzog verächtlich die Lippen. »Ist dein Scheck endlich gekommen?«

»Ja, mein Scheck ist gekommen«, sagte er und hielt seinen Zorn im Zaum. »Genau gesagt, ich habe mich umgezogen, weil ich hoffte, du würdest früh zurückkommen, und wir könnten heute abend feiern. Bei *Ciro's* oder wo immer du hingewollt hättest. Dann hat Brub angerufen, und ich dachte, daß dir der Klub vielleicht noch lieber wäre. Zu *Ciro's* können wir auch ein andermal gehen.«

Sie gähnte ausgiebig und demonstrativ. »Heute abend gehe ich nirgendwohin«, sagte sie. »Ich esse noch einen Happen und gehe dann ins Bett. Ich bin müde.«

Er konnte sich nicht mehr zurückhalten. Die Worte klangen kalt und völlig ruhig. »Kann ich mir denken. Nachdem du die ganze Nacht weggewesen bist.«

Sie hatte nicht gewußt, daß er es wußte. Sie drehte ihm den Kopf zu. »Was meinst du damit?«

»Du warst kaum vor mir zu Hause, nicht wahr? Nicht mal lange genug, um das Bett anzuwärmen.«

Jetzt senkte sich Verdrossenheit über ihr Gesicht wie eine Maske. »Das geht dich nichts an«, sagte sie gleichmütig.

Er antwortete nicht. Sonst hätte er sich vielleicht vergessen. Hatte Angst, die Beherrschung zu verlieren, wenn er sie auch nur ansah, ihre widerspenstige Haltung, ihren trotzigen Mund. Natürlich ging es ihn etwas an. Sie war seine Frau, sie gehörte zu ihm. Er wartete, daß sie noch etwas hinzufügte, aber sie schwieg. Er vermied bewußt, sie anzusehen; als er es doch tat, ging er auf sie zu, und seine stählernen Finger ballten sich schmerzhaft zu Fäusten. Das Geräusch seiner gemessenen Schritte wurde vom Teppich verschluckt. Er stand vor ihr, ehe er es selbst wußte. Und seine Stimme kam aus weiter Ferne, drang durch den Nebel, der vor seinen Augen aufwallte. »Laurel«, warnte die Stimme, »sag das nicht, Laurel.«

Ihre kalten, unbeeindruckten Augen wichen seinem Blick nicht aus. Dennoch glitt ein Schatten über ihr Gesicht – kam und ging so rasch, daß es fast nicht wahrnehmbar war. Etwas, das Angst hätte werden können. Er wandte den Kopf ab. Wäre beinahe wütend geworden; sie versuchte, ihn wütend zu machen, aber er ließ es nicht zu. Er war stärker als sie. Er bückte sich und hob ihr Cocktailglas auf. Er hörte seine eigene Stimme wieder normaler. »Noch einen Martini?«

»Warum nicht?« knurrte sie.

Er ging zum Tisch, schenkte ihr einen Cocktail nach und brachte ihn ihr. »Danke«, sagte sie. Unfreundlich. So mürrisch wie zuvor, dieselbe Widerspenstigkeit in ihren Augen. Er lächelte auf sie hinab. Der schlimme Augenblick war vorüber, er konnte wieder lächeln. »Na, was ist jetzt, Kleines? Meinst du, der bringt dich wieder auf die Beine? Wäre doch vielleicht nett, noch zum Strandklub zu fahren ...«

»Blödsinn!« Sie gähnte demonstrativ. »Wenn du ohne deine geliebten Nicolais nicht glücklich werden kannst, nur zu. Ich bleibe jedenfalls hier.«

Er atmete tief durch und zwang sich zu einem Lächeln. Sie benahm sich wie eine Zweijährige, also mußte man sie auch wie eine Zweijährige behandeln. Und ihre Launen ignorieren. »Nicht ohne dich. Ich gehe mit dir zum Abendessen. Wenn dir nicht danach ist, rufe ich Brub an und sage ihm, daß uns etwas dazwischengekommen ist.« Er ging auf das Schlafzimmer zu. »Soll ich bei *Ciro's* anrufen und einen Tisch für ...«, er schaute auf seine Armbanduhr, »... für zehn Uhr bestellen?«

»Spar dir dein Geld.« Sie gähnte wieder. »Heute abend tut's auch ein Drive-in.« Sie gähnte immer noch.

Er blieb abrupt stehen. Dann drehte er sich langsam um und musterte sie. »Ich denke nicht daran, dich in ein Drive-in zu führen.« Es war eine Feststellung.

»Warum denn nicht?« fuhr sie auf. »Was spricht gegen ein Drive-in?«

»Nichts«, gab er bereitwillig zu. »Aber du bist müde. Du brauchst heute abend ein anständiges Dinner. Kein Fast food.«

»Was hast du gegen das Essen im Drive-in? Ich esse oft bei *Simon's,* oben am Wilshire.«

Konnte das noch Zufall sein? Einfach ein Ausbund ihrer schlechten Laune? Er sagte langsam und nachdrücklich: »Heute abend werden wir nicht dort essen.«

Sie drehte sich auf dem Sofa um und stützte sich auf einen Ellbogen. »Warum eigentlich nicht?« fragte sie. »Hast du Angst, daß dich jemand dort sehen könnte?«

Sie wußte nicht, was sie sagte. Meinte seine vornehmen

Freunde, seine reichen Freunde, wie Mel. Jemand, der ihn dort sehen könnte und dachte, er sei pleite.

Als ob er ihr den Namen in den Mund gelegt hätte, sagte sie: »Nur keine Sorge, sogar Mel hat gelegentlich dort gegessen, wenn er mal knapp bei Kasse war.«

Er atmete auf. »Aber ich bin nicht knapp bei Kasse. Ich habe heute einen Scheck bekommen.« Vielleicht kannte sie jemanden, der ihn für ihn einlöste, oder sie konnte ihm das Geld für den Abend borgen. Er ließ nicht locker. »Hör zu, ich hab mich extra feingemacht, damit wir groß ausgehen können. Komm schon, laß uns feiern. Es muß ja nicht *Ciro's* sein. Wo immer du hinwillst: ins *King's,* ins *Tropic* …«

Sie unterbrach ihn wieder. »Nein, du hörst zu. Ich bin müde. Völlig erledigt. Ich habe keine Lust, mich noch umzuziehen und groß auszugehen. Ich will nichts weiter als in das Drive-in …«

»Aber wir fahren nicht in dein verdammtes Drive-in!« Er hatte sie nicht anbrüllen wollen; es war so aus ihm herausgeplatzt. Er schluckte hinunter, was er hatte sagen wollen, und preßte die Lippen fest zusammen. Seine Hände hatten zu zittern begonnen; er steckte sie rasch in die Jackentaschen.

Sie schaute ihn mit zuckersüßen Augen an, ein spitzbübischer Blick, zufrieden, daß sie ihn endlich dazu gebracht hatte, die Beherrschung zu verlieren. »Okay«, sagte sie endlich. »Dann fahren wir in Gottes Namen in diesen Strandklub.«

Er mochte seinen Ohren nicht trauen. Der Mund blieb ihm offen stehen wie einer Witzfigur.

»Ich hab's mir anders überlegt«, sagte sie jetzt. »Laß uns den Nicolais Gesellschaft leisten.« Sie stand von der Couch auf, streckte sich träge wie eine große Katze, wie ein junger, goldener Puma. Sie kam zu ihm an die Tür. »Ruf an und erkundige dich, ob wir nicht schon zu spät dran sind. Ich ziehe mich inzwischen um.«

Sie stand neben ihm, ohne ihn zu berühren. Und er berührte sie auch nicht. Dazu war keine Zeit. Nicht wenn sie noch rechtzeitig in den Strandklub kommen wollten. Er wollte gar nicht mehr dorthin. Unversehens war seine Stimmung umgeschlagen. Weil sie es sich auch anders überlegt hatte? Nein – weil er sich fragte, warum sie ihre Meinung geändert hatte. Nachdem sie so sehr auf dem Drive-in beharrt hatte.

Er sah ihr nach, wie sie zur Tür ging. Sie sagte: »Na los, ruf schon an; ich brauche nicht lange.« Und ging hinaus. Er wollte sie zurückrufen, ihr nachlaufen und sie zurückholen. Wozu ausgehen? Es war besser für sie, allein zu sein, miteinander. Als sich die Tür hinter ihr geschlossen hatte, fühlte er sich so verlassen, als wäre sie für immer gegangen. Obwohl er wußte, daß sie nur rasch zum Umziehen in ihre eigene Wohnung hinaufgelaufen war, obwohl er wußte, daß sie gleich wieder hiersein würde, war es ihm, als käme sie nie mehr zu ihm zurück.

Er hatte schon einen Schritt gemacht, um ihr zu folgen, hielt dann aber inne und ging zum Telefon im Schlafzimmer. Er hätte sie begleiten sollen; hätte genausogut von ihrem Telefon aus anrufen können. Er hätte es wenigstens versuchen müssen. Noch nie war er in ihrer Wohnung gewesen. Er verstand nicht, worin da der Unterschied bestand: Sie kam ja auch in sein Appartement. Sie behauptete immer wieder, daß die Verwalterin ihr nachschnüffele. Die alte Schachtel würde sie hinauswerfen, wenn sie dahinterkam, daß sie ihn in ihrer Wohnung empfing. Und das eigene Appartement der alten Schachtel lag direkt neben der Treppe. Sie wisse immer genau Bescheid, wer hinaufgehe und herunterkomme, sagte Laurel. Mels Wohnung war sicherer, vor neugierigen Augen besser geschützt. Aber das war nicht der richtige Abend, um mit Laurel über irgend etwas zu debattieren, was sie sich einbildete. Er hatte sie in halbwegs gute Stimmung versetzt, dabei wollte er es belassen.

Er schlug die Nummer des Strandklubs nach, wählte und wartete, bis man Brub an den Apparat holte. Er hoffte, daß es schon zu spät war, daß die Nicolais längst zu Hause im Bett lagen. Aber es war erst neun, und Brubs Stimme machte seine stille Hoffnung zunichte.

»Wo bleibt ihr denn?« fragte Brub.

»Laurel hat sich verspätet. Ist es schon zu spät?« Er hoffte es, konnte aber nicht von sich aus absagen. Nachdem er die Auseinandersetzung mit Laurel gewonnen hatte, konnte er jetzt keinen Rückzieher machen.

»Nein«, erwiderte Brub. »Heute abend gibt es nur ein kaltes Buffet. Das dauert bis zehn. Glaubst du, ihr schafft es bis dahin?«

»Wir fahren gleich los.«

»Ich versuche, ein paar Leckerbissen für euch zu verstecken. Beeilt euch.«

Brub legte auf – jetzt gab es kein Zurück mehr. Dix zündete sich eine Zigarette an und ging hinüber in den Wohnraum. Es war noch ein halber Martini im Shaker. Er trank ihn aus – es schmeckte ihm nicht besonders.

Wozu noch länger hier herumstehen? Die alte Schachtel konnte ja wohl kaum moralische Einwände haben, wenn ein Mann seine Freundin an der Tür abholte. Aber er ging nicht. Er setzte zweimal dazu an, ließ es aber dann doch bleiben. Er wollte nicht den nächsten Streit provozieren.

Er drückte seine zweite Zigarette aus, als sie zurückkam. Sie trug ein Kleid, das er bis dahin noch nicht an ihr gesehen hatte; ein Strickkleid, goldfarben wie ihre Haut, und es lag auch an wie eine zweite Haut. Es war ein kurzes, ärmelloses Kleid, und sie hatte sich einen halblangen, kornblumenblauen Mantel um die Schultern gelegt. Er flüsterte: »Du siehst wundervoll aus.«

Er ging auf sie zu, aber sie wich zur Seite. »Später, Dix. Ich will nicht noch einmal mit dem Make-up anfangen müssen. Fahren wir.«

Draußen auf dem Hof fiel ihm ein, daß er den Wagen in die Garage gefahren hatte. »Wartest du hier, bis ich ihn geholt habe? Oder nehmen wir deinen?«

»Meiner steht auch in der Garage.«

Sie begleitete ihn; durch die Seitenstraße einen Block weiter bis zu der am weitesten entfernten Garage. Es war ihm unangenehm, sie mitzunehmen, aber sie wollte es, und er hatte wieder das unheimliche Gefühl, sie würde sich in Luft auflösen, wenn er sie aus seiner Reichweite ließ. Sie sprach kein Wort, ehe sie die Garage erreicht hatten, ehe er die geräuschlosen Türen geöffnet hatte. Dann sagte sie: »Von unseren Schnüfflern drüben kann keiner hören, wann du nach Hause kommst.«

Er ging mit einem Lachen darüber hinweg. »Aber es ist ganz schön weit.«

Sie ging nicht mit hinein in die dunkle Garage, sondern wartete, bis er den Wagen herausgefahren hatte. Er fuhr Richtung Wilshire Boulevard. Er sagte: »Es wundert mich, daß Mel bereit war, so weit zu Fuß zu gehen.«

»Er hat den Wagen nie in die Garage gestellt. Wann kommt er eigentlich zurück?«

»Wer? Mel?«

»Ja.«

»Keine Ahnung.« Er fuhr auf dem Wilshire Boulevard in Richtung Westen. Es lag leichter Dunst in der Nachtluft. Die entgegenkommenden Scheinwerfer waren von verschwommenen Ringen umgeben. Ein paar Wagen, die vom Strand her kamen, hatten gelbe Nebelscheinwerfer eingeschaltet.

»Läßt er denn gar nichts von sich hören?«

»Großer Gott, nein.« Der Gedanke brachte ihn zum Lachen. »Kannst du dir vorstellen, daß Mel mir Briefe schreibt?«

»Vielleicht will er wissen, ob mit seiner Wohnung alles in Ordnung ist. Oder mit seinem Wagen.«

Sie war wieder boshaft. Er erklärte: »Bei der Miete, die ich ihm bezahle, braucht er sich keine Sorgen zu machen.«

»Du hast mir seine Adresse nie gegeben.«

»Ich habe sie auch gar nicht«, sagte er. Warum mußte sie immer wieder auf Mel zurückkommen?

»Du hast mir versprochen, sie mir zu geben.«

Hätte er Mel bloß nicht erwähnt!

»Sobald ich sie habe. Er wollte sie mir schreiben, aber bis jetzt hat er's nicht getan.«

»Hebst du deshalb seine Post auf?«

Sie hatte also geschnüffelt. Seine Kiefer spannten sich. »So ist es«, erwiderte er scharf. Sie hatte ihm nachgeschnüffelt und wußte, was für Post für Mel eingetroffen war. Er sagte: »Vielleicht will er seine Rechnungen gar nicht haben; das ist möglicherweise auch der Grund, weshalb er mir seine Adresse nicht mitgeteilt hat. Ich weiß noch immer nicht, wozu du sie haben willst.«

»Das kannst du auch nicht wissen«, sagte sie undeutlich. Dann wurde ihre Stimme plötzlich scharf. »Ich werde dir sagen, warum. Weil er mir noch siebenhundert Dollar schuldet.« Dix war völlig perplex. »Mel schuldet dir siebenhundert Dollar?«

»Ja. Und die möchte ich gern wiederhaben.«

»War er denn pleite?« Das konnte er nicht glauben.

»Er war immer pleite, am Ende eines Quartals. Bevor sein Scheck kam. Das ist das erste Mal, daß er mir das Geld nicht rechtzeitig zurückgibt.«

Sie waren in Santa Monica angelangt, und der Dunst hatte sich verstärkt. Aber nicht sehr; die Palmenwedel am Rand des *Palisades*-Parks hoben sich schwarz vor dem nebelgrauen Himmel ab. Der Dunst roch nach Meer.

»Mel war ein Gauner, aber seine Schulden hat er immer bezahlt.«

Wieder fragte er sich, ob sie damit etwas Bestimmtes andeuten wollte, aber ihr Gesicht blieb ausdruckslos, während sie durch das orange Licht der Straßenlampen der Ocean Avenue rollten.

»Wahrscheinlich liegt es an der Post in Rio«, tat Dix das Thema ab. Er ordnete sich rechts ein und fuhr dann über den California Incline zur Küstenstraße hinunter. Heute war niemand zu Fuß unterwegs. Dix sagte fröhlich: »Ich hoffe, Brub hat uns genügend zurücklegen können. Ich habe großen Hunger.« Er legte ihr die Hand auf den Schenkel. »Ich freue mich, daß du doch noch mitgekommen bist, Kleines.«

Sie war immer noch reserviert. »Ich bin nur wegen der Fahrt mitgekommen. Aber vielleicht kann ich deinen besten

Freund unterhalten, während du dich mit seiner fabelhaften Gattin beschäftigst.«

Er zog die Hand zurück. Aus vollem Herzen sagte er: »Ich will keine andere als dich, Kleines.«

Sie schwieg. Ihr Gesicht gab nicht preis, was sie dachte.

13

Die Klubtüren öffneten sich wie von Geisterhand, als hätte man sie erwartet. Niemand konnte sie bemerkt haben, denn es war dunkel auf dem nebligen Vorplatz, und sie waren lautlos ausgestiegen. Auch die Türen öffneten sich lautlos; wie durch einen Zaubertrick war es plötzlich totenstill, und nicht einmal aus dem Klubhaus drang ein Laut, als das Mädchen erschien.

Auch das war wie ein Zaubertrick: daß sie da allein auftauchte, der Nebel ihre Gestalt zu der einer anderen verschwimmen ließ.

Er sagte erstickt: »Brucie!«, doch in seinem Inneren war das Wort wie ein Aufschrei.

Schon bevor er den Namen ausgesprochen hatte, wußte er, daß diese Erscheinung nicht Brucies Geist sein konnte. Das Wort war nicht mehr als ein Reflex. Das war das kleine Mädchen in Braun, die junge Banning, und sie war gar nicht allein. Zwei junge Männer folgten ihr. Sie achteten nicht auf Laurel und Dix, die in Dunkelheit und Nebel verborgen standen; das Trio ging lachend quer über den Parkplatz auf einen der Wagen zu.

Er wußte, daß Laurel den Namen gehört hatte, noch ehe sie ihn fragte: »Wer ist Brucie?«

»Ein Mädchen, das ich – einmal gekannt habe.« Und er ging rasch fort von den Worten und der Erinnerung, hinein in den strahlend erleuchteten Klub, in das klare, helle Licht, dorthin, wo Leben war. Er wußte nicht, ob Laurel ihm folgte, es war ihm auch egal. Dennoch sah er dankbar, daß sie mitgekommen war. Hier im Licht fühlte er sich schlagartig wohler; es gelang ihm sogar, sie anzulächeln. »Machen wir, daß wir Brub schnell finden. Ich sterbe fast vor Hunger.«

Brub winkte ihnen von einem Fenstertisch auf der anderen Seite des Speisesaales. Dix nahm Laurels Arm. »Da sind sie.« Laurels Laune hatte sich noch immer nicht gebessert; er fühlte das Widerstreben, als er ihren Arm berührte. Das würde sich geben.

Einen Happen zu essen würde sie aufheitern. Sie war nicht hergekommen, um ihm eine Szene zu machen, sonst hätte sie ihren Entschluß nicht zu ändern brauchen. Dennoch beobachtete er sie leicht besorgt, als sie den Tisch der Nicolais erreicht hatten. Er hätte sich keine Gedanken machen müssen; Laurel benahm sich zivilisiert. Sie setzte das gleiche nichtssagende Begrüßungslächeln auf wie Sylvia.

Erst nach dem Essen, als er sie bei einer Tasse Kaffee um einen Tanz bat, verfiel sie in ihre frühere Angriffslust zurück. Allerdings war er der einzige, der es mitbekam. »Wo bleiben deine Manieren, Dix«, sagte sie ganz süß, ganz damenhaft. »Ein Gast muß als erstes mit der Frau des Gastgebers tanzen.«

Es war keine böse Attacke, und er beschloß mitzuspielen. »Wenn Sylvia mir die Ehre geben würde …«

»Er ist ein wunderbarer Tänzer«, schnurrte Laurel.

Sie hatte keine Ahnung; er hatte noch nie mit ihr getanzt. Aber solange sie sich nicht schlimmer aufführte, sollte es ihm recht sein.

Sylvias schlanker, wohlgeformter Körper fühlte sich gut an in seinen Armen, wie er es von Anfang an erwartet hatte. Ihre Berührung beunruhigte, ja erregte ihn. Wäre sie nicht Brubs Frau, und wären sie allein gewesen – die Tatsache, daß sie jegliche Intimität sorgsam vermied, sagte ihm, daß auch sie die zwischen ihnen bestehende Anziehungskraft fühlte. Sie tanzten leicht und locker miteinander, was auch immer unterschwellig zwischen ihnen vorging.

Er war selbst überrascht von seiner Reaktion; sie war absurd. Er hatte schon eine Frau, eine viel reizvollere Frau. Er brauchte keine Sylvia. Und doch hatte er das beinahe sinnliche Verlangen, seinen Verstand mit ihrem zu messen. Erst jetzt merkte er, wie sehr ihm der Reiz der Jagd in den letzten Tagen zu fehlen begonnen hatte. Sogar die Kleinigkeit mit Sylvia, die keinesfalls weitergehen durfte, hatte seine Lebensgeister wieder geweckt. Er sog tief die Luft ein, fühlte wieder die Erregung des Jagdpiloten, im grenzenlosen Himmel auf der Suche nach Beute und gleichzeitig selbst der Gejagte, eins mit seiner Maschine, mächtig, zerstörerisch.

Sylvia sagte: »Laurel ist ganz reizend, Dix.«

Ihr Gemeinplatz holte ihn wieder auf den Erdboden zurück. Holte ihm die störenden Geräusche des lauten Raums wieder ins Bewußtsein, die unverständlichen Gesprächsfetzen, das Scharren tanzender Füße, die kratzende Musik des Plattenspielers. Er erwiderte einfach »Ja«, ohne sich über den Sinn ihrer Worte klarzusein; dann, als es ihm wieder einfiel: »Ja, wirklich – sie ist schon etwas Besonderes«, mit wesentlich mehr Begeisterung. Er führte Sylvia so, daß er Laurel sehen konnte; schließlich hatte er sie noch nie tanzen gesehen. Das mußte ein toller Anblick sein.

Aber sie tanzte gar nicht. Sie saß mit Brub am Tisch; die beiden steckten die Köpfe zusammen und unterhielten sich sehr eindringlich. Er verstand das nicht, hatte gesehen, wie Brub auch aufgestanden war, um mit Laurel zu tanzen, als er mit Sylvia den Tisch verlassen hatte. Aber sie tanzten nicht, sondern waren sitzengeblieben, um miteinander zu sprechen; sie sprachen, als hätten sie seit langem auf diese Gelegenheit gewartet. »Sie kennen Laurel von früher, nicht wahr?« sagte er plötzlich. Es sollte nicht argwöhnisch klingen, aber er sagte es zu schnell.

Sylvias Antwort war gelassen wie immer. »Ja, wir sind ihr schon einmal begegnet. Als sie noch mit Henry St. Andrews verheiratet war. Es war mir nicht gleich klar, nicht einmal, als ich sie bei Ihnen getroffen habe. Erst als sie Gorgon erwähnte. Wir haben sie nämlich bei Gorgon kennengelernt.«

»Und wer ist Gorgon?«

»Ein Rechtsanwalt.« Jetzt schien sie nicht mehr so locker,

suchte nach Worten. »Ein Freund von Henry St. Andrews. Und von Raoul Nicolai, Brubs ältestem Bruder. Wir sind nicht sehr eng befreundet, weil wir nicht in diesen Kreisen verkehren. Können wir uns nicht leisten.«

Er erinnerte sich. Gorgon hatte sich zu dem Fall geäußert, und Laurel hatte ihn zitiert. Er erinnerte sich, den Namen schon mal irgendwo gelesen zu haben. Thomas Gorgonzola. Strafverteidiger. Eine feste Größe im Justizsystem von Los Angeles, ein Name, der in den Zeitungen oft erwähnt wurde. Er lächelte. Weder Sylvia noch sonst jemand konnte die Bedeutung dieses Lächelns erraten. Laurels Freund, der große Strafverteidiger.

»Was ist denn dieser St. Andrews für ein Mann?« fragte er neugierig.

»Ich kann ihn nicht leiden«, antwortete Sylvia. Jetzt zögerte sie nicht mehr, hatte ihr Gleichgewicht wiedergefunden. »Einer dieser verwöhnten Jünglinge. Zuviel Geld, Mamas Liebling, ein aufgeblasener, überheblicher Egoist ohne jeden Funken Selbstdisziplin.«

»Ein Säufer?« St. Andrews klang ganz nach Mel. Und wenn Laurel den einen haßte, war es kaum wahrscheinlich, daß sie mit dem anderen etwas gehabt hatte …

»Selbstredend. Alkohol ist ein wunderbares Betäubungsmittel, wenn man mit dem Erwachsenenleben nicht zurechtkommt. Ich denke, daß Laurel ziemlich viel mitgemacht hat.«

»Ja«, stimmte er ihr zu. »Sie spricht zwar kaum darüber, aber es muß wohl so gewesen sein.«

»Sie war natürlich nicht gut genug für die ehrwürdige St. Andrews-Familie. Jeder Mensch mit Verstand ist eine Beleidigung für ihre Selbstgerechtigkeit. Wissen Sie, bevor ich Brub näher kennenlernte, habe ich gedacht, daß er genauso ist. Die Nicolais und die St. Andrewses – alles dasselbe.«

»Und Sie gehören nicht dazu?« Er war ein wenig überrascht. Sie lachte. »Weiß Gott nicht! Mein Großvater war ein unterbezahlter Landarzt, während die Clans alles an sich rissen, was nach Geld roch. Nein, ich bin ein armes Mädchen, Dix. Und

Brub ist ein Rückfall in die Zeit, als die Nicolais sich noch für ihren Lebensunterhalt die Hände schmutzig machen mußten.«

Die Musik war zu Ende. Er hätte gern noch weiter mit ihr gesprochen, hätte gern mehr über Gorgon erfahren. Aber sie steuerte auf den Tisch zu, und er folgte ihr. Der dunkle Schopf von Brub und Laurels leuchtende Mähne fuhren auseinander, als sie sich näherten. Dix rückte Sylvia den Stuhl zurecht. »Danke für den Tanz«, sagte er mit gespielter Förmlichkeit. »Es war mir ein großes Vergnügen.« Er setzte sich neben sie. »Und nachdem wir jetzt die Formalitäten hinter uns gebracht haben, darf ich Ihnen sagen, daß es mir wirklich viel Freude gemacht hat.« An seinem Platz stand ein frischer Drink, und er trank einen Schluck. »Was ist los mit dir, Brub? Ist Laurel dir auf deine neuen Schuhe getreten?«

»Ich war müde«, entgegnete Laurel. »Ich wollte nicht tanzen.« Er spürte immer noch diese unterschwellige Feindseligkeit, obwohl ihre Worte wie eine einfache Feststellung klangen. Und dabei beobachtete sie Dix ebenso aufmerksam wie zuvor. Er ignorierte es. Sagte freundlich: »Schade. Ich hätte gern noch mit dir getanzt. Willst du dich wirklich nicht ein bißchen herumwirbeln lassen?«

»Ich bin zu müde«, sagte sie. Es tat ihr nicht leid. Sie hatte keine Lust, mit ihm zu tanzen, war nicht bereit nachzugeben.

Auch gut. Damit würde er sich später befassen. Er wurde mit jedem fertig. Er war der große Dix Steele. Er hatte die Macht dazu.

»Wer ist Brucie?«

Er war schockiert, daß sie ihn danach fragte, daß sie vor Brub und Sylvia eine Auseinandersetzung vom Zaun zu brechen begann. Er hatte die Episode an der Tür schon fast vergessen gehabt, und das hätte sie auch tun sollen, zumindest bis später, bis sie allein waren und er es ihr erklären konnte. Er richtete rasch die Augen auf sie, aber irgendwie hatte sie es fertiggebracht, die Frage nicht an ihn allein zu richten, sondern an alle Anwesenden.

Brub hätte ihr ebenso antworten können wie Sylvia – aber

die beiden schwiegen. Brub schaute in sein Glas, drehte es verlegen in der Hand. Sylvia war ebenso schockiert wie Dix und sah ihn mit großen Augen an. Es blieb an ihm hängen, die Frage zu beantworten. Er sagte leise: »Ein Mädchen, das ich vor langer Zeit gekannt habe. Das wir beide gekannt haben, Brub und ich. Damals in England.« Er kochte innerlich, aber äußerlich blieb er ruhig. Das hatte er ihr vorhin schon gesagt, draußen vor der Tür; sie hätte den Namen vergessen und nicht schon wieder darauf herumreiten sollen. »Sie ist tot«, fügte er hinzu.

Er richtete seinen Blick auf sie, während er es sagte, und sah, wie sie die Augen erschrocken aufriß. Er hatte sie schokkieren wollen. Sonst hätte er es anders gesagt, nicht so brutal, so direkt. Er wußte nicht, ob sich so etwas wie Angst in ihren Schock mischte. Er konnte nicht in ihren schimmernden Augen lesen, glatt und hart wie Edelsteine.

»Tot«, wiederholte sie, als könne sie ihm nicht glauben. »Aber vorhin …«

Er lächelte. »Das war natürlich nicht Brucie.« Er erklärte es Sylvia und Brub, der wieder aufschaute. »Als wir heute abend hereinkamen, kam uns das Mädchen entgegen, das wir neulich schon hier gesehen haben. Sie kannten ihren Namen, Sylvia. Dich hat sie doch auch an Brucie erinnert, Brub.«

»Das Banning-Mädchen«, sagte Sylvia.

»Ja.« Seine Stimme war nicht ganz fest, weil er vor seinem geistigen Auge noch einmal jenen geheimnisvollen Augenblick in der nebligen Dunkelheit erlebte. »Sie sah heute abend Brucie so ähnlich, daß ich …« Er lächelte kleinlaut. »Es war wirklich verblüffend.«

Jetzt war er sogar froh, daß Laurel den Namen ins Gespräch gebracht hatte. Brub und Sylvia konnten ihr bestätigen, daß es in seinem Leben keine Brucie mehr gab; wenn er es ihr später erklärt hätte, hätte Laurel es vielleicht nicht geglaubt. Und es freute ihn, daß sie sich den Namen gemerkt hatte, daß er sie eifersüchtig gemacht hatte. Er bedeutete ihr noch etwas. Sie hatte seine Betroffenheit so ausgelegt, daß er einer Frau begegnet war, die ihm einmal etwas bedeutet hatte. Abermals bat er sie um einen Tanz, und diesmal lehnte sie nicht ab.

Er drückte sie an sich und flüsterte ihr ins Haar: »Du hast doch nicht gedacht, daß es außer dir noch jemanden für mich geben kann, Kleines?«

»Ich weiß nicht, was ich gedacht habe«, sagte sie. »Ich wußte nicht, was ich denken soll.« Sie war bereit einzulenken, aber zugleich war sie sehr müde, er hörte es an ihrer klanglosen Stimme.

Er sagte: »Laß uns heimfahren.«

»Gut«, stimmte sie zu.

Er wartete nicht, bis die Musik zu Ende war, tanzte mit ihr hinüber zum Tisch und sah Sylvia und Brub auseinanderfahren, ähnlich wie Laurel und Brub zuvor. Er dachte sich nichts weiter dabei; Brub war wohl an diesem Abend in mitteilsamer Stimmung. Er mußte wohl auch müde sein, sonst hätte er bestimmt mit Sylvia ein paar flotte Figuren aufs Parkett gelegt.

14

Er fragte sich nicht, warum Brub so müde war. Nicht, bis Laurel und er in müdem Schweigen schon fast das Appartementhaus erreicht hatten. Er hatte über Laurel nachgedacht, sie betrachtet, wie sie mit geschlossenen Augen in der Ecke des Sitzes ruhte, die Lippen leicht geöffnet, als ob sie schliefe. Dachte an ihre Schönheit und ihr Feuer. Das Feuer, das ihr heute nacht fehlte. Hatte müßig seinen Gedanken nachgehangen, während er sich am Rande ihrer Gegenwart bewußt war und des Umstands, daß er noch soundso viele nebelverhangene Straßenkilometer zurücklegen mußte, bevor ihre Fahrt zu Ende ging und er und Laurel endlich allein sein konnten.

Er hatte nicht bewußt an Brub denken wollen. Es war nur ein flüchtiger Gedanke, der unvermittelt in seinem müßigen Sinnieren aufblitzte. Warum war Brub so müde, so erschlagen? Der Fall war so gut wie abgeschlossen, zumindest was die

Arbeit daran betraf. Irgendwo in den Akten unerledigter Fälle gab es eine Notiz: Mädchen ermordet, Mörder unbekannt. Es gab viele solcher Aktennotizen; eine mehr oder weniger hieß nicht, daß ein junger Bursche, der unbedingt Polizist spielen wollte, sich schlaflose Nächte machte. Natürlich konnte es viele Gründe geben, warum Brub erschöpft war. Vielleicht hatte er letzte Nacht einen draufgemacht, oder er hatte die Nacht durchgelesen, vielleicht hatte auch der Streit mit Sylvia, so es denn ein Streit gewesen war, bis in die Morgenstunden gedauert. Vielleicht hatten sie die Zeit bis zum Morgengrauen auch damit zugebracht, Dix zu bemitleiden. Wegen Brucie.

Das war ja erst am Abend zuvor gewesen – die Erkenntnis, daß Brucie tot war. Dix hätte von Rechts wegen derjenige sein müssen, dem es schlecht ging – aber er wußte, wie man Schwierigkeiten aus dem Weg ging, wie man Kummer und Sorgen verscheuchte. Alles war besser, als darüber nachzugrübeln. Er war schlau.

Jetzt sagte er laut: »Ich weiß nicht, warum heute abend jeder von euch so hundemüde ist. Ich bin es nicht.«

Sie schlief nicht. Ohne die Augen zu öffnen, sagte sie: »Wovon auch? Du hast doch den ganzen Tag geschlafen.«

Es war nicht mehr weit nach Hause. Er gab keine Antwort, das mußte warten, bis sie allein waren. Es nützte nichts, kleine Meinungsverschiedenheiten auszutragen; man mußte an die Wurzel gehen. Sobald er herausfand, was der tiefere Grund ihrer Feindseligkeit war, würde er ihn beseitigen. Das mußte heute noch geklärt werden. Vorher würde sie nicht ins Bett kommen.

»Wir sind da«, sagte er.

Er hielt ihr die Tür auf, und sie rutschte unter dem Lenkrad durch. Auf dem Rückweg sah sie aus, als würde sie gleich im Stehen einschlafen; ihre Augen waren halb geschlossen. Sie ging ihm voraus, unter dem Bogengang hindurch in den bläulich erhellten Patio, trübe in den Nachtnebeln. Anscheinend war sie schon nicht mehr ganz wach, denn sie bog nicht zu Mels Wohnung ab, sie war schon halb bei der Treppe, als er sie am Arm festhielt und leise fragte: »Wo willst du denn hin, Kleines?« Er hielt sie fest und steuerte sie in die andere Richtung. »Du wandelst ja im Schlaf.«

Sie stand schweigend da, während er die Tür aufschloß, aber sie trat erst ein, als er ihre Schultern berührte und sagte: »Wir sind zu Hause, Liebling. Wach auf.«

Er hatte das Licht im Wohnzimmer brennen lassen. Jetzt sperrte er den bläulichen Nebel aus und wandte sich der einladenden Helligkeit zu. Es war gut, zu Hause zu sein. Mit ihr. »Zieh dich aus; ich mach dir einen Drink.«

»Ich will aber keinen Drink«, sagte sie. Ein leichter Schauer lief über ihren Rücken.

»Was Heißes?« fragte er. »Milch oder Kaffee?«

»Kaffee«, sagte sie. »Ja, Kaffee. Heißen, schwarzen Kaffee.«

»Kommt sofort.« Er füllte die Kaffeemaschine in der Küche, um sie ins Schlafzimmer mitzunehmen. Zu ihr. Stellte alles auf ein Tablett und eilte hinüber.

Sie hatte noch nicht angefangen, sich auszuziehen. Sie saß auf der Bettkante und starrte auf das monotone Muster des Teppichs.

Er steckte die Kaffeemaschine ein. »Dauert nur eine Minute. Warum ziehst du dich nicht inzwischen aus? Ich bring dir den Kaffee ans Bett, ist das vielleicht ein Service?«

Sie rührte sich nicht, nahm nicht einmal den Mantel ab. Sie schaute nur zu ihm hoch. Sagte kein Wort, auch nicht mit den Augen. Jetzt lag in ihren Augen nicht einmal mehr Feindseligkeit. Er kam zu ihr und setzte sich neben ihr auf das Bett. »Komm«, sagte er sanft. »Red's dir von der Seele. Was bedrückt dich denn?«

Sie schüttelte den Kopf, und ihr Haar fiel über beide Wangen. Verhüllte ihr Gesicht wie ein leuchtender Nebel, heller als die Sonne.

»Es ist nicht fair, wenn du es mir verschweigst, Laurel«, fuhr er fort. »Du läßt mir keine Chance. Wie kann ich dir etwas erklären, wenn du mir nicht einmal sagst, was los ist?«

Sie seufzte vernehmlich. Sie sagte: »Was soll das schon

nützen …?« Aber er unterbrach sie, drehte ihr Gesicht zu sich her.

»Du bist für mich das Wichtigste auf Erden, Laurel. Ganz gleich, was auch sein mag – ich will mit dir ins reine kommen.« Er wollte nicht viel dazu sagen, wollte auch kein allzu großes Gewicht darauf legen, doch als er sie berührt hatte, als er ihr ins Gesicht sah, brach es aus ihm heraus. »Ich könnte es nicht ertragen, dich zu verlieren, Laurel. Ich könnte es einfach nicht ertragen.«

Sie betrachtete sein Gesicht, während sie sachte seine Hände von ihren Schultern löste. Sah, daß er die Wahrheit sprach. Ihre Stimme klang unendlich müde. »Also gut, Dix«, sagte sie, »sprechen wir darüber. Von Anfang an. Wo warst du gestern abend?«

Das war einfach. »Aber ich habe es dir doch gesagt. Bei den Nicolais.«

»Und wo warst du, nachdem du von den Nicolais weggefahren bist?«

Sie hatte sich erkundigt. Er stand auf und ging im Schlafzimmer hin und her. Sie war Laurel, aber sie war auch eine Frau, die ihm nachspioniert hatte. Er lachte kurz. »Du hast mir also nicht geglaubt. Du hast Brub gefragt. Das war es, was ihr zwei zu besprechen hattet.«

»Das war ein Teil davon«, gab sie zu.

»Was hat Brub dir gesagt?«

»Du brauchst nicht wütend zu werden. Ich habe ihn nicht direkt gefragt. Ich habe einfach mitbekommen, daß du früh gekommen und früh wieder gegangen bist.«

»Du hast mir nicht geglaubt«, sagte er anklagend.

»Nein, ich habe dir nicht geglaubt, daß du morgens um vier in dem Zustand von den Nicolais gekommen bist«, sagte sie tonlos. Der Kaffee begann zu brodeln. Es war ein leises Geräusch, Dampfbläschen bildeten sich und zerplatzten wieder – ein leises, unangenehmes Geräusch. Er versuchte, nicht hinzuhören. Er durfte den Laut nicht anschwellen lassen, bis ihm fast der Schädel zerplatzte. Geräusche konnten ihm nichts mehr anhaben. Er hatte ja Laurel. Ihre Stimme und ihre Gegenwart blendeten die Geräusche aus. Er konnte Laurel alles erklären, wollte ihr alles erklären. Er würde alles tun, um sie bei sich zu behalten.

»Wieviel hat Brub dir erzählt?« fragte er. »Hat er dir auch gesagt, was er mir für eine Neuigkeit zu berichten hatte, gestern abend?«

Hätte Brub es ihr gesagt, würde sie ihm keine solchen Fragen stellen. Sie würde das Thema vermeiden, genau wie Sylvia und Brub. Er war froh, daß Brub geschwiegen hatte; es war besser, wenn er es Laurel selbst sagte. Das würde sie einander noch näher bringen. »Es ist wahr, ich bin nicht gleich von den Nicolais nach Hause gefahren. Ich konnte nicht. Weißt du, Brub hatte mir gerade mitgeteilt, daß Brucie tot ist.«

Sie riß die Augen auf. Entsetzt und ungläubig.

»Ich konnte niemanden sehen. War zu schockiert. Ich habe mich in den Wagen gesetzt und bin einfach losgefahren. Ich weiß nicht, wohin, vermutlich an der Küste entlang. Ich erinnere mich, die Brandung gehört zu haben.« Das Wispern der Brandung, das Flüstern eines Mädchens ... Seine Stimme schwankte. »Deshalb bin ich so spät und in diesem Zustand heimgekommen.«

Sie sagte: »Nein!« Ungläubig. Mitleidig. Dann: »Brucie muß dir sehr viel bedeutet haben.«

»Ja.«

»Mehr als jeder andere Mensch.«

Er kam rasch zu ihr, kniete sich vor sie hin und nahm ihre Hände. »Bis ich dich kennenlernte, Laurel. Nie hat mir jemand so viel bedeutet wie du. Nie.« Er drückte ihre Hände fester. »Heirate mich, Laurel. Willst du? Wir sind füreinander bestimmt, das weißt du. Du hast es von Anfang an gewußt, genau wie ich. Willst du, Laurel?«

Sie hatte ihre Hände zurückgezogen. Und die Müdigkeit auf ihrem Gesicht kam nicht von der Erschöpfung, es war Trauer. Sie schüttelte den Kopf. »Es geht nicht, Dix. Wenn ich dich heirate, habe ich keinen Pfennig mehr.«

»Aber ich …« Sein Luftschloß zerplatzte, bevor er es bauen konnte.

Sie sah ihm fest in die Augen. »Du hast auch keinen Pfennig, Dix. Gib dir keine Mühe, mich anzulügen. Ich kenne dich. Ja, ich kannte dich schon, als ich dich das erste Mal sah, genau wie du mich kanntest. Wir sind uns ähnlich. Wir nehmen uns, was wir haben wollen, egal wie.«

Er hatte sie losgelassen, ging jetzt wieder auf und ab, hörte sich an, was sie zu sagen hatte. Er haßte ihr Wissen, haßte das Wissen, daß sie recht hatte und er ihr nichts entgegenhalten konnte. Denn er konnte sie nicht mehr belügen. Sie wußte zuviel.

»Ich dachte, ich würde durch die Heirat mit St. Andrews alles bekommen, was ich wollte. Alles Geld auf dieser Welt und eine gesellschaftliche Stellung, die mich in die Lage versetzte, auf all die Wichtigtuer herabzuschauen, die als Kind auf mich herabgeschaut hatten. Ich hatte ja keine Ahnung, wie schwer es sein würde. Ich konnte es nicht ertragen. Die St. Andrewses waren dieselben Typen wie die Buckmeisters in meinem Heimatdorf in Nebraska, nur daß sie mehr Geld hatten und noch etwas arroganter waren. Also bin ich abgehauen. Aber ich bin noch immer hinter dem her, was ich haben will. Und ich werde es bekommen. Und zwar auf deren Kosten, denn das trifft sie am meisten. Und wenn ich es habe, werde ich meine Nase so hoch tragen, daß ich nicht einmal mehr weiß, was unter mir ist.« In ihrer Stimme mischten sich Aufregung und Haß. Sie würde es erreichen. Das war es, was sie umtrieb, während er schlief. Sie wußte, was sie tat. Wenn sie soweit war, würde sie ihn mitziehen können. Aber er durfte es nicht riskieren, so lange zu warten. Sonst würde sie einem anderen Mann begegnen. Er lief auf und ab und versuchte, sich etwas einfallen zu lassen. Mit dem Geld von Onkel Fergus hätte er sie jetzt schon haben können. Sie würden gemeinsam an die Spitze vorstoßen. Wenn er nur eine Möglichkeit finden könnte, sich das Geld anzueignen. Er hörte wieder ihre Stimme.

»… weiß nicht, wie du Mel losgeworden bist, damit du hier wohnen konntest. Es ist mir auch egal. Aber du lebst auf geborgte Zeit. Eines Tages wird Mel zurückkommen, egal wo er gerade ist …«

»Er ist in Rio.«

»In Rio oder wieder in einer Trinkerheilanstalt, ich weiß es nicht.«

»Er ist in Rio«, wiederholte er beharrlich.

»Vielleicht hat er es doch geschafft. Er redete schon von Rio, als ich ihn vor drei Jahren kennenlernte, und wahrscheinlich schon länger. Der große Job, den er in Rio übernehmen würde. Nächste Woche. Nächsten Monat. Vielleicht hast du ihn dazu gebracht, es wirklich zu tun; keine Ahnung. Jedenfalls hast du seine Wohnung, seine Kleidung und seinen Wagen. Ich weiß nicht, wie du das angestellt hast. Wie ich ihn kenne, würde er seinem besten Freund nicht mal den Korken aus der Flasche gönnen. Aber eines Tages kommt er zurück und will seine Sachen wiederhaben. Und dann? Bei einem anderen einziehen? Bei dieser Art Leben kannst du keine Frau brauchen. Arbeit? Du willst keine Arbeit. Und du könntest auch keine Arbeit finden, bei der du genug verdienen würdest, um meine Ansprüche zu befriedigen. Ich bin teuer, Dix.«

Er sagte erstickt. »Mein Onkel …«

»Was für ein Onkel?«

»Mein Onkel in Princeton. Den gibt es nämlich wirklich. Und er hat die nötige Knete.«

»Aber du nicht«, sagte sie brutal. »Und erzähl mir nicht, daß er dir etwas abgibt. Ich kenne Leute mit Knete. Die sperren ein Mädchen nicht in ihre Wohnung ein. Die gehen mit ihm aus und werfen mit Geld nur so um sich.«

In der Stille, die darauf folgte, dröhnte das Blubbern der Kaffeemaschine in seinen Ohren. Er sah, wie Laurel zum Tisch ging, war ihr dankbar, daß sie das Geräusch zum Verstummen brachte. Sie schenkte zwei Tassen ein, reichte ihm eine.

»Laß uns den Tatsachen ins Gesicht sehen, Dix. Es war schön, aber …«

Vor Panik wurde er laut. »Willst du Schluß machen?«

Sie sprach schnell, stotterte fast ein wenig. »Nein, nein. Das habe ich nicht gemeint. Aber es kann nicht ewig dauern, Dix. Das weißt du so gut wie ich. Wenn du auch nur halb soviel Geld hättest wie mein Mistkerl von Ex, würde ich dich wahrscheinlich heiraten. Ich würde dich sogar gern heiraten.« Sie trank ihren Kaffee aus und schenkte sich eine zweite Tasse ein.

Er sagte automatisch: »Trink nicht zuviel von dem Zeug, sonst kannst du nicht schlafen.«

»Ich werde wahrscheinlich sowieso nicht viel schlafen.« Wieder klang Trauer in ihrer Stimme.

Sie setzte sich an die Frisierkommode, während er zum Nachttisch ging und Zucker und Sahne in seinen Kaffee gab. Er rührte um, und der Löffel verwirbelte die Flüssigkeiten wie ein Wirbelsturm die See aufwühlt. Dann legte er den Löffel weg und trank einen Schluck. »Du hast mir noch nicht alles gesagt, Laurel. Du verschweigst mir etwas. Du bist fertig mit mir.«

»Nein, nein, das stimmt nicht«, widersprach sie rasch. Er wünschte, sie würde aufhören mit diesem *nein* … *nein* … *nein* …

Sie fuhr stockend fort: »Nur eins. Wenn die Sache klappt, an der ich dran bin, werde ich von hier weggehen.«

Er wartete, bis er wieder ruhig sprechen konnte. »Was ist das denn für ein Job?«

»In einer Show. Ein Musical. Sie sind gerade bei der Besetzung. Und ich habe eine gute Chance.« Leben kehrte in ihre Augen zurück. »Das bedeutet den Broadway und danach den Film. Eine Hauptrolle, nicht irgendeine kleine Nebenrolle im Hintergrund.«

»Der Broadway!« Er konnte zurückkehren in den Osten, konnte die Sache mit Onkel Fergus in Ordnung bringen! Jetzt würde alles gut werden. Kalifornien hing ihm ohnehin schon zum Hals heraus. »Der Broadway«, wiederholte er und lächelte. »Aber Kleines, das ist doch wundervoll. Einfach großartig.«

Kindliche Überraschung trat in ihr Gesicht, als sie seine

Reaktion wahrnahm. Er trank seinen Kaffee aus und stellte die Tasse ab. Ging aufgeregt hin und her. »Das ist großartig, Laurel. Warum hast du es mir nicht früher gesagt? Ich muß sowieso in ein paar Monaten zurück. Du hast recht, was meinen Onkel Fergus betrifft. Was ich von dem alten Geizhals bekomme, reicht gerade, um nicht zu verhungern. Deshalb muß ich jeden Pfennig zweimal umdrehen. Und wenn mir Mel nicht diese Wohnung überlassen hätte, müßte ich irgendwo in einem möblierten Zimmer wohnen. Dann hätte ich dich nie kennengelernt ... Der gute alte Mel.«

Er brannte vor Erregung über die Aussicht einer glorreichen Zukunft.

Selbst wenn es ihm nicht gelang, die Sache mit Onkel Fergus in Ordnung zu bringen – bis dahin hatte sie sicher genügend Geld, daß sie nicht mehr auf den monatlichen Scheck ihres Exgatten angewiesen war oder auf Dix' Einkommen. Sie würde ihn mitziehen, und er würde am Rande auch ein bißchen absahnen können. »Wir kommen ungefähr zur selben Zeit in den Osten. Du täuschst dich, wenn du meinst, ich wollte gar keinen Job. Ich bin das Arbeiten gewöhnt, bin so erzogen worden.« Er lachte. »Du kennst meinen Onkel Fergus nicht. Ich habe mir nur aus dem Grund ein Jahr Pause gegönnt, um die Chance zu haben, ein Buch zu schreiben. Aber jetzt gehe ich zurück und übernehme den Job, den er für mich bestimmt hat, und ich glaube, der wird auch für deine Ansprüche reichen. Onkel Fergus hat eine Fabrik, deren Anteile an der Börse gehandelt werden. Er will mir die Werbung übertragen. Und das bedeutet New York, Kleines.« Er grinste. »Und wenn deine Show dann ausläuft, machen wir Werbung in Kalifornien. Ich bleibe bei dir, Laurel!« Sie konnte gerade noch rechtzeitig ihre Tasse abstellen, bevor er sie fest in die Arme nahm und an sich drückte. »Laurel!« Er lachte und weinte zugleich. »Laurel, ich wußte, daß wir füreinander bestimmt sind. Für immer. Auf ewig.«

Sie sagte nichts, konnte nichts sagen. Aber sie zitterte in seiner Umarmung.

15

Er schlief schlecht. Obwohl Laurel neben ihm lag, trieben ihn unruhige Träume immer wieder an die Grenze des Erwachens zurück. Auch sie fand keine Ruhe. Jedesmal wenn er halb wach dalag, hörte er, wie sie sich umdrehte, erkannte an ihrer Atmung, daß sie nicht schlief. Die Träume waren Konturen im Nebel, er erinnerte sich nicht mehr an sie, als er endlich aus einem tiefen, aber nicht erholsamen Schlaf erwachte.

Er war unausgeschlafen. Sie war schon weg, als er erwachte, wie immer in letzter Zeit. Es gab keine Sonne, die ihn an sie erinnerte. Der Morgen war wie ein schmutziger grauer Lappen. Dix fühlte sich eingeengt von dem unaufgeräumten Zimmer. Die schmutzigen Kaffeetassen standen noch da, eine auf der Frisierkommode und die andere neben dem Tablett.

Er mußte raus hier. Duschte, wobei er das Geräusch des strömenden Wassers verwünschte, rasierte sich, haßte das Brummen des Rasierapparats. Er schlüpfte rasch in seine Kleider, ohne sich Gedanken über die Zusammenstellung zu machen. Er hatte keinen Plan, wollte nur raus aus diesem Raum, fort von den konturlosen Schrecken seiner Träume.

Er ließ den Wagen stehen. Wollte frische Luft atmen, Bewegung in seinen abgeschlafften Körper bringen. Er wußte nicht, warum er sich so miserabel fühlte. Alles war gut, alles kam wieder in Ordnung. Laurel hatte dafür gesorgt. Sie würden ein paar Wochen getrennt sein, während sie auf Tournee war, doch das war unwichtig. Die Trennung würde ihre Gefühle füreinander noch vertiefen. Eine Weile getrennt zu sein konnte sehr anregend sein.

Als er den Wilshire Boulevard erreicht hatte, fühlte er sich besser. Er bog in den Beverly Drive ein und steuerte auf seinen bevorzugten Deli zu. Als er hineinging, merkte er erst, wie hungrig er war. Er war der Mittagskundschaft ein wenig zuvorgekommen, bestellte Salami und Schweizer Käse auf Roggenbrot und viel Kaffee. Erst als er bezahlte – mit seinem letzten

Zehner –, wurde ihm klar, daß er wegen des zerfetzten Schecks etwas unternehmen mußte. Der Umschlag befand sich in seiner Brusttasche; er hatte ihn automatisch mit den anderen Sachen beim Anziehen eingesteckt.

Er glaubte nicht, daß er ihn in diesem Zustand bei einer Bank einlösen konnte. Bei der Bank in Beverly war er erst zweimal gewesen; dort kannte man ihn nicht gut genug, um von ihm einen beschädigten Scheck zu akzeptieren. Er brauchte Brubs Hilfe dazu: Der konnte als ein Nicolai und als Polizeibeamter genügend Gewicht in die Waagschale werfen.

Er aß zu Ende, verließ den Deli und ging in die nächste Telefonzelle. Von dort aus rief er Santa Monica an, aber niemand ging an den Apparat. Es war nur ein Versuch, aber er wählte als nächstes die Nummer der Polizeistation in Beverly Hills. Es war zwar nicht Brubs Amtsbezirk, aber vielleicht konnte man ihm dort die richtige Nummer geben.

Der Beamte, der an den Apparat kam, erklärte ihm, daß Mr. Nicolai nicht hier sei. Damit hatte Dix auch gar nicht gerechnet. Er sagte: »Ich weiß. Ich wollte nur wissen, wo ich ihn erreichen kann.« Nach einigem Palaver stellte sich schließlich heraus, daß Brub tatsächlich in Beverly war, aber gerade Mittagspause hatte. Und der Beamte wußte nicht, wo er war.

Dix war ärgerlich, als er die Telefonzelle verließ. Es hatte zu lange gedauert, herauszufinden, daß Brub in der Gegend war. Er wollte nicht auf dem Polizeirevier warten; für die Art Zeitvertreib hatte er heute keinen Sinn. Er hatte nichts weiter vor. Wenn er die Runde durch die nahegelegenen Eßlokale machte, würde er Brub wahrscheinlich finden. Vielleicht sogar besser, wenn er ihn »zufällig« traf, das ließ die Sache um so beiläufiger erscheinen.

Er hatte Glück. Fand Brub schon im zweiten Lokal, im *Ice House*. Die hatten immer eine große Eistorte in der Auslage. Dix sagte überrascht: »Na, wen haben wir denn da?« Dann sah er den zweiten Mann: Lochner mit seinem hageren Gesicht. Und fragte sich, was die beiden noch immer in Beverly Hills zu suchen hatten.

Brub war überrascht, Dix zu sehen. »Wo kommst du denn her?«

»Jeder Mensch hat mal Hunger.« Er wandte sich an Lochner. »Guten Tag, Captain.«

Brub rutschte zur Seite, und Dix nahm die Einladung an, setzte sich neben ihn. Er mußte sich noch einmal etwas zu essen bestellen, aber das machte ihm nichts aus; er nahm ein Hühner-Sandwich und eine Flasche Bier. Es war ein gutes Omen, dieses »zufällige« Zusammentreffen, ohne daß er lange hatte suchen müssen. Er fühlte sich gleich besser.

»Schon wieder neue Schwierigkeiten in Beverly?« fragte er.

»Nein.« Brub schüttelte den Kopf, nahm eine große Gabel voll Spaghetti und nuschelte mit vollem Mund: »Noch immer dieselbe Sache.«

»Du arbeitest noch immer daran?« Das überraschte Dix.

»Wir geben nicht auf«, sagte Lochner ausdruckslos.

Dix war wirklich überrascht. »Ist die Sache noch immer wichtig genug, daß der Leiter der Mordkommission sich persönlich bemüht?«

»Wir müssen alles tun, um der Serie ein Ende zu setzen«, erklärte Lochner.

»Dann glauben Sie also wirklich, daß der Täter aus der unmittelbaren Umgebung stammt?«

Lochner zuckte mit den Schultern. »Das ist der einzige Hinweis, der uns bleibt.«

»Klingt ziemlich hoffnungslos«, sagte Dix freundlich.

Brub war wieder besser zu verstehen. »Wir finden jedesmal irgend etwas Neues heraus.«

Dix zeigte keinerlei Bestürzung. Er blieb so ruhig wie ein unbeteiligter Zuschauer. »Aber was überprüft ihr denn? Und wie?«

»Wir haben uns noch einmal mit der Bedienung unterhalten. In dem Drive-in, wo er vor dem Mord mit ihr war.«

Jetzt war er noch gelassener. Was sollte dabei schon herauskommen? »Und mit Erfolg?«

Offenbar nicht; das konnte er Brub am Gesicht ablesen.

Lochner sagte: »Abwarten. Nicolai hatte da eine gute Idee.« Der Chef überließ es Brub, davon zu berichten.

Brub sagte: »Ich weiß nicht, ob viel dabei herauskommt. Aber in allen Lokalen gibt es Stammgäste. Wenn man beispielsweise oft genug zu *Doc Law* bei uns im Canyon geht, kennt man nach einiger Zeit alle anderen Gäste vom Sehen. Ich habe darüber nachgedacht. Wahrscheinlich waren auch einige Stammgäste in dem Drive-in, als Mildred mit ihrem Mörder Kaffee trank.« Er stieß vernehmlich die Luft aus. »Meine Güte, muß der Kerl Nerven haben! Einfach mit ihr dort hineinspazieren ins Helle, wo ihn jeder sehen kann, und auf gut Glück zu hoffen, daß sich niemand genau genug an ihn erinnern kann.«

»Wahrscheinlich sieht er eben ganz durchschnittlich aus«, wagte Dix zu bemerken. »Wie du und ich.«

Brub nickte langsam. »Ja. Ein ganz gewöhnlicher Mann. Aber mit den Nerven eines Jetpiloten.« Er nahm wieder eine Gabel Spaghetti und sagte mit vollem Mund: »Meine Idee war, daß die Bedienung die Stammgäste danach fragt. Ich meine, ob sie am Abend des Mordes in dem Drive-in waren und ob ihnen das Paar aufgefallen ist.«

»Nicht schlecht«, sagte Dix, als hätte er darüber nachgedacht.

»Und du hoffst wahrscheinlich, daß der Täter auch nicht zum ersten Mal dort war?«

»Ja – das wäre natürlich der Durchbruch.« Brub machte sich keine großen Hoffnungen. »Aber dazu besteht wohl kaum eine Chance. Es sei denn, er hätte tatsächlich Nerven wie Drahtseile.«

»Du meinst, er hätte die Dreistigkeit, noch einmal dort hinzugehen?«

»Ja.«

»Und die Bedienung würde ihn erkennen.«

»Bestimmt. Ich glaube schon. Bedienungen müssen ein gutes Gedächtnis haben. Die Kleine – sie heißt übrigens Gene – ist sicher, daß sie ihn wiedererkennen würde. Sie würde ihn erkennen, wenn sie ihn sieht, sie kann ihn nur nicht beschreiben.«

»Die Schwierigkeit bei vielen Zeugen in solchen Fällen besteht darin«, brummte Lochner, »daß sie nicht imstande sind, sich auszudrücken.«

»Und was ist mit dem Schneider?« fragte Dix.

»Welchem Schneider?« Brub runzelte die Stirn.

»Der, von dem du mir erzählt hast. Der den Kerl mit einem früheren Opfer aus dem Kino in Hollywood kommen sah.« Beinahe hätte er »aus dem Paramount« gesagt. Er trank einen Schluck Bier. »Bist du an dem auch noch dran?«

Brub schüttelte den Kopf. »Er war nicht nahe genug, um ihn richtig identifizieren zu können. Der Täter könnte sich bei ihm einen Anzug anmessen lassen, ohne daß der Schneider ihn erkennt.«

»Vielleicht doch.« Dix lächelte. »Ein Schneider sollte sich an Schulterweiten erinnern, an Armlängen oder die Körpergröße. Meinst du nicht?«

Lochner summte nachdenklich vor sich hin, und Brub zog Dix' Anregung ernsthaft in Betracht. Das war immerhin eine Idee. Nicht schlecht. Er dachte wieder laut: »Mein Gott, hat der Nerven! Bei all dem Licht und den Leuten!«

»Vielleicht wollte er ihr zu dem Zeitpunkt noch gar nichts antun«, meinte Dix. »Das könnte seine Unvorsichtigkeit erklären.«

»Das haben wir auch in Erwägung gezogen«, sagte Brub nachdenklich. »Aber es paßt nicht in sein Schema. Er hat sie immer aufgegabelt, um sie umzubringen. Keiner dieser Morde ist im Affekt geschehen.«

»Wenn deine Rekonstruktion sich als richtig erweist.«

Brubs Lächeln war jetzt ein bißchen verlegen. »Ich glaube nicht, daß ich allzu weit daneben liege. Er ist in erster Linie ein Mörder, das wissen wir. Er tötet, weil er ein Mörder ist.« Er zählte auf: »Er ist ein Spieler. Er ist verwegen; ich meine, er geht Risiken ein, wie im Drive-in oder mit dem anderen Mädchen ins Kino zu gehen. Aber er ist nicht so tollkühn, daß er das Risiko nicht kalkuliert. Es ist genau die Verwegenheit, mit der wir im Krieg unsere Kampfeinsätze geflogen sind. Wir haben viel riskiert, aber wir wußten, daß wir – mit ein bißchen Hilfe von oben – damit durchkommen konnten.«

»Er war beim Militär«, ergänzte Lochner.

Dix zog die Augenbrauen hoch. Als Lochner seine Feststellung nicht näher erläuterte, sagte er: »Das ist ja etwas ganz Neues.«

»Ich wette zehn gegen eins«, sagte Lochner. »Er ist genau im richtigen Alter, von guter Gesundheit und durchschnittlicher Erscheinung. Die Durchschnittlichen waren alle beim Militär.«

»Er sieht gut aus und zieht sich gut an«, sagte Brub. »Das wissen wir von unseren Zeugen, auch wenn sie sich nicht besonders gut ausdrücken können. Er ist nicht arm, und er hat einen Wagen. Wir wissen, daß er ein sympathisches Auftreten hat, denn sonst hätten sich diese Mädchen nicht von ihm ansprechen lassen. Abgesehen von der ersten, vielleicht.«

»Was macht ein Mann wie der, den du da schilderst, in so einem miesen Viertel?«

»Das gehört zu den Dingen, die wir bisher nicht verstehen«, räumte Brub ein.

»Vielleicht aus Neugierde. Wollte mal sehen, wie die unteren Zehntausend leben«, sagte Lochner.

»Oder er wußte, daß ihn der Trieb zum Töten gepackt hatte.« Brub versuchte, sich in ihn hineinzuversetzen. »Vielleicht wollte er es gar nicht tun. Vielleicht dachte er, es wäre nicht so schlimm, wenn er sich so ein billiges Mädchen dazu aussucht.«

»Und nach dem ersten Mal war es ihm egal?« fragte Dix sachlich.

»Der Mord an dem Mädchen aus dem Rotlichtmilieu war sicher nicht sein erster«, sagte Lochner mit Nachdruck.

Dix richtete den Blick auf ihn und zeigte sich überrascht.

»Es war viel zu professionell«, erklärte Lochner. Er nahm seinen Kassenbon. »Ich gehe jetzt zurück ins Büro und sehe mir diese Bruce-Berichte noch einmal an. Kommen Sie mit?«

Die Bruce-Berichte. Bruce war ein häufiger Name. Es gab sicher hunderttausend Bruces in den Vereinigten Staaten. Hunderte in Los Angeles. Dix zeigte keinerlei Reaktion auf den Namen. Er biß herzhaft in sein Sandwich. Vielleicht war das ein Test, vielleicht hatten sie den Namen nur erwähnt, um ihm eine Reaktion zu entlocken. Aber nein – warum sollten sie ihn verdächtigen? Es gab nichts, was ihn verdächtig machte. Absolut nichts.

»Ich komme gleich nach«, sagte Brub, »sobald ich mit dem Essen fertig bin.« Das Mädchen brachte eben den bestellten Apfelkuchen und Kaffee.

Dix wartete, bis Lochner an der Tür war. »Kluger Bursche«, sagte er.

»Er ist der Beste.« Brub kostete den Kuchen.

Dix wechselte zu einem persönlicheren Thema. »Du und Laurel, ihr zwei scheint euch ja gestern abend ausgezeichnet unterhalten zu haben, oder?«

Brub tat es nicht mit einem Grinsen ab. Er sagte ernst: »Ich mag sie.«

»Ich wußte gar nicht, daß du und Sylvia sie schon kanntet.«

»Nur vom Sehen. Bis gestern abend gab es nie eine Gelegenheit, miteinander zu sprechen.«

»Dafür habt ihr aber ziemlich vertraut gewirkt. Das sah ja aus wie eine richtige kleine Verschwörung.« Er versuchte Brub aus der Reserve zu locken. Er durfte es ganz offen tun, Laurel war schließlich seine Freundin. Es gelang ihm nicht.

»Ich habe eben meine ernsthaften Augenblicke«, sagte Brub.

»Das nützt dir auch nichts«, erwiderte Dix. »Laurel und ich werden nicht mehr lange hier sein.«

Brub wischte sich über den Mund. Seine Augen waren groß vor Überraschung.

»Hat sie dir nicht von ihrer Show erzählt? Und für mich wird es allmählich auch Zeit, nach New York zurückzufahren.«

»Du gehst zurück an die Ostküste?« Brub war verblüfft.

Dann fügte er gespielt vorwurfsvoll hinzu: »Und wir dachten schon, wir hätten endlich einen Kalifornier aus dir gemacht.«

Er nahm noch einen Bissen von dem Kuchen. »Warum denn? Kommt vielleicht Mel Terriss zurück?«

Laurel hatte mit Brub über Mel Terriss gesprochen! Sonst hätte Brub den Namen nicht gleich parat gehabt. Ihr ewiges Herumreiten auf dem Thema Mel. Hatte sie Brub von ihren Zweifeln erzählt, was Mels Reise nach Rio betraf? Er biß ärgerlich die Zähne zusammen.

»Mel hat nichts von sich hören lassen. Keine Ahnung. Aber ich muß zurück und mich um meine Finanzen kümmern.«

Dabei fiel ihm der Scheck wieder ein. »Ach, übrigens, Brub – kannst du mir behilflich sein?« Er fügte schnell hinzu. »Keine Angst, ich will dich nicht anpumpen, mein Alter. Aber ich habe aus Versehen meinen Scheck zerrissen, weil ich das Kuvert mit einem Reklamebrief verwechselt habe. Und ich bin zu knapp bei Kasse, um zu warten, bis Onkel Fergus Ersatz schickt. Der alte Knabe würde mir selbst dann kein Geld telegrafisch überweisen, wenn ich mit einem Bauchladen auf dem Sunset Boulevard herumlaufen müßte. Wärst du bereit, bei der hiesigen Bank für mich zu bürgen?«

»Klar. Ich kenne zwar die Bestimmungen nicht, aber es ist einen Versuch wert.« Brub griff nach beiden Kassenbons. Dix nahm sie ihm aus der Hand. »So pleite bin ich auch wieder nicht. Heute bin ich dran.«

Der trübe, graue Tag legte sich auf ihre Stimmung, als sie ins Freie traten. Es war deprimierend: So gut konnte man gar nicht gelaunt sein, daß einem dieses Dreckswetter nicht aufs Gemüt schlug.

Die Bank lag gleich gegenüber. Dix hatte angenommen, daß es Schwierigkeiten mit dem Scheck geben würde, aber es gab keine. Brubs Name hatte tatsächlich Gewicht. Der Bankdirektor war ein freundlicher Mann, er sagte: »Niemand sollte dafür bestraft werden, daß er einen kleinen Irrtum begangen hat. Solange Sie noch alle Einzelteile haben.« Seine Haltung drückte aus, daß er Dix für einen ehrlichen jungen Mann hielt, wie hätte das bei einem Freund der Nicolais auch anders sein können.

Mit den zweihundertfünfzig Dollar in der Brieftasche fühlte Dix sich erheblich wohler. Selbst der graue Tag war nicht mehr so niederdrückend. Er sagte: »Danke, Brub. Tausend Dank.« Er wollte gehen. Er würde Laurel ein Geschenk besorgen, hatte ihr bisher noch nie etwas geschenkt. Sicher, mit den zweihundertfünfzig konnte er keine großen Sprünge machen, aber er konnte ihr wenigstens eine Kleinigkeit kaufen – vielleicht eine Orchidee. Eines Tages würde er sie mit Orchideen überschütten.

Es war Brub, der den Abschied verzögerte. Brub, der damit herausplatzte: »Diese Berichte ...«

Dix wußte genau, was kommen würde. Graue Niedergeschlagenheit legte sich wieder auf sein Gemüt, aber nach außen hin zeigte er nur höfliches Interesse.

»Möchtest du sie vielleicht durchsehen? Es sind die Berichte über Brucie.« Er ratterte es herunter, war offensichtlich verlegen. Erwartete er, daß Dix zusammenbrechen würde? Oder schämte er sich, daß er einen Freund verdächtigte – einen Freund, der ihm nicht den geringsten Anlaß dazu gegeben hatte? Ein schockierter, düsterer Blick schien Dix die richtige Antwort zu sein.

»Ich habe mit Lochner über sie gesprochen. Ich konnte es einfach nicht für mich behalten, weißt du. Ich war so erschüttert, als ich von der Sache hörte. Lochner hat sich von der Londoner Polizei die Berichte telegrafieren lassen.« Brub sprach jetzt langsamer. Weil Dix nicht in Tränen ausgebrochen war? Weil er ihn warnen wollte? »Er dachte, es könnte uns weiterhelfen. Er dachte, daß der Mord an Brucie vielleicht auch Teil einer Serie ist, wie unsere Morde. Es klingt weit hergeholt, aber ihr Mörder könnte durchaus ein Amerikaner gewesen sein. England war damals voll von amerikanischen Soldaten. Vielleicht war es sogar einer aus Kalifornien.«

Dix stellte nur eine einzige Frage. »Und – war der Mord an ihr Teil einer Serie?«

Brubs Gesicht wurde von Zweifeln zerrissen. »Sie wissen es nicht. Es gab tatsächlich eine Serie, aber die begann erst nach dem Mord an Brucie. Ein paar Monate später. Genau nach demselben Schema. Ein Würger.«

»Hat man ihn nie geschnappt?«

»Nein, er wurde nie geschnappt.« Brub zögerte. »Nach sechs Monaten hörte die Serie plötzlich auf. So plötzlich, wie sie begonnen hatte. Vielleicht wurde der Mann nach Hause geschickt.«

»Und war das die Zeit, als hier die Morde begannen?« Eine gute Frage.

»N… nein«, sagte Brub zögernd.

Keine Serie, kein Schema. Lauter isolierte Fälle. Sie wußten nichts von den anderen isolierten Fällen, drüben an der Ostküste. Oder doch? Schwieg Brub nur, weil er nicht so direkt sein wollte? Warum sollte Brub ihn verdächtigen?

Er wußte, daß es Zeit war, sich zu verabschieden. Allmählich wurde er wütend. Brub hatte kein Recht, ihn zu verdächtigen. Trotzdem glaubte er nicht ernsthaft, daß das der Fall war. Schuld war seine eigene, depressive Stimmung. Er sagte: »Ich fürchte, ich könnte es nicht ertragen, diese Berichte zu lesen. Verstehst du?«

»Ja, Dix.« Brubs Miene war mitfühlend. »Bis bald dann.«

Er blickte Brub nach, bis seine untersetzte Gestalt in der Menge verschwunden war. Bedauernd schüttelte er den Kopf. Armer Teufel. Dazu verdammt, ständig im Kreis zu rennen und nach dem unsichtbaren Mann zu suchen. Brub mußte der Verzweiflung nahe sein, wenn er seinen besten Freund verdächtigte. Dix' Laune stieg. Er schlenderte den Beverly Drive entlang und betrachtete die Schaufensterauslagen, als gehörte er zu den aufgeregt schnatternden Weibern beim Einkaufsbummel, die die Gehsteige blockierten.

Aus einem plötzlichen Entschluß heraus betrat er *Leonard's* Herrenkonfektionsgeschäft. Es war riskant, aber das ganze Problem in den letzten Wochen war gewesen, daß er auf Nummer Sicher gehen wollte; so war das, wenn man verliebt war. Verliebt und pleite. Und was hatte man davon? Kopfschmerzen und schlechte Laune.

Er ging hinein, und alles klappte hervorragend. Schade, daß es nicht mehr zu einem Anzug reichte, aber auch so war er zufrieden. Einige Jacketts, aus marineblauem Flanell, weißem Tweed und hellbraunem Gabardine – *chamois* hatte man die Farbe vor ein paar Jahren genannt; außerdem ein paar Hemden und Krawatten, alles in einem hübschen Paket, das nach Rio gehen sollte. Dix Steele war zeichnungsberechtigt, dafür hatte er gesorgt, als er bei Mel einzog. Dix Steele kümmerte sich um Mels Angelegenheiten, während er in Rio war. Vielleicht war der Kreditrahmen ein bißchen überzogen, aber das konnte ja um den Ersten herum einmal vorkommen, der Scheck mußte jeden Moment eintreffen. Und Mel wollte unbedingt etwas von *Leonard's,* diese Qualität war in Rio einfach nicht zu bekommen. Eine Prise Schmeichelei, ein paar Worte von Mann zu Mann, selbstverständlich nahm er das Paket nach Rio gerne mit, er mußte auf dem Heimweg ohnehin auf dem Postamt vorbei, kein Problem, sein Wagen stand vor der Tür.

Als er mit der schweren Schachtel unter dem Arm auf der Straße stand, wünschte er sich, er hätte wirklich den Wagen dabei. Er mußte den Adreßaufkleber abreißen, sobald er zuhause war, bevor Laurel wieder herumschnüffelte. Sie würde vielleicht versuchen, Mel in die *Avenida de Perez* zu schreiben; klang der Straßenname nicht hübsch? Ein Brief konnte schon mal verlorengehen. Aber vielleicht war sie besorgt genug, ein Telegramm zu schicken. Das wäre nicht so gut. Außerdem hatte er behauptet, Mels Adresse nicht zu kennen.

Er verlagerte das Gewicht des Pakets. Er hätte es liefern lassen sollen. Aber er wollte das marineblaue Jackett für heute abend, um Laurel zu beweisen, daß sein Scheck höher war, als sie gedacht hatte. Abermals verlagerte er das Gewicht, als er am *Beverly Theatre* vorbeikam, einem Kino. Er blieb stehen. Es war noch nicht einmal vier Uhr. Laurel kam selten vor sechs, eher erst gegen sieben heim. Es gab eine Sondervorstellung, ein neuer Film, der Andrang war groß. Und er war seit Wochen nicht mehr im Kino gewesen. Also ging er hinein.

Es war schon nach sechs, als er das Kino wieder verließ. Die Straßenlampen leuchteten durch die frühe, dunstige Dämmerung. Er war ein Idiot gewesen, zu Fuß zu gehen und das Auto stehenzulassen. Es gab von hier aus keine Buslinie, die in seine Gegend fuhr. Er mußte laufen, und das mit dieser unhandlichen Schachtel. Kein Taxi in Sicht.

Es war nicht weit, aber seine Arme schmerzten, als er das dunkle Appartement erreichte. Automatisch schaute er hoch zum Balkon; auch ihr Appartement lag im Dunkeln. Er ging hinein und schaltete das Licht ein. Fragte sich dann, ob sie ihn vielleicht hatte anrufen wollen, um ihm zu sagen, daß sie später kam. Nicht an diesem Abend. Nach der Auseinandersetzung der vergangenen Nacht würde sie heute pünktlich kommen. Sie würden miteinander ausgehen. Er ging unter die Dusche und ließ die Tür offen, damit er das Telefon nicht überhörte.

Er zog sich elegant an, eine graue Flanellhose und das marineblaue Jackett. Er sah großartig aus. Und fühlte sich auch so. Obwohl es schon nach sieben war und sie noch immer nicht angerufen hatte. Er war sicher, daß sie kommen würde, sonst hätte sie sich inzwischen längst gemeldet.

Er ging hinüber ins Wohnzimmer und mixte sich einen schönen, großen Highball. Dann lehnte er sich bequem im Sessel zurück und nahm die Abendzeitung zur Hand. Heute würde er sich nicht ärgern, weil er auf sie warten mußte. Er fühlte sich ausgesprochen wohl.

Aber sie kam überhaupt nicht.

16

Er erwachte mit schmerzenden Gliedern. War im Sessel sitzend eingeschlafen; seine Beine waren steif, der Nacken schmerzte. Er schaltete das Licht aus, hinter den Fenstern dämmerte es bereits.

Es war ihm egal, wie spät es war, die Zeit war bedeutungslos geworden. Es wäre sinnlos gewesen, noch einmal hinauszugehen auf den Hof und zu ihrer Wohnung hinaufzuschauen. Jetzt würde er doch nicht feststellen können, ob sie hier war oder nicht. Um vier war sie noch nicht hier gewesen. Und jetzt würde bei ihr kein Licht brennen, ganz gleich, ob sie inzwischen zu Hause war oder nicht.

Das mußte warten. Er war jetzt zu benommen, um sie wachzuschütteln und eine Erklärung zu fordern. Auch in seiner Benommenheit war er noch schlau genug. Niemand im *Virginibus Arms* sollte sich erinnern können, ihn an ihrer Tür gesehen zu haben.

Er warf sich voll angekleidet aufs Bett. Wenn er ohne ein Schlafmittel einschlafen konnte, um so besser. Er wollte nicht allzu tief schlafen, mußte bereit sein, wenn das Telefon klingelte.

Er schlief wie ein Toter, wenn auch viel zu kurz. Das Grau des Tages schimmerte noch immer schwach hinter den Scheiben. Er fühlte sich schmutzig und elend. Das Jackett war völlig verschwitzt. Er zog es aus und warf es auf den Boden. Seine beste graue Hose hatte Falten wie eine Ziehharmonika. Er zog die schweren Lederschuhe aus, die ihm wie Blei an den Füßen hingen. Es waren gute Schuhe; er hatte sie noch in England gekauft. Als er noch Geld und Ansehen gehabt hatte. Für Colonel Steele war das Beste gerade gut genug gewesen. Er preßte die Faust fest gegen die Lippen. Keine Tränen jetzt. Er hatte nicht mehr die Kraft für Tränen.

Er zog die Hose aus und ließ sie einfach liegen. Eine Dusche würde ihn neu beleben, zumindest lange genug, um sich ein paar Stunden auf den Beinen halten zu können. So lange, bis sie hier war.

Er blieb lange unter dem sanft herabregnenden Wasser stehen. Das Wasser war beruhigend, selbst das Geräusch beruhigte ihn. Immer, sein ganzes Leben lang, hatte er das Geräusch der sich am Strand brechenden Wellen geliebt. Nichts war geschehen, was daran etwas hätte ändern können. Das Rauschen und Zischen des Wassers auf dem Sand, ein geflüstertes Wort … *nein … nein … nein …* Nicht einmal die Erinnerung daran war imstande, seine Liebe für die mächtige See zu trüben.

Er hätte gern auf das Rasieren verzichtet. Mit zitternden Händen griff er nach dem Apparat; er wußte, wie das Summen und Brummen seinen Nerven zusetzen würde. Den beruhigenden Effekt des Wassers zunichte machte. Aber er mußte sich rasieren. Ein unrasierter Mann fiel auf.

Es war fast sechs Uhr, als er sich angezogen hatte: in den Tarnfarben einer hellen Gabardinehose und eines weißen Sporthemds. Zu spät, um die verdorbenen Sachen zur Reinigung zu bringen. Er knüllte sie zusammen und schob sie in den Schrank. Es schmerzte ihn, die marineblaue Flanelljacke, dieses elegante und hochwertige Kleidungsstück, so behandelt zu sehen. Wieder mußte er den Handrücken gegen die Lippen pressen. Er würde es noch tragen, in den besten Lokalen der Stadt, wo ein solches Jackett hingehörte. Er hatte genug davon, sich in diesem Loch zu verstecken. Er würde ausgehen und etwas unternehmen. Groß ausgehen und große Dinge tun.

Er zündete sich eine Zigarette an und nahm einen tiefen Lungenzug. Er fühlte sich leicht im Kopf und ein bißchen benebelt. Kein Wunder, er hatte seit gestern nichts gegessen, und das waren nur zwei Sandwiches gewesen. Er war nicht hungrig. Er hatte einen schalen Geschmack im Mund wie kalter Zigarettenrauch. Er hatte keine Lust, in Mels Küche zu gehen und das alte Zeug zu essen, das seit Tagen im Kühlschrank lag. Wenn sie nur endlich käme …

Er hatte keinen Anlaß anzunehmen, daß sie nicht mehr kommen würde. Etwas Unvorhersehbares mußte letzte Nacht passiert sein. Vielleicht ein Engagement außerhalb der Stadt. Er war schließlich erst kurz vor sieben zurückgekommen. Sie hatte bestimmt den ganzen Nachmittag über anzurufen versucht, ohne ihn zu erreichen. Wie hätte sie ihm eine Nachricht hinterlassen sollen? Sie hatte keine Möglichkeit dazu gehabt.

Sie mußte jetzt jeden Augenblick zurück sein. Sie würde alles erklären können, wie neulich – aber worin hatte eigentlich ihre Erklärung bestanden? *Er* hatte ihr alles erklärt, aber sie? Sie hatte gesagt, es gehe ihn nichts an. Und dann von der großen Show gesprochen, bei der sie eine Rolle bekommen würde. Aber sie hatte nicht gesagt, wo sie die ganze Nacht gewesen war.

Bestimmt hatte sie es erklären wollen. Und er hatte danach fragen wollen. Aber dann war das Gespräch in anderen Bahnen verlaufen; sie waren nie auf das Thema zurückgekommen. Das mußte noch lange nicht bedeuten, daß sie keine einfache und einleuchtende Erklärung dafür hatte, wie an jenem Abend, als sie von ihrem Anwalt aufgehalten worden war.

Sie würde gleich kommen. Voller Neuigkeiten über die Show. Kein Streit heute abend; sie würden sich aussprechen und Pläne für New York schmieden. Herrgott, er sehnte sich nach New York. Wo einen keiner kannte. Wo keine Nicolais einem ständig auf der Pelle saßen. Brub war ein guter Kumpel gewesen – der alte Brub. Aber die Ehe veränderte einen Mann. Ein Bulle zu sein veränderte einen Mann.

Das Telefon hatte den ganzen Tag über nicht geläutet. Und es würde auch jetzt nicht läuten, nicht, während er im Schlafzimmer stand und es anstarrte. Es gab keine Frau auf der Welt, die es wert war, daß man sich ihretwegen so aufregte. Sie waren alle gleich. Betrügerinnen, Lügnerinnen, Huren. Selbst die scheinbar anständigen warteten nur auf eine Gelegenheit zum Lügen, Betrügen und Herumhuren. Er hatte es erlebt, immer und immer wieder hatte er es erlebt. Es gab keine einzige, die wirklich anständig war. Nur eine hatte es gegeben, und die war tot. Brucie war tot.

Laurel konnte ihn nicht enttäuschen. Von Anfang an hatte er gewußt, was sie war. Gewußt, daß er ihr nicht trauen konnte, daß sie ein Luder war, eine Schlampe, grausam wie ihre Augen und ihre krallenartig manikürten Fingernägel. Grausam wie ihr katzenhaft geschmeidiger Körper und ihre giftige Zunge. Er hatte gewußt, daß sie sich gegenseitig nicht verletzen konnten. Weil ihnen beiden an nichts und niemandem etwas lag, außer an ihrem eigenen Vorteil. Er war weder überrascht noch enttäuscht, daß sie nicht gekommen war. Er hatte es erwartet. Er würde auch nicht mit ihr streiten, wenn sie jetzt kam, sondern sie ohne ein Wort ausführen zum Essen, zum Tanzen oder in eine hübsche Bar. Was sie auch sein mochte – sie gehörte ihm. Sie war genau das, was er haben wollte.

Er wollte nicht mehr länger dasitzen und das Telefon anstarren. Er machte auf dem Absatz kehrt, wobei er fast erwartete, daß es genau dann klingeln würde, und ging hinüber in die Küche. Das Brot war vertrocknet, der Käse hart, aber er machte sich trotzdem ein Sandwich. Das geschmacklose Zeug blieb ihm im Hals stecken. Er war hungrig und sehnte sich nach einem guten Menü in stilvoller Umgebung. Er warf das angebissene Sandwich weg. Das Zeug brachte er nicht hinunter.

Es war nach sieben, lange nach sieben, und sie war noch immer nicht da. Hatte auch nicht angerufen. Er wollte nicht mehr länger warten. Er hatte Hunger. Ging durchs Wohnzimmer hinaus auf den hellblau erleuchteten Hof. In ihrem Appartement brannte kein Licht; sie war nicht da, war nie dagewesen.

Langsam ging er zurück zu seiner Wohnung. An der Tür begann er zu rennen, dachte, er hätte das Telefon klingeln hören – aber er hatte es sich nur eingebildet; drinnen war alles ruhig, still wie der Tod.

Sie kam nicht. War vergangene Nacht nicht gekommen und würde auch in dieser Nacht nicht kommen. Nur ein Trottel, ein hirnloser, verblödeter Trottel würde hierbleiben und auf sie warten.

Diesmal verließ er die Wohnung endgültig, mit erhobenem Kopf. Ohne eine Nachricht zu hinterlassen. Der Wagen stand in der Garage; er hatte ihn seit zwei Tagen nicht benutzt – es wurde Zeit, daß er ihn mal wieder bewegte. Die Garagentüren öffneten sich glatt und geräuschlos. Er fuhr den Wagen rückwärts heraus und ließ den Motor laufen, während er hinter sich die Türen schloß. Nur für den Fall, daß es spät wurde. Für den Fall, daß seine Garagennachbarn, die er noch nie gesehen hatte, sich fragten, was einer so spät noch treiben mochte.

Er fuhr hinüber zum Wilshire Boulevard und überlegte, wo er essen sollte. Im *Savoy* weiter oben am Rodeo Drive, im *Romanoff,* im *Tropic?* Er wollte gut essen, aber nicht allzuviel Geld ausgeben. Erst wenn er mit Laurel hinging. Natürlich waren da noch das *Derby* oder das *Sheetz* – aber nicht heute abend. Die Leere in ihm verlangte nach etwas anderem.

Er kam am *Judson* vorüber, und vor ihm funkelten und glitzerten die Lichter des Drive-in, *Simon's Drive-in*. Er überlegte nur sekundenlang; ein brillanter Gedanke blitzte auf und gab seiner Unentschlossenheit ein Ziel. Langsam bog er auf den Parkplatz ein.

Es war ein Wagnis – ein ungeheures Wagnis. Als einziger Außenstehender wußte er, daß die Polizei das Drive-in überwachte. Er wußte, daß die Bedienung sich nach dem Gesicht des durchschnittlichen jungen Mannes umsah. Aber genau das war die Art von Wagnis, die er brauchte: das Risiko einzugehen, ganz offen hierher zurückzukehren. Er wußte, daß sie nach einem Mann von bestimmter Größe und bestimmtem Aussehen Ausschau hielten, drinnen, im grellen Licht der kreisrunden Theke. Sie hielten nicht Ausschau nach jemandem in einer schwarzen Limousine, der im Halbschatten des Wageninneren verborgen saß. Derselbe Mann, aber das konnten sie nicht ahnen.

Bei *Simon's* war immer viel los. Selbst um diese frühe Zeit drängten sich die Wagen im Halbkreis um die Essensausgabe. Nur wenige Parklücken waren frei, und er stieß kühn in eine hinein, schaltete die Scheinwerfer aus und wartete auf die Kellnerin. In dem Wagen rechts von ihm saßen eine wasserstoffblonde Frau und ein kahlköpfiger Mann in mittleren Jahren. Auf der linken Seite war ein Wagen mit zwei jungen Burschen. Dix war sicher, daß keiner von den vieren der Polizei angehörte. Er hätte sich köstlich amüsiert, wenn er ein paar Polizisten gesichtet hätte. Angriff war immer die beste Verteidigung. Nur wenn man sich ängstlich in dunklen Ecken herumdrückte, wurde es gefährlich. Darauf würde er sich nicht mehr einlassen.

Das Mädchen kam mit der Speisekarte. Sie begrüßte ihn mit einem freundlichen »Guten Abend« – ein junges, hübsches Ding, um die sechzehn. Stupsnase, blaue Augen und langes, hellbraunes Haar unter ihrer häßlichen Mütze.

Er lächelte sie an. »Hallo«, sagte er, als käme er öfters hierher, wäre er einer von den Stammkunden. »Heute hab ich einen Bärenhunger«, fügte er noch hinzu, bevor sie zu einem der anderen Wagen weiterging. Er wollte von ihr bemerkt werden, wollte, daß sie sich an ihn als einen ganz normalen Gast erinnerte.

Staub! Lochner und sein Staub! Dix hatte natürlich haufenweise Staub von *Simon's Drive-in* im Wagen. Er wohnte in der Nähe; es war durchaus denkbar, daß er öfter zum Essen herkam. Selbst der reiche Mel Terriss aß hier. Sogar Laurel Gray.

Er fragte sich, welcher Name auf der Karte stand, die das Mädchen an den Scheibenwischer gesteckt hatte. Er war vorsichtig genug, nicht nachzusehen. Aber er hoffte, daß es Gene war, das Mädchen, das Mildred nach ihrem Foto in der Zeitung wiedererkannt hatte. Er war nicht derselbe Mann.

Sie kam mit ihrem Block zurück, und er bestellte sich ein Steak mit Pommes frites, einen Tomaten-Avocado-Salat und Kaffee. Wagen kamen und fuhren weg. Die letzten Abendessensgäste verließen das Drive-in, und die ersten Theatergäste kamen. Alles war in Bewegung, ein ständiges Kommen und Gehen, die Kassierer viel zu beschäftigt, um den Kopf zu heben; die Mädchen rannten zwischen den Autos und der Theke hin und her; viel zu sehr in Eile, um die Leute wahrzunehmen, die sie bedienten. Hier war er so sicher wie in Abrahams Schoß.

Das Essen war nicht schlecht. Er betätigte die Lichthupe und bestellte sich eine Schokomilch zum Nachtisch. Er hatte es nicht eilig. Jeder sollte seine Chance haben, sich ihn genau anzusehen. Er wünschte, die Polizei wäre hier und beobachtete ihn. Aber er ging nicht hinein in das hellerleuchtete Gebäude. Er war verwegen und liebte das Risiko, aber er war zu klug, um tollkühn zu sein.

Niemand beachtete ihn. Und als er wegfuhr, folgte ihm kein anderer Wagen. Sobald er aus dem Lichtkreis verschwunden war, senkte sich wieder die tiefe Niedergeschlagenheit über ihn. Es juckte ihn in den Fingern, zu wenden und zurückzufahren zu seiner Wohnung. Vielleicht war sie inzwischen gekommen und wartete auf ihn. Er fuhr geradeaus weiter. Sollte sie doch warten. Er hatte lange genug auf sie gewartet.

Es war keine Absicht, daß er über den Wilshire Boulevard hinaus zum Meer fuhr. Aber der Wagen schien seinen Weg zu kennen, und die Straße führte ihn auf den dunklen, fernen Horizont zu. In der Vierzehnten Straße zog Nebel auf, spätestens hier hätte Dix umkehren sollen. Aber er kehrte nicht um. Er fuhr weiter in die undurchsichtige Wolke hinein, bis er die gelblich erleuchtete Waschküche an der Kreuzung mit der Ocean Avenue erreicht hatte.

Jetzt wußte er, was er tun würde. Er bog links ab und parkte am *Palisades*-Park. Sobald er die Nebelscheinwerfer ausgeschaltet hatte, wurde alles um ihn herum zu kaum erkennbaren Schemen in der Nacht. Er stieg aus. Der Nebel fühlte sich kühl und angenehm an, während er hindurchglitt. Er betrat den Park; Bäume und Bänke nahmen erst Gestalt an, wenn er sie fast erreicht hatte. Er ging bis zu der steinernen Balustrade. Hörte jetzt von weit unten das Donnern der Brecher, konnte die Seeluft durch den Nebel riechen. Nichts war zu sehen bis auf die kleinen, gelben Lichtteiche der Straßenlampen weit unten, die die Silhouetten der Strandhäuser erahnen ließen. Jedes Geräusch klang durch den Nebel gedämpft, das entfernte Donnern der Brandung, das vereinzelte Heulen eines Nebelhorns.

Er ging auf leisen Sohlen durch den Park, sah sich nach einer lebendigen Gestalt, nach einer Frau um. Aber er war allein. Die Lebenden hatten sich hinter geschlossenen Türen versteckt und beruhigten ihre Ängste in der Wärme des Lichts. Er erreichte die Ecke, die sich über den Klippen erhob, an welcher der California Incline begann. Blieb dort lange Zeit ruhig stehen, wartete und erinnerte sich an die Nacht vor fast einem Monat, als er schon einmal an dieser Stelle gestanden hatte. Als er sich vorgestellt hatte, seine Hand wäre ein Flugzeug, das durch den Nebel glitt. Die Nacht, als er das kleine braune Mädchen gesehen hatte. Er wartete, ohne sich klarzumachen, worauf. Die Hände tief in die Taschen geschoben, beugte er sich über die Balustrade, mit dem Rücken zur Straße. Kein Bus kam vorbei und zerriß die Stille und den Nebel. Nicht einmal Autos waren unterwegs. Nicht hier und heute.

Nach einer Weile wurde er des Wartens müde und ging die Straße hinunter, verlangsamte seine Schritte, als er die Kuppe im Mittelstück erreicht hatte, und besichtigte die Stelle, wo das Gebüsch dort hinter der Mauer zusammengetrampelt war, wo die Kinder im Sonnenlicht des Tages eine Abkürzung zum Meer nahmen. Es war kein gutes Versteck, zu klein und flach, außerdem war es nicht völlig geschützt vor den Scheinwerfern der vorbeifahrenden Wagen. Noch weniger Schutz bot es vor der Küstenstraße. Es gab bessere Stellen; abgelegene, stille Orte. Er erinnerte sich an die dünnen Stämme des Eukalyptuswäldchens, an die kurvenreiche Straße, die hinunterführte in den Canyon.

Und er ging weiter hinunter auf den Lichtteich zu, wo der Incline in die Küstenstraße einmündete. Ohne Zögern überquerte er die verlassene Straße an der Stelle, wo gegenüber die kleine Gruppe von drei Häusern im Dunkel der Nacht lag. Langsam ging er daran vorbei, als könne er sich nur widerstrebend mit den verschlossenen Toren abfinden, die unliebsame nächtliche Besucher aussperren sollten. Er ging weiter auf das unbebaute Grundstück, wo bei Tag die Sonnenanbeter über den breiten Sandstreifen zum Meer gingen. Er wußte, wo er hinwollte. Er stapfte durch den Sand, bis er vor dem dritten Haus stand. Es war ein großes Haus mit spitzem Giebel, der dunkel in den Nebel aufragte. Dix wußte, daß es nicht das richtige war, nicht das erste oder zweite, wo das braune Mädchen hingegangen war.

Er wühlte sich durch den feuchten Sand zum mittleren der drei Häuser, bei dem aus beiden Geschossen breite Lichtbahnen in den Nebel eindrangen. Hinter den Fenstern war Leben und Heiterkeit. Durch ein Fenster im Erdgeschoß sah er junge Leute, die sich um einen Flügel scharten und ein Lied sangen. Ihr Gesang verspottete die Mächte, die draußen in der grausamen Nacht lauerten. Das Mädchen war auch dabei, geschützt durch Gesang, Lebensfreude und Herzlichkeit. Nur ein Meter Sand und ein dunkler Zaun trennten ihn von ihr, nur ein erleuchtetes Fenster und ihre Beschützer.

Er stand dort, bis er vor Selbstmitleid und Zorn zu zittern begann. Dann flüchtete er, aber seine Flucht war so langsam wie in einem Alptraum, wurde verlangsamt durch den tiefen Sand und die Schleier, die der Nebel vor seine Augen schob. Er floh vor diesem freundlichen Heim, und sein Haß auf Laurel erstickte alle anderen Gedanken. Wäre sie zu ihm zurückgekommen, dann wäre er jetzt kein Ausgestoßener in einer fremden, kalten Welt. Er wäre geborgen gewesen in ihrer strahlenden Wärme. Er pflügte sich durch den Sand hinunter zum Wasser, wo es finster war und die verlassenen Strandklubs im Dunkeln lagen. Er stolperte weiter, bis er auf ein Knie stürzte, stand nicht wieder auf, sondern hockte sich statt dessen auf die leichte Erhebung der Düne und vergrub den Kopf in den Armen.

Dort blieb er lange Zeit. Verloren in einer Welt wirbelnder Nebel und donnernder Brecher, einer Welt, in der es nur noch Nebel und Wellen gab und seine Trauer und das Heulen des Nebelhorns weit draußen auf dem Ozean. Verloren an einem einsamen Ort. Und die roten Gedanken tobten in seinem Gehirn.

Er blieb lange Zeit dort, aber Zeit existierte nicht in der traurigen, leeren Hülle, mit der ihn die Nacht umgab. Er war so in sich versunken, daß er erschrak, als er etwas laufen hörte; erstarrte, als die kleine, dunkle Gestalt auf ihn zustürmte. Er merkte, daß es ein Hund war, ein zutraulicher Terrier. Sagte: »Hallo, Kleiner«, und der Hund beschnüffelte seine Hand. Er hätte am liebsten losgeheult. Sagte wieder: »Hallo, Kleiner.«

Und dann hörte er Schritte durch den Sand kommen und brauchte nicht mehr den Trost der Tränen. Heiße Erregung stieg in ihm auf; wo es einen Hund gab, konnte der Herr nicht weit sein – oder seine Herrin ... Er streichelte den lockigen Kopf des Tieres.

»Netter Kerl«, sagte er.

Der Hund beschnupperte ihn, als das Mädchen aus dem Nebel auftauchte. Dix blickte zu ihr hoch und sagte: »Hallo.«

Sie hatte keine Angst, erwiderte sorglos: »Hallo.«

Er lächelte. Sie wußte nicht, daß hinter diesem Lächeln sein Haß auf Laurel verborgen war, sein Haß auf Brub und Sylvia, auf Mel Terriss, auf den alten Fergus Steele, auf jeden Menschen dieser Welt, nur nicht auf Brucie. Und Brucie war tot.

17

Sie war nicht zurückgekommen. War wieder die ganze Nacht ausgeblieben. Das Appartement war leer und kalt. Er schaltete die Lichter aus, bevor aus dem grauen Nebel der Nacht der graue Nebel des Morgens wurde.

Er wagte es nicht, zu schlafen. Nicht ehe er seinen Fehler korrigiert hatte. Seinen ersten Fehler überhaupt. Den Fehler mit dem Sand. Denn der Sand drang heimtückisch überall ein, ganz gleich, wie oft man ihn wegbürstete; die kleinen Körnchen blieben haften wie Zement, tauchten unvermittelt auf, wo zuvor keine gewesen waren. Wenn schon der Staub ein Geheimnis enthüllen konnte, dann schrie es der Sand geradezu hinaus in alle Welt.

Bisher war es nicht wichtig gewesen. Bisher hatte er einfach weggehen können, hatte niemandem Rechenschaft ablegen müssen. Jetzt war er unsicher geworden. War sich nicht einmal mehr im klaren, welche Befürchtungen berechtigt waren und welche nur seiner Phantasie entsprangen. Es war ein Fehler gewesen, Brub Nicolai zu besuchen, ihre Freundschaft zu erneuern. Wäre er allein geblieben, hätte er sich über den Sand keine Gedanken machen müssen. Nur gut, daß er bald nach New York zurückfahren würde. Er hatte genug von dieser Gegend; sie machte ihn allmählich nervös. Es waren nur die Nerven. Aber er durfte nicht das Risiko eingehen, daß der Sand ihn verriet.

Während er wartete, rauchte er nur wenig. Selbst dazu war er körperlich zu ausgelaugt. Er hätte sofort schlafen können, tief und lang, dennoch fiel es ihm nicht schwer wachzubleiben. Sein Geist war wach. Er wußte genau, was er tun mußte und was dazu nötig war. Er mußte nur warten, bis der Morgen angebrochen war. Und darauf achten, daß niemand hierherkam, bis er getan hatte, was getan werden mußte. Er wollte nicht einmal Laurel sehen, ehe er wieder in Sicherheit war.

Sicherheit! Er war in Sicherheit! Er spürte keine Angst, keine Furcht. Er hatte nie zugelassen, daß die Furcht von ihm Besitz ergriff. Seine Verärgerung, daß er in Begriffen wie *Sicherheit* gedacht hatte, machte ihn wieder hellwach, und er sah, daß der Morgen angebrochen war. Er streckte seine Arme und seinen Körper im ersten, fahlen Tageslicht. Er fühlte sich, als hätte er die ganze Nacht in einem engen Loch verbracht.

Wieder wusch er sich Gesicht und Hände, putzte sich die Zähne. Sein Anzug sah aus, als hätte er die ganze Nacht damit im Sand geschlafen. Aber das machte nichts. Er zog sich die Hose aus, schlüpfte in die Badehose und zog die Anzugshose wieder darüber an. Die Badehose war alt; er hatte sie gekauft, als er erstmals nach Kalifornien gekommen war. Eigentlich hatte er ein gut Teil des letzten Sommers am Strand verbringen wollen. Aber da hatte er noch keinen Wagen gehabt, und er konnte es nicht ausstehen, in überfüllten, stinkenden Bussen oder Straßenbahnen zu fahren. Zum Schwimmen war er meistens in Freibäder in der Gegend gegangen, wo er jeweils lebte. Erst als er über Mels Auto verfügte, hatte er begonnen, die Stadt zu erkunden.

Er ärgerte sich, daß er soviel Zeit in öffentlichen Schwimmbädern, billigen Lokalen und Kinos vergeudet hatte. Wenn er früher gewußt hätte, wie er es anstellen mußte, wäre er jetzt längst etabliert, würde in den richtigen Kreisen und Klubs verkehren, mit Leuten, die genug Geld und Muße hatten, sich ein schönes Leben zu machen. Für einen angenehmen Gesellschafter war in diesen Kreisen immer Platz. Einen Augenblick lang hätte er sich beinahe Mel zurückgewünscht.

Allmählich wurde es hell draußen. Er hatte Glück; was er kaum zu hoffen gewagt hatte, schien einzutreten: Es sah aus, als würde sich der Nebel bald verziehen.

Um acht kochte er Kaffee und trank zwei Tassen schwarz. Er war nervös. Bisher war noch nie jemand am Vormittag hierhergekommen, doch allein die Tatsache, daß er schon um diese Stunde wach war, konnte einen Vorübergehenden anlocken. Eins blieb noch zu tun, bevor er aufbrach. Widerwillig – nicht ängstlich, aber widerwillig – holte er die Morgenzeitung herein. Es mußte sein, gehörte zu seinem Plan.

Diesmal hatte er kein Glück. Der verdammte Zeitungsjunge hatte sie nicht auf seine Türschwelle gelegt. Vom Wohnzimmerfenster aus sah er, daß sie weit entfernt auf dem Weg zum Pool lag. Er wartete am Fenster, bis ein Mann, den er nie zuvor gesehen hatte, eilig den Patio verließ. Wahrscheinlich ein Langschläfer auf dem Weg zur Arbeit; spät dran, anscheinend.

Es war nicht die richtige Zeit für Dix, die Zeit, wenn die Bewohner des *Virginibus Arms* zur Arbeit gingen. Zweimal war er schon an der Tür, als ihn Türenklappen und verhallende Schritte wieder zurückzwangen. Schließlich öffnete er seine Tür einen Spalt weit und spähte hinaus. Er konnte den Morgenmantel überziehen. Das würde seine Geschichte unterstreichen, daß er die ganze Nacht an seinem Buch geschrieben hatte, aber er wollte keine Zeit damit vergeuden. Seine Nerven schrien danach, endlich aufzubrechen und zu tun, was getan werden mußte, bevor es zu spät war. Und er hatte immer noch Angst, Laurel könnte zum falschen Zeitpunkt zurückkommen. Er konnte keinen Streit mit ihr brauchen. Er hatte keine Zeit dazu.

Er nutzte eine Gelegenheit, die Zeitung zu holen. Ohne Eile. Eine alltägliche Sache, die man tat, ohne groß darüber nachzudenken. Aber er wußte nicht, wie viele Nachbarn hinter ihren Vorhängen standen und sich fragten, warum der junge Mann in Mel Terriss' Appartement auf einmal so früh auf war? Nun, auch darauf hatte er eine Antwort. Er hatte die ganze Nacht durchgearbeitet. Hatte sein Buch beendet! Der Gedanke war ihm eben erst gekommen; ein guter Gedanke. Er hatte die Nacht durchgearbeitet und das Buch zu Ende gebracht. Er war erschöpft, aber zu aufgekratzt, um schlafen zu können. Daher hatte er sich entschlossen, an den Strand zu fahren. Das Wetter war zwar noch nicht allzu schön, aber es sah aus, als ob es aufklaren würde, und es gab nichts Entspannenderes, als im Sand zu liegen und den Wellen zuzuhören. Also hatte er sein Manuskript eingepackt, es unterwegs zur Post gebracht und war danach zum Strand gefahren.

Um Himmels willen: Für wen bereitete er eigentlich dieses peinlich genaue Alibi vor? Kein Mensch würde ihm irgendwelche Fragen stellen. Es war verrückt, zu glauben, daß er über jede Minute seiner Zeit Rechenschaft ablegen mußte, als wäre er ein Jugendstraftäter auf Bewährung oder ein unterdrückter Ehemann. Er brauchte nur einfach ins Bett zu gehen, ein paar Schlaftabletten zu schlucken und den traumlosen Schlaf zu finden, den er so nötig hatte. Wen kümmerte es schon, was er letzte Nacht und den heutigen Tag getrieben hatte. Und wen interessierte, warum?

Die Antwort lautete: niemand! Und er würde nicht so dumm sein, Brub ungefragt ein Alibi zu liefern. Nein, er war nicht darauf aus, sich das Leben schwerzumachen; es gab nur einen guten Grund, weshalb er an den Strand fahren mußte, weshalb er einen Tag, den heutigen, am Strand verbringen wollte, auf dem Sand, der jetzt schon in seinen Schuhen war, in jeder Falte seines Anzugs und im Wagen. Nicht weil er allmählich durchdrehte, sondern weil er schlau war, weil er keine unnötigen Risiken einging.

Er stand mitten im Wohnzimmer und hielt die zusammengefaltete Zeitung in der Hand. Nur noch eines war zu tun, und das tat er jetzt. Er schlug die Zeitung auf und warf einen Blick auf die Titelseite.

Erleichterung durchströmte ihn und schlug wie eine Flutwelle über ihm zusammen. Noch nichts auf der Titelseite, kein Wort. Er konnte nicht wissen, was geschehen war. Er fuhr an den Strand.

Er warf die Zeitung auf die Couch; dabei rutschten ein paar Blätter auf den Boden. Gut. Als ob er darin gelesen hätte. Er ging in die Küche, zögerte dann aber. Falls ihn jemand zur Garage gehen sah, brauchte er ein Requisit. Er nahm einen großen, braunen Umschlag, stopfte ihn mit ein paar Illustrierten aus, klebte ihn zu und klemmte ihn sich unter den Arm. Mehr brauchte er nicht. Die Wohnung konnte keinem etwas verraten, der während seiner Abwesenheit hereinkommen würde. Aber wer sollte schon hereinkommen? Nicht einmal Laurel hatte sich mehr blicken lassen.

Das Requisit hätte er nicht gebraucht. Er begegnete niemandem auf dem Weg zur Garage. Niemand ließ sich sehen, während er den Wagen herausfuhr. Dann war er unterwegs. Nicht so früh, wie er gedacht hatte, aber um so besser. Dann mußte er nicht so lange am kalten Strand herumsitzen.

Irgendwo auf dem Weg mußte er an der Post halten. Besser nicht in Beverly, damit er nicht riskierte, auf Brub zu treffen. Die Polizeistation in Beverly lag zu nah bei der Post. Lieber Westwood oder Santa Monica. Er entschied sich für das letztere Postamt; er wußte, wo es lag.

Natürlich bestand die Gefahr, daß er unterwegs Gerüchte über den letzten Mord aufschnappte, aber wenn schon! Das machte jetzt keinen Unterschied mehr. Er umfuhr das Zentrum von Beverly. Die Straße nach Santa Monica hatte er bei Tag noch nie gesehen. Die Sonne versuchte mühsam, die dünne Wolkendecke aufzulösen. Er mußte sich nicht mehr beeilen, jetzt nicht mehr, konnte sich Zeit lassen.

Er fuhr auf die Linksabbiegespur. Um diese Zeit war nicht viel Verkehr, aber er fuhr vorsichtig. Er konnte es sich nicht leisten, in einen Unfall verwickelt zu werden, die Aufmerksamkeit der Polizei zu erregen. Es ärgerte ihn, daß sich ein derartiger Gedanke in sein Bewußtsein geschlichen hatte, und vor Zorn bog er zu schnell ab. Es war reines Glück, daß dabei nichts passierte. Reines Glück. Es hieß, daß er wieder eine Glückssträhne hatte. Er konnte aufhören, auf dem Sprung zu sein.

Er hielt vor dem Postamt. Leute gingen hinein und kamen heraus wie Statisten in einem Film. Niemand, den er kannte, der ihn bemerken würde. Er adressierte das Päckchen noch im Wagen. Er zögerte über der Adresse. Er wollte sichergehen, daß dieses Päckchen nie wieder auftauchte. Er konnte es nicht an sich selbst schicken, weder postlagernd noch an Mels Adresse oder nach Princeton. Falls aus irgendeinem dummen Zufall seine Post überwacht werden sollte, wäre das schlecht gewesen. Nicht in seiner eigenen Handschrift, selbst wenn er sie verstellte; es gab zu viele Experten. Außerdem nicht mit einem Poststempel von Santa Monica. Mel Terriss oder Onkel Fergus schieden aus denselben Gründen aus. Schließlich fiel ihm ohne besonderes Nachdenken die Lösung ein: Er würde es an jemanden schicken, der vor langer Zeit über Italien gefallen war. Tommy Johns, ein alltäglicher Name. Postlagernd Chicago. Kein Absender. Das Päckchen würde da landen, wo es hingehörte: in der Abteilung für unzustellbare Sendungen.

Er ließ das Päckchen wiegen. Auf der Post war ziemlich viel los, er war der dritte in einer Schalterschlange. Niemand kannte ihn, niemand bemerkte ihn. Er kaufte die Briefmarken und ging zu einem der Schreibpulte, als wollte er noch den Absender draufschreiben. Niemand stand neben ihm am Pult. Er klebte die Briefmarken auf und steckte den Umschlag in den Briefschlitz.

Es hätte gar nicht unauffälliger ablaufen können, aber trotzdem hatte er feuchte Handflächen, als er zu seinem Wagen zurückkehrte. Noch nie hatten ihm seine Nerven derartige Schwierigkeiten bereitet; er konnte das gar nicht begreifen. Aber wenn man es vernünftig betrachtete, war es verständlich. Er hatte unter entsetzlichem Druck gestanden und so gut wie gar nicht geschlafen – da würde jeder nervös werden. Früher hatte er immer lang und tief ausschlafen können. Solche Manöver wie jetzt waren noch nie nötig gewesen. Er verwünschte die Umstände, die ihn dazu zwangen.

Auf der Fahrt zum Strand machte er einen großen Umweg um den California Incline; er wollte jegliches Risiko vermeiden, jeder Polizeikontrolle entgehen. Fuhr also hinunter über die Ocean Front Road und folgte dann den Windungen des Canyon auf dem Weg zum Meer. Er war nicht der einzige, der beschlossen hatte, den Tag am Strand zu verbringen. Auf dem Parkplatz beim öffentlichen Strand parkte ein gutes Dutzend Autos. Er stellte seinen Wagen daneben und ging dann über die Betontreppen hinunter zum Strand.

Der Strand war nicht gerade überfüllt. Dicht an der Betonmauer saßen ein paar junge Burschen und Mädchen, die sich die Pullover über die Badekleidung gezogen hatten. Sie spielten Karten, und ein Kofferradio spielte Musik. Weiter unten in der Düne saßen ein fetter Mann und seine hagere Frau. Ein paar junge Männer, einzeln und in Gruppen, die Strandathleten. Dix suchte sich einen Platz an der Ufermauer neben dem Turm des Strandwächters, zog sein Sakko aus, faltete es zusammen und legte es in den Sand. Dann zog er auch die Hose aus, faltete sie ebenfalls und legte sie auf die Jacke. Das Hemd behielt er an; der Seewind war kühl unter dem teilweise bedeckten Himmel. Er zog Schuhe und Socken aus, stellte sie zur Seite und streckte sich dann mit dem Kopf auf dem zusammengelegten Anzug im Sand aus. Das Geräusch der Brandung drang nur gedämpft heran, gelegentlich kam die Sonne durch; hier und da zeigten sich schon Flecken blauen Himmels. Er schloß die Augen und schlief ein.

Als er erwachte, war er überrascht. Er war offenbar sofort in Tiefschlaf gefallen, sobald er sich hingelegt hatte, denn danach erinnerte er sich an gar nichts mehr. Zum Glück hatte er nicht allzu lang geschlafen; es war erst kurz nach drei. Vermutlich hatte ihn die Kälte geweckt; jetzt war der Himmel wieder grau und bedeckt. Dix schüttelte seine Kleidung aus und zog sich an; nun waren die Knitterfalten und der Sand legitim. Das galt auch für die Schuhe und Socken. Er konnte die ganzen Kleider unbesorgt in die Reinigung bringen, ohne daß jemand Fragen stellte. Er sehnte sich nach einer warmen Dusche, sauberen Sachen und einem bequemen Bett zum Weiterschlafen.

Aber zuerst mußte er noch etwas unternehmen, damit man sich an ihn erinnerte. Das hatte er noch letzte Nacht geplant. Er fuhr mit dem Wagen an die Tankstelle gegenüber dem Strand, sagte »Volltanken« zu dem dunkelhaarigen Besitzer und fügte als Nachsatz hinzu: »Kann ich bei Ihnen telefonieren, während Sie auftanken?« Der Tankstellenbesitzer konnte sich später vielleicht nicht mehr an ihn erinnern; der Anruf würde sein Gedächtnis auffrischen. Dix wählte seine eigene Nummer; er ließ es eine Weile klingeln, dann hängte er ein und erhielt sein Geld zurück.

Der Wagen war inzwischen aufgetankt, und Dix fuhr weiter. Er hätte gern an einer Hamburgerbude angehalten, um einen Bissen zu essen und Kaffee zu trinken – vor allem Kaffee. Er fror noch von seinem Schläfchen am Strand. Aber er wollte nicht durch Zufall Sylvia oder Brub in die Hände laufen; das war schließlich »ihre Gegend«. Also fuhr er weiter. Er kurvte den Canyon nach San Vicente empor. Unterwegs gab es keine Imbißbuden oder Lokale bis Beverly. Bei *Simon's Drive-in* wollte er zu dieser ungewöhnlichen Zeit nicht einkehren; das hätte bedeutet, sein Glück zu strapazieren. Der Gedanke an Essen hatte ihn heißhungrig gemacht – andererseits konnte er in diesem Zustand kein Lokal betreten, mußte sich erst umziehen. In seinem jetzt doppelt zerknitterten Anzug würde er überall in Beverly auffallen wie ein bunter Hund. Inzwischen redete man vermutlich in der ganzen Umgebung von dem Mord; alles Ungewöhnliche würde Verdacht erregen. Vor allem alles Sandige.

Er fuhr zurück zum Appartement. Wollte den Wagen eigentlich nicht in die Garage stellen; er würde wieder wegfahren, sobald er sich gesäubert hatte. Den Wagen unterzustellen bedeutete den doppelten Weg, aber dann mußte er nicht offen durch den Patio gehen. Er zog es vor, die Wohnung ungesehen zu betreten. Er verfluchte den Zwang zur Vorsicht und fuhr in die Garage. Wagen anhalten, aussteigen, Garagentore öffnen, einsteigen, Handbremse lösen, hineinfahren, aussteigen, Garagentore schließen.

Müde trottete er durch die Seitenstraße zur Hintertür seines Appartements. Er verlangsamte seine Schritte. Er wurde beobachtet! Ein Gärtner schnitt die Hecken neben seiner Küchentür! Ein kleiner, mickriger Mexikaner in einem ausgebleichten Overall, einem alten Hut auf dem Kopf und einem breiten Schnauzbart, der ihm über die Mundwinkel nach unten hing. Die Heckenschere wirkte fast größer als der ganze Kerl. »Klip, klip, klip«, machte die Schere im Takt zu Dix' Schritten. Der Mexikaner schaute auf, als Dix die Tür erreicht hatte. »Allo«, sagte er freundlich.

Dix erwiderte den Gruß nicht, nickte nur stumm und ging hinein in sein Appartement. Es hätte ihn nicht gewundert, wenn drinnen etwas nicht in Ordnung gewesen wäre; der Gärtner hatte ihn merklich aus dem Gleichgewicht gebracht. Aber das Appartement war unverändert. Nur das Zimmermädchen war hiergewesen und hatte aufgeräumt. Die Kaffeekanne und die Tassen waren gespült, die Zeitung lag zusammengefaltet auf dem Couchtisch im Wohnzimmer. Die Aschenbecher im Schlafzimmer waren geleert und gesäubert, sein Bett, in dem er nicht geschlafen hatte, war gemacht. Alles in Ordnung.

Er unterdrückte das Bedürfnis, nach der Abendzeitung Ausschau zu halten; die kam erst gegen fünf. Er zog sich aus, warf die Kleidung zu dem Bündel, das sich auf dem Boden des Schranks angesammelt hatte, und nahm dann eine lange, heiße Dusche. Rasierte sich anschließend, ohne sich von dem Brummen gestört zu fühlen. Allmählich begann er, sich großartig zu fühlen. Während er sich anzog – gut anzog: einen dunklen Tweedanzug mit hellem Pullover unter dem Jackett –, fragte er sich, ob Laurel in dieser Nacht zurückkommen würde. Das wollte er schwer hoffen. Sie war ja nun schon zwei Nächte außer Haus. Es wäre gut, wenn sie heute kam, denn er war gar nicht wütend auf sie. Sie hatte sicher einen guten Grund für ihre Abwesenheit. Und er würde diesen Grund ohne Vorwürfe akzeptieren. Er würde alles akzeptieren, wenn sie nur endlich auftauchen, ihn zu einem Festessen begleiten und danach mit ihm nach Hause gehen würde.

Er entschied sich, noch eine Stunde zu warten für den Fall, daß sie kam. Sein Appetit war inzwischen verflogen.

Er schenkte sich einen Schluck Roggenwhisky ein und trank ihn pur. Nicht daß er es nötig gehabt hätte – er fühlte sich glänzend. Es war das Sahnehäubchen auf seiner guten Laune.

Dann schaltete er das Radio ein; bisher hatte er noch gar nicht daran gedacht, daß er auch auf diese Weise die neuesten Nachrichten erfahren konnte. Suchte die Skala nach allen erreichbaren Sendern ab, fand aber nur Musik- und Kindersendungen. Zur Zeit waren keine Nachrichten. Er schaltete die hektischen Laute wieder aus und genoß die Stille des Appartements.

Vielleicht war die Zeitung heute schon ein bißchen früher gekommen. Er mußte wissen, was geschehen war, wollte nicht, daß er von irgend etwas überrascht wurde. Öffnete die Tür, trat hinaus und sah sich um. Keine Zeitung. Aber im *Virginibus Arms* schien man inzwischen größere Gärtnerarbeiten in Angriff genommen zu haben: Drüben an den Blumenbeeten war ebenfalls ein Mann im Overall tätig. Er war jünger als der Mexikaner an der Hecke, ein großer, hagerer Typ, aber genauso einfältig wie der andere. Er sagte nicht »Hallo«, warf nur einen flüchtigen Blick auf Dix und fuhr dann fort, das Beet umzugraben.

Dix ging zurück ins Wohnzimmer. Wenn sie bis sechs nicht aufgekreuzt war, fuhr er allein zum Essen. Er würde nicht wieder den ganzen Abend herumsitzen und auf sie warten. Wahrscheinlich war sie wirklich beruflich außerhalb. Hatte wohl Angst gehabt, er würde Umstände machen, wenn er es vorher erfuhr. Aber eigentlich war er ziemlich sicher, daß sie heute kommen würde, daher überraschte es ihn nicht, als es an der Tür klingelte. Er wunderte sich nicht einmal, warum sie klingelte, anstatt einfach ihren Schlüssel zu benutzen. Einen Sekundenbruchteil lang war er sogar amüsiert: Sie war kleinlaut und saß nicht mehr auf dem hohen Roß.

Er öffnete die Tür und sah sich Brub Nicolai gegenüber.

18

Brub sagte: »Hallo, Dix.« Er lächelte nicht, stand einfach da: eine untersetzte Gestalt, die nichts Gutes verhieß.

Der kalte Hauch der Gefahr drang bis in den letzten Winkel von Dix' Gehirn. Er antwortete mechanisch: »Hallo.«

Einen Augenblick lang sagte keiner der beiden Männer etwas, standen sie nur reglos da und sahen einander ins Gesicht. In diesem Augenblick erkannte jeder den anderen als das, was er war: Jäger und Gejagter.

Der Bann war gebrochen, als beide gleichzeitig zu sprechen begannen. Brub fragte Dix: »Willst du mich nicht reinlassen?«, und Dix rief: »Steh doch um Himmels willen nicht so rum da draußen! Komm rein.«

Danach konnten sie wieder so tun, als wäre nichts geschehen. Sie benahmen sich wie zwei alte Freunde, die sich zu einem kleinen Plausch getroffen hatten. Brub kam mit seinem wiegenden Gang herein, ließ sich auf die Couch sinken und warf seinen Hut auf einen Sessel. »Ich glaube, jetzt könnte ich einen Schluck vertragen.«

»Gute Idee. Was soll's denn sein?«

»Scotch. Mit Soda, wenn's geht.«

»Ich glaube, es ist noch etwas da.« Er stellte Scotch- und Roggenwhiskyflasche auf die kleine Bar, fand eine Sodaflasche und öffnete sie. »Ich hole uns Eis.«

Brubs Stimme folgte ihm in die Küche. »Du trinkst anscheinend nicht mehr so wahllos wie früher, was? Das muß man sich mal vorstellen: zwei verschiedene Sorten Schnaps in deinem Haushalt!«

Dix nahm den Behälter mit den Eiswürfeln aus dem Eisfach und drückte die Würfel heraus. »Du wirst noch zum Abstinenzler werden, wenn du nicht aufpaßt, Brub.«

Aber es war ein hohles Wortgeplänkel. Es erstarb, bevor die Drinks fertig waren.

Dix versuchte es noch einmal und erhob sein Glas. »Auf

unsere Jugend«, sagte er. »Die sorglosen, leidenschaftlichen Tage von damals – lange her, was?«

»Wie aus einer anderen Welt«, antwortete Brub ernst.

Abermals senkte sich Schweigen über sie. In der Stille hörte Dix, wie die Zeitung vor seine Wohnungstür klatschte. Jetzt konnte er sie nicht holen. Nicht bevor er wußte, was Brub wollte. Weit entfernt vermeinte er immer noch das Klipp-klapp der Gärtnerschere zu hören.

Er konnte die Stille, die mit sorglosem Männergespräch erfüllt sein sollte, nicht mehr ertragen. Er fragte: »Was ist los, Brub? Du siehst ganz erledigt aus.«

»Frag mich mal. Ich *bin* erledigt.«

»Ich frage ja.« Er wußte nichts. Hatte die Zeitung noch nicht gelesen, keine Nachrichten im Radio gehört. Er versuchte es auf einem Umweg. »Ist etwas mit Sylvia?«

Brub hob die Augenbrauen. »Was soll mit Sylvia sein?«

Dix erwiderte entschuldigend: »Als ich neulich bei euch war, hatte ich das Gefühl, als ob ihr vielleicht Schwierigkeiten hättet. Es herrschte irgendwie eine gespannte Stimmung ...«

Brub lachte bereits, bevor Dix ausreden konnte. Es war ein herzliches Lachen; er lachte über etwas, was ihm sehr komisch erschien. Als Dix verstummt war, sagte Brub: »Da liegst du vollkommen falsch. Sylvia ist – eben Sylvia.« Mehr brauchte er nicht zu sagen. Man hörte es an seinem Ton, konnte es ihm vom Gesicht ablesen.

»Das freut mich«, murmelte Dix. Er trank einen Schluck aus seinem Glas. »Aber was ist es dann? Wo liegt das Problem?«

»Soll das heißen, du weißt nicht, was passiert ist?«

Dix erwiderte mit gespielter Entrüstung: »Woher sollte ich das wissen? Ich war den ganzen Tag drunten am Strand ...«

Er mußte nur »Strand« sagen, und schon spannte sich Brub. Es war Absicht gewesen. Dix fuhr fort: »Ich bin erst seit einer Stunde wieder da, habe schnell geduscht und mich umgezogen, mir einen Schluck genehmigt, und jetzt warte ich auf Laurel.« Er warf einen Blick auf seine Uhr. »Hoffentlich bleibt sie heute abend nicht zu lange aus. Ich bin am Verhungern.«

»Du warst den ganzen Tag am Strand!« sagte Brub voll Erstaunen, beinahe ehrfürchtig.

Es war genau die Reaktion, die Dix haben wollte. Er streckte sich entspannt in seinem Sessel und genoß seinen Drink. Dann sagte er mit bescheidenem Stolz: »Ja – ich habe die ganze Nacht durchgearbeitet und mein Buch zu Ende geschrieben. Ich war zwar todmüde, aber auch zu aufgekratzt, um schlafen zu können. Daher habe ich mich entschlossen, an den Strand zu fahren. Es sah so aus, als ob es aufklaren würde – was ist eigentlich aus dem berühmten kalifornischen Sonnenschein geworden? Dieses ewige Grau fällt mir auf die Nerven. Natürlich hat es sich wieder zugezogen.« Er trank wieder einen Schluck; er sprach nicht zu rasch oder zu begeistert. Ein Mann, der bei einem netten Plausch seine wohlverdiente Cocktailpause genoß. Keine Rede von Alibi – er berichtete nur, wie er den Tag verbracht hatte. »Aber ich habe mich trotzdem gut erholt, bin sogar ein bißchen eingeschlafen. Erstaunlich, was ein bißchen frische Seeluft ausmachen kann. Jetzt könnte ich wieder Bäume ausreißen.« Es war ein erregendes Gefühl, hinter dieser Maske aus Freundlichkeit zu sitzen und zuzusehen, wie der Verdacht allmählich aus den Gedanken des Jägers wich.

»Du hast das Buch zu Ende geschrieben!« rief Brub. »Großartig. Läßt du Sylvia und mich einen Blick hineinwerfen?« Er versuchte, seine Gedanken neu zu ordnen, während er Konversation machte.

Dix schüttelte bedauernd den Kopf. »Ich habe es schon an den Verlag geschickt. Gleich heute früh. Aber du bekommst ein Exemplar mit Widmung, wenn es veröffentlicht wird. Falls es veröffentlicht wird. Das habe ich dir ja schon versprochen, für deine Hilfe.«

»Hilfe?« Brub wußte nicht, wovon er sprach.

»Klar. Wegen der Reifenspuren und als du mich am Nachmittag in den Canyon mitgenommen hast. Das hat mir sehr geholfen.« Jetzt fiel es Brub wieder ein. Aber es erinnerte ihn auch an andere Dinge. Die Niedergeschlagenheit senkte sich erneut über ihn.

»Also, wo liegt das Problem?« fragte Dix. »Komm, ich mach dir noch einen.« Er nahm Brubs Glas. Sein eigenes war noch halb voll. Er mußte vorsichtig sein. Mit seinem fast leeren Magen und so aufgedreht, wie er ohnehin war, brauchte er nicht zusätzlich noch Alkohol. Er sprach weiter, während er einen ziemlich starken Drink mixte: »Raus mit der Sprache. Was drückt so schwer auf deine starken Schultern?« Er reichte Brub das Glas. »Probier mal.«

»Danke.« Brub schaute zu ihm hoch. »Hast du noch keine Zeitung gelesen?«

Dix ging zurück zu seinem Sessel. »Doch, ich habe heute früh die *Times* durchgeblättert ...« Er brach ab, las es in Brubs Augen. »Brub – du willst doch nicht sagen, daß ...«

Brub nickte bestätigend. Jetzt war keine Spur von Verdacht mehr übrig – falls er Dix überhaupt jemals verdächtigt hatte. »Ja. Schon wieder eine.«

Dix stieß die Luft aus. Dann rief er leise, in ungläubigem Entsetzen: »Großer Gott!«

Brub nickte wieder.

»Und wann ... wo ... war es wieder ...?« stotterte Dix.

»Er war es«, sagte Brub grimmig. »Genau die gleiche Geschichte.«

»Der Würger«, murmelte Dix. Er wartete, daß Brub mit seinem Bericht fortfuhr. Jetzt war nicht die Zeit für Fragen, nur für entsetztes Schweigen. Brub würde reden; er hatte zu viel in sich hineingefressen, als daß er jetzt hätte schweigen können. Er mußte es loswerden.

»Es war letzte Nacht«, begann Brub. Er hatte Mühe, die richtigen Worte zu finden. War kein Polizist mehr, nur ein zutiefst erschütterter Mensch, der Mühe hatte, seine Tränen zu unterdrücken. »Letzte Nacht oder in den frühen Morgenstunden.« Seine Stimme brach. »Es war – Betsy Banning ...«

Dix ließ zu, daß sich der Ausdruck von Entsetzen auf seinem Gesicht noch verstärkte. »Betsy ... Die Kleine ... Das Mädchen, das wie ... wie Brucie ...« Er brauchte das Zittern in seiner Stimme nicht zu unterdrücken.

Der Zorn hatte Brub mit eisenharter Faust gepackt. »Wenn ich den Kerl erwische, erwürge ich ihn mit meinen eigenen Händen ...« stieß er hervor.

War Brub gekommen, um ihn zu töten? Auf einen unbestätigten, vagen Verdacht hin?

Dix wartete, daß er weitersprach. Brub war jetzt ruhiger, der stählerne Zorn hielt ihn aufrecht. »Wiletta Bohnen und Paul Chaney haben sie gefunden.«

Wiletta Bohnen und Paul Chaney waren Filmstars der obersten Kategorie, ein Ehepaar. Die Publicity, die dieser Fall dadurch zusätzlich erhielt, würde die Zeitungsleser, die nach billigen Sensationen hungerten, tagelang in Atem halten.

»Sie gehen jeden Morgen um acht Uhr mit ihren Pudeln am Strand spazieren. Von ihrem Haus, das früher einmal Fairbanks gehörte, bis zum Pier und wieder zurück.« Brub trank einen Schluck. »Auf dem Hinweg haben sie nichts bemerkt. Hatten die Hunde an der Leine und gingen eine Abkürzung schräg zwischen den Häusern durch zum Wasser. Aber auf dem Rückweg ließen sie die Hunde frei laufen ... Die Hunde haben sie gefunden. Es war fast direkt vor der Fairbanks-Villa, etwas oberhalb der Flutlinie.«

Das Sprechen fiel Brub immer noch schwer. Er stockte mehrmals und schluckte.

Dix ließ seine Stimme heiser und belegt klingen. »Und das ist alles, was ihr wißt?«

»Wir wissen, daß sie kurz nach elf Uhr abends das Haus verlassen hat«, sagte Brub wütend. »Sie hatte zuvor Besuch von Freunden, Studenten ... der junge Mann, den sie heiraten wollte. Sie hat jeden Abend noch einmal ihren Hund spazierengeführt, ganz gleich, wie spät es war. Meistens allerdings früher. Sie hatte keine Angst – genau wie Sylvia. Sie fühlte sich am Meer immer sicher und geschützt. Ihr Vater ...« Wieder mußte er schlucken. »Ihr Vater machte sich manchmal Sorgen, vor allem seit ein paar Monaten, aber sie hatte keine Angst.« In Brubs Augen standen Tränen des Zorns. »Und sie hatte ihren Hund bei sich.«

»Der Hund …«

Brub sagte abgehackt, aber mit tonloser Stimme: »Den haben wir auch gefunden. Begraben im Sand. Erdrosselt …«

»Armer Kerl«, sagte Dix aus vollem Herzen.

»Wenigstens …« brach es zornig aus Brub heraus, »wenigstens hat er ihr sonst nichts angetan.« Er lachte kurz und bitter auf. »Er hat sie nur umgebracht.« Die Ironie in seinem Ton sollte die Tränen besiegen. »Das ist ein schwacher Trost für den Vater und den Jungen: Er hat sie nicht vergewaltigt.«

»War es denn derselbe Mann?« fragte Dix zweifelnd.

»Wer sonst?« fuhr ihn Brub an. »Es ist fast auf den Tag genau einen Monat her. Jeden Monat. Jeden gottverdammten Monat …« Er wischte sich ohne Scham mit dem Handrücken über die Augen. Dann nahm er sein Glas und trank es in einem Zug zur Hälfte aus.

Dix schaute ihn besorgt an. »Mein Gott!« wiederholte er. Es war unglaublich, die unglaublichste Vorstellung überhaupt. Wie Brub so dasaß und weinte und hilflos seine Wut auf einen unbekannten Mörder hinausschrie, einen Mörder, der tötete und dann spurlos in der Nacht verschwand … Niemals würde Brub dahinterkommen.

»Und keine Hinweise?« fragte Dix jetzt, als wäre er sicher, daß auch dieser Fall genau dem Muster der vorausgegangenen entsprach.

»Auf dem Sand?« knurrte Brub. »Nein, es gibt keine Hinweise. Keine abgerissenen Knöpfe, keine Fingerabdrücke, keine Zigarettenstummel, keine Streichhölzer; der Kerl hat nicht einmal seine Visitenkarte hinterlassen!«

Dix rieb sich die Wange. Es war seine Art, sich für eine törichte Frage zu entschuldigen.

»Darf ich mal telefonieren?« fragte Brub unvermittelt.

»Sicher, drüben im Schlafzimmer. Kann ich dir inzwischen noch einen …«

»Nein, ich muß nachher noch ins Präsidium fahren.« Brub erhob sich von der Couch und ging ins Schlafzimmer. Er ließ die Tür offen.

Ging also nicht hinüber, um zu schnüffeln – würde ihm auch nichts nützen.

Dix war still und belauschte das Gespräch.

»Sylvia?«

Dix entspannte sich, hörte aber weiter zu.

»Ich bin hier bei Dix Steele ... Nein, Sylvia! Nein, ich kann jetzt noch nicht heimkommen. Ich muß erst noch ins Präsidium ... Ich habe bei Dix auf einen Drink vorbeigeschaut und weil ich ein paar Minuten ausspannen wollte ... Nichts ... Nein ... Absolut nichts ... Bleibst du dort, bis ich dich abhole? Ja, aber warte auf mich. Wiedersehen, Liebes. Bis später.«

Dix tat nicht so, als hätte er nichts gehört. Brub wußte, daß in dem kleinen Appartement jedes Wort zu hören war. Es schien ihm egal zu sein, sonst hätte er die Tür zugemacht. Dix fragte: »Hat Sylvia Angst?«

»Ich habe Angst um sie«, sagte Brub. Er ging zum Sessel und nahm seinen Hut. »Bis wir den Mörder geschnappt haben, will ich nicht, daß sie nachts allein ist.«

»Das kann ich verstehen«, stimmte Dix zu. »Noch einen kleinen Schluck für unterwegs?«

»Nein, lieber nicht.« Er schien ungern zu gehen. Seine Aufgabe war eine Sisyphusarbeit. Die Experten wimmelten wie fleißige Ameisen über die Tatorte, nahmen Gipsabdrücke, verstreuten Fingerabdruck-Puder, nahmen Proben mit ihren Reagenzgläsern, sicherten alle Spuren – und jede Spur endete im Nichts.

»Komm bald wieder«, drängte Dix. »Jederzeit. Und wenn ich dir irgendwie helfen kann ...«

»Danke.« Er ergriff Dix' ausgestreckte Hand. »Danke. Du hast mir über einen schlimmen Augenblick weggeholfen, Kumpel. Das meine ich im Ernst.«

Dix lächelte. Sein inneres Lächeln zeigte er nicht, aber das äußere war ein wenig verlegen. Die Verlegenheit eines Mannes, dessen Freund plötzlich einen unerwarteten Gefühlsausbruch zeigt. »Die Flaschen sind noch nicht leer. Komm einfach vorbei.«

»Mache ich.« An der Tür zögerte Brub. »Verläßt du bald die Stadt?«

Die Frage überraschte Dix. Es klang wie eine polizeiliche Anordnung. Doch dann erinnerte er sich und lachte. »Weil das Buch jetzt fertig ist? Ich bleibe bestimmt noch ein paar Wochen. Vielleicht auch länger. Das hängt von Laurels Plänen ab.«

Von der Tür aus sah er Brub nach. Der blieb stehen und bückte sich, und wieder durchfuhr Dix der scharfe Stachel des Zweifels. Aber Brub drehte sich gleich zu ihm um. »Deine Zeitung«, sagte er.

Er wollte die Zeitung nicht haben. Wollte sie nicht lesen. Sobald er sie in der Einsamkeit seines Wohnzimmers aufgeschlagen in der Hand hielt, wurde ihm elend. Nie zuvor hatte er sich so gefühlt. Nicht einmal, als Brub darüber berichtet hatte. Er war nicht zum Nachdenken gekommen, war zu sehr damit beschäftigt gewesen, seine Rolle zu spielen.

Er wollte nichts von dem Mädchen und dem Hund lesen, wollte nicht das Lächeln auf ihrem sauberen, vitalen Gesicht sehen. Auch er war nicht frei von morbider, sensationslüsterner Neugier, aber er wollte es nicht lesen. Mit zitternden Händen legte er die Zeitung weg.

Er hatte sich schon lange nicht mehr so sehr nach einem Schluck Alkohol gesehnt. Aber er hatte schon genug getrunken. Nach dem nächsten Drink konnte er vielleicht nicht mehr aufhören. Er wagte es nicht, sich zu betrinken. Er mußte alle seine Sinne beisammenhaben.

Was er brauchte, war ein großes, herzhaftes, schmackhaftes Abendessen. Ein Steak mit Pommes frites und Spargel, dazu einen großen, frischen grünen Salat, danach eine Zigarette zum Kaffee und vielleicht etwas Besonderes zum Nachtisch, ein Stück Erdbeertorte oder leckeres Gebäck, und noch eine Tasse Kaffee …

Der Hunger nagte an ihm. Wenn nur Laurel hiergewesen wäre. Er wußte verdammt gut, daß sie nicht kommen würde. Er hatte es von Anfang an gewußt und sich nur etwas vorgemacht. Sich gegen jede Vernunft Hoffnungen gemacht. Wo immer sie jetzt war, mit welchem Kerl sie auch zusammenwar, Dix war es ihr nicht einmal wert gewesen, ihm Bescheid zu sagen. Sie hatte sich nie etwas aus ihm gemacht, hatte ihn nur ausgenutzt, als der große Liebhaber nicht zur Verfügung stand. Sobald sie ihn wieder haben konnte, ging sie zurück, ohne auch nur »Auf Wiedersehen« zu sagen. Eine Liedzeile schoß ihm durch den Sinn und verfolgte ihn ... *und ließ ihn einfach stehen* ... Er haßte es, daß er den Satz nicht aus seinen Gedanken verbannen konnte. Die Situation war nicht komisch. Sie schmerzte. Ohne seine Wut würde er sich verletzt fühlen. Zutiefst verletzt.

Auf alle Fälle dachte er nicht daran, noch länger auf Laurel zu warten. Er wollte jetzt zum Essen gehen. Schnell ging er durch die Hintertür hinaus zur Garage. Es war lästig, die Karre wieder aus der Garage holen zu müssen. Er hätte den Wagen außen parken sollen. Heute nacht würde er das auch tun. Wenn die Polizei ihn nach Staub durchsuchen wollte, bitte schön, sollten sie doch. Er würde den Wagen am Straßenrand für sie bereitstellen.

In der Gasse zur Garage stand ein Chevrolet mit offener Motorhaube; ein jüngerer Mann beschäftigte sich mit dem Inneren des Wagens. Er drehte sich nicht nach Dix um, sagte auch nicht »Hallo«. Dix fuhr den Wagen aus der Garage und raste davon. Er hatte sich nicht erst die Mühe gemacht, die Garagentür zu schließen. Als er am *Derby* vorbeikam, zögerte er kurz, doch heute abend wollte er etwas Besseres. Zum Beispiel das *Savoy*. Er konnte es sich leisten, hatte knapp zweihundertfünfzig Dollar in der Tasche und war hungrig.

So ließ es sich leben. Hier war die Gesellschaft, zu der ein Mann gehören wollte. Hier wurde man persönlich begrüßt und bedient, nicht wie ein anonymer Zufallsgast. So würde auch er eines Tages leben. Das Beste war gerade gut genug. Ohne an Geld auch nur denken zu müssen. Oder an neugierige Polizisten.

Er bestellte ein reichhaltiges Menü und genoß es mit Muße, ließ jeden einzelnen perfekt zubereiteten Bissen auf der Zunge zergehen. Er blieb, so lange er konnte, wollte diesen Zufluchtsort nicht verlassen. Aber irgendwann mußte er dann doch wieder hinaus in die kalte Nacht. Der Nebel hatte sich aufgelöst, aber es standen keine Sterne an dem bedeckten Himmel. Und nun? Auf keinen Fall zurück in die unaussprechliche Einsamkeit seines Appartements. Er konnte natürlich ins Kino gehen. Den Film im Kino von Beverly kannte er schon. Er fuhr langsam nach Wilshire und parkte den Wagen an der Ecke beim Warner-Kino. Es war ihm egal, welcher Film lief; er wollte sich nur seine Zeit dort vertreiben.

Es gab eine Doppelvorstellung; eine müde Komödie und ein Melodram, das auf die Tränendrüse drückte. Beide rissen ihn nicht vom Sitz, während des zweiten Films hatte er Mühe, wach zu bleiben. Aber er hatte Zeit totgeschlagen; als er aus dem Kino kam, war es schon Mitternacht. Inzwischen war überall geschlossen. Die Straßen von Beverly waren so ausgestorben wie die einer nächtlichen Kleinstadt. Er konnte nur noch nach Hause gehen.

Er fürchtete den Schlaf – den Schlaf und die Träume. Wenn Laurel nur zurückkommen, wenn sie ihm Trost und Vergessen spenden würde wie in jener anderen Nacht. Aber er konnte sich nicht länger vormachen, daß sie vielleicht schon in all ihrer Wärme und Schönheit auf ihn wartete. Er ging in den Zeitungsladen neben dem Kino, der gerade schließen wollte. Es war ihm egal. Er nahm sich eine Handvoll Magazine aus dem Verkaufsständer, was sie dort eben so hatten, Filmmagazine und Krimihefte. Alles, was seinen Geist beschäftigt hielt, bis er vor Erschöpfung einschlafen konnte.

Er fuhr den Wagen nicht in die Garage. Es war ihm egal, wer ihn kommen sah. Und er wollte nicht mehr ausgehen. Falls er sich doch anders entschloß und noch einmal wegfuhr, ging das keinen Menschen etwas an.

Als er im Patio ankam, blieb er abrupt stehen. Der Innenhof war nicht mehr einsam und verlassen, ein bläuliches Traumgebilde. Jemand war da. Im Dunkeln, in der Nähe der hinteren Appartements, sah er eine Zigarette aufglühen. Einen Augenblick lang dachte er, es könnte Laurel sein, aber dann vernahm er in der Stille die gedämpften Schritte eines Mannes – eines Unbekannten.

Dix bückte sich, um sein plötzliches Stehenbleiben zu überspielen, tat so, als hätte er irgendeine Kleinigkeit verloren und suchte jetzt danach, vielleicht seine Schlüssel oder ein Streichholzbriefchen. Ohne noch einen Blick auf den kleinen rotglühenden Punkt in der Dunkelheit zu werfen, ging er zu seiner Tür, betrat die Wohnung und sperrte die Bedrohung aus, die in der Dunkelheit auf ihn lauern mochte. Er atmete schwer.

Es war lächerlich, sich von der Anwesenheit eines unbekannten Mannes ins Bockshorn jagen zu lassen – nur weil da bisher noch nie ein Mann im Dunkeln gestanden hatte. Woher wollte er denn wissen, ob dieser Mann nicht einfach eine letzte Zigarette im Freien rauchte, ehe er zu Bett ging? Er selbst kam schließlich auch immer auf diesem Weg zurück, wenn es spät wurde. Vielleicht war es ein Musiker, der gerade von der Arbeit kam und seine Lungen noch einmal durchpusten wollte. Oder ein Ehemann hatte sich ausgesperrt und mußte jetzt warten, bis seine Frau heimkam. Vielleicht auch ein Gast, der früher dran war als der Gastgeber. Es gab tausenderlei Erklärungen. Gute Erklärungen. Voll unerschütterlicher Logik. Alle, bis auf die erste, die ihm gekommen war: daß da jemand postiert war, um festzustellen, um welche Zeit Dix Steele nach Hause kam. Als ob das jemanden interessierte.

Inzwischen hatte er sich abgeregt. Er warf die Magazine auf die Couch und ging zur Bar. Er würde sich einen Schlaftrunk einschenken, nur einen kleinen, bevor er sich hinlegte. Er fröstelte – heute abend lag ein erster Anflug von Herbst in der Luft, auch wenn es nur der milde kalifornische Herbst war.

Vielleicht war der Kerl da draußen ein Privatdetektiv, dachte er grinsend. Vielleicht von irgendeinem Ex beauftragt, der wissen wollte, ob seine Geschiedene sich auch benahm. Vielleicht war Dix nicht der einzige, der sich fragte, wo sich Laurel herumtrieb. Irgend etwas an der Beziehung zwischen ihr und ihrem Ex war eigenartig; sie gab sich zuviel Mühe, Männer von ihrem Appartement fernzuhalten.

Er kippte den Whisky hinunter, nahm die Magazine und schaltete das Licht im Wohnzimmer aus. Er brauchte sich keine Gedanken zu machen über den Mann im Dunkeln; vermutlich interessierte er sich … Jetzt vernahm er die Schritte, diese leisen, gedämpften Schritte. Sie näherten sich seiner Wohnung. Er wurde von Panik geschüttelt. Ohne Eile, unerbittlich, näherten sie sich Dix' Appartement. Geräuschlos eilte Dix zum Fenster, drückte sich flach neben dem langen Vorhang an die Wand. Er konnte hinaussehen; der Mann dagegen konnte Dix nicht einmal sehen, wenn er stehenblieb und hereinzuschauen versuchte.

Dix stand atemlos, bekam keine Luft mehr. Er lauschte, sah die schattenhafte Gestalt, den roten Punkt, dann die Umrisse des Mannes, eine untersetzte, formlose Gestalt mit einem zerknautschten Hut. Der Mann blieb nicht stehen. Er ging an Dix' Tür vorbei in den Patio bis zum anderen Ausgang, schlenderte dann zu den hinteren Appartements zurück.

Dix lehnte sich erschöpft gegen den Vorhang. In seinem Kopf kreischten die Gedanken, schrill, im Falsett. Kein Mensch kümmerte sich um das, was er tat. Kein Mensch … Kein Mensch …

Er trat vom Fenster zurück und ging durch den stillen, nur vom gedämpften Blau des Patio erhellten Raum ins Schlafzimmer. Er ließ das Licht aus und legte sich aufs Bett; nur der kleine rote Punkt seiner eigenen Zigarette durchbrach die Dunkelheit. Kein Mensch kümmerte sich um ihn; auch Laurel nicht. Sie war gegangen, ohne ihm Lebewohl zu sagen. Sie hatte es gewußt, hatte es an jenem Abend gewußt, daß es ihr Abschied sein würde. Er selbst hatte es geahnt – hatte sie sogar darauf angesprochen. Und sie hatte es abgestritten. Sie hatte ihm ins Gesicht gelogen, gelogen, während sie in seinen Armen lag …

Er haßte sie. Sie war eine Lügnerin, eine Betrügerin und eine Hure, und er haßte sie, während ihm die Tränen über die

Wangen rollten und salzig seine Lippen benetzten. Niemand kümmerte sich um ihn, kein Mensch hatte sich je um ihn gekümmert. Nur Brucie. Brucie, die weggegangen war und ihn alleingelassen hatte, auf ewig allein, sein ganzes Leben lang.

Er drückte die Zigarette aus. Das mit Laurel war noch nicht zu Ende. Er beendete die Dinge auf seine Art. Das würde sie schon noch herausfinden. Sie mußte zurückkommen – irgendwann mußte sie zurückkommen. Sie würde nicht einfach weggehen und alle ihre Sachen in der Wohnung zurücklassen. Ihre Kleider waren ihr wichtig. Wenn schon kein Mensch ihr etwas bedeutete. Und wenn sie zurückkam, würde er schon auf sie warten. Er würde es auf seine Weise beenden. Auf die einzige Art, die eine Sache ein für allemal beendete.

19

Unvermittelt aus dem Schlaf gerissen, griff er in der wilden Hoffnung nach dem Telefon, daß es Laurel sein könnte. Das Freizeichen war die einzige Antwort auf seinen Ausruf: »Hallo!«. Das anhaltende Geräusch des Türsummers brachte ihn schließlich zu sich. Es war nicht das Telefon gewesen, jemand stand an der Tür.

Und das um neun Uhr morgens, während sein halbwacher Verstand noch unter den Nachwirkungen der Träume litt. Irgendwann in der Nacht mußte er sich ausgezogen haben, war er in diesen von Träumen gepeinigten Schlaf gefallen.

Er rappelte sich mühsam hoch. Ließ sich Zeit. Er wußte, daß es nichts von Bedeutung sein konnte, um diese Zeit. Am liebsten hätte er das Klingeln ignoriert. Aber das ging nicht. Vielleicht hatte sie ein Telegramm geschickt. Oder es war Brub. Er knurrte: »Immer mit der Ruhe!«, schloß den Gürtel des seidenen Morgenmantels und schlüpfte in die Pantoffeln aus marokkanischem Leder. Er schlurfte hinüber ins Wohnzimmer, ein Mann, der in seinem rechtschaffenen Schlaf gestört worden war und schlecht gelaunt die Tür aufriß.

Draußen standen zwei Männer; er hatte keinen von ihnen je zuvor gesehen. Der eine war korpulent und trug einen braunen Anzug; ein Mann mit breitem, ausdruckslosem Gesicht und braunen Hundeaugen. Der andere war ein jüngerer Kerl in einem grauen Anzug; ein gepflegter junger Mann mit hellgrauen Augen. Der Korpulente trug einen formlosen, grauen Hut mit ausgebleichtem Hutband; der jüngere Mann hatte einen schicken, braunen, flachen Filzhut auf. Auffallend war daran nicht so sehr die Tatsache, daß der Hut jeweils besser zu dem anderen Anzug gepaßt hätte, sondern daß die beiden Männer überhaupt Hüte trugen. Die Männer von Beverly Hills trugen keine Hüte. Diese Männer waren Fremde – Fremde mit einem bestimmten Auftrag.

Der jüngere sagte: »Wir suchen Mel Terriss.« Dix antwortete nicht. Er konnte kaum glauben, was er eben gehört hatte. Es war ein Schock – aber ein gedämpfter Schock. Er hatte alles andere erwartet, aber nicht das.

Schließlich fand er seine Stimme wieder: »Er ist nicht da.«

»Aber das ist doch seine Wohnung, oder?«

»Ja«, bestätigte Dix. »Aber er ist nicht da.«

Der jüngere Mann schaute ein wenig enttäuscht drein; vielleicht war er auch nur verwirrt. Er schien über die veränderte Situation nachzudenken. Schließlich sagte er: »Hätten Sie was dagegen, wenn wir hereinkommen? Ich bin Harley Springer.« Er deutete auf seinen Partner. »Und das ist Joe Yates.«

Dix wollte sie nicht in der Wohnung haben. Er wollte nicht mit ihnen über Mel Terriss sprechen, schon gar nicht, bevor er die Augen richtig offenhatte, bevor sein Gehirn funktionierte. Das einzige, was er dagegen tun konnte, war, den beiden die Tür vor der Nase zuzuschlagen. Aber der Jüngere hatte den Fuß in die Tür geklemmt.

Er sagte: »Ja, bitte. Kommen Sie herein. Ich bin Dix Steele.«

»Sieht so aus, als hätten wir Sie aus dem Bett geholt«, bemerkte der dicke Yates mit dem Anflug eines Kicherns.

»Stimmt«, antwortete Dix. Er dachte nicht daran, sich von den beiden auf die Palme bringen zu lassen. Er mußte herausfinden, weshalb sie hierwaren. Und zugleich fragte er sich, ob Laurel sie ihm auf den Hals gehetzt hatte. Laurel mit ihrer sturen Entschlossenheit, sich Mels Adresse zu besorgen. Er glaubte nicht, daß Mel ihr siebenhundert Dollar schuldete. Das hatte sie nur behauptet, weil sie hoffte, Dix würde das für wichtig genug halten, um ihr die Adresse zu geben. Weil Geld bei ihm immer zog.

Er ging voraus in das Wohnzimmer. Es war aufgeräumt; er hatte sich am vorhergehenden Abend kaum dort aufgehalten. »Setzen Sie sich«, sagte er. In den Taschen des Morgenmantels fand er keine Zigaretten, und auf dem Tisch lagen auch keine. Er brauchte unbedingt eine Zigarette. Ein Schluck zu trinken wäre auch nicht schlecht gewesen, aber so früh am Morgen durfte er keinen Alkohol trinken. Das wäre ein gefundenes Fressen für die beiden und ihren Auftraggeber gewesen, schöne Geschichte. Aber die Zigarette mußte sein.

Er sagte: »Bitte entschuldigen Sie mich einen Augenblick – ich hole nur Zigaretten.« Er ging rasch hinüber ins Schlafzimmer, fand ein Päckchen und das Feuerzeug, kehrte zurück zu den beiden Männern, ehe sie die Gelegenheit hatten, in seinem Schreibtisch herumzuschnüffeln. Sie saßen noch auf der Couch; der jüngere hatte die Beine in der einen Richtung übereinandergeschlagen, der Dicke in der anderen. Sie hatten sich nicht von der Stelle bewegt, sich nur selbst Zigaretten angezündet. Er setzte sich in den Sessel gegenüber. Und war so gelassen, wie es ein Mann sein konnte, den man aus dem Bett gezerrt hatte und der vor der unangenehmen Aufgabe stand, sich im Morgenmantel zwei völlig Fremden zu widmen. Ohne zu wissen, worum es ging. Aber er lächelte sie an. »Was kann ich für Sie tun?«

Der Jüngere, Harley Springer, nahm seinen Hut ab. Als erinnerte er sich, daß er das eigentlich früher hätte tun müssen. Als wäre er ein Polizist, einer vom Büro des Staatsanwaltes, der es nicht gewohnt war, den Hut abzunehmen, wenn er in die Privatsphäre anderer Leute eindrang. Er wiederholte seine vorherige Bemerkung: »Wir suchen Mel Terriss.«

»Aber er ist nicht da.« Dix lächelte.

»Wo ist er dann?« fuhr ihn Yates an.

Der junge Springer warf Yates einen Blick zu, der besagte: Halte dich raus, und laß mich das machen. Ein Blick, der sagte: Nicht so plump, du Trampel, das ist ein Gentleman; wir müssen ihn entsprechend behandeln.

Dix fing beinahe an, sich entspannt zu fühlen. Vor diesen beiden brauchte er nicht allzu sehr auf der Hut zu sein. Sie waren nicht sonderlich gut aufeinander eingespielt, längst nicht so gut wie Brub und sein Chef, dieser Lochner. Er antwortete Yates, als hätte er sich nicht wie ein Trampel benommen: »Er ist in Rio«, sagte er. »Er hat dort einen lukrativen Job angenommen. Ich habe die Wohnung in Untermiete genommen, bevor er abgereist ist.«

Die beiden tauschten einen Blick. Dix wartete. Sie mußten schon selbst damit herausrücken, was sie wollten. Inzwischen bezweifelte er, daß es sich bei den beiden um Polizeibeamte handelte – eher Inkassoleute, die versuchten, Mel wegen der vielen unbezahlten Rechnungen auf die Spur zu kommen.

»Sind Sie sicher, daß er nach Rio gereist ist?« fragte Springer stirnrunzelnd.

Dix lachte. »Nun, ich bin nicht mit ihm hinuntergeflogen und habe ihn dort abgeliefert. Aber er sagte mir, daß er nach Rio wollte. Ich habe keinen Grund, daran zu zweifeln. Warum hätte er mir etwas vormachen sollen?« Wieder lachte er. Jetzt war er dran, ein paar Erklärungen zu verlangen. Er wurde ernst. »Sind Sie Freunde von ihm?« fragte er.

»Quatsch«, erwiderte Yates.

Wieder blickte Springer seinen Partner strafend an. Dann erklärte er: »Wir kommen von der Kanzlei Anson, Bergman und Gorgonzola. Eine Anwaltskanzlei. Unsere Firma verwaltet das Anlagevermögen von Mel Terriss.«

Jetzt hieß es vorsichtig sein. Er wußte gar nichts über Mels Anlagen.

Springer fuhr fort: »Wir haben seit dem vergangenen Juli nichts mehr von Mr. Terriss gehört.« Das war offenbar ungewöhnlich. Springer schien verwirrt. »Er hat nicht einmal seinen Scheck in Empfang genommen.«

»Hat er sich denn nicht von Rio aus bei Ihnen gemeldet?« Dix zeigte sich überrascht.

»Nein. Bis vor kurzem hatten wir keine Ahnung, daß er in Rio ist. Mr. Anson oder Mr. Bergman haben etwas in dieser Richtung erfahren.«

Oder Mr. Gorgonzola. Von einer streunenden Katze, die zuviel quasselte und die aus irgendeinem Grund mit Mel Terriss in Kontakt treten wollte. Schlimm genug, daß sie ihren Anwalt danach fragte. Ihren und Mels Anwalt! Es gab sicher keinen zweiten Gorgonzola unter den hiesigen Rechtsgelehrten.

»Es ist eigenartig, daß er sich vor seiner Abreise nicht mit Mr. Anson in Verbindung gesetzt hat. Oder seitdem. Namentlich da es ja Mr. Anson selbst war, der ihm so oft und dringend geraten hatte, nach Rio zu gehen.«

Yates fügte hinzu: »Anson dachte, dann würde er sein Leben vielleicht wieder auf die Reihe kriegen.«

Harley Springer gab einen leisen Seufzer von sich.

Aber Yates hatte sich in die Sache verbissen: »So lange ich mich zurückerinnern kann, hat Mel von diesem Job in Rio gequasselt. Immer wenn er hicke-hacke dicht war. Der hatte nie auch nur die leiseste Absicht zu arbeiten.«

Springer ging rasch dazwischen. »Wissen Sie, wann er abgereist ist?«

»Er sagte, ich könnte am ersten August hier einziehen. Irgendwann vorher also.«

»Wissen Sie zufällig, ob er geflogen oder mit dem Schiff gefahren ist?«

»Zufällig nicht.« Dix lächelte. Natürlich, sie wollten die Passagierlisten überprüfen. »Er hat einmal davon gesprochen, als Passagier auf einem Frachter mitzufahren, eine längere Seereise, um sich in Form zu bringen.« Er zuckte mit den Schultern, und sein Lächeln wurde breiter. »Ich habe ihm natürlich kein Wort geglaubt. Er war viel zu bequem für so eine strapaziöse Reise.« Sollten sie doch alle Frachter überprüfen, die aus kalifornischen Häfen ausgelaufen waren. Das würde sie weit bringen.

Allmählich hatte er es satt. Er wollte seinen Kaffee. Wollte seine Ruhe. Er sagte spitz: »Tut mir leid, meine Herren, daß ich Ihnen nicht weiterhelfen kann.« Er erhob sich. »So gut habe ich Mr. Terriss auch nicht gekannt. Ich bin nur der Untermieter, das ist alles.«

Aber diese fette Yates ließ nicht locker. Seine melancholischen Augen wirkten plötzlich boshaft. »Die Vermögensverwaltung zahlt die Miete für diese Wohnung im voraus. Damit er nicht auf der Straße endet. Wie bezahlen Sie denn die Untermiete?«

Selbst Springers peinlich berührte Miene konnte Dix' Zorn nicht besänftigen. Er lächelte herablassend, als stünde es Yates nicht an, einem Gentleman solche Fragen zu stellen. Obwohl er sie höflicherweise beantworten würde. »Ich habe ihm einen Scheck über die Jahresmiete ausgestellt, Mr. Yates. Er meinte, er beabsichtigte mindestens so lange fortzubleiben.« Er war höflich, aber bestimmt. »Wenn das alles ist …«

Er wartete darauf, daß sie aufstanden. Springer sagte entschuldigend: »Tut mir leid, wenn wir Sie gestört haben, Mr. Steele. Wir tun nur unsere Arbeit – ich meine, Mr. Anson …«

»… oder Mr. Bergman oder Mr. Gorgonzola.« Dix lächelte großmütig. »Ich verstehe.« Er dehnte sein Verständnis nicht auf Yates aus. Er brachte die beiden Männer zur Tür und öffnete sie. Yates ging hinaus. Springer blieb auf der Schwelle stehen.

»Danke für Ihre Hilfe.«

»Tut mir leid, daß ich nicht mehr für Sie tun konnte«, erwiderte Dix.

Springer hatte noch eine Frage. Er hatte sie sich ganz bewußt bis zuletzt aufgehoben. »Und was ist mit der Post von Mr. Terriss?«

Die Frage kam zu schnell; Dix war nicht vorbereitet darauf. Aber er konnte rasch denken. Besonders rasch, wenn er in der Klemme steckte. »Ich glaube, da ist einiges gekommen«, sagte er, als habe er bis dahin noch nie darauf geachtet. »Ich werde meine Sekretärin fragen.« Er lachte. »Sie hält eine solche Ordnung, daß ich nicht einmal wüßte, wo ich nachsehen muß. Aber wenn Sie mir Ihre Adresse hinterlassen, werde ich sie bitten, daß sie die Post zu Ihnen schickt.« Er nahm Springers Visitenkarte und verabschiedete sich. Yates war bereits draußen auf dem Patio und schaute dem Gärtner zu, der die Geranienbeete umpflügte.

Dix donnerte die Tür ins Schloß. Er zerknüllte die Visitenkarte in seiner Hand. Verdammter Schnüffler! Warum kümmerten sie sich, warum kümmerte sich auch nur ein Mensch um diesen Mel Terriss? Der blöde, versoffene Mel. Die Welt war besser dran ohne Leute wie Mel Terriss. Was scherte sich Laurel um ihn? Es sei denn, sie wollte Dix absichtlich in Schwierigkeiten bringen.

Sollten sie ihm doch nachweisen, daß er gar keine Sekretärin hatte. Sollten sie's nur versuchen. Er würde die Rechnungen und die Reklamesendungen durchgehen und die harmlosen hinschicken – nur für Einkäufe, die vor August getätigt worden waren. Vielleicht hätte er Mels Kreditkonten nicht belasten sollen, aber es war das einfachste gewesen. So leicht.

Es war doch tatsächlich Mel, der arrogante Trottel Mel, der ihn aus Kalifornien vertrieb! Bevor er bereit war, zu gehen. Ehe Laurel zurückkam. Er würde den Teufel tun! Erst mußte er mit Laurel ins reine kommen – dann konnte er von hier verschwinden. Wenn man die Kreditkonten eines Freundes benutzte, landete man deswegen nicht gleich auf dem elektrischen Stuhl. Besonders wenn es einem der Freund erlaubt hatte. Wer wollte beweisen, daß Mel das nicht getan hatte?

Er sehnte sich mehr denn je nach einem Schluck Alkohol; er war starr vor Zorn. Aber er wagte es nicht. Zumindest nicht vor dem Mittagessen. Danach war es gesellschaftlich gestattet – aber vormittags tranken nur echte Alkoholiker wie sein Freund Mel.

Er hätte sich nach einem anderen ihrer Klienten erkundigen sollen, der auch verschwunden war. Er hätte sagen sollen: Ach, ganz nebenbei, was ist aus Ihrer verschwundenen Klientin Laurel Gray geworden? Sie ist auch verschwunden, wußten Sie das nicht? Vielleicht ist sie mit Mel zusammen.

Sein Gesicht war rot vor Zorn. Er warf die zerknüllte Visitenkarte aufs Bett. Er würde nicht hier herumsitzen und sich von jedem dahergelaufenen Trottel ausquetschen lassen. Er würde sich jetzt anziehen und verschwinden. Schnell.

Aber der Anblick des Telefons stoppte ihn. Das stumme Telefon neben seinem Bett. Er setzte sich und wählte Laurels Nummer. Das Rufzeichen ertönte, bis er den Hörer auf die Gabel legte. Sie hatte sich nicht heimlich zurückgeschlichen. Ein Gedanke nagte an ihm, der ihm schon am vergangenen Abend gekommen war und den er rasch wieder verscheucht hatte. Er mußte ihm ins Gesicht sehen. Was, wenn sie aus dem *Virginibus Arms* ausgezogen war?

Er wagte es nicht, bei der Hausverwalterin danach zu fragen. Die alte Klatschbase würde ihn sicher nach Mel ausfragen, und davon hatte er für diesen Tag genug. Er konnte hinaufgehen zu ihrem Appartement; diesmal würde er es wagen. Aber das nützte nichts, sie war ja nicht da. Sonst würde sie ans Telefon gehen – sie würde nicht riskieren, nicht an den Apparat zu gehen, es konnte ja auch eine geschäftliche Sache sein ... Er nahm das Telefonbuch, legte es dann wieder an seinen Platz. Nein, er würde die Hausverwalterin nicht von hier aus anrufen. Wollte nicht riskieren, daß man den Anruf zu ihm zurückverfolgen konnte. Besser von der Telefonzelle aus, mit verstellter Stimme. Nicht, daß die Hausverwalterin seine Stimme erkennen würde, aber vielleicht ging jemand an den Apparat, der schon einmal mit ihm gesprochen hatte.

Er fing schon an zu denken, als wäre es Laurel, nach der die Handlanger der Anwaltskanzlei fragten. Als würden die Bullen in Laurels Leben herumschnüffeln. Er konnte sich nach Laurel erkundigen, soviel er wollte. Es war absolut sicher. Trotzdem nahm er den Telefonhörer nicht ab.

Er war gerade auf dem Weg zum Duschen, als erneut der Türsummer ertönte. Dix ballte die Hände zu Fäusten. Es konnten nicht schon wieder diese zwei Clowns sein. Es war nichts von Bedeutung. Langsam ging er ins Wohnzimmer zurück.

Diesmal stand nur ein einzelner Mann vor der Tür. Und er sah nicht aus wie einer von der Polizei oder von Mels Anwälten. Er trug weder Hut noch Mantel, ein durchschnittlicher Typ in Hemdsärmeln. »Ich komme von der Telefongesellschaft«, erklärte er.

Dix hatte die Tür schon halb geschlossen, während er erklärte: »Da haben Sie sich in der Adresse geirrt. Mein Telefon ist nicht kaputt.«

»Tatsächlich?« Der Mann sprach rasch, ehe die Tür geschlossen wurde. »Aber mit den Leitungen hier im Appartementblock scheint etwas nicht zu stimmen. Wir haben den Auftrag, sie zu überprüfen.«

»Na schön, kommen Sie rein«, sagte Dix matt. »Das Telefon steht im Schlafzimmer.« Er ging voraus, deutete darauf. »Dort.«

Der Bursche hatte eine schwarze Tasche wie ein Klempner. Er würde lärmen, den Apparat klingeln lassen und in die Sprechmuschel brüllen. Dix sagte: »Hören Sie, ich bin spät dran. Wenn Sie nichts dagegen haben, werde ich mich inzwischen anziehen.«

»Sicher, lassen Sie sich nicht stören«, sagte der Mann freundlich. Er war schon dabei, das Telefon zu zerlegen.

Dix ging ins Bad, schloß die Tür und sperrte ab. Solange die Dusche lief, brauchte er den Krach nicht zu hören. Als er geduscht und sich rasiert hatte, öffnete er die Tür wieder. Der Mann packte gerade eine Rolle Telefondraht in die schwarze Tasche.

»Na, haben Sie was gefunden?« fragte Dix.

»Nein, hier ist alles in Ordnung. – Danke, ich finde allein hinaus.«

»Wie Sie wollen.«

Dix zündete sich eine Zigarette an. Vielleicht war wirklich etwas nicht in Ordnung mit dem Telefon. Vielleicht hatte Laurel jeden Abend versucht anzurufen. Aber jetzt war alles in Ordnung. Diese Entschuldigung galt nicht mehr.

Er hörte die Haustür ins Schloß fallen, und zugleich vernahm er wieder das Klappern der Heckenschere vor dem Fenster. Wenn er nicht bald wegkam von hier, würde ihm noch der Kopf platzen. Er war bis jetzt zu beschäftigt gewesen, um auf das Wetter zu achten. Es war noch immer bedeckt draußen, aber hier und da kam schon der blaue Himmel durch. Es klarte auf. Er zog denselben Tweedanzug an, den er am vergangenen Abend getragen hatte. Wußte nicht, wohin er gehen würde, aber damit war er für alle Gelegenheiten richtig angezogen. Als erstes mußte er die sandige Gabardinehose und das verschwitzte Zeug, in dem er vor zwei Nächten – oder zweihundert Nächten – geschlafen hatte, zur Reinigung bringen. Er klemmte sich das Kleiderbündel unter den Arm und verließ die Wohnung durch die Hintertür. Der kleine Gärtner mit dem großen Schnauzbart rief ihm ein fröhliches »Allo« zu.

Dix beantwortete es mit einem Kopfnicken und ging rasch durch die Gasse zur Garage. Das Tor war geschlossen. Er öffnete es. Der Wagen war nicht da. Er erschrak. Dann fiel es ihm wieder ein: Er hatte ihn gestern abend auf der Straße stehenlassen. Die Garage war nicht einmal abgesperrt gewesen. Er begann zu zittern. Es war der Zorn, hilfloser, wahnwitziger Zorn. Er schaffte es nicht, noch einmal an dem Gärtner vorbeizugehen. Er würde ihm den Hals umdrehen, wenn er sich noch einmal dieses fröhliche »Allo« anhören mußte.

Er ging also bis ans Ende der Seitenstraße und den langen Weg um den gesamten Block herum zur Vorderseite der Appartements. Der Wagen stand da, wo er ihn geparkt hatte. Er stieg ein, warf die schmutzige Kleidung auf den Boden und raste davon. Den ganzen Weg bis zur Reinigung am Olympic Boulevard fuhr er zu schnell. Aber er bekam keinen Strafzettel. Die Bullen waren alle draußen am Strand oder in der Nähe des Drive-in. Er konnte zum Essen hinfahren und schauen, wie viele von ihnen ihm auffielen. Das wäre ein Spaß ... Oder er konnte sich draußen am Strand unter die Neugierigen mischen.

Er gab die Kleidung ab, hatte aber ganz vergessen, daß seine anderen Sachen abholbereit waren. Dann mußte er eben die gereinigten Anzüge über die Sitzlehne gehängt spazierenfahren. Er gab die schmutzigen Sachen in die Schnellreinigung. Für den Fall, daß er die Stadt überstürzt verlassen mußte, wollte er das neu erstandene, marineblaue Jackett keinesfalls zurücklassen.

Er fuhr ziellos weiter den Boulevard entlang. Es war ihm egal, wohin. Als er an einem Drugstore vorbeikam, fiel ihm ein, daß er die Hausverwalterin hatte anrufen wollen. Im Laden war nicht viel los, nur ein paar Frauen bei den Kosmetika und ein paar junge Burschen an der Getränketheke. Dix betrat eine Telefonkabine im Inneren des Geschäfts und suchte die Nummer der Verwaltung des *Virginibus Arms* heraus. Während er wartete, daß die Verbindung zustande kam, zog er sein Taschentuch heraus. Er wickelte es nicht um die Sprechmuschel, das wäre zu auffällig gewesen. Statt dessen hielt er es sich einfach vor den Mund und wandte der Tür den Rücken zu. Das sollte seine Stimme ausreichend verändern.

Die Stimme der Hausmeisterin war genauso aufdringlich wie ihr hennarotes Haar, an das Dix sich erinnerte.

»Ich habe gehört, Sie haben eine Wohnung zu vermieten«, begann er.

Sie war so entrüstet, als ob er versucht hätte, sie anzupumpen. Alle Appartements seien gut vermietet, und zwar langfristig. Sie fragte ihn, wie er auf den absurden Gedanken gekommen sei.

Er erklärte: »Eine Freundin meiner Frau hörte, daß Miss Grays Appartement frei wird.«

Ihre Stimme wurde mißtrauisch. »Wer sagt das?«

»Eine Freundin meiner Frau«, wiederholte er. »Sie sagte, daß Miss Gray auszieht.«

»Das ist das erste, was ich höre. Ihre Miete ist bezahlt ... Wer spricht eigentlich?«

»Lawrence«, sagte er. »A. B. Lawrence.« Er las die Initialen von der vollgekritzelten Wand der Telefonzelle ab. Wie er auf »Lawrence« gekommen war, wußte er selbst nicht. »Vielen Dank.«

Er hatte eingehängt, ehe sie noch etwas fragen konnte. Jetzt wußte er, was er wissen wollte. Und niemand konnte ihn mit dem Anruf in Verbindung bringen.

Er verließ die Telefonkabine, ging an die Theke und bestellte sich einen Kaffee und ein getoastetes Käsesandwich. So, wie der Laden aussah, taugte es wahrscheinlich nicht viel, aber es war besser als gar nichts. Während er darauf wartete, nahm er eine Morgenzeitung aus dem Ständer. Seine eigene lag immer noch vor der Tür.

Der Mord nahm noch immer fast die ganze Titelseite in Anspruch. Die Polizei verfolgte wie üblich jeden Hinweis. Captain Jack Lochner von der Mordkommission Los Angeles arbeitete mit der Polizei von Santa Monica zusammen. Captain Lochner wurde mit der Meinung zitiert, daß auch dieser Mord auf das Konto des geheimnisvollen Würgers ging.

Dix überflog das Geschwätz nur flüchtig. Die Polizei von Los Angeles hatte die üblichen Verdächtigen verhaftet. Die Polizei von Santa Monica machte Jagd auf Strandläufer. Eine Menge Fragen und keine Antworten. Niemand hatte in jener Nacht einen Wagen an der Küstenstraße geparkt gesehen. Niemand hatte überhaupt etwas gesehen. Die Leute sahen nie etwas.

Dix schlang das dürftige Frühstück hinunter und verließ den Drugstore. Die Lücken zwischen den Wolken waren größer geworden. Die Sonne lugte hindurch und wärmte den Tag. Es kümmerte ihn nicht. Es war ein öder Tag, ein Tag, den er irgendwie hinter sich bringen mußte, bevor die nächste Nacht kam. Eine öde Nacht, der ein weiterer öder Tag folgen würde. Er sollte nicht erst auf seine Kleidung aus der Reinigung warten, sondern sofort die Stadt verlassen und nicht länger auf eine Frau hoffen, die nicht mehr zurückkam.

Er bog in den Santa Monica Boulevard ein, fuhr hinein nach Santa Monica. Er wollte am Bahnhof haltmachen und sich nach Fahrpreisen in Richtung Ostküste erkundigen. Er mußte genügend Geld dafür zurückbehalten. Doch er fand keinen Parkplatz und fuhr ärgerlich weiter, hinüber zum Wilshire Boulevard. Er hatte eigentlich nicht die Absicht gehabt, dort in

Richtung Westen einzubiegen, aber er tat es doch. Folgte der Straße bis zum California Incline, fuhr den Incline hinunter zur Küstenstraße. Es sah aus wie immer. Nirgends Polizeiabsperrungen. Vielleicht standen ein paar Autos mehr am Straßenrand geparkt. Vielleicht auch nicht. Wenn der Tag wärmer wurde, würde es bald von Sonnenanbetern wimmeln. Dix fuhr weiter, bog dann in den Canyon ab und zurück zur Stadt.

Erst als er an der Ampel bei dem Eukalyptuswäldchen vor San Vicente halten mußte, merkte er, daß er verfolgt wurde. Da erinnerte er sich, daß die schäbige Limousine, die jetzt neben ihm anhielt, schon seit er auf die Küstenstraße einbog hinter ihm gewesen war. Wenn er sich recht entsann sogar schon seit er den Drugstore verlassen hatte, vielleicht noch früher. Seine Hände fühlten sich kalt an auf dem Lenkrad. Das war unmöglich.

Und er behielt recht – es war unmöglich. In der Limousine saßen zwei ganz normale Männer, und der Wagen wartete nicht auf Dix, der abbog, sondern fuhr an ihm vorbei, geradeaus. Es waren nur die Nerven. Er war nervös geworden wegen des morgendlichen Besuchs von Springer und Yates, wegen der plötzlichen gärtnerischen Aktivitäten, wegen des Mannes vom Telefondienst, weil er vergessen hatte, wo sein Auto geparkt stand. Schäbigen, schwarzen Limousinen mit zwei Männern darin begegnete man an jeder Straßenecke; in Wilshire wimmelte es davon.

Kein Mensch folgte ihm. Dennoch fuhr er zu seinem Appartement zurück. Wenn er etwas vorgehabt hätte, wäre es ihm egal gewesen, wieviel Wagen ihm folgten. Aber er war müde. Zu müde, um einfach in der Gegend herumzukutschieren. Er wollte nach Haus, wollte schlafen.

Der Gärtner war endlich fertig mit Dix' Seite des Innenhofs. Er lehnte an einer Säule und machte eine Zigarettenpause. Wenn jemand es darauf anlegte, herauszufinden, was er an diesem Vormittag getan hatte – bitte sehr. Er hatte nichts zu verbergen. Er war zur Reinigung gefahren, bitte, hier war der Beweis. Er hatte an einem Drugstore angehalten, und wenn jemand erfahren wollte, wem sein Anruf gegolten hatte, kein Problem. Er hatte wissen wollen, ob Laurel schon zu Hause war. Dann zum Bahnhof von Santa Monica, um sich nach Zugverbindungen zu erkundigen, aber leider gab es keinen Parkplatz. Die Fahrt zum Strand? Das war nicht verboten. Reine Neugier.

Er hob seine Zeitung auf und betrat das Appartement. Hatte die Putzfrau völlig vergessen. Sie wischte Staub im Wohnzimmer, als er hereinkam. Und war ebensowenig begeistert, ihn zu sehen, wie er von ihrem Anblick begeistert war. Sie sagte nichts, nickte ihm nur mürrisch zu.

Er nickte ebenfalls und trug seine Sachen hinüber ins Schlafzimmer, um sie in den Schrank zu hängen. Hoffte, sie wäre mit dem Schlafzimmer schon fertig, aber das war nicht der Fall. Es herrschte immer noch ein scheußliches Durcheinander. Er fuhr herum und wollte sie anschnauzen, warum sie nicht zuerst das Schlafzimmer und das Bad in Ordnung gebracht hatte. Aber natürlich wußte er, warum: Meistens schlief er um diese Zeit noch.

Während er noch zögerte und sie im stillen haßte, heulte im Nebenzimmer der Staubsauger wie eine Luftschutzsirene auf. Er riß die Tür zum Wohnzimmer auf und brüllte: »Raus hier!« Sie schaltete den infernalischen Lärm nicht ab, sondern schaute ihn nur verständnislos an. »Raus!« schrie er. »Und nehmen Sie das gottverdammte Ding mit!«

Sie starrte ihn mit hervortretenden Augen an, und der schlaffe Mund blieb ihr offen stehen. Aber sie sagte kein Wort. Zog schnell den Stecker aus der Dose, raffte ihre Putzlappen zusammen und huschte zur Küchentür hinaus. Er hörte, wie sie die Tür hinter sich zuknallte.

Er mußte sich einen Augenblick lang gegen die Wand stützen. Er hätte nicht die Beherrschung verlieren dürfen. Jetzt war sein Bett ungemacht, war das Bad nicht gereinigt. Er blieb steif stehen, bis das Zittern nachließ. Langsam ging er in die Küche und schob den Riegel vor die Tür. Er wußte, daß die Vordertür versperrt war, aber er ging dennoch zurück, um sich zu vergewissern. Er brauchte Schlaf, ungestörten Schlaf. Langsam schlurfte er ins Schlafzimmer und zog die Vorhänge gegen die Sonne zu. Er sehnte sich nach Schlaf.

Er versuchte, die Laken zu glätten, aber seine Hände gehorchten ihm nicht. Er schaffte es gerade noch, Jackett und Schuhe abzustreifen, bevor er sich bäuchlings aufs Bett warf und auf Vergessen hoffte.

Er lag da, versuchte, seine Gedanken zu beruhigen, und flehte alle Götter, die ihn erhören mochten, um ein wenig Ruhe und Stille an. Da war es wieder, klipp-klapp, klipp-klapp. Vor seinem Fenster, klipp-klapp, klipp-klapp. Sein Atem zischte zwischen den zusammengebissenen Zähnen hindurch. Es hatte wieder angefangen, und er konnte es nicht verhindern. Es würde weitergehen, lauter und lauter, immer durchdringender. Er begann zu zittern. Wagte es nicht, den Mann wegzuscheuchen, konnte nicht riskieren, daß noch einer von den Angestellten zur Hausverwaltung rannte und Geschichten erzählte. Er versuchte, sich die Ohren mit geballten Fäusten zuzuhalten, steckte den Kopf zwischen die Kissen, versuchte verzweifelt, wegzuhören. Aber es ging immer weiter, im gleichen, unerträglichen Rhythmus: klipp-klapp, klipp-klapp.

Er begann zu weinen. Konnte nichts dagegen tun, versuchte zu lachen, aber die Tränen quollen ihm unter heißen Lidern hervor. Er zitterte am ganzen Körper. Er zerknüllte die Laken zwischen seinen geballten Fäusten. Es war unerträglich. Wenn er noch länger hierblieb, wurde er verrückt.

Zitternd ging er hinüber ins Wohnzimmer und ließ sich geschwächt auf die Couch fallen. Er vermeinte, das Klappern der Heckenschere immer noch hören zu können, aber es war nur Einbildung. Ein Echo in seinem Gehirn, das verhallen würde. Wenn er die Augen schloß und sich ruhig hinlegte, würde es verklingen. Seine Hand berührte die Zeitung; er hatte sie automatisch auf die Couch geworfen, als er hereingekommen war. Aber er wollte nicht hineinsehen. Er wußte, was drinstand. Wußte alles darüber. Aber dann schlug er sie doch auf, starrte auf die fetten, schwarzen Schlagzeilen. Er kannte den Bericht schon, doch er las ihn noch einmal, las ihn Wort für Wort, jedes einzelne verdammte Wort. Plötzlich fühlte er seine Kräfte wiederkehren; er knüllte die Zeitung zusammen und warf sie quer durch den Raum. Er wälzte sich auf der beengenden Couch herum und kehrte dem Raum den Rücken zu. Er mußte Schlaf finden.

In diesem Moment ertönte das widerwärtige Schnarren des Türsummers. Dix ignorierte es. Zweimal, dreimal. Lag steif auf der Couch und wünschte, wer immer da draußen stand würde weggehen. Aber das Summen wiederholte sich, länger jetzt, und das Geräusch grub sich in sein gepeinigtes Gehirn. Wer da draußen auch sein mochte – er hatte nicht vor, wieder zu gehen. Wußte, daß er zu Hause war. Er sollte keinen Schlaf finden. Es spielte keine Rolle mehr. Der Wunsch nach Schlaf war erstorben. Er stand auf und ging in Strümpfen zur Tür. Öffnete sie, ohne zu zögern. Es war ihm egal, wer draußen stand.

Zwei Männer. Zwei Männer in unauffälligen Anzügen und Hüten und Schuhen, mit unauffälligen Gesichtern, die dazu paßten. Zwei schweigsame Männer. Bevor einer von ihnen zu sprechen begann, wußte er schon, wer sie waren.

20

Er trat zur Seite, um die Männer einzulassen. Ohne zu fragen, was sie von ihm wollten.

Einer von ihnen sagte: »Mr. Steele?«

»Ja?«

Der andere sagte: »Captain Lochner schickt uns. Er bittet Sie, uns auf die Polizeistation zu begleiten, wenn es nicht zuviel Mühe macht, Mr. Steele.«

Er war wehrlos. Er sagte: »Natürlich nicht.« Wenn sie es auch noch so freundlich und höflich vorbrachten, es war doch ein Befehl. »Kann ich mir noch eine Jacke holen?« Er fühlte sich nackt ohne die Schuhe, schämte sich, sie zu erwähnen.

»Lassen Sie sich ruhig Zeit«, sagte einer der Männer. Er trat an den Schreibtisch, als Dix den Raum verließ. Der andere ging zum Fenster.

Er zog sich das Tweedjackett an, schlüpfte in die bequemen braunen Schuhe und strich sich die Hose glatt. Sie war nicht allzusehr zerknittert, nicht so, als ob er darin geschlafen hätte. Sein Haar war zerwühlt. Er ließ sich Zeit – »Lassen Sie sich ruhig Zeit«, hatten sie gesagt –, um es zu kämmen. Zigaretten – in der Jackettasche. Sein Feuerzeug, eigentlich gehörte es Mel, flach und golden – echtes Gold. Keine Initialen, nicht zu identifizieren. Er steckte es ein.

Die zwei unauffälligen Männer wandten sich ihm zu, als er zurückkam. Sie ließen ihn vorausgehen, gingen dann lässig neben ihm her, nahmen ihn nicht in die Mitte oder packten ihn an den Armen. Der Wagen draußen war eine unauffällige Limousine, kein Streifenwagen. Einer der Männer sagte: »Wenn Sie wollen, können Sie uns in ihrem eigenen Wagen folgen.«

Dix hielt den Atem an. Er verstand nicht: Es war doch nicht möglich, daß sie ihm eine Gelegenheit zur Flucht boten? Er konnte nicht fliehen. Nicht einmal mit dem schnellsten Wagen. Er konnte Zeit gewinnen, aber er konnte nicht entkommen.

Er sagte: »Das ist mir egal.«

»Aber Sie können gern mit dem ihren fahren. Kennen Sie den Weg?«

»Klar.« Er verstand noch immer nicht. Und es gefiel ihm nicht. Erst als er ihnen über den Beverly Drive folgte, begann er zu kapieren. Das war gar keine Festnahme! Wie hätte es auch eine sein können – es gab ja nichts, was sie gegen ihn vorbringen konnten. Nicht das geringste. Aber auf diese Weise kamen sie an den Wagen heran und konnten ihre gottverdammten Staubproben nehmen. Lächerlich. Der Staub würde ihnen gar nichts nützen. Und wenn sie Abdrücke von den Reifen nahmen, während er im Büro saß, würde ihnen das auch nichts nützen.

Das Lachen hatte ihm gutgetan. Als er vor der Polizeistation parkte, war er wieder er selbst. Die zwei unauffälligen Männer stoppten dicht hinter ihm. Nicht auf dem Polizeiparkplatz. Er überquerte mit ihnen die Straße. Fragte nicht, was Lochner von ihm wollte. Jetzt hätte er fragen können, aber dann würde sein vorheriger Mangel an Neugier auffallen. Er ging schweigend mit ihnen zwischen den Blumenrabatten hindurch, dann die Steintreppen empor und durch das Portal, das von den großen, grünen Bronzelampen flankiert wurde.

Er zeigte seine Souveränität, indem er erkennen ließ, daß er den Weg zu Lochners Büro kannte. Er war sicher, daß er ihn in seinem Privatbüro sprechen sollte, und er hatte recht damit. Überrascht stellte er fest, daß Lochner nicht allein war; Brub war bei ihm. Irgendwie hatte er nicht erwartet, daß Brub etwas hiermit zu tun haben könnte. Seine Hände zuckten ein wenig. Warum war Brub nicht gekommen, um ihn abzuholen? Warum hatte er statt dessen diese beiden Zombies geschickt? Dennoch schenkte er Brub ein breites Lächeln, während er sagte: »Guten Tag, Captain. Sie wollten mich sprechen?«

»Ja. Setzen Sie sich doch.«

Dix nahm Platz und beruhigte sich wieder; das war nicht Brubs großer Auftritt. Lochner zog hier die Fäden. Brub sah aus wie ein kleiner Beamter an seinem Schreibtisch, umgeben von Akten. Dix hatte die beiden Zivilbeamten nicht gehen sehen, sie mußten irgendwann unbemerkt das Büro verlassen haben.

Lochner ließ ihm Zeit, wieder zu Atem zu kommen. Der Chef der Mordkommission wirkte so grau und gelangweilt wie immer, als öde ihn das ganze Leben an.

Er wartete, bis sich Dix eine Zigarette angezündet hatte, ehe er zu sprechen begann. »Vielleicht können Sie uns helfen, Mr. Steele.«

Dix zog die Augenbrauen hoch. Er brauchte nicht so zu tun, als sei er verwirrt. »Wenn ich kann. Aber wie?«

»Es geht um den Fall Bruce.«

Seine Hand zuckte nicht. Er führte die Zigarette langsam an die Lippen.

»Nicolai hat Ihnen davon erzählt.«

»Ja.« Vielleicht war er zu schnell gewesen. Er fügte hinzu: »Sie meinen diesen Fall in England?«

»Ja. Kannten Sie das Mädchen?«

»Ja.« Er warf einen schnellen Blick zu Brub. »Wir kannten sie beide. Ein wunderbares Mädchen.« Lochner wartete, daß er mehr dazu sagte. Dix überlegte nicht lange. Es gab mehrere Dinge, die er sagen konnte. Er entschied sich für einen Überraschungsangriff. »Haben Sie die Aufklärung dieses Falles übernommen, Captain?«

»Nein, nein«, sagte Lochner. »Aber ich habe gedacht ...«

Dix nickte. »Brub hat mir von Ihrer Idee erzählt. Sie glauben, es könnte sich um ein und denselben Täter handeln.«

»Ich habe hier eine Liste.« Lochner zog ein Blatt unter Brubs Hand hervor. »Alle hier aufgeführten Männer waren befreundet mit der kleinen Bruce. Alles Amerikaner. Alle zur Tatzeit in England. Wenn Sie sie mal durchsehen würden ...« Er wedelte mit dem Blatt in der Luft herum. »Lesen Sie sich's einfach durch und überlegen Sie, was Ihnen zu den aufgeführten Männern einfällt. Alles, was sie gesagt oder getan haben. Alles, woran Sie sich erinnern – auch, wenn es Ihnen unwichtig erscheint.« Unvermittelt hielt er Dix das Blatt entgegen. »Hier.«

Dix stand auf und ging zum Schreibtisch. Er schaute die Liste nicht an, während er zu seinem Stuhl zurückkehrte. Das mußte ein Trick sein. Irgendein Trick. Man hatte ihn nicht hierhergebeten, damit er eine Liste durchsah. Er ließ sich Zeit, studierte die Namen mit ernsthafter und nachdenklicher Miene. Zeit zum Nachdenken. Zur Vorbereitung auf die Fragen. Als er fertig war, lächelte er Lochner an, dehnte dann das Lächeln auf Brub aus. »Mein Name steht auch drauf«, sagte er.

»Ja.« Lochner nickte.

Brub sagte: »Aber du bist schon vorher versetzt worden, Dix. Das habe ich Jack gesagt.«

»Ich bin erst nach meiner Rückkehr aus Schottland versetzt worden«, erklärte Dix, als wundere er sich, daß Brub das nicht wußte. »Ich hatte insgesamt noch einen Monat Urlaub übrig.«

Brub hatte es nicht gewußt. Er war schon vorher aus der Armee entlassen worden.

»Und danach sind Sie in die Heimat gefahren?« fragte Lochner.

»Nein«, erwiderte Dix. Vorsicht jetzt. »Man schickte mich nach Paris und nach Deutschland. Aufräumarbeiten. Ich war noch ein ganzes Jahr in Europa.« Nur kein Wort von den Monaten, die er in London verbracht hatte! Er war stolz gewesen auf den angenehmen Posten – Adjutant des Generals! Nur nichts davon sagen! Lochner war zu neugierig. Seine Zeit bei der Armee ging ihn nichts an.

»Sie hatten also mit einigen von diesen Männern zu tun?« Er konnte nicht abstreiten, daß er die Namen kannte. Brub kannte sie auch. Sie gehörten zum größten Teil zur alten Clique. Einige hatte er gemocht, anderen hätte er am liebsten die Zähne eingeschlagen. Will Brevet, zum Beispiel. Wenn Brub nicht gewesen wäre, hätte er Lochner auf die Spur von Brevet hetzen können. Aber in Brubs Gegenwart ging das nicht. Brub wußte, daß die kleine Laus versucht hatte, sich an Brucie ranzumachen.

Dix schüttelte den Kopf. »Nein, tut mir leid. Ich wurde gleich nach meinem Urlaub versetzt. Ich bin keinem von diesen Männern mehr begegnet.« Sicher hatte er Brevet in London getroffen, war sogar in einer dunklen, einsamen Nacht mit ihm im Pub gewesen. Aber das konnte er abstreiten. Lochner konnte nicht alle diese Jungs aufspüren.

Was immer der Zweck dieser Unterredung war, es ging bestimmt nicht darum, herauszufinden, wo diese Bande harmloser Kerle oder Will Brevet abgeblieben war. Seltsam, daß Dix nach der Zeit in London keinem von ihnen mehr über den Weg gelaufen war; klein, wie die Welt war. Nicht einmal hier in den Staaten. Aber so war's eben, kleine Welt oder nicht.

Er ging zurück und reichte Lochner die Liste. Er blickte dem Captain offen ins Gesicht. »Ich könnte gegen keinen der Männer auf dieser Liste irgend etwas Negatives sagen. Alles großartige Jungs. Ausgeschlossen, daß einer von ihnen auch nur das Geringste mit dem zu tun hat, was – was Sie denken.« Seine Verteidigung kam mit Nachdruck; er meinte, was er sagte. Brubs Augen signalisierten Zustimmung. »War das alles?« fragte Dix ruhig.

»Das war alles.« Lochners großer Zeigefinger glitt über die Namensliste. »Ja, das war wohl alles, Mr. Steele.« Einen Moment lang blickten seine Augen hellwach. »Aber es war immerhin den Versuch wert«, sagte er.

Er nahm seine Liste und ging durch eine Verbindungstür in den angrenzenden Raum. Dix schaute Brub an.

Brub kippte seinen Stuhl nach hinten. »Ich habe versucht, es ihm klarzumachen. Er wollte mir nicht glauben.« Der Stuhl kippte wieder in die Waagrechte. Die Beine klackten hart auf den Boden. »Man kann es ihm nicht übelnehmen. Auch wenn man ihm nicht ständig auf die Hühneraugen treten würde wie in diesem Fall, ist er ein Mann, der keine Möglichkeit ungeprüft läßt. Er empfindet es als persönlichen Fehlschlag. Daß so etwas passieren kann, während er die Dienststelle leitet.«

Dix setzte sich auf den Schreibtischrand. »Ja, ich kann mir denken, wie ihm zumute ist.« Er nahm sich wieder eine Zigarette, zündete sie an, hielt dann Brub das Päckchen hin und gab ihm Feuer. Hielt ihm das Feuerzeug direkt unter die Nase. »Es ist auch für dich nicht leicht.«

»Wir kriegen ihn«, sagte Brub. Jetzt war er wieder voll Kampfgeist.

»Halte mich auf dem laufenden, ja? Ich will unbedingt wissen, wie du es geschafft hast. Der Detektiv, der das perfekte Verbrechen aufklärte.«

»Es sind keine perfekten Verbrechen«, sagte Brub leise. Dann richtete er den Blick rasch auf Dix. »Fährst du schon bald zurück in den Osten? Ich dachte, du wolltest noch ein paar Wochen hierbleiben – oder Monate.«

»Es könnte sein, daß ich früher als erwartet weg muß.« Dix schnitt eine Grimasse. »Die Arbeit ruft.«

»Aber komm nicht auf die Idee, einfach sang- und klanglos zu verschwinden«, warnte ihn Brub. »Ich möchte dir noch einen Abschiedsball geben. Damit du eines Tages zurückkommst.«

»Natürlich feiern wir den Abschied.« Er glitt von der Schreibtischkante. »Aber jetzt will ich dir nicht länger deine wertvolle Zeit stehlen, Brub. Ruf mich an, und wir gehen in den nächsten Tagen zum Lunch oder zum Abendessen, okay?«

»Klar.« Brub stand auf und begleitete ihn zur Tür. Dann fragte er: »Wie war es in Schottland?«

Dix hatte diesen Aspekt schon ganz vergessen; er brauchte ein paar Sekunden, um die Frage zu begreifen. Dann sagte er: »Wunderbar.«

»Ich wußte nicht, daß du dort Urlaub gemacht hast.«

»Ja.« Er dachte zurück, nicht daran, wie es wirklich gewesen war, sondern wie er es sich erträumt hatte. »Sie hat es so sehr geliebt. Sie hat fast von gar nichts anderem gesprochen. Jedes zweite Wort war Schottland.« Aber sie war schon tot gewesen, und keiner hatte es gewußt. Brucie war schon tot, und Dix hatte es nicht gewußt, mußte Brub jetzt denken.

Dix hob die Schultern und schüttelte die Erinnerung ab. »Bis später, Brub.« Er blickte nicht zurück, wollte Brub in Erinnerung bleiben als ein starker Mann, der nach einem ersten Schock durchaus in der Lage war, seinen Schmerz und seinen Kummer im Zaum zu halten.

Er hatte seine Sache gut gemacht. Wenn Lochner versucht hatte, auf den Busch zu klopfen, dann war ihm das gründlich danebengegangen. Er wußte jetzt, daß aus Dix Steele nichts herauszuholen war.

Niemand konnte ihm zur Last legen, daß er in Schottland Ferien gemacht hatte, während Brucie gestorben war. Aber er hatte Brub gegenüber so getan, als wüßte er nicht, was Brucie zugestoßen war. Das hätte er wissen können, wenn er sich danach noch längere Zeit in London aufgehalten hatte. Allerdings hatte keine der Zeitungen die darauffolgenden, unzusammenhängenden Morde mit Brucie in Verbindung gebracht. Er konnte sich nicht erinnern, Brucies Namen jemals gedruckt gesehen zu haben. Aber er wollte sich nicht erst auf derartige

Erklärungen einlassen – sie klangen allzusehr nach Alibis. Er hatte keine Alibis; er brauchte keine.

Der Wagen stand noch da, wo er ihn geparkt hatte. Wenn die Polizei Staubproben genommen hatte, konnte man jedenfalls nicht viel davon sehen. Die Fußmatte war nicht sauberer als zuvor. Er fühlte sich prächtig, bekam aber langsam Hunger. Kurz nach vier, zu früh also fürs Abendessen. Ein großes Sandwich und ein Schluck Bier würden ihm den Appetit aufs Abendessen nicht verderben. Er hatte heute kaum etwas in den Magen bekommen.

Er hatte Glück, fand einen Parkplatz direkt vor dem Deli. Er hatte immer Glück. Er hätte sich selbst in den Hintern treten mögen wegen der Niedergeschlagenheit, die ihn in den letzten Tagen befallen hatte. Vielleicht stimmte etwas mit seiner Leber nicht. Oder er hatte sich von den paar Stunden am Strand eine Erkältung geholt. Nein – er wußte, was los war. Es war wegen Laurel, die ihn einfach sitzengelassen hatte. Wenn sie bei ihm gewesen wäre, hätten seine Nerven nicht versagt.

Er bestellte sich ein Roggenbrot-Sandwich mit Salami und Schweizer Käse zum Bier. Jemand hatte in der nächsten Nische eine Abendzeitung liegengelassen. Er griff danach und legte sie wieder richtig zusammen, um auf Seite eins zu beginnen. Der Bericht über den Mord stand noch auf der Titelseite. Die Polizei hatte es aufgegeben, den Verlobten, die Studienfreunde und den Vater zu befragen, und war sicher, daß keiner von ihnen mehr über den Mordfall wußte als die Polizei selbst. Jetzt überprüften sie Fingerabdrücke. Alberne Augenwischerei! Auf Sand gab es keine Fingerabdrücke.

Lochner ließ im Augenblick sicher seine Abdrücke von der Liste nehmen. Denn Lochner war ein gründlicher Mann. Vielleicht hatte er sie auch von seinem Lenkrad abnehmen lassen; Lenkräder gaben wunderbare Fingerabdrücke. Sein Pech, daß er nichts hatte, womit er sie vergleichen konnte. Nur einen Strand voll feinem Sand.

Dix genoß das Sandwich. Das Bier schmeckte gut. So gut,

daß er am liebsten noch eines getrunken hätte – aber er wollte nicht länger hier herumhängen. Womöglich klingelte in seiner Wohnung pausenlos das Telefon. Vielleicht wartete Laurel dort auf ihn. Er kaufte sich ein paar Flaschen zum Mitnehmen und fuhr los. Sein Glück hatte sich gewendet, und das bedeutete, daß Laurel zu ihm zurückkam.

Beim Linksabbiegen sah er den Wagen wieder. Dieselbe schäbige Limousine mit denselben beiden durchschnittlichen Männern auf den Vordersitzen. Er war sicher, daß es derselbe Wagen war. Er fuhr langsamer und kurvte einmal um den gesamten Block. Der Wagen war nicht mehr zu sehen. Zorn erfaßte ihn. Es war lächerlich, sich jetzt noch derartige Dinge einzubilden. Schließlich kam er gerade von einem Verhör, das er mit fliegenden Fahnen gemeistert hatte; er kam von einem guten Imbiß, und alles deutete darauf hin, daß seine Glückssträhne zurückgekehrt war. Er konnte und durfte nicht wegen eines kurzen Augenblicks eingebildeter Gefahr in die Schwäche der letzten Tage zurückfallen. Auf gar keinen Fall.

Als er über die Kreuzung fuhr, sah er den Wagen wieder. Er war ihm bei der Fahrt um den Block nicht gefolgt. Er war andersherum gefahren und hatte auf ihn gewartet. Folgte ihm bis zu seinem Appartement. Es war beinahe, als wäre es den beiden Männern völlig egal, ob er merkte, daß sie ihm folgten. Ja, als ob er es merken sollte!

Als er auf der Straße parkte, überholte ihn der andere Wagen. Er konnte nicht genug von den beiden Männern sehen, um sie mit Sicherheit wiederzuerkennen. Außerdem hatten sie Gesichter, an die man sich nicht erinnerte: Männer im Hintergrund, die man nur in der ihnen eigenen Umgebung wiedererkannte, auf den Vordersitzen einer klapprigen alten Limousine.

Langsam betrat er den Patio, dachte nach, versuchte zu begreifen. Er hatte Lochners Verhör gut hinter sich gebracht, davon war er überzeugt. Warum folgten sie ihm dann jetzt immer noch? Plötzlich hatte er die Antwort: Die Männer wußten es noch nicht, Lochner hatte sie noch nicht verständigen können. Er atmete tief auf vor Erleichterung. Das Glück hatte ihn nicht verlassen.

Automatisch hob er den Blick zum Balkon. Blieb abrupt stehen und riß die Augen ungläubig auf. Die Tür zu Laurels Appartement stand offen. Er dachte nicht daran, daß jemand ihn beobachten könnte, es war ihm egal. Laurel war zurück!

Er überquerte den Patio, rannte die Treppe hinauf, als hätte er Siebenmeilenstiefel, und erreichte die Tür mit ein paar langen Schritten. Er wollte schon anklopfen, doch dann ließ er die Hand sinken. Er würde einfach hineingehen und sie überraschen. Er hatte noch die Einkaufstüte mit den Bierflaschen bei sich. Sie würden feiern!

Leise betrat er die kleine Diele und ging durch den Bogendurchgang in ihr Wohnzimmer. Es war schöner als das von Mel und sogar hübscher eingerichtet. Es war so erregend wie Laurel selbst: silbergrau und golden mit einer Spur Bronze; hier würde Laurels Persönlichkeit strahlen, das Zimmer war wie geschaffen, um sie zur Geltung zu bringen, wie eine Kristallvitrine für ein edles Juwel. Das Zimmer war leer. Aber sie war zu Hause, er hörte im Bad das Wasser laufen. Sie war heimgekommen! Nahm ein Bad, zog sich dann an, und es würde ein fabelhafter Abend werden. Er war so aufgeregt, daß er nicht nach ihr hätte rufen können, selbst wenn er gewollt hätte. Aber er wollte sie ja überraschen. Er stellte die Tüte vorsichtig auf die Couch, damit die Bierflaschen nicht klirrten. Dann ging er auf leisen Sohlen zur Schlafzimmertür.

Er kam am Klavier vorbei, einem wunderschönen Stutzflügel aus eigenartigem, bronzefarben schimmerndem Holz.

Das Piano hatte sofort seine Blicke auf sich gezogen. Dafür war es geschaffen. Die Fotografie darauf mußte ihm auch aufgefallen sein, aber er hatte sie nicht bewußt gesehen. Er hatte angenommen, es sei ein Foto von Laurel. Oder von einem Familienangehörigen. Aber das war es nicht. Jetzt konnte er es erkennen: ein viel zu gut aussehender Gigolo-Typ mit öliger Tolle, der sein viel zu hübsches Lächeln zeigte und dazu die unvermeidliche Zigarette in der Hand hatte, deren Rauch sich in der Luft kräuselte. Es war ein Atelierfoto, und die Aufschrift war ebenso theatralisch wie die Pose, in großer, angeberischer Schrift: »Der einen, einzigen, wunderbaren Laurel. Mit aller Liebe von Jess.«

Dix erstarrte zu Stein. Er wußte, daß er zu Stein erstarrt war, spürte es mit vollem Bewußtsein. Die Schwere, die Kälte, die Rauheit des Steins. Ansonsten fühlte er sich völlig normal. Er konnte jetzt klarer denken als je zuvor. Dieses Foto war nicht alt, kein Überbleibsel einer fernen Vergangenheit. Es stand noch immer auf dem Ehrenplatz. Aber es war auch nicht ganz neu. Nicht *so* neu. Die Tinte wirkte schon leicht verblichen.

Es überraschte ihn, daß ein Stein in der Lage war, sich zu bewegen. Völlig geräuschlos. Er ging hinüber in ihr Schlafzimmer, ein Schlafzimmer, das so lockend und ungebändigt wirkte wie seine Bewohnerin. Von der Frisierkommode grinste ihm spöttisch das Gesicht entgegen. Vom Nachttisch her dasselbe blöde Grinsen. Und von der Kleiderkommode. Gleichgültig, wohin ihr Blick sich beim Erwachen richtete, immer mußte er auf dieses Gesicht fallen. Als wäre der Mann ein Gott, der Schutzgott dieses Haushalts! Und sie hatte ihn betrogen! Sie hatte sogar ihren Gott betrogen!

Das Geräusch laufenden Wassers im Badezimmer war verstummt. Jetzt waren nur noch leise Geräusche zu hören, das Rascheln des Badetuchs, die zufallende Tür eines Arzneischränkchens. Er stand einfach da und wartete.

21

Als die Tür aufging, stand er so still wie eine Steinsäule; nur seine Augen bewegten sich. Die Tür ging auf, und die Putzfrau kam heraus. Ein einziger Blick auf ihn genügte. Ihr Gesicht verzerrte sich, und ihre Stimme war schrill. »Was haben Sie hier zu suchen? Starren Sie mich nicht so an! Und anbrüllen lasse ich mich schon gar nicht!« Dabei hob sie drohend die Klosettbürste.

Er sprach mit leiser, gesetzter Stimme. »Ich dachte, Miss Gray sei zurückgekommen.« Er drehte sich um und ging steif hinaus, ließ sie einfach stehen mit ihrer gezückten Klosettbürste. Stelzte aus dem Appartement hinaus. Aber im Vorbeigehen nahm er das Bier von der Couch mit. Er dachte nicht daran, es dieser keifenden alten Vettel zu überlassen.

Erst als er in seinem Appartement war, gelang es ihm, sich ein wenig zu entspannen. Die alte Hexe würde natürlich gleich zur Hausverwalterin rennen. Und ihr etwas von einem Mann vorjammern, der sie erst angeschrien und dann in Miss Grays Wohnung verfolgt hatte. Der Mann, der in Mr. Terriss' Appartement wohnte. Er konnte nicht abstreiten, daß er sie zurechtgewiesen hatte. Aber natürlich hatte er sie nicht angebrüllt, ein feiner Herr wie er brüllte das Personal nicht an. Er hatte sie höflich gebeten, heute den Staubsauger nicht zu benutzen. Das war völlig normal. Er war nicht der einzige Mann, der diesen infernalischen Lärm nicht aushalten konnte. Aber daß er sie in Miss Grays Appartement verfolgt hatte? Absurd! Er war lediglich hinaufgegangen, um nachzusehen, ob Miss Gray schon von ihrer Reise zurück war. Aber er würde leugnen, daß er in ihrem Schlafzimmer gewesen war. Er würde behaupten, daß er im Wohnzimmer gewesen war, als die Putzfrau plötzlich auftauchte und ihn zu beschimpfen begann. Sein Wort galt zweifellos mehr als das einer vertrockneten alten Hexe.

Er stellte das Bier in den Kühlschrank. Jetzt hatte er keine Lust mehr darauf. Dazu war ihm zu kalt. Er schenkte sich einen Schuß Roggenwhisky ein. Um sich aufzuwärmen, nur deshalb. Er schmeckte nichts, als das Zeug durch seine Kehle rann.

Es hatte also die ganze Zeit über einen anderen Mann gegeben, einen, den sie liebte, so wie Dix sie geliebt hatte. Vielleicht so, wie ihr Ehemann sie geliebt hatte. Es hatte ihn immer gegeben. Sie konnte ihn nur nicht heiraten – dafür hatte Henry St. Andrews gesorgt. Das erklärte ihre Bitterkeit gegenüber ihrem Exgatten. Sie konnte Jess nicht heiraten, weil er nicht genug Geld hatte, um ihre Ansprüche befriedigen zu können. Und sie liebte nicht einmal Jess genug, um den Luxus aufzugeben, den sie als Frau eines reichen Mannes kennengelernt hatte.

Warum aber hatte sie dann mit Dix gespielt? Warum hatte sie sich ihm hingegeben – und wo war Jess zu dieser Zeit gewesen? Dix preßte die Handflächen gegen seinen Schädel und schaukelte vor und zurück. Warum? Das konnte nur sie allein ihm sagen; vielleicht hatte es zwischen ihr und Jess einen Streit gegeben; vielleicht war Jess auf Tournee gewesen, oder sie hatten sich zu einer Trennung entschlossen, aber es hatte nicht geklappt. Sie war zurückgekehrt zu ihrer Liebe, zu ihrem lächerlichen Hausgott.

Und nachdem sie sich mit Dix eingelassen hatte, hatte sie Angst gehabt, es ihm einzugestehen. Weil sie ihn zu gut kannte. Weil sie wußte, daß er nicht der Mann war, der freiwillig auf etwas verzichtete, das ihm gehörte. Sie hatte ihm gehört, so kurz diese glückliche Zeit auch gewesen sein mochte. Sie hatte sich sogar etwas aus ihm gemacht. Er wußte es; in diesem Punkt machte er sich nichts vor. Das war es, was er einfach nicht verkraften konnte. Sie hatte sich etwas aus ihm gemacht. Genauso wie Brucie. Aber er war zweite Wahl gewesen. Er war nur dann gut genug gewesen, wenn die Nummer eins gerade nicht greifbar war.

Er saß einfach so da, während die einfallende Dämmerung die Schatten im Raum vertiefte. Saß da und gab sich seinem verzehrenden Schmerz hin, bis er wieder kalt und hart und unnachgiebig wie Stein geworden war. Bis selbst die heiße Klinge des Zorns ihm keine Wärme mehr gab.

Er saß da und versuchte zu verstehen. So vieles, was er nicht verstehen konnte. Warum er dazu geboren worden war, sich den Regeln eines Onkel Fergus zu unterwerfen. Warum er nicht das besaß, was Mel Terriss hatte oder die St. Andrewses und die Nicolais, ohne auch nur einen Finger dafür krumm machen zu müssen. Warum Sylvia ihm nicht getraut hatte.

Vom ersten Augenblick an, als er ihr Haus betrat, hatte sie eine Mauer zwischen ihnen errichtet, das wußte er. Warum? Warum war sie so mißtrauisch ihm gegenüber, ohne den leisesten Grund dafür zu haben?

Brub hatte es einmal gesagt: Sylvia konnte den Menschen ins Herz blicken. Aber wie schaffte sie es, hinter die Fassade zu sehen? Brub war nicht argwöhnisch gewesen, selbst jetzt noch war sich Brub seines Verdachts nicht sicher. Aber er hörte auf Sylvia, und er gab es pflichtbewußt an Lochner weiter. Wie konnten sie ausgerechnet ihn verdächtigen? Er konnte ihnen jede Seite aus dem Buch seines Lebens aufblättern; sie würden nichts finden. Warum sollten sie ihn verdächtigen? Warum nur?

Es hatte keine Fehler, keine noch so kleinen Ausrutscher gegeben. Hatte es nie gegeben und würde es nie geben. Er hatte keine Angst, keinen Grund zur Angst. Sie konnten ihn nicht festnageln. Er würde zurückfahren in den Osten. Würde morgen seinen Koffer per Expreß abschicken. Er selbst würde das Flugzeug nehmen. Er würde sich von Brub verabschieden. Lebwohl, Brub; lebwohl, Sylvia. Vielen Dank für die schöne Zeit.

Er könnte sich ein Zimmer nehmen, nicht weit von hier, konnte sich dort ein paar Tage verstecken. Sobald er offiziell verschwunden war, würde Laurel in ihr Appartement zurückkehren. Und er würde im Dunkeln stehen und sie beobachten. Er würde das mit Laurel erledigen, bevor er Los Angeles endgültig verließ. Er würde sich noch um Laurel kümmern.

Jetzt war es dunkel im Zimmer; er saß in der lastenden Dunkelheit. Seine zu Fäusten verkrampften Finger schmerzten. Ein stählerner Ring schnürte seinen Kopf ein. Sein ganzes Leben lang hatte er sich mit einem blöden, widrigen Schicksal herumschlagen müssen. Um sein Stück vom Kuchen zu bekommen, mußte er dem Schicksal immer wieder eins in die Fresse geben. Er war noch nicht am Ende. Noch konnte er zerschmettern, was sich ihm in den Weg stellte, und über die Trümmer hinwegschreiten, größer und stärker als zuvor.

Größer und klüger und härter als jeder andere. Und zuletzt bekam er das, was er haben wollte. Er wollte Geld, und er wußte, wie er daran kommen konnte. Wenn er erst einmal das Geld in die Finger bekam, war Schluß mit »zweite Wahl«. Dann war er der Mann an der Spitze, ganz gleich, wohin er ging. Und niemand würde es jemals wieder wagen, ihn an die zweite Stelle zu setzen.

Während er dasaß, hörte er Schritte draußen auf dem Patio. Er drehte sich rasch um und schaute hinaus. Es war nicht Laurel. Es war irgendein Mann, der vom Büro nach Hause kam, eine Aktenmappe in der Hand. Der Mann betrat eine der Wohnungen auf der anderen Seite des Hofs.

Heute nacht würde Dix Wache halten. Heute nacht kam sie vielleicht. Denn die Polizei verdächtigte ihn nicht mehr; er war sogar mit den Anwälten ins reine gekommen, die sie ihm auf den Hals gehetzt hatte. Heute nacht hatte niemand Angst vor ihm.

Er wachte. Ein aufgedonnertes Pärchen beim Ausgehen. Ein paar Burschen kamen vorbei und redeten über ihre Freundinnen. Ein Mann und seine zänkische Frau, die ihn beschimpfte, weil er zu spät kam. Es war Samstag nacht. Alle gingen sie aus, um es so richtig krachen zu lassen. Die Nacht zum Ausgehen.

Er beobachtete, wie der Nebel einfiel ins blaue Licht des Patios. Hereinsickerte und hängenblieb, lautlos, träge. Er wartete in seinem dunklen Zimmer, hinter dem dunklen Fenster. Wartete und beobachtete.

Sein Zorn verringerte sich nicht. Nicht einmal, als die Erkenntnis von der Aussichtslosigkeit seiner nächtlichen Wache in ihn einsickerte wie der Nebel in den Patio. Er wartete, und der Stachel des Zorns brannte in ihm wie eine Feuerlanze. So schwer lastete die Hoffnungslosigkeit auf ihm, daß der Laut von Frauenschritten sich seinem Zorn erst mitteilte, als sie den Patio bereits betreten hatte. Stöckelschuhe. Eine Hose, ein hastig über die Schultern geworfener Mantel, die Farben verwaschen im blauen Dunst. Ein Schal, der das flammende Haar verbergen sollte. Er bewegte sich rasch, bewegte sich schon, bevor das Wiedererkennen seinen Zorn schürte. Er war draußen vor der Tür, ein lautloser Schatten.

Er war hinter sie getreten, als sie die Treppe erreichte. »Hast du dich also entschlossen zurückzukommen«, sagte er leise.

Er hatte sie erschreckt; sie fuhr in jähem Entsetzen zu ihm herum. Es war nicht Laurel. Er blickte in das Gesicht von Sylvia Nicolai.

»Was machen Sie denn hier?« fragte er.

Und sah, daß er sich nicht geirrt hatte: Das war derselbe Mantel, den Laurel so oft getragen hatte. Er fühlte sich an wie Laurels Mantel.

Sylvia wich zurück vor seiner Berührung. Sie antwortete nicht. Aus ihren großen, blauen Augen sprach die Angst.

»Wo ist Laurel?« fuhr er sie an, noch leise, aber scharf. »Wo ist Laurel? Was habt ihr mit ihr gemacht?«

Sylvia war gefangen zwischen ihm und der Treppe. Sie wollte vor ihm weglaufen, konnte aber nicht. Sie saß in der Falle. Sie fand ihre Stimme wieder. »Laurel geht es gut«, sagte sie sanft.

»Wo ist sie?« Er packte sie bei den Schultern. Seine Hände spannten sich. Sein Blick ließ sie nicht los. *»Wo ist sie?«*

»Sie ...« Ihre Stimme brach. Und dann bewegte sie sich sehr schnell. Sie entwand sich seinem Griff, bevor er reagieren konnte und riß sich los. Er hielt nur noch den Mantel in der Hand.

Er drehte sich nach ihr um. Sie war nicht weggerannt. Hatte nicht genug Verstand, um wegzulaufen. Stand am Rand des Swimmingpools, nur ein paar Schritte von ihm entfernt. Sie atmete stoßweise. Aber sie sprach mit klarer Stimme. »Sie kommt nicht zurück, Dix. Sie ist in Sicherheit. Und dort wird sie auch bleiben.«

Er öffnete die verkrampften Hände, und der Mantel glitt zu Boden. Sackte dort zu einem kleinen Häufchen zusammen.

Er sagte: »Sie haben sie gegen mich aufgehetzt. Sie haben mich immer gehaßt. Von Anfang an haben Sie mich gehaßt.« Er machte einen Schritt auf sie zu.

Sie wich zurück. »Nein, Dix. Ich habe Sie nie gehaßt. Ich hasse Sie nicht einmal jetzt.«

»Vom ersten Abend an, von Anfang an …« Er war bereit, auf sie zuzuspringen, aber sie war auf der Hut. Er rührte sich nicht. Wenn er sich wieder bewegte, würde es ohne Vorwarnung geschehen.

»Ich wußte von Anfang an, daß mit Ihnen etwas nicht stimmt. Von jenem ersten Abend an, als Sie in unser Wohnzimmer kamen und mich ansahen. Ich wußte, daß da etwas nicht in Ordnung war – ganz und gar nicht in Ordnung.«

Er stritt es ab. »Sie wußten nichts davon. Sie konnten nichts davon wissen.« Er mußte es nicht weiter erläutern. Sie wußten beide, von welchem namenlosen Schrecken er sprach. Er höhnte: »Sie waren nur eifersüchtig. Weil Sie Brub ganz für sich allein haben wollten. Sie wollten ihn nicht einmal mit seinem besten Freund teilen.«

Sie wurde nicht wütend. Schüttelte nur ein wenig traurig den Kopf.

»Aber das war nicht genug. Sie mußten mir auch noch Laurel wegnehmen. So sehr haben Sie mich gehaßt.«

Jetzt sagte sie leidenschaftslos: »Laurel hat sich an Brub gewandt, weil sie Angst hatte. Sie hatte Angst davor, wie Sie sie ansahen. An dem Abend, als sie mit Ihnen in das Drive-in gehen wollte.«

Er rang die Hände. »Und Sie haben sie belogen.«

Sylvia ging nicht auf seine Bemerkung ein. »Es war nicht das erste Mal, daß sie Angst vor Ihnen hatte. Aber es wurde immer schlimmer. Jedesmal wenn sie von Mel sprach …«

»Verdammter Mel!« unterbrach er sie.

»Was ist mit Mel geschehen?« Ihre Stimme hob sich. »Wo ist er? Ohne seinen Wagen, ohne seine Kleidung – ohne das Feuerzeug, das Laurel ihm geschenkt hat und das er nicht mehr aus den Händen geben wollte?«

Er beobachtete sie, beobachtete sie im Augenblick ihres kleinen Triumphes.

»Und was ist mit Brucie geschehen?« fuhr sie fort, jetzt

wieder sanfter. »Was ist mit dem Mädchen geschehen, das mit Ihnen in dem Drive-in Kaffee getrunken hat? Was mit dem Mädchen im Westlake-Park, dem Mädchen, mit dem Sie im Paramount-Kino gewesen sind, dem Mädchen von der Spring Street …«

Wieder unterbrach er sie. Seine Stimme klang fremd, als er flüsterte: »Ich bringe Sie um.« Während er es sagte, machte er einen Satz in ihre Richtung. Sie hatte es nicht kommen sehen, und er war über ihr, hatte die Hände um ihren Hals gelegt, bevor sie wußte, wie ihr geschah. Aber die Hände versagten ihm den Dienst. Sie zitterten so, daß er keine Kraft in ihnen hatte, und sie schrie und schrie und schrie. Als er den Schrei endlich erstickt hatte, kamen von allen Seiten Männer auf ihn zugerannt. Einer von der Tür des Patios her, einer aus dem Schatten neben der Treppe, einer von hinten. Dix lockerte seinen Griff nicht, bis er sah, wer da in vollem Lauf auf ihn zukam. Brub. Und auf Brubs Gesicht stand die reine Mordlust.

Es war Sylvia, die Dix das Leben rettete. Sie wirbelte herum und warf sich Brub in die Arme, hängte sich an ihn und hielt ihn davon ab zu töten. Sie war nicht hysterisch. Und was sie rief, war glockenklar zu vernehmen. »Es hat geklappt!« rief sie in ihrer kehligen Stimme. »Es hat geklappt!«

Sie brachten ihn in sein Appartement. In Mels Appartement. Brub und Sylvia, obwohl sie eigentlich nicht wollten, daß Sylvia mitkam. Sie wollten ihr die abstoßenden Details ersparen, mit denen sie rechneten. Brub und Captain Lochner, der aus den Schatten zu ihnen getreten war. Und der formlose Mann mit der Zigarette, der im Dunkeln gelauert hatte. Und die beiden Beamten in Zivil, die ihn am Vormittag zur Polizeistation gebeten hatten. Irgendwoher waren sie plötzlich alle aufgetaucht.

Sie schalteten das Licht an und setzten ihn auf die Couch. Sie standen wie Aasgeier um ihn herum und sahen mit ihrer ganzen Überheblichkeit auf ihn herab. Alle, außer Sylvia. Sie standen zwischen ihm und dem Sessel, in dem sich Sylvia zusammengekauert hatte.

Lochner sagte: »Ich verhafte Sie unter dem Verdacht des Mordes an Mel Terriss.«

Er lachte. Sagte: »Mel ist in Rio.«

Lochner fuhr fort: »Und unter dem Verdacht des Mordes an Mildred Atkinson.«

Wieder lachte er.

»Unter dem Verdacht des Mordes an Elizabeth Banning.« Sie hatten nicht das geringste in der Hand. Gar nichts.

»Und wegen des Mordversuchs an Sylvia Nicolai.«

Er hatte Sylvia nicht verletzt. Er hatte wegen ihrer haltlosen Vorwürfe die Fassung verloren, aber er hatte ihr nichts getan. Er brauchte nur einen guten Anwalt.

»Haben Sie etwas dazu zu sagen?«

Er schaute Lochner gerade ins Gesicht. »Ja, ich glaube, Sie sind verrückt geworden …«

Der formlose Mann mit der Zigarette sagte: »Im August waren die Mädchen vor Ihnen sicher. Im August haben Sie Mel Terriss umgebracht, nicht wahr?«

»Mel Terriss ist in Rio«, zischte Dix.

Brub sprach als einziger mit ihm wie mit einem menschlichen Wesen. »Es hilft nichts, Dix. Wir haben Mildred Atkinsons Fingerabdrücke in deinem Wagen gefunden. Es gibt nur eine Möglichkeit, wie sie dorthin gelangt sein können.«

Brub log; er log, um ihm eine Falle zu stellen. Sie hatten gar nicht die Zeit gehabt, den ganzen Wagen auf Fingerabdrücke zu untersuchen, während sie heute mit ihm sprachen. Sie hatten die Zeit dazu gehabt, als der Wagen in der Garage oder an der Straße geparkt stand, während ein Gärtner auf jeder Seite das Appartement bewachte und Männer nachts in den Schatten lauerten und die Türen im Auge behielten …

»Wir haben den Staub …«

Was den Staub betraf, hatte er vorgesorgt. Sein Anwalt würde den Staub-Experten lächerlich machen.

»… und Fusseln vom Mantel der Atkinson …«

Sein Blick schoß ein wenig zu schnell hoch zu Brubs leidenschaftslosem Gesicht.

»… Haare vom Terrier der Bannings auf dem Anzug, den du heute morgen in die Reinigung gebracht hast …«

Man konnte nicht an alles denken. Wenn man unter Zeitdruck stand. Wenn einen das Glück verlassen hatte.

Einen Augenblick lang schimmerte der alte Brub durch die grimmige Maske des erbarmungslosen Polizisten hindurch. Und der alte Brub rief voller Schmerz aus: »Um Himmels willen, Dix, warum hast du es getan?«

Er saß ganz still da, versuchte, nichts zu hören, nichts zu sagen, nichts zu fühlen. Aber ein Schluchzen stieg in seiner Kehle hoch, und seine Augen wurden blind vor Tränen, bis er sie nicht länger zurückhalten konnte.

Er weinte: »Ich habe Brucie getötet.«

Dorothy Hughes

eigentlich Dorothy Belle Hughes (1904–1993), war eine bemerkenswerte und seltene Doppelbegabung:Sie war eine erfolgreiche und berühmte Schriftstellerin *und* eine kompetente Kritikerin. Für beide Fähigkeiten wurde sie mit dem *Edgar* der *Mystery Writers of America*, dem damals renommiertesten Preis im Genre, ausgezeichnet: 1950 für ihre Pionierverdienste als Kritikerin von Kriminalliteratur (der an Bedeutung nur Anthony Boucher gleichkam). 1977 wurde sie als *Grand Master* derselben Vereinigung geehrt und 1978 für ihre Erle Stanley Gardner-Biographie *The Case of Real Perry Mason* nominiert.

Als Schriftstellerin ist Dorothy Hughes im deutschen Sprachraum erst noch zu entdecken. Völlig unbekannt sind ihre Anfänge als Lyrikerin geblieben (*Dark Certainty*, Poems, 1931). Von ihren zahlreichen Kriminalromanen wurden bisher nur drei übersetzt: *The Expendable Man* (1963, dt. *Das Kainszeichen*, Scherz 1965), *Ride the Pink Horse* (1946, dt. *Der Tod tanzt auf den Straßen*, Goldmann 1981) und *In a Lonely Place* (1947, dt. zuerst als *Wo kein Zeuge lauscht*, Goldmann 1980).

Aus *Ride the Pink Horse* machte Robert Montgomery 1947 einen Film, ebenso aus *The Fallen Sparrow* (1942) – eines der interessantesten und politischsten Bücher von Hughes. Es handelt von einem Heimkehrer aus dem Spanischen Bürgerkrieg – ein Thema, das zur damaligen Zeit noch nicht en vogue war.

Eine merkwürdige Verwandlung erfuhr die Filmfassung von *Einsamer Ort*, die Nicholas Ray 1950 drehte. Ray machte daraus eine Parabel über die McCarthy-Zeit und die damals notorische Kommunistenjagd. Humphrey Bogart gibt den Dix Steele, der als Ex-GI sein Comeback als Drehbuchautor in Hollywood versucht, aber von finsteren Mächten ausgebremst wird. Dabei ist die Romanfassung von Hughes erheblich subversiver.

Abgesehen davon, daß *Einsamer Ort* ein luftabschnürendes und hochplausibles Psychogramm eines *Serial Killers* ist (Jahrzehnte vor der populistischen Welle dieses Prototyps), ist das Buch auch ein Angriff auf die *American values*: Der so normal und alltäglich agierende Frauenmörder Dix Steele ist ein Kriegsheld, ein strahlender Sieger, der nach Kriegsende einfach weitermordet. Wie weit Hughes damit ihrer Zeit voraus war, kann man erst jetzt einschätzen, nachdem ihr Prototyp zu einer formelhaften Gestalt des Post-Vietnam-Traumas geronnen ist.

Dorothy Hughes muß eine starke Person gewesen sein. Auf dem Höhepunkt ihrer schriftstellerischen Karriere, Anfang der fünfziger Jahre, hörte sie einfach auf Romane zu schreiben. Sie fand es wichtiger, sich um ihre kranke Mutter und ihre Enkelkinder zu kümmern. Ihrer zweiten Karriere als Kritikerin aber konnte auch diese Zäsur nichts anhaben.

Hochspannung im Unionsverlag

Leigh Brackett *Raubtiere unter uns*
Walter Sherris, ein Mann von Prinzipien, stolzer Besitzer eines Eigenheims in einer weißen Vorstadt, geht nachts allein spazieren. Er wird brutal überfallen und beginnt einen Rachefeldzug. Bis er merkt, daß die gewalttätige Jugendbande aus den besten Familien stammt.

Dolores Hitchens *Wer mit Fremden schläft*
Long Beach, California, boomt: Die Grundstückpreise explodieren, die Ölquellen sprudeln. Im Sumpf des Erdöls geht unter, was im Wege steht. Im Ölsumpf wird auch die Leiche der reichen Felicia Wanderley gefunden. Wem war sie im Weg?

David Goodis *Schießen Sie auf den Pianisten*
Eddie, einst ein bejubelter Pianist, verdient sein Geld in einer schäbigen Spelunke. Plötzlich taucht sein Bruder auf, der ihn wieder um Hilfe anfleht. Eddie bleibt hart, kommt aber nicht ungeschoren davon.

David Goodis *Die Nacht bricht an*
Keiner weiß, wer Vanning ist, und das ist seine einzige Hoffnung. Denn seine alten Kumpane und die Polizei sind hinter der verflixten Tasche mit den Dollarnoten her.

Chester Himes *Heiße Nacht für kühle Killer*
Selbst in Harlem wird ein weißer Geschäftsmann nicht grundlos auf offener Straße erschossen. Der Fall ist verwickelt, denn der Täter hatte nur eine Schreckschußpistole.

Chester Himes *Die Geldmacher von Harlem*
Kaum zu glauben, daß es so leichtgläubige Kerle wie Jackson gibt. Der Koffer, das Gold, das Geld und die geliebte Imabelle – alles kommt ihm abhanden. Auf der Suche stößt er auf eine Mörderbande.

Chester Himes *Fenstersturz in Harlem*
Während einer Trauerfeier stürzt ein Mann aus dem Fenster. Er bleibt unverletzt: Er ist in einen Brotkorb gefallen ... Doch Minuten später liegt ein anderer Mann im Korb. Mit einem Messer in der Brust.

Hochspannung im Unionsverlag

Friedrich Glauser *Schlumpf Erwin Mord (Wachtmeister Studer)*
Der Mord im Gerzensteiner Wald scheint ein Routinefall zu sein: Der Verdächtige Erwin Schlumpf sitzt bereits in Untersuchungshaft. Wachtmeister Studer ist der einzige, der von Schlumpfs Unschuld überzeugt ist.

Friedrich Glauser *Matto regiert*
Eine Irrenanstalt im Kanton Bern: Der Direktor ist verschwunden, der Patient Pieterlen, ein Kindsmörder, ausgebrochen. Wachtmeister Studer blickt hinter die Kulissen psychiatrischer Theorien und Therapien. Er tritt auch eine Reise in seelische Grenzregionen an.

Friedrich Glauser *Die Fieberkurve*
Wachtmeister Studer wird in die marokkanische Wüste geschickt. Dort träumt er auch am hellichten Tag und vergißt mitunter, daß er einen Fall lösen muß. Er gewinnt den Eindruck, daß man ihm übel mitspielt.

Friedrich Glauser *Der Chinese*
Pfründisberg, das ist eine Armenanstalt, eine Gärtnerei, eine Dorfwirtschaft. Und zwei Tote. Wachtmeister Studer beobachtet. Seltsam, daß die Honoratioren von Pfründisberg es sich so gutgehen lassen.

Friedrich Glauser *Die Speiche*
Wachtmeister Studer verheiratet seine Tochter in die Ostschweiz. Da geschieht ein Mord, der den Fahnder in die fremden Verhältnisse eines Appenzeller Dorfes hineinzieht. Plötzlich nimmt die provinziell scheinende Angelegenheit internationale Züge an.

Friedrich Glauser *Der Tee der drei alten Damen*
Glauser hatte in Genf gelebt und kannte die Stadt. Kein Wunder, daß da die hohe Politik hineinspielt: der Völkerbund, Öl- und Petroleumfunde in einem indischen Randstaat und der britische und sowjetische Geheimdienst.